Lisa Kleypas

Elle est née en 1964 aux États-Unis. C'est à 21 ans qu'elle publie son premier roman après avoir fait des études de sciences politiques. Elle a reçu les plus hautes récompenses et le prix Romantic Times du meilleur auteur de romance historique lui a été décerné en 2010. Ses livres sont traduits en quatorze langues.
Son ton, la légèreté de son style et ses héros, souvent issus d'un milieu social défavorisé, caractérisent son œuvre. Elle écrit également de la romance contemporaine.

Secrets d'une nuit d'été

Du même auteur aux Éditions J'ai lu

Dans la collection :
Aventures et Passions

Par pure provocation
N° 3945
L'ange de minuit
N° 4062
Prince de l'éternité
N° 4426
La loterie de l'amour
N° 4915
Un jour tu me reviendras
N° 5263
Parce que tu m'appartiens
N° 5337
L'imposteur
N° 5524
Courtisane d'un soir
N° 5808
Frissons interdits
N° 6085
Sous l'emprise du désir
N° 6330
L'amant de lady Sophia
N° 6702
Libre à tout prix
N° 6990

LA RONDE DES SAISONS
1 – Secrets d'une nuit d'été
N° 9055
2 – Parfum d'automne
N° 9171
3 – Un diable en hiver
N° 9186
4 – Scandale au printemps
N° 9277
5 – Retrouvailles
N° 9409

LES HATHAWAY
1 – Les ailes de la nuit
N° 9424
2 – L'étreinte de l'aube
N° 9531
3 – la tentation d'un soir
N° 9598
4 – Matin de noce
N° 9623
5 – L'amour l'après-midi
N° 9736

Dans la collection :
Promesses

LA SAGA DES TRAVIS
1 – Mon nom est Liberty
N° 9248
2 – Bad boy
N° 9307
3 – La peur d'aimer
N° 9362

LISA

KLEYPAS

LA RONDE DES SAISONS – 1

Secrets d'une nuit d'été

Traduit de l'anglais (États-Unis)
par Edwige Hennebelle

J'AI LU

AVENTURES
& PASSIONS

Vous souhaitez être informé en avant-première de nos programmes, nos coups de cœur ou encore de l'actualité de notre site *J'ai lu pour elle* ?

Abonnez-vous à notre *Newsletter* en vous connectant sur **www.jailu.com**

Retrouvez-nous également sur Facebook pour avoir des informations exclusives :
www.facebook/pages/aventures-et-passions
et sur le profil *J'ai lu pour elle.*

Titre original
SECRETS OF A SUMMER NIGHT

Éditeur original
Avon Books, an imprint of HarperCollins Publishers Inc., New York

À Julie Murphy,
pour l'amour, la patience et l'habileté infinis avec
lesquels tu t'occupes de Griffin et de Lindsay…
pour tes multiples talents si profitables
à ma carrière…
parce que tu fais partie de notre famille…
Et, plus que tout, parce que tu es toi.

Avec mon affection éternelle
L. K.

Prologue

Londres, 1841

Même si on lui avait répété qu'elle ne devait jamais accepter de l'argent d'un étranger, Annabelle Peyton fit un jour une exception... et ne tarda pas à découvrir qu'elle aurait dû écouter les conseils de sa mère.

Comme cela arrivait trop rarement, son frère Jeremy avait quelques jours de vacances, et, suivant leur habitude, Annabelle et lui s'étaient rendus à Leicester Square pour y découvrir le dernier grand panorama. Il leur avait fallu rogner sur les dépenses domestiques pendant deux semaines pour économiser le prix des billets d'entrée. Seuls enfants survivants de la famille Peyton, Annabelle et son frère cadet avaient toujours été très proches malgré les dix années qui les séparaient. Des maladies avaient emporté avant leur premier anniversaire les deux enfants nés après Annabelle.

— Il te reste de l'argent, Annabelle ? demanda Jeremy en revenant de la caisse.

— J'ai bien peur que non, répondit-elle avant de lui jeter un regard interrogateur. Pourquoi ?

Avec un soupir, Jeremy repoussa la mèche d'un blond cendré qui lui retombait sur le front.

— Le prix du billet a doublé. Apparemment, ce spectacle est beaucoup plus cher que les autres.

— La réclame dans le journal ne mentionnait pas cette augmentation ! s'exclama Annabelle, indignée. Et flûte ! grommela-t-elle en ouvrant son réticule dans l'espoir d'y dénicher une pièce oubliée.

Jeremy lança un regard désolé vers la gigantesque bannière suspendue au-dessus des colonnes marquant l'entrée du grand panorama : *LA CHUTE DE L'EMPIRE ROMAIN, UN SPECTACLE DE VUES DIORAMIQUES : ILLUSION TOTALE !* Depuis son ouverture, quinze jours auparavant, l'endroit ne désemplissait pas de spectateurs impatients de découvrir cette reconstitution prodigieuse. « C'est comme si on remontait le temps ! », s'émerveillaient-ils après la séance.

D'ordinaire, le panorama consistait en une immense toile tendue autour d'une pièce ronde, qui offrait aux spectateurs placés au centre un décor habilement peint. Un récitant se déplaçait autour de la rotonde pour décrire des paysages exotiques ou des batailles célèbres. Il était parfois accompagné de musique et d'éclairages spéciaux qui rendaient la scène encore plus saisissante.

Selon le *Times*, toutefois, cette nouvelle production était un spectacle « dioramique », ce qui signifiait que la toile peinte était faite d'un calicot transparent, éclairé à l'avant, et quelquefois à l'arrière, par des lampes à filtres de teintes diverses. Trois cent cinquante spectateurs se tenaient au centre de la rotonde sur une plate-forme tournante mue par deux hommes, et qui pivotait lentement durant la représentation. La combinaison des éclairages, des miroirs, des filtres et des comédiens engagés pour jouer le rôle des Romains assiégés aboutissait à ce que l'on désignait sous le vocable de « spectacle d'animation ». D'après ce qu'Annabelle avait lu, il s'achevait en apothéose par une éruption de volcans si réaliste qu'il arrivait que des spectatrices hurlent ou s'évanouissent.

Comme Annabelle fouillait toujours désespérément dans son réticule, Jeremy le lui prit des mains, en resserra les cordons, puis le lui rendit.

— Nous avons de quoi acheter un ticket, déclara-t-il. Tu n'as qu'à y aller. De toute façon, je ne voulais pas voir ce spectacle.

Il mentait, et Annabelle le savait.

— Certainement pas. C'est toi qui vas y aller. Je peux voir un panorama quand je veux, alors que toi, tu es toujours dans ton école. Et puis, le spectacle ne dure qu'un quart d'heure. J'irai dans les boutiques pendant que tu seras à l'intérieur.

— Faire les boutiques sans argent ? répliqua Jeremy, sceptique. Voilà qui promet d'être amusant !

— Le plaisir consiste à regarder, pas à acheter.

Jeremy grogna.

— C'est ce que prétendent les gens pauvres pour se consoler, quand ils se promènent dans Bond Street. De plus, je ne te laisserai pas aller où que ce soit toute seule. Tous les mâles en balade dans le quartier te sauteraient dessus.

— Ne dis pas de bêtises, marmonna Annabelle.

Jeremy sourit tandis que son regard s'attardait sur le visage de sa sœur, ses traits fins, ses yeux bleus et ses boucles châtain doré qui brillaient sous le rebord de son chapeau strict.

— Ne joue pas les innocentes. Tu sais très bien quel effet tu as sur les hommes, et, à ma connaissance, tu n'hésites pas à en user.

— À ta connaissance ? répéta Annabelle, feignant d'être en colère. Ça par exemple ! Et que sais-tu donc de mes relations avec les hommes, toi qui passes ton temps dans cette école lointaine ?

L'expression de Jeremy redevint sérieuse.

— Je n'ai pas l'intention d'y retourner, cette fois. Je vous aiderai sacrément mieux, maman et toi, en trouvant du travail.

Annabelle ouvrit de grands yeux.

— Tu ne ferais pas une chose pareille ! Maman en aurait le cœur brisé, et si papa était encore de ce monde…

— Annabelle, nous n'avons pas d'argent, coupa-t-il d'une voix sourde. Nous ne pouvons même pas grappiller cinq shillings de plus pour un billet de panorama.

— Ce travail sera sûrement très intéressant, riposta Annabelle, ironique, vu que tu n'as ni instruction ni relations. À moins que tu n'ambitionnes de devenir balayeur ou garçon de courses, tu ferais mieux de rester à l'école. Entre-temps, je vais trouver un riche gentleman à épouser, et tout ira bien.

— Ce gentleman sera sûrement très intéressant, vu que tu n'as pas de dot pour l'attraper, répliqua Jeremy sur le même ton.

Ils s'affrontèrent du regard jusqu'à ce que les portes s'ouvrent et que la foule se précipite pour pénétrer dans la rotonde. Glissant un bras protecteur autour de sa sœur, Jeremy la tira à l'écart de la cohue.

— Oublions le panorama, décréta-t-il. Nous ferons autre chose à la place, quelque chose d'amusant et qui ne coûte rien.

— Mais encore ?

Ils demeurèrent songeurs quelques instants puis, quand il apparut que ni l'un ni l'autre n'avait de suggestion à faire, ils éclatèrent de rire.

— Monsieur Jeremy… fit alors une voix profonde derrière eux.

Lâchant sa sœur, Jeremy pivota sur ses talons.

— Monsieur Hunt ! s'écria-t-il avec chaleur en tendant la main. Je suis surpris que vous vous souveniez de moi.

— Moi aussi. Vous avez grandi d'une bonne tête depuis que je vous ai vu. Ce sont les vacances scolaires ?

— Oui, monsieur.

Voyant l'expression perplexe d'Annabelle, Jeremy se pencha vers elle pendant que l'inconnu faisait signe à ses amis d'entrer sans lui.

— C'est M. Hunt, le fils du boucher, lui chuchota-t-il à l'oreille. Je l'ai rencontré une ou deux fois dans la boutique quand maman m'envoyait chercher une commande. Sois aimable avec lui. C'est un type important.

Interloquée, Annabelle ne put s'empêcher de penser que M. Hunt était d'une élégance inhabituelle pour un fils de boucher. Il portait en effet une redingote noire impeccablement coupée, ainsi que ce genre de pantalon large qu'exigeait la mode, les deux laissant cependant deviner une silhouette à la fois élancée et musclée. Comme la plupart des messieurs qui s'apprêtaient à pénétrer dans la salle, il avait déjà enlevé son chapeau, révélant une chevelure de jais légèrement ondulée. La trentaine, grand, il avait des traits vigoureux, un nez volontaire, une grande bouche et des yeux si sombres que la pupille ne se distinguait pas de l'iris. Dans ce visage éminemment masculin, on décelait une ombre d'humour, sarcastique plutôt que léger. L'interlocuteur le plus distrait aurait compris au premier coup d'œil que cet homme n'était que rarement désœuvré, et que son corps comme son caractère avaient été façonnés par un dur labeur et une ambition acharnée.

— Annabelle, dit Jeremy, je te présente M. Simon Hunt. Monsieur Hunt, ma sœur, Mlle Annabelle Peyton.

— C'est un plaisir, murmura Hunt en s'inclinant.

Ses manières avaient beau être parfaites, il y avait dans son regard une lueur qui provoqua un tressaillement étrange dans la poitrine d'Annabelle. Elle ne parvenait pas à détacher son regard de celui de l'homme, ce qui la mit mal à l'aise. C'était comme si une onde subtile de reconnaissance passait entre eux. Non parce qu'ils se seraient rencontrés auparavant, mais plutôt parce qu'ils en auraient été très près à plusieurs reprises, et qu'un destin impatient avait finalement forcé leurs chemins à se croiser. Déconcertée, elle demeura prisonnière de ce regard intense jusqu'à sentir ses joues se colorer d'une rougeur malvenue.

Hunt ne détourna le regard qu'une seconde pour s'adresser à Jeremy.

— Puis-je vous accompagner dans la rotonde ?

Un silence gêné s'ensuivit, que Jeremy rompit avec une nonchalance étudiée.

— Nous vous remercions, mais nous avons décidé de ne pas assister au spectacle, finalement.

Hunt haussa un sourcil.

— Vraiment ? La rumeur dit pourtant qu'il en vaut la peine.

Les regardant tour à tour, il dut percevoir leur embarras, car il reprit d'une voix douce :

— La règle veut que l'on n'aborde pas ce genre de sujet devant une dame, je le sais. Toutefois, je ne peux m'empêcher de me demander… Serait-il possible, jeune Jeremy, que vous ayez été pris de court par l'augmentation du prix des billets ? Si tel est le cas, je serai heureux de vous avancer les quelques pièces…

— Non, merci, coupa Annabelle en donnant un coup de coude à son frère.

Réprimant une grimace, ce dernier répondit :

— Je vous suis reconnaissant de votre offre, monsieur Hunt, mais ma sœur ne souhaite pas…

— Je ne tiens pas à voir ce spectacle, interrompit Annabelle avec froideur. Il paraît que certains effets sont assez violents, et pénibles pour les femmes. Je préférerais de beaucoup me promener dans le parc.

Elle décela dans le regard de Hunt une lueur de moquerie.

— Seriez-vous timorée, mademoiselle Peyton ?

Agacée par ce subtil défi, Annabelle glissa son bras sous celui de Jeremy et le tira avec insistance.

— Il est temps de partir, Jeremy. Ne retardons pas M. Hunt, je suis certaine qu'il est pressé d'assister au spectacle.

— Je crains fort de ne pas en profiter si vous n'y assistez pas, vous aussi, assura M. Hunt avec gravité. Je serais navré, ajouta-t-il en adressant un regard encourageant à Jeremy, que votre sœur et vous soyez privés de ce divertissement à cause de quelques shillings.

Sentant son frère fléchir, Annabelle lui pinça le bras. Sans lui prêter attention, Jeremy répondit avec franchise :

— Monsieur, si j'accepte votre offre, je ne sais pas quand je pourrai vous rembourser.

Mortifiée, Annabelle ferma brièvement les yeux. Elle qui tentait si désespérément de dissimuler leur gêne aux yeux de tous ! Que cet homme sache qu'ils en étaient à compter chaque shilling était plus qu'elle n'en pouvait supporter.

— Il n'y a aucune urgence, entendit-elle Hunt répondre avec désinvolture. Passez au magasin de mon père lors de vos prochains congés et laissez-lui l'argent.

— Dans ce cas, c'est d'accord, fit Jeremy sans dissimuler sa satisfaction. Merci, monsieur Hunt.

— Jeremy… commença Annabelle d'une voix sifflante.

— Attendez-moi ici, jeta Hunt par-dessus son épaule comme il se dirigeait déjà vers la caisse.

— Jeremy, tu sais que c'était très mal d'accepter de l'argent de sa part ! s'écria-t-elle, furieuse.

Comment as-tu pu ? C'est inconvenant, et la pensée d'avoir une dette envers ce genre d'homme est intolérable !

— Quel genre d'homme ? répliqua son frère avec innocence. Je te l'ai dit, c'est un type... Oh, parce qu'il appartient à une classe inférieure, tu veux dire ? Je trouve difficile de lui en tenir rigueur, d'autant qu'il est riche comme Crésus, précisa-t-il avec un sourire attristé. Et puis, ce n'est pas comme si toi et moi appartenions à l'aristocratie. Nous nous raccrochons simplement aux branches les plus éloignées du tronc, ce qui signifie...

— Comment un fils de boucher peut-il être riche comme Crésus ? À moins que la population de Londres ne consomme bien plus de viande que je ne l'imaginais, je ne vois pas d'où il peut tirer des revenus aussi élevés.

— Je n'ai jamais dit qu'il travaillait dans la boutique de son père, rétorqua Jeremy d'un ton supérieur. J'ai simplement dit que c'était là que je l'avais rencontré. C'est un homme d'affaires.

— Tu veux dire un spéculateur ?

Annabelle fronça les sourcils. Dans une société qui considérait comme vulgaire le simple fait de parler ou de se préoccuper d'argent, un homme faisant carrière comme investisseur passait pour un grossier personnage.

— Un peu plus que ça. Mais peu importe ce qu'il fait ou ce qu'il possède, je suppose, puisqu'il est issu de la plèbe.

Son ton était si ouvertement critique qu'Annabelle étrécit les yeux.

— On croirait entendre un démocrate convaincu, riposta-t-elle sèchement. Et il est inutile d'essayer de me faire passer pour snob. Je protesterais de la même manière s'il s'agissait d'un duc.

— Mais pas avec autant d'ardeur, répliqua Jeremy avant de s'esclaffer devant son expression.

Le retour de Simon Hunt mit fin aux hostilités. Après les avoir enveloppés d'un regard pénétrant, il esquissa un sourire.

— Tout est réglé. Nous entrons ?

Jeremy l'ayant poussée discrètement, Annabelle avança d'un pas raide.

— Je vous en prie, monsieur Hunt, ne vous sentez pas obligé de nous accompagner, dit-elle.

Elle avait conscience de se montrer désobligeante, mais il y avait quelque chose chez cet homme qui ne laissait de l'inquiéter. Il ne lui apparaissait pas comme digne de confiance. En vérité, en dépit de ses vêtements élégants et de son apparence soignée, il ne semblait pas vraiment civilisé. C'était le genre d'homme avec lequel une femme convenable se garderait de rester en tête à tête. Et son impression n'avait rien à voir avec sa position sociale : il s'agissait plutôt de la perception innée d'une vigueur physique et d'un tempérament viril qui lui étaient tout à fait étrangers.

— J'imagine, poursuivit-elle avec embarras, que vous souhaitez rejoindre vos compagnons.

Il haussa légèrement ses larges épaules.

— Dans cette foule, je ne les retrouverai jamais.

Annabelle aurait pu arguer qu'étant donné sa haute taille, il n'aurait aucun mal à les repérer. Mais il était évident que toute discussion se révélerait inutile. Elle allait devoir regarder le spectacle avec Simon Hunt à ses côtés, elle n'avait pas le choix. Quand elle vit l'excitation de Jeremy, cependant, son ressentiment s'atténua, et ce fut d'une voix plus douce qu'elle reprit :

— Pardonnez-moi, monsieur. Je ne voulais pas être agressive. C'est simplement que je n'aime pas avoir d'obligation envers des inconnus.

Hunt lui jeta un coup d'œil d'une perspicacité d'autant plus déconcertante qu'il fut très bref.

— Un sentiment que je comprends aisément, assura-t-il en la guidant dans la foule. Mais, en l'occurrence, il n'y a aucune espèce d'obligation. Et nous ne sommes pas précisément des inconnus puisque votre famille est cliente de la mienne depuis des années.

Parvenus dans la grande salle circulaire, ils montèrent sur la plate-forme massive bordée de rambardes en fer forgé. La reproduction méticuleuse d'un paysage romain courait tout autour de la rotonde ; elle était séparée du bord de la plate-forme par un fossé d'une dizaine de mètres de large. Dans celui-ci, une machinerie complexe suscitait des commentaires passionnés dans la foule. Quand tous les spectateurs furent montés, l'obscurité se fit, provoquant des petits cris d'excitation et de plaisir anticipé. Le mécanisme ronronna doucement, un rai de lumière bleue brilla derrière la toile, et le paysage acquit une dimension et un réalisme qui stupéfièrent Annabelle. Comme des comédiens en toge et en sandales apparaissaient, le narrateur commença le récit de la chute de la ville.

Le diorama était encore plus captivant qu'Annabelle l'aurait imaginé. Toutefois, elle ne parvenait pas à se laisser totalement absorber par le spectacle – elle avait une conscience trop aiguë de l'homme debout près d'elle. Pour ne rien arranger, ce dernier se penchait de temps à autre pour lui murmurer à l'oreille un commentaire déplacé, lui reprochant d'un ton moqueur de porter un intérêt inconvenant à des messieurs vêtus de taies d'oreiller. En dépit de ses efforts pour dissimuler son amusement, Annabelle laissa échapper quelques gloussements qui lui valurent des regards désapprobateurs. Évidemment, Hunt lui reprocha de rire pendant un récit aussi tragique, ce qui lui donna envie de pouffer de plus belle. Jeremy semblait trop fasciné par le spectacle pour remarquer les facéties de Hunt.

Un sursaut inattendu dans la rotation de la plateforme déséquilibra soudain plusieurs personnes, dont Annabelle, qui se retrouva plaquée, avec douceur mais fermeté, contre le torse de Hunt. Il la relâcha dès qu'elle eut recouvré l'équilibre, avant d'incliner la tête pour lui demander à voix basse si tout allait bien.

— Euh... oui, répondit-elle d'une voix entrecoupée. Je vous demande pardon. Oui, tout va...

Elle fut dans l'incapacité de terminer sa phrase. La découverte qui venait de la frapper la réduisait à un silence stupéfait. Jamais, au cours de son existence, elle n'avait eu une telle réaction face à un homme. Ce que cette sensation d'urgence brutale signifiait ou la manière de la satisfaire allaient bien au-delà de ses faibles connaissances. Elle ne savait qu'une chose : l'espace d'un instant, elle avait désespérément voulu continuer à s'appuyer contre Hunt, contre ce corps si ferme qu'il paraissait invulnérable. Son odeur, un mélange masculin de cuir et de linge amidonné, avait éveillé en elle une délicieuse attente de tous les sens. L'homme était complètement différent de tous les aristocrates parfumés et pommadés qu'elle avait tenté d'attirer dans ses filets au cours des deux dernières saisons.

Profondément troublée, Annabelle regarda droit devant elle, sans prêter la moindre attention aux fluctuations de lumière et de couleurs qui annonçaient le crépuscule imminent. Le crépuscule de l'Empire romain. Hunt semblait tout aussi indifférent au spectacle. La tête inclinée vers elle, il gardait les yeux rivés sur son visage. Même si sa respiration semblait aisée et régulière, Annabelle eut l'impression que son rythme avait imperceptiblement changé.

Elle humecta ses lèvres sèches.

— Vous... vous ne devez pas me regarder ainsi, souffla-t-elle.

— Hormis vous, rien ici ne mérite d'être regardé.

Elle feignit de n'avoir pas entendu alors que son cœur battait la chamade. Comment une chose pareille pouvait-elle se produire dans un endroit bondé, avec son frère juste à côté d'elle ? En proie à un vertige qui ne devait rien au mouvement de la plate-forme, elle ferma brièvement les yeux.

— Regarde ! s'exclama Jeremy en lui donnant un coup de coude enthousiaste. Ils vont montrer les volcans.

La rotonde fut soudain plongée dans une obscurité totale tandis qu'un grondement menaçant s'élevait de sous leurs pieds. On entendit quelques petits cris, des rires ici ou là, puis un murmure d'excitation parcourut la foule. Annabelle se raidit en sentant le frôlement d'une main sur son dos. De *sa* main, glissant avec une lenteur délibérée le long de sa colonne vertébrale... Son odeur, fraîche et séduisante, lui chatouilla les narines... Et avant qu'elle puisse émettre un son, il la fit pivoter et s'empara de sa bouche avec une ardeur à peine contenue. Annabelle fut trop stupéfaite pour réagir. Ses mains levées demeurèrent immobiles, tels des papillons frappés en plein vol, tandis qu'il retenait son corps vacillant, une main posée sur sa taille, l'autre sur sa nuque.

Annabelle avait déjà été embrassée, par des jeunes gens effrontés qui lui avaient dérobé un baiser rapide lors d'une promenade ou d'un bal. Mais aucune de ces rencontres fugitives n'avait ressemblé à *cela*. À ce baiser si lent, si enivrant qu'elle avait l'impression de perdre pied. Des sensations bien trop puissantes pour qu'elle les contrôle l'envahirent, et elle se mit à trembler. Spontanément, elle leva le visage, comme pour s'offrir davantage encore à cette caresse tendrement exigeante. Hunt accentua la pression de ses lèvres et répondit à sa timide tentative par une exploration voluptueuse de sa bouche qui lui incendia les veines.

Au moment où elle commençait à perdre la tête, il lâcha ses lèvres si abruptement qu'elle en resta interdite. La main toujours plaquée sur sa nuque, il s'inclina si près qu'elle sentit son souffle lui chatouiller l'oreille lorsqu'il murmura :

— Désolé, je n'ai pas pu résister.

Il la libéra tout à fait, et quand une lumière rouge envahit finalement le théâtre, il avait disparu.

— Tu as vu ça ? dit Jeremy en désignant un volcan dont les flancs paraissaient se couvrir de lave brillante. C'est incroyable !

S'apercevant que Hunt n'était plus là, il fronça les sourcils.

— Où est passé M. Hunt ? Il a dû apercevoir ses amis, je suppose.

Avec un haussement d'épaules, il reporta son attention sur le spectacle et mêla ses exclamations à celles du public stupéfait.

Les yeux écarquillés, le souffle court, Annabelle se demandait si elle n'avait pas rêvé. Elle n'avait pas pu être embrassée au beau milieu d'un théâtre. Embrassée de cette manière-*là*, qui plus est…

Voilà ce qu'on gagnait à laisser des inconnus vous avancer de l'argent. Ils se croyaient autorisés à abuser de vous. Quant à son propre comportement…

Honteuse et déconcertée, Annabelle s'efforçait de comprendre pourquoi diable elle avait permis à M. Hunt de l'embrasser. Elle aurait dû protester, le repousser. Au lieu de quoi, elle était restée là, ahurie et stupide, pendant qu'il… À cette pensée, elle eut envie de rentrer sous terre. Peu importait, en vérité, comment et pourquoi Simon

Hunt avait été capable de pulvériser ses défenses les plus solides. Le fait est qu'il y était parvenu, et qu'en conséquence, c'était un homme à éviter à tout prix.

1

Londres, 1843. Fin de la saison...

Une fille déterminée à se marier pouvait surmonter bien des obstacles, à l'exception de l'absence de dot.

Annabelle balançait le pied avec impatience tout en affectant un air calme. Durant les trois précédentes saisons – toutes des échecs –, elle s'était accoutumée à faire tapisserie. Accoutumée, mais non résignée. Plus d'une fois, elle s'était fait la réflexion qu'elle méritait beaucoup mieux que de rester assise au bord de la piste de danse à espérer encore et toujours une invitation qui ne venait jamais. Et à essayer de prétendre qu'elle n'en avait cure, et qu'elle était parfaitement heureuse de regarder les autres danser et se faire courtiser.

Laissant échapper un profond soupir, elle joua avec le carnet de bal en argent accroché à son poignet par un ruban. En glissant, la couverture révéla un livret dont les feuilles d'ivoire presque transparent s'ouvraient en éventail. Une jeune fille était censée y inscrire le nom de ses cavaliers. Aux yeux d'Annabelle, le demi-cercle de feuillets vierges ressemblait à une rangée de dents qui se riaient d'elle. Refermant le carnet d'un coup sec, elle jeta un coup d'œil aux jeunes filles assises non loin.

Comme elle, toutes trois s'efforçaient de paraître indifférentes à leur situation.

Annabelle savait exactement pourquoi elles se trouvaient là. Mlle Evangeline Jenner était de basse extraction, et la fortune considérable de sa famille avait été gagnée au jeu. Elle était en outre affreusement timide et affligée d'un bégaiement, ce qui faisait d'une tentative de conversation une torture pour les deux interlocuteurs.

Les deux autres jeunes filles, Mlle Lillian Bowman et sa jeune sœur Daisy, ne s'étaient pas encore acclimatées à l'Angleterre. Et, apparemment, il leur faudrait du temps. On prétendait que leur mère les avait envoyées en Angleterre parce qu'elles n'avaient pas réussi à s'attirer une seule demande en mariage à New York. On les surnommait « les héritières bulles de savon » ou, quelquefois, « les princesses dollars ». Malgré leurs pommettes hautes et leurs yeux noirs en amande, elles n'auraient pas plus de chance ici, sauf si elles se trouvaient une protectrice issue de l'aristocratie qui soit prête à leur enseigner la manière de s'insérer dans la haute société britannique.

Annabelle se rendit compte qu'au cours des derniers mois de cette lamentable saison, toutes les quatre – Mlle Jenner, les Bowman et elle-même – s'étaient souvent retrouvées assises les unes près des autres. Sans doute trop absorbées par l'attente fastidieuse, elles ne s'étaient que rarement adressé la parole. Quand son regard croisa celui de Lillian Bowman, elle fut surprise de voir une lueur d'humour dans ses yeux de velours sombre.

— Ils auraient pu choisir des chaises plus confortables, murmura la jeune Américaine, puisqu'il est évident que nous les occuperons toute la soirée.

— Nos noms devraient être gravés dessus, répliqua Annabelle d'un ton ironique. Après tout le temps que j'ai passé sur cette chaise, je considère qu'elle m'appartient.

Evangeline Jenner laissa échapper un gloussement et, d'un doigt ganté, repoussa de son front une boucle d'un roux flamboyant. L'amusement faisait pétiller ses yeux bleus et rosissait ses joues constellées de taches de rousseur. Il semblait qu'un sentiment de connivence lui eût fait oublier temporairement sa timidité.

— Que... que vous fassiez tap... tapisserie dépasse l'entendement, dit-elle à Annabelle. Vous êtes la plus jolie de toutes les jeunes filles présentes. Les hommes de... devraient se battre pour danser avec vous.

Annabelle esquissa un haussement d'épaules.

— Personne ne veut épouser une fille sans dot.

Il n'y avait que dans les romans que les ducs se mariaient avec des filles pauvres. Dans la réalité, les ducs, les vicomtes et leurs semblables avaient la lourde responsabilité d'entretenir financièrement de vastes domaines et des familles nombreuses. Un riche aristocrate avait besoin tout autant qu'un pauvre de contracter un mariage avantageux.

— Personne ne veut non plus épouser la fille d'un nouveau riche américain, fit remarquer Lillian Bowman. Notre seul espoir de trouver notre place dans la bonne société est d'épouser un noble nanti d'un solide titre anglais.

— Mais nous n'avons pas de protectrice, ajouta sa jeune sœur, Daisy.

C'était la réplique en plus jeune de Lillian, avec le même teint clair, la même chevelure brune et les mêmes yeux sombres.

— Si jamais vous connaissiez une gentille duchesse prête à nous prendre sous son aile, continua-t-elle avec un sourire malicieux, nous vous serions très obligées.

— Je ne cherche même pas à trouver un mari, leur confia Evangeline. Je… je dois souffrir durant toute la saison simplement parce qu'il n'y a rien d'autre à faire. Je n'ai plus l'âge d'aller à l'école, et mon père…

Elle s'interrompit et soupira.

— Enfin… Il ne me reste plus qu'une saison à endurer. Ensuite, j'aurai vingt-trois ans, et je serai une célibataire confirmée. J'at… j'attends cela avec impatience.

— Vingt-trois ans, c'est l'âge auquel on bascule dans l'état de vieille fille, de nos jours ? s'enquit Annabelle avec une inquiétude à demi feinte. Seigneur, ajouta-t-elle, les yeux au ciel, je n'imaginais pas être si loin de la fleur de l'âge !

— Quel âge avez-vous ? demanda Lillian Bowman avec curiosité.

Annabelle jeta un coup d'œil autour d'elle afin de s'assurer que personne ne pouvait les entendre.

— J'aurai vingt-cinq ans le mois prochain.

Cette révélation lui valut des regards apitoyés.

— Vous ne paraissez pas en avoir plus de vingt et un, assura Lillian d'un ton consolateur.

Annabelle referma les doigts sur son carnet de bal jusqu'à ce qu'il soit entièrement dissimulé au creux de sa main. Le temps passait vite, et sa quatrième saison s'acheminait rapidement vers son terme. Tenter une cinquième saison était impossible, ce serait par trop ridicule. Elle devait se trouver un mari, et vite. Sinon, sa mère et elle n'auraient plus les moyens de payer la scolarité de Jeremy, et elles seraient obligées de quitter leur modeste maison pour aller habiter dans une pension de famille. Et, une fois la chute amorcée, il ne serait plus possible de remonter la pente.

Depuis six ans que le père d'Annabelle était mort, les ressources de la famille n'avaient cessé de diminuer. Sa mère et elle avaient essayé de camoufler l'état désespéré de leurs finances en prétendant qu'elles avaient une demi-douzaine de domestiques, alors qu'elles devaient se contenter d'une femme de chambre qui faisait aussi office de cuisinière et d'un valet vieillissant ; en retournant leurs robes défraîchies ; en vendant les pierres de leurs bijoux pour les remplacer par des imitations. Annabelle n'en pouvait plus de ces efforts constants pour tromper tout le monde, alors que personne ne semblait plus ignorer qu'elles étaient au bord du désastre.

Ces derniers temps, elle avait même commencé à recevoir des offres discrètes de la part d'hommes mariés. Ils lui assuraient d'un ton plein de sous-entendus qu'il lui suffirait de solliciter leur aide pour l'obtenir sur-le-champ. Ils n'avaient nul besoin d'expliquer quelles compensations ils attendaient en remerciement d'une telle « aide ». Annabelle avait tout à fait conscience de disposer d'atouts qui feraient d'elle une maîtresse de premier ordre.

— Mademoiselle Peyton, quel genre d'homme serait selon vous le mari idéal ? voulut savoir Lillian.

— Oh, n'importe quel aristocrate fera l'affaire, répliqua Annabelle avec une légèreté irrévérencieuse

— N'importe lequel ? répéta Lillian, sceptique. Que faites-vous de la beauté ?

— Bienvenue, mais pas indispensable, assura Annabelle en haussant les épaules.

— Et la passion ? renchérit Daisy.

— Absolument pas indispensable.

— L'intelligence ? hasarda Evangeline.

— À débattre.

— Et le charme ? fit Lillian.

— À débattre aussi.

— Vous n'êtes pas exigeante, commenta Lillian, pince-sans-rire. En ce qui me concerne, j'ajouterai quelques conditions. Mon aristocrate à moi devra être brun et séduisant, danser comme un dieu… et ne jamais demander la permission avant de m'embrasser.

— Je veux épouser un homme ayant lu toute l'œuvre de Shakespeare, déclara Daisy. Quelqu'un de calme et de romantique – de préférence avec des lunettes. Il faudra aussi qu'il aime la poésie et la nature, et je n'apprécierais pas qu'il ait trop d'expérience en matière de femmes.

Sa sœur aînée leva les yeux au ciel.

— Nous ne serons pas en compétition pour le même homme, apparemment.

Annabelle se tourna vers Evangeline.

— Quel genre de mari vous conviendrait, mademoiselle Jenner ?

— Ap… appelez-moi Evangeline, proposa la jeune fille, dont la rougeur s'accentua jusqu'à rivaliser avec sa chevelure de feu.

Son extrême timidité, associée à une forte réticence à parler d'elle-même, rendait son élocution encore plus laborieuse.

— Je suppose… J'aimerais bien quelq… quelqu'un de gentil et…

Elle s'arrêta pour secouer la tête avec un sourire de dérision.

— Je ne sais pas. Juste quelqu'un qui m'aim… m'aimerait. Qui m'aimerait vraiment.

Ces paroles émurent Annabelle et la rendirent mélancolique. L'amour était un luxe auquel elle ne s'était jamais permis de rêver, une question tout à fait superflue quand sa survie même était en jeu. Cependant, elle tendit la main et la posa sur celle d'Evangeline.

— J'espère que vous le trouverez, dit-elle avec sincérité. Peut-être que vous n'aurez pas à attendre longtemps.

— Je ve… veux que vous trouviez le vô… vôtre d'abord, fit Evangeline avec un sourire timide. J'aimerais pouvoir vous aider d'une manière ou d'une autre.

— On dirait que nous avons toutes besoin d'aide, observa Lillian. Hmm… continua-t-elle après avoir étudié Annabelle d'un œil amical, je vous prendrais bien pour projet.

Annabelle haussa les sourcils, ne sachant si elle devait se montrer amusée ou offensée.

— Je vous demande pardon ?

— Il ne reste que quelques semaines avant la fin de la saison, expliqua Lillian, et c'est la dernière pour vous, je suppose. Pour parler crûment, vos aspirations à trouver un époux d'une condition sociale égale à la vôtre s'évanouiront fin juin.

Annabelle acquiesça d'un signe de tête, non sans circonspection.

— Alors, je suggère que…

Lillian se tut brusquement.

Suivant la direction de son regard, Annabelle vit approcher une haute silhouette et réprima un soupir.

L'intrus n'était autre que M. Simon Hunt, un homme auquel aucune d'elles ne voulait avoir affaire, et avec raison.

— Entre parenthèses, dit Annabelle à voix basse, le mari idéal serait le contraire absolu de M. Hunt.

— Quelle surprise ! murmura Lillian, sarcastique, car toutes partageaient son sentiment.

On pouvait pardonner à un homme de vouloir s'élever dans l'échelle sociale s'il était doté de bonnes manières en quantité suffisante. Ce qui n'était pas le cas de Simon Hunt. Comment converser poliment avec un homme qui disait toujours ce qu'il pensait, son opinion fût-elle déplaisante ou peu flatteuse ?

On pouvait peut-être qualifier M. Hunt de bel homme. Annabelle supposait que certaines femmes trouvaient séduisante sa robuste virilité – du reste, elle-même devait admettre qu'il y avait quelque chose d'attirant dans cette puissance que bridait le strict habit de soirée. Toutefois, le charme discutable de Simon Hunt était complètement annihilé par la grossièreté de son caractère. Sa nature manquait de sensibilité, d'idéalisme, d'élégance... Il n'était que livres sterling et pence, calculs et enrichissement personnel. N'importe quel autre homme dans sa situation aurait eu la décence d'être embarrassé par son propre manque de raffinement ; Hunt, lui, paraissait décidé à y voir une vertu. Il adorait se moquer des rituels et des grâces de la politesse aristocratique. Ses yeux sombres et froids brillaient d'amusement, comme s'il se moquait d'eux tous.

Au grand soulagement d'Annabelle, il n'avait jamais indiqué, par un mot ou un geste, qu'il se souvenait de ce jour lointain, au panorama, où il lui avait volé un baiser dans l'obscurité. Le temps passant, elle en était presque arrivée à se convaincre qu'elle avait imaginé cet épisode. Rétrospectivement, celui-ci lui paraissait irréel, notamment l'ardeur de sa propre réaction.

Beaucoup de membres de la haute société partageaient sans doute l'antipathie d'Annabelle à l'égard de Simon Hunt, mais, à leur grande consternation, il n'était pas près de disparaître. Ces dernières années, après avoir acquis des parts majoritaires dans des sociétés qui fabriquaient du matériel agricole, des bateaux et des moteurs de locomotive, sa fortune avait atteint des proportions impressionnantes. En dépit de sa vulgarité, Hunt était invité à quantité de soirées, simplement parce qu'il était trop riche pour qu'on se permette de l'ignorer. Il incarnait la menace que l'industrie constituait pour l'aristocratie britannique, retranchée depuis des siècles dans la gestion de domaines agricoles. En conséquence, elle lui manifestait une hostilité secrète, tout en l'accueillant à regret dans ses cercles les plus fermés. Le pire était que Hunt ne montrait aucun goût pour l'humilité. Au contraire, s'imposer là où il n'était pas le bienvenu semblait lui apporter de grandes satisfactions.

Lors des quelques occasions où ils s'étaient rencontrés, Annabelle avait traité Simon Hunt avec froideur, se soustrayant à toute tentative de conversation et refusant ses invitations à danser. Il semblait toujours amusé par son dédain, et la contemplait avec une insistance effrontée qui la hérissait. Elle espérait qu'il se découragerait et finirait par ne plus s'intéresser à elle. Pour le moment, toutefois, il faisait preuve d'une obstination déplaisante.

Annabelle perçut le soulagement de ses compagnes quand il s'adressa à elle.

— Bonsoir, mademoiselle Peyton.

Aucun détail – sembla-t-il à Annabelle – n'échappa à son regard d'encre : ni les manches soigneusement reprisées de sa robe, ni les boutons de rose disposés autour de l'encolure pour en dissimuler le bord élimé, ni les fausses perles dansant à ses oreilles. Annabelle soutint son regard avec une froideur non dénuée de provocation. Entre eux, l'air parut crépiter d'un mélange de défi et de tension, et un picotement désagréable la parcourut.

— Bonsoir, monsieur Hunt.

— M'accorderez-vous la faveur d'une danse ? demanda-t-il sans préambule.

— Je crains que non.

— Pourquoi cela ?

— J'ai les pieds fatigués.

Il haussa un sourcil.

— Fatigués ? Vous êtes restée assise toute la soirée.

Sans ciller, Annabelle rétorqua :

— Rien ne m'oblige à vous fournir une explication, monsieur Hunt.

— Une valse ne devrait pas être au-dessus de vos forces.

Malgré ses efforts pour conserver son calme, Annabelle sentit ses traits se crisper.

— Monsieur Hunt, répliqua-t-elle, ne vous a-t-on jamais dit qu'il était impoli de harceler une dame pour qu'elle fasse quelque chose qu'elle n'a aucune envie de faire ?

Il esquissa un sourire.

— Mademoiselle Peyton, si je me préoccupais d'être poli, je n'obtiendrais jamais ce que je veux. Je pensais simplement que vous seriez heureuse de cesser un instant de faire tapisserie. Si ce bal ressemble aux autres, il est probable que mon invitation sera la seule que vous aurez.

— Invitation ô combien charmante, et formulée de si flatteuse manière ! commenta-t-elle d'un ton acerbe. Comment pourrais-je refuser ?

Une lueur s'alluma dans le regard de Hunt.

— Alors, vous allez danser avec moi ?

— Non, chuchota-t-elle avec force. À présent, allez-vous-en. S'il vous plaît.

Au lieu de s'éclipser ou de paraître embarrassé par cette rebuffade, Hunt lui adressa un sourire éclatant.

— Où est le mal à danser une fois ? Je suis un partenaire plutôt accompli. Il se pourrait même que vous y preniez plaisir.

— Monsieur Hunt, articula-t-elle avec une exaspération croissante, à l'idée d'être votre partenaire, dans quelque situation que ce soit, mon sang se glace.

Se penchant vers Annabelle, Hunt répliqua de manière à n'être entendu que d'elle :

— Fort bien. Mais je vais vous donner matière à réfléchir, mademoiselle Peyton. Il se peut qu'un jour, vous ne puissiez plus vous permettre le luxe de repousser une offre honorable de la part de quelqu'un comme moi... voire une offre déshonorante.

Annabelle ouvrit de grands yeux et sentit le rouge de l'affront lui monter au visage. C'en était trop ! Après être restée assise toute la soirée, devait-elle de surcroît endurer les insultes d'un homme qu'elle méprisait ?

— Monsieur Hunt, on pourrait vous prendre pour le vilain dans une très mauvaise pièce de théâtre.

Sa remarque lui valut un autre sourire. Après quoi il la salua avec une politesse empreinte d'ironie et s'éloigna à grandes enjambées.

Les compagnes d'Annabelle poussèrent un soupir de soulagement.

— On dirait que le mot « non » ne lui fait guère d'effet, observa Lillian.

— Que vous a-t-il dit, pour que vous rougissiez ainsi ? s'enquit Daisy avec curiosité.

Annabelle baissa les yeux sur son carnet de bal et, du pouce, frotta une petite tache d'usure dans l'angle.

— M. Hunt, répondit-elle en relevant la tête, a laissé entendre qu'un jour ou l'autre ma situation pourrait être si désespérée que j'en viendrais à considérer la possibilité de devenir sa maîtresse.

Ses compagnes ouvrirent des yeux de hiboux, et si elle n'avait été aussi préoccupée, Annabelle en aurait ri. Cependant, au lieu de se récrier, en vierge effarouchée, ou de laisser tomber le sujet avec tact, Lillian posa la seule question à laquelle Annabelle ne s'attendait pas.

— A-t-il raison ?

— En ce qui concerne ma situation, oui, admit-elle. Mais il est hors de question que je devienne sa maîtresse ou celle de quiconque. Je préférerais encore épouser un paysan plutôt que de tomber si bas.

Lillian lui sourit.

— Je t'aime bien, déclara-t-elle avant de s'adosser à sa chaise, les jambes croisées avec une négligence assez inconvenante pour une débutante.

— Moi aussi, je vous aim... je t'aime bien, dit Annabelle, parce qu'elle était bien élevée.

Toutefois, au moment où elle prononça ces paroles, elle fut surprise de découvrir qu'elles étaient sincères.

— Je serais malade de te voir finir derrière une mule et une charrue, continua Lillian après l'avoir évaluée du regard. Tu mérites bien mieux.

— Je suis d'accord, acquiesça Annabelle, pince-sans-rire. Qu'allons-nous donc faire pour me sortir de cette situation ?

Alors qu'elle plaisantait, Lillian, elle, sembla considérer la question avec sérieux.

— Justement, j'allais y venir. Au moment où nous avons été interrompues, je m'apprêtais à vous proposer à toutes les trois de conclure un pacte pour nous aider mutuellement à trouver un mari. Si les gentlemen ne viennent pas à nous, eh bien, c'est nous qui irons à eux. Et la manœuvre sera bien plus efficace si nous unissons nos forces plutôt que de nous lancer chacune de notre côté dans la bataille. Nous commencerons par la plus âgée – donc toi, Annabelle –, et nous finirons par la plus jeune.

— On ne peut pas dire que ça m'avantage, protesta Daisy.

— Ce n'est que justice, rétorqua Lillian. Tu as plus de temps que nous.

— À quel genre d'« aide » songes-tu ? s'enquit Annabelle.

— Toutes sortes, répondit Lillian, qui se mit à griffonner sur son carnet de bal. Nous compenserons les faiblesses des autres, et fournirons des conseils et des appuis s'il le faut.

Elle releva la tête, un sourire joyeux aux lèvres.

— Nous serons comme une équipe de Rounders.

Annabelle lui adressa un regard sceptique.

— Tu fais allusion à ce jeu où des messieurs frappent à tour de rôle une balle en cuir avec une espèce de gourdin ?

— Une batte, rectifia Lillian. Et il n'y a pas que des messieurs. À New York, les dames peuvent jouer aussi, du moment que l'excitation ne leur fait pas perdre la tête.

Daisy afficha un sourire railleur.

— Comme la fois où la décision du juge a rendu Lillian si furieuse qu'elle a arraché l'un des piquets de la base.

— Il bougeait déjà, protesta sa sœur. Un piquet mal planté pouvait être dangereux.

— Surtout quand tu le leur as jeté à la tête, précisa Daisy d'un ton suave.

Réprimant une envie de rire, Annabelle glissa un coup d'œil à Evangeline, qui paraissait vaguement perplexe. Il n'était pas difficile de deviner ce qu'elle pensait : les deux Américaines devraient subir un entraînement intensif avant de prétendre attirer l'attention d'un beau parti. Elles paraissaient si indomptables qu'elles terrifieraient n'importe quel gentleman anglais qui se risquerait à les approcher.

— J'avoue que je n'ai jamais considéré la chasse au mari comme un sport d'équipe, dit-elle.

— Eh bien, ça devrait l'être ! affirma Lillian avec emphase. Songe à quel point nous serons plus efficaces. Le seul problème éventuel, ce serait que deux d'entre nous s'intéressent au même homme... Ce qui ne risque guère d'arriver, vu nos goûts respectifs.

— Alors, nous allons nous engager à ne jamais nous disputer le même homme, décréta Annabelle.

— Et même... même plus, intervint Evangeline de manière inattendue, à... à ne faire de mal à personne.

— Très hippocratique, approuva Lillian.

— Figure-toi que je pense qu'elle a raison, Lillian, protesta Daisy, qui avait mal compris. Ce n'est pas la peine de la rudoyer, la pauvre.

Sa sœur lui adressa un regard excédé.

— J'ai dit « hippocratique », pas « hypocrite », espèce d'âne.

Annabelle s'interposa en hâte pour éviter une querelle.

— Nous devons dresser un plan d'action commun. Marcher sur les plates-bandes des autres ne servirait pas notre cause.

— Et nous nous raconterons tout les unes aux autres, renchérit Daisy avec enthousiasme.

— Même... même les détails intimes ? hasarda Evangeline.

— Surtout ceux-là !

Avec une moue ironique, Lillian considéra la robe d'Annabelle.

— Tes tenues sont atroces, déclara-t-elle sans ambages. Je vais te donner quelques-unes de mes robes. J'en ai de pleines malles, que je ne porterai jamais et qui ne me manqueront pas. Ma mère ne s'en apercevra même pas.

À la fois reconnaissante et mortifiée que sa gêne financière soit aussi évidente, Annabelle secoua la tête.

— Non, non, je ne peux accepter un cadeau pareil, même si c'est très généreux de...

— La bleu pastel, avec le passepoil lavande, tu t'en souviens ? murmura Lillian à sa sœur.

— Oh, elle lui irait divinement ! Bien mieux qu'à toi.

— Je te remercie ! riposta Lillian, mi-fâchée, mi-rieuse.

— Non, vraiment… protesta Annabelle.

— Et celle en mousseline verte, avec le devant en dentelle blanche ? continua Lillian.

— Je ne peux pas prendre tes robes, insista Annabelle à voix basse.

La jeune fille leva les yeux de ses notes.

— Pourquoi ?

— D'une part, je n'aurai pas les moyens de te rembourser, d'autre part, ça ne servira à rien. Un beau plumage ne palliera pas l'absence de dot.

— Oh, l'argent ! rétorqua Lillian de cette manière désinvolte typique des gens très riches. Tu me rembourseras en m'offrant quelque chose de bien plus précieux que l'argent. Tu vas nous apprendre, à Daisy et à moi, à être… eh bien, davantage comme toi. Tu nous enseigneras ce qu'il faut dire et faire – toutes ces règles implicites que nous semblons enfreindre en permanence. Qui sait, tu nous aideras peut-être même à trouver une protectrice ? Et alors, les portes qui nous sont pour l'instant fermées s'ouvriront. Quant à ton absence de dot… Il te suffira de prendre l'homme à l'hameçon, nous t'aiderons ensuite à le ferrer.

Annabelle la dévisagea avec stupéfaction.

— En fait, vous parlez sérieusement…

— Bien sûr, répondit Daisy. Quel soulagement ce sera d'avoir enfin quelque chose à faire au lieu de rester assises le long d'un mur comme des idiotes. Lillian et moi avons bien cru devenir chèvres, durant cette saison.

— Et… et moi aussi, renchérit Evangeline.

— Dans ce cas…

Annabelle regarda tour à tour ses compagnes, incapable de dissimuler un grand sourire.

— Si vous êtes d'accord, je le suis aussi. Mais pour conclure ce pacte, ne faudrait-il pas signer avec notre sang, ou quelque chose dans ce genre ?

— Juste ciel, non ! s'écria Lillian. Nous devrions réussir à nous entendre sans avoir à nous ouvrir une veine. À présent, continua-t-elle en brandissant son carnet de bal, je suggère que nous établissions la liste des candidats rescapés de la dernière saison les plus intéressants. Les troupes sont tristement clairsemées, hélas ! Inscrivons-les par ordre de rang, en commençant par les ducs.

Annabelle secoua la tête.

— Ne nous embêtons pas avec les ducs. Pour autant que je sache, ils ont tous plus de soixante-dix ans et il ne leur reste plus une dent.

— Ainsi, l'intelligence et le charme sont à débattre, mais pas les dents ? insinua Lillian.

— Les dents sont à débattre, répondit Annabelle en riant, encore que très fortement souhaitées.

— Très bien. Laissons donc tomber la catégorie des ducs séniles et édentés, et passons à celle des comtes. Il y a lord Westcliff, pour commencer...

— Non, pas lord Westcliff, coupa Annabelle avec une grimace. C'est un glaçon... et il ne s'intéresse pas à moi. Je me suis pratiquement jetée à sa tête quand j'ai fait mes débuts, il y a quatre ans, et il m'a regardée comme si j'étais un insecte collé à sa semelle.

— Oublions Westcliff. Qu'en est-il de lord Saint-Vincent ? Beau parti, jeune, séduisant comme le péché...

— Impossible, assura Annabelle. Même dans la situation la plus compromettante, on ne pourrait lui extorquer une demande en mariage. Saint-Vincent a compromis, séduit et ruiné la réputation d'une bonne dizaine de femmes… L'honneur est un mot qui lui est inconnu.

— Il y a le comte d'Eglinton, suggéra Evangeline avec hésitation. Mais il est plutôt cor… corpulent, et il a au moins cinquante ans.

— Mets-le sur la liste, décida Annabelle. Je ne peux me permettre de jouer les difficiles.

— Que penses-tu du vicomte Rosebury ? risqua Lillian en esquissant une grimace. C'est vrai qu'il est un peu bizarre, et vraiment très… euh… *mou*.

— Du moment qu'il est ferme côté portefeuille, il peut être mou partout ailleurs, déclara Annabelle, ce qui provoqua des gloussements chez ses compagnes. Marque-le, lui aussi.

Indifférentes à la musique et aux couples qui tournoyaient, les quatre jeunes filles affinèrent leur liste, en éclatant parfois de rire si bruyamment que les têtes des danseurs se tournèrent dans leur direction.

— Du calme, fit Annabelle en s'efforçant d'afficher une mine sévère. Il ne faut pas que l'on soupçonne ce que nous complotons. Et puis, les « laissées-pour-compte » ne sont pas censées glousser.

Toutes quatre arborèrent un air grave, ce qui provoqua une nouvelle explosion de rire.

— Oh, regardez, pour une fois, nos carnets de bal sont pleins ! s'écria Lillian. Je me rends compte, enchaîna-t-elle après avoir considéré la liste des célibataires, que la plupart de ces messieurs se rendront sans doute chez Westcliff, dans le Hampshire, pour fêter la fin de la saison. Daisy et moi avons déjà reçu notre invitation. Et toi, Annabelle ?

— Je connais l'une de ses sœurs, et je pense qu'elle m'invitera si je le lui demande. Au besoin, je la supplierai.

— Je lui en toucherai un mot, décida Lillian. Et tu seras comprise dans l'invitation, Evangeline.

— Comme ça va être amusant ! s'exclama Daisy. Dans deux semaines, nous investirons le Hampshire et nous trouverons un mari à Annabelle.

Toutes les quatre se prirent la main, un peu étourdies, se sentant à la fois sottes et plus confiantes. « La chance est peut-être en train de tourner », songea Annabelle, qui ferma les yeux pour adresser une brève prière au ciel.

2

Le destin ne l'ayant pas gratifié d'un sang noble, d'une fortune conséquente ou de dons exceptionnels, Simon Hunt avait appris très jeune qu'il lui faudrait se battre pour réussir dans un monde souvent peu charitable. Il était dix fois plus agressif et plus ambitieux que la moyenne des hommes. D'une manière générale, on trouvait plus facile de lui céder que de s'opposer à lui. Bien qu'il fût autoritaire, voire impitoyable, aucun remords ne venait jamais troubler son sommeil. Les lois de la nature voulaient que seuls les plus forts survivent ; tant pis pour les faibles, qui avaient intérêt à s'écarter de son chemin.

Son père, un boucher prospère, l'avait engagé comme assistant quand il avait été assez âgé pour manier le lourd hachoir. Il devait ses bras puissants et ses épaules musclées aux années passées à travailler dans la boucherie paternelle. Tout le monde s'attendait qu'il reprenne l'affaire familiale. Aussi son père avait-il été déçu lorsque, à vingt et un ans, il avait décidé de gagner sa vie autrement. Il avait investi ses quelques économies, et n'avait pas tardé à découvrir que son vrai talent consistait à faire de l'argent.

Simon aimait l'économie, l'évaluation des risques, l'interaction du commerce, de l'industrie et de la politique, et il avait vite compris qu'avant longtemps, le réseau ferroviaire qui se développait en Angleterre constituerait la principale source de revenus pour les banques. La circulation de fonds et de valeurs mobilières de même que la possibilité de s'enrichir à court terme reposaient en grande partie sur le chemin de fer.

Suivant son instinct, Simon y avait donc investi jusqu'à son dernier sou, et en avait été récompensé par des profits faramineux qu'il avait aussitôt fait fructifier. Aujourd'hui, à trente-trois ans, il possédait des participations majoritaires dans trois manufactures, une fabrique de locomotives qui s'étendait sur près de cinq hectares et un chantier naval. Il était invité – bien qu'à contrecœur – dans les bals de l'aristocratie et siégeait avec les membres de celle-ci au conseil d'administration de six sociétés.

Après des années d'un labeur acharné, il avait obtenu à peu près tout ce qu'il désirait. Pourtant, si d'aventure quelqu'un lui avait demandé s'il était heureux, il aurait répondu par un grognement. Le bonheur, cette conséquence insaisissable du succès, était un signe indubitable de contentement de soi. Or, de par sa personnalité même, Simon n'était jamais satisfait de lui, et ne voulait pas l'être.

Il n'empêche... dans le recoin le plus secret de son cœur subsistait le seul souhait qu'il n'avait pas réussi à exaucer.

Jetant un regard discret de l'autre côté de la salle de bal, il ressentit cet élancement particulier que la vue d'Annabelle Peyton ne manquait jamais de provoquer en lui. Parmi toutes les femmes qu'il aurait pu conquérir, et elles étaient nombreuses, aucune n'avait réussi à capter aussi exclusivement son attention. La séduction d'Annabelle allait bien au-delà de la simple beauté physique, et pourtant,

Dieu savait qu'elle n'en manquait pas. S'il y avait eu une once de poésie en lui, Simon aurait composé des dizaines de poèmes dithyrambiques pour louer ses charmes. Mais il était plébéien jusqu'à la moelle et ne parvenait pas à trouver les mots pour exprimer ce qu'il ressentait. Tout ce qu'il savait, c'était que la vue d'Annabelle à la lumière étincelante des lustres le mettait presque à genoux.

Il n'avait pas oublié la première fois qu'il l'avait vue à l'extérieur du panorama, en train de fouiller dans son réticule, le front plissé. Le soleil avait allumé des reflets d'or et de champagne dans ses cheveux châtain clair et fait resplendir sa peau. Il y avait en elle quelque chose de si délicieux, de si émouvant...

Il était persuadé qu'elle serait mariée, à l'heure qu'il était. Certes, personne n'ignorait plus que les Peyton vivaient des temps difficiles, mais Simon avait néanmoins supposé que n'importe quel noble doté d'une once de cervelle aurait vu à qui il avait affaire et demandé sa main sur-le-champ. Mais deux années s'étaient écoulées sans qu'Annabelle se marie, et un espoir fragile avait commencé à naître en lui. Il trouvait qu'elle faisait montre d'une vaillance touchante dans sa recherche acharnée d'un mari, dans l'assurance avec laquelle elle portait des robes de plus en plus élimées, dans la valeur évidente qu'elle s'attribuait malgré son absence de dot. La manière astucieuse dont elle abordait la chasse au mari rappelait le joueur chevronné abattant ses dernières cartes dans une partie d'ores et déjà perdue. Annabelle était intelligente, prudente, intransigeante – et belle en dépit de tout, même si, ces derniers temps, la menace de la pauvreté durcissait sa bouche et son regard. Égoïstement, Simon ne se désolait pas de ses épreuves, car elles lui offraient une opportunité qu'il n'aurait jamais eue autrement.

Le problème, c'était qu'il ne savait pas encore comment il amènerait Annabelle à vouloir de lui, alors qu'elle considérait avec une répulsion évidente tout ce qu'il incarnait. Simon avait bien conscience de pécher en matière de savoir-vivre. En outre, il ne souhaitait pas plus devenir un gentleman qu'un tigre n'aspire à devenir un chat domestique. Il n'était qu'un homme à la tête d'une immense fortune, contrarié de constater que celle-ci ne lui permettait pas d'acheter ce qu'il désirait le plus au monde.

Jusqu'à présent, sa stratégie avait été d'attendre patiemment. Il savait que le désespoir finirait par acculer Annabelle à des choix qu'elle n'aurait jamais envisagés, sa situation eût-elle différente. Bientôt, la partie serait terminée, et elle serait confrontée à l'alternative suivante : épouser un homme pauvre ou devenir la maîtresse d'un riche. Dans la seconde hypothèse, le lit de Simon serait celui qui l'accueillerait.

— Délicieuse petite, non? fit une voix derrière lui.

Simon pivota et se trouva nez à nez avec Henri Burdick, dont le vicomte de père se trouvait, selon la rumeur, à l'article de la mort. Pendant cette agonie interminable, à l'issue de laquelle il prendrait possession du titre et de la fortune familiale, Burdick passait la plus grande partie de son temps à jouer et à courir les filles.

Son regard, comme celui de Simon, était rivé sur Annabelle, qui tenait une conversation animée avec ses trois compagnes d'infortune.

— Je l'ignore, répondit Simon, qui ressentit une bouffée d'antipathie envers Burdick et ses semblables, auxquels tous les privilèges avaient été apportés sur un plateau d'argent le jour de leur naissance.

Et qui, en général, ne faisaient rien pour justifier l'imprudente générosité du destin.

Un sourire fendit le visage rougeaud de Burdick, qui abusait de la boisson et des nourritures trop riches.

— J'ai l'intention de le découvrir bientôt, dit-il.

Il n'était pas le seul, loin de là. Plusieurs de ces messieurs avaient des vues sur Annabelle, qu'ils guettaient telle une horde de loups suivant une proie blessée. Au moment où elle serait le plus vulnérable et offrirait une moindre résistance, l'un d'entre eux se détacherait pour la mise à mort. Cependant, comme dans la nature, ce serait le mâle dominant qui l'emporterait.

L'ombre d'un sourire effleura la bouche durcie de Simon.

— Je suis très surpris, murmura-t-il. J'aurais cru qu'une dame dans une situation fâcheuse vous inspirerait de la compassion à vous autres gentlemen. Or, je découvre que vous caressez les espoirs vulgaires qu'on s'attendrait à trouver chez un individu de mon espèce.

Sans remarquer la lueur meurtrière qui s'était allumée dans les yeux sombres de Simon, Burdick ricana :

— Dame ou pas, il lui faudra choisir l'un d'entre nous quand ses ressources seront épuisées.

— Aucun d'entre vous ne compte la demander en mariage ?

— Seigneur Dieu, pourquoi l'épouser quand on pourra bientôt l'avoir pour un prix décent, répliqua Burdick, qui se passa la langue sur les lèvres avec gourmandise.

— Elle a peut-être trop d'honneur pour cela.

— J'en doute. Les belles femmes pauvres n'ont pas les moyens de se préoccuper d'honneur. D'ailleurs, la rumeur prétend qu'elle accorde déjà ses faveurs à lord Hodgeham.

Bien que stupéfait, Simon conserva un visage impassible.

— Hodgeham ? Qu'est-ce qui justifie ces ragots ?
— Oh, on a vu la voiture de Hodgeham derrière la maison des Peyton à des heures indues ! Et, selon certains de leurs créanciers, il règle leurs factures de temps à autre.

Burdick se tut un instant, puis reprit en gloussant :

— Pour une nuit entre ces jolies cuisses, payer la note de l'épicier n'a rien d'exorbitant, vous ne trouvez pas ?

Simon fut saisi d'une envie féroce de lui arracher la tête en réponse. Il n'aurait su dire si c'était la vision d'Annabelle Peyton au lit avec ce porc de lord Hodgeham ou le plaisir narquois que Burdick prenait à répéter une calomnie certainement fausse qui faisait naître en lui une telle rage.

— Ce que je trouve, répondit-il d'une voix dangereusement calme, c'est que si vous devez salir la réputation d'une femme, vous avez intérêt à avoir des preuves irréfutables de ce que vous avancez.

— Que diable, une rumeur ne repose pas sur des preuves ! répliqua Burdick avec un clin d'œil. Et il ne faudra pas longtemps avant que la véritable personnalité de la dame n'apparaisse au grand jour. Hodgeham n'a pas les moyens de garder une jeune beauté comme elle. Avant longtemps, elle exigera plus qu'il ne peut lui offrir. Je parie qu'à la fin de la saison, elle jettera son dévolu sur celui qui aura les poches les plus profondes.

— Ce seront les miennes, lâcha Simon posément.

Burdick cligna des yeux. Son sourire s'effaça.

— Qu'est-ce que…

— Je vous vois, vos pairs et vous, renifler sur ses talons depuis deux ans, reprit Simon, les yeux étrécis. À présent, vous avez perdu toute chance avec elle.

— Que… qu'est-ce que vous voulez dire ? bégaya Burdick, visiblement indigné.

— Je veux dire que j'infligerai la pire des punitions, mentale, physique et financière, au premier qui osera pénétrer sur mon territoire. Et le prochain qui répète n'importe quelle rumeur infondée au sujet de Mlle Peyton se la verra enfoncée dans la gorge, avec mon poing par-dessus. Avertissez tous ceux que cela pourrait intéresser, conclut-il.

Sur ce, il tourna le dos à ce nabot de Burdick, qui en demeura bouche bée.

3

Une cousine plus âgée, qui jouait parfois le rôle de chaperon, raccompagna Annabelle jusqu'à la maison dont sa mère et elle occupaient le premier étage. Annabelle pénétra dans le vestibule désert, et s'arrêta net à la vue du chapeau posé sur la console en demi-lune adossée au mur. C'était un haut-de-forme gris orné d'un galon de satin bordeaux. Un chapeau reconnaissable entre tous, et qu'Annabelle n'avait vu que trop souvent, perché sur cette même table tel un serpent enroulé sur lui-même.

Une canne élégante, au pommeau orné d'un diamant, était appuyée contre la console. Annabelle éprouva l'envie irrésistible d'utiliser la canne pour écraser le chapeau – de préférence quand son propriétaire en serait coiffé. Elle se contenta de gravir les marches, le cœur lourd.

Elle atteignait le premier étage lorsqu'un gros homme apparut sur le palier. Au-dessus de son visage rouge et luisant, une mèche se dressait sur sa tête comme une crête de coq. Il la dévisagea avec un petit sourire suffisant.

— Bonsoir, lord Hodgeham, articula Annabelle avec raideur, ravalant la honte et la fureur qui lui nouaient sa gorge.

Hodgeham était l'une des rares personnes au monde qu'elle haïssait de toutes ses forces. Soi-disant ancien ami de son père, il passait épisodiquement, mais jamais aux horaires de visite habituels. Il arrivait tard le soir et, contre toutes les règles de la bienséance, restait seul dans une chambre avec la mère d'Annabelle, Philippa. Dans les jours qui suivaient ses visites, Annabelle constatait que quelques-unes de leurs dettes les plus pressantes avaient été mystérieusement réglées. Et que sa mère se montrait anormalement nerveuse, irritable et peu loquace.

Il était presque impossible pour Annabelle d'imaginer que sa mère, si à cheval sur les principes, permettait à qui que ce soit d'user de son corps contre de l'argent. Pourtant, on ne pouvait tirer une autre conclusion de ces visites, ce qui l'emplissait de honte et d'une rage impuissante. Sa colère n'était pas dirigée uniquement contre sa mère. Mais aussi contre leur situation, et contre elle-même qui n'avait pas encore réussi à décrocher un mari. Il lui avait fallu longtemps pour se rendre compte que, si jolie et charmante fût-elle, et quel que fût l'intérêt qu'un gentleman semblait lui montrer, elle ne recevrait pas de demande en mariage.

Depuis son entrée dans le monde, elle avait été peu à peu forcée d'admettre que son rêve d'un prétendant séduisant et cultivé, qui tomberait amoureux d'elle et résoudrait tous ses problèmes, n'était qu'une chimère due à sa naïveté. Sa troisième saison, si décevante, n'avait fait que conforter cette découverte.

À présent que sa quatrième saison était bien avancée, la perspective peu réjouissante d'Annabelle-épouse-de-fermier apparaissait de plus en plus réelle.

L'expression indéchiffrable, Annabelle essaya de contourner Hodgeham sans mot dire. Quand il l'arrêta en posant sa grosse main sur son bras, elle éprouva une telle répulsion qu'elle s'écarta vivement, et faillit perdre l'équilibre.

— Ne me touchez pas ! siffla-t-elle en le foudroyant du regard.

Souriant jusqu'aux oreilles, il posa la main sur le haut de la rampe pour empêcher Annabelle d'accéder au palier.

— Si peu hospitalière, murmura-t-il. Après tous les services que j'ai rendus à votre famille…

— Vous ne nous avez rendu aucun service !

— Sans ma générosité, il y a longtemps que vous seriez à la rue.

— Êtes-vous en train de suggérer que je vous dois une quelconque reconnaissance ? demanda Annabelle d'un ton méprisant. Vous n'êtes qu'un immonde charognard.

— Je n'ai rien pris qui ne m'ait été librement offert, répliqua Hodgeham en effleurant de ses doigts moites le menton d'Annabelle, qui recula de dégoût. Pour être franc, la conquête a manqué de piquant. Votre mère est trop docile à mon goût.

Comme il se penchait vers elle, Annabelle ravala un haut-le-cœur tant l'odeur de son corps – un mélange de sueur rance et d'eau de Cologne – était répugnante.

— Peut-être que la prochaine fois, c'est vous que j'essaierai, murmura-t-il.

Sans doute s'attendait-il qu'elle fonde en larmes, rougisse ou le supplie. Mais elle se contenta de le fixer d'un regard froid.

— Espèce de vieil imbécile vaniteux, si je devais devenir la maîtresse de quelqu'un, vous ne croyez pas que je pourrais trouver mieux que vous ?

Hodgeham grimaça un sourire, quoique au prix d'un effort visible qui ravit Annabelle.

— Il n'est pas sage de votre part de vous faire un ennemi de moi. Quelques paroles bien placées, et je pourrais détruire la réputation de votre famille sans espoir de rachat. Si j'étais à votre place, continua-t-il en la parcourant d'un regard hautain, je ne me montrerais pas aussi dédaigneuse, avec mes oripeaux et mes bijoux en verroterie.

Annabelle rougit et repoussa brutalement sa main comme il essayait de lui palper les seins. Pétrifiée, elle attendit qu'il ait descendu l'escalier et refermé la porte d'entrée avant de dévaler les marches et de tourner la clef dans la serrure. Pantelante d'angoisse et d'indignation, elle appuya les mains et le front contre la lourde porte de chêne.

— C'en est assez, chuchota-t-elle, tremblant de fureur.

Il n'y aurait plus de Hodgeham, plus de factures impayées... Ils avaient assez souffert. Il lui fallait trouver un époux sur-le-champ. Elle se ferait inviter dans le Hampshire, choisirait le meilleur parti et mettrait un terme à cette situation. Et à défaut...

Elle laissa ses mains glisser lentement le long du battant. À défaut de parvenir à se faire épouser, elle devrait se résoudre à accepter le statut de maîtresse. Si aucun homme ne semblait disposé à faire d'elle sa femme, ils étaient nombreux, elle le savait, à n'attendre qu'un mot d'elle pour lui assurer une vie dans le péché. Si elle se montrait habile, elle pourrait gagner une fortune. Mais à la pensée de n'être plus jamais reçue dans la bonne société, elle ne put s'empêcher de frémir. Elle serait méprisée, ostracisée, et appréciée uniquement pour ses talents au lit.

L'alternative, une vie de pauvreté vertueuse comme couturière, blanchisseuse ou gouvernante, était pourtant infiniment plus périlleuse. En effet, une jeune femme dans cette situation était à la merci de n'importe qui. Et son salaire ne serait pas suffisant pour entretenir sa mère et Jeremy, qui, lui aussi, serait obligé de se placer chez quelqu'un. Aucun des trois, semblait-il, ne pouvait se permettre qu'elle se comporte selon des critères moraux. Ils vivaient dans un château de cartes qui risquait de s'écrouler au premier frôlement.

Le lendemain matin, Annabelle était assise à la table du petit déjeuner. D'un geste machinal, elle caressait du pouce une minuscule ébréchure au bord de sa tasse à présent vide, et ne leva pas les yeux lorsque sa mère entra dans la pièce.

— Du thé ? proposa-t-elle d'un ton neutre.

Philippa acquiesça, et la prévint :

— Je ne prends plus de sucre. À présent, je le préfère sans.

Le jour où sa mère cesserait d'aimer le sucre, on servirait de l'eau glacée en enfer.

— Nous pouvons encore nous permettre d'acheter du sucre, répliqua Annabelle.

Elle fit glisser la tasse vers sa mère et la regarda enfin. Comme elle s'y attendait, celle-ci paraissait défaite et hagarde, et son visage était marqué par l'amertume et la honte. Il fut un temps où Annabelle aurait jugé inconcevable que sa mère, si vive et pleine d'entrain – la plus ravissante de toutes les mères, en vérité –, puisse un jour arborer une telle expression. Tandis qu'elle contemplait son visage crispé, elle devina que le sien reflétait une lassitude presque identique, et que sa bouche trahissait un même désenchantement.

— Comment était le bal ? s'enquit Philippa après avoir bu une gorgée du thé brûlant.

— Un désastre, comme d'habitude, répondit Annabelle, qui atténua la franchise de sa réponse en ajoutant avec un rire délibérément léger : Le seul homme qui m'ait invitée à danser était M. Hunt.

— Juste ciel ! souffla Philippa. Et tu as accepté ?

— Bien sûr que non ! Cela n'aurait servi à rien. Quand il me regarde, il est évident qu'il pense à tout sauf au mariage.

— Même des hommes comme M. Hunt finissent par se marier, fit remarquer Philippa. Et tu ferais une épouse idéale pour lui… Tu pourrais peut-être l'influencer en bien, et faciliter son ascension au sein de la bonne société…

— Sapristi, maman, on dirait que vous m'encouragez à accepter ses attentions.

— Non… Pas si tu trouves vraiment M. Hunt déplaisant. Toutefois, si tu parvenais à le dégrossir, nous nous en trouverions tous certainement très…

— Il n'est pas du bois dont on fait les époux, tout le monde le sait. Je pourrais employer tous les moyens à ma disposition qu'il ne me ferait jamais une proposition honnête.

Philippa détourna les yeux, et Annabelle devina que le sujet qui allait suivre avait un lien déplaisant avec le précédent.

— Nous n'aurons pas les moyens de laisser Jeremy à l'école le semestre prochain. Je n'ai pas payé les domestiques depuis deux mois, et il y a des factures…

— Je sais tout cela, coupa Annabelle, que l'irritation fit rougir. Je trouverai un mari, maman. Très bientôt. Que diriez-vous d'une petite excursion dans le Hampshire ? enchaîna-t-elle avec un sourire forcé. Lord Westcliff organise un séjour à la campagne pour marquer la fin de la saison.

Le regard soudain plus animé, Philippa s'étonna :

— J'ignorais que nous avions reçu une invitation du comte.

— Nous n'en avons pas reçu. Pas encore… Mais cela ne saurait tarder, et j'ai le pressentiment que de bonnes choses nous attendent dans le Hampshire.

4

Deux jours avant qu'Annabelle et sa mère partent pour le Hampshire, on leur livra une montagne de boîtes et de paquets. Les ouvrant avec précaution, Annabelle découvrit au moins une demi-douzaine de robes neuves, en taffetas de soie ou en mousseline de couleur vive, ainsi que les jaquettes assorties, doublées de peau de chamois. Il y avait aussi une robe de bal en soie ivoire et dentelle de Bruges, et des gants, des châles, des foulards, des chapeaux, tous d'une telle beauté qu'Annabelle en eut les larmes aux yeux. Les robes et leurs accessoires avaient dû coûter une fortune. Une bagatelle, sans doute, pour les Bowman, mais, pour Annabelle, c'était un cadeau bouleversant.

Se saisissant du billet qui accompagnait les paquets, elle en brisa le cachet de cire et parcourut les lignes griffonnées d'une plume résolue.

De la part de tes fées marraines, autrement connues sous les noms de Lillian et de Daisy. Que la chasse dans le Hampshire soit couronnée de succès !

P.-S. : Ton courage ne t'a pas abandonnée, au moins ?

Annabelle répondit :

Chères fées marraines,

Le courage est la seule chose qu'il me reste. Merci infiniment pour les robes. Je suis extatique… Pouvoir enfin porter à nouveau de jolis vêtements ! C'est l'un de mes nombreux défauts, d'aimer autant les belles choses.

Votre fidèle Annabelle

P.-S. : Je renvoie les chaussures, néanmoins, car elles sont trop petites. Moi qui ai toujours entendu dire que les Américaines avaient de grands pieds !

Chère Annabelle,

Est-ce un défaut que d'aimer les jolies choses ? Ce doit être une notion anglaise, car nous sommes certaines qu'elle n'a jamais eu cours à Manhattanville. À cause de ta remarque sur les pieds, nous avons décidé de t'apprendre à jouer au Rounders dans le Hampshire. Tu vas adorer frapper une balle à grands coups de batte. Il n'y a rien d'aussi satisfaisant.

Chères Lillian et Daisy,

Je ne consentirai à jouer au Rounders que si vous parvenez à persuader Evangeline de se joindre à nous, ce dont je doute fortement. Et même si je ne peux me prononcer avant d'avoir essayé, j'imagine qu'il existe un certain nombre de choses plus satisfaisantes que de frapper des balles avec des bâtons. Comme trouver un mari, par exemple…

Au fait, que porte-t-on pour jouer au Rounders ? Une tenue de promenade ?

Chère Annabelle,
Nous jouons en culottes, bien sûr. On ne peut pas courir correctement avec des jupes.

Chères Lillian et Daisy,
Quand vous parlez de « culottes », serait-ce à des dessous que vous faites allusion ? Vous ne suggérez quand même pas que nous allons batifoler dehors en dessous, tels des enfants sauvages ?

Chère Annabelle,
Il s'agit de dessous, si. Et Evangeline a dit oui.

Chère Evangeline,
Je n'en ai pas cru mes yeux quand les sœurs Bowman m'ont écrit que tu avais accepté de jouer au Rounders en culottes. Est-ce vrai ? J'espère que tu vas nier, parce que j'ai fait dépendre mon consentement du tien.

Chère Annabelle,
Je veux croire que fréquenter les Bowman m'aidera à me libérer de ma timidité. Le Rounders-en-culottes me semble une bonne manière de commencer. T'ai-je choquée ? Je n'ai jamais choqué personne auparavant, pas même moi ! J'espère que tu es impressionnée par ma bonne volonté.

Chère Evangeline,
Impressionnée, amusée et un peu inquiète du pétrin dans lequel ces Bowman risquent de nous mettre. Peux-tu me dire où nous allons trouver un endroit pour jouer au Rounders-en-culottes sans être

vues ? Oui, je suis vraiment très choquée, espèce de petite coquine !

Chère Annabelle,

Je commence à penser qu'il existe deux sortes de personnes : celles qui choisissent d'être les maîtresses de leur destin, et celles qui attendent sur une chaise pendant que les autres dansent. Je préférerais appartenir à la première catégorie plutôt qu'à la seconde. Quant à savoir où et quand le jeu de Rounders aura lieu, je laisse volontiers ce genre de détails aux Bowman.

Avec toute mon affection,

Evangeline la coquine

Durant l'échange frénétique de billets, Annabelle redécouvrit le plaisir immense, et presque oublié, d'avoir des amies. Quand ses anciennes compagnes étaient entrées dans le temple sacré du mariage, elle s'était retrouvée à la porte. Son célibat prolongé, pour ne rien dire de son manque d'argent, avait créé un fossé que l'amitié semblait incapable de combler. Ces dernières années, elle était devenue de plus en plus indépendante, et s'était même efforcée d'éviter la compagnie des jeunes filles avec lesquelles elle avait un jour discuté, pouffé de rire et partagé des secrets.

Et voilà que d'un seul coup elle s'était fait trois amies avec qui elle avait un point commun en dépit de leurs origines radicalement différentes. Toutes quatre partageaient les mêmes espoirs, les mêmes rêves, les mêmes craintes… et n'étaient que trop habituées à voir passer devant elles des hommes en quête d'une partenaire plus prometteuse. Les laissées-pour-compte n'avaient rien à perdre en s'entraidant, et tout à gagner.

— Annabelle, fit la voix de sa mère depuis le seuil de sa chambre, j'ai une question à te poser, et je veux que tu me répondes honnêtement.

Annabelle, qui rangeait avec soin des boîtes de gants dans une malle, leva les yeux. Un intense sentiment de culpabilité l'étreignit quand elle vit le beau visage de Philippa rongé par l'inquiétude. Dieu qu'elle en avait assez de toute cette culpabilité, celle de sa mère comme la sienne ! Le sacrifice que celle-ci avait consenti en couchant avec lord Hodgeham lui inspirait de la pitié et du chagrin. Toutefois, quelque part dans un recoin de son esprit, une pensée inconvenante la taraudait : quitte à faire une chose pareille, pourquoi Philippa ne s'était-elle pas établie comme une véritable maîtresse, au lieu de se contenter des misérables dédommagements d'un Hodgeham ?

— D'où viennent ces vêtements ? demanda Philippa, pâle mais résolue, en fixant sa fille droit dans les yeux.

Annabelle fronça les sourcils.

— Je vous l'ai dit… de Lillian Bowman. Pourquoi me regardez-vous ainsi ?

— Tu es sûre qu'ils ne viennent pas d'un homme ? De M. Hunt, peut-être ?

Annabelle en resta un instant bouche bée.

— En fait, vous me demandez si je… avec *lui* ? Au nom du ciel, maman ! Même si j'en avais eu envie, je n'aurais pas eu la moindre occasion. Comment diable une telle idée a-t-elle pu vous venir ?

Sa mère soutint son regard sans ciller.

— Tu as fait allusion à M. Hunt assez souvent, cette saison. Bien plus qu'à n'importe quel autre gentleman. Et ces robes sont de toute évidence coûteuses…

— Elles ne viennent pas de lui, déclara Annabelle d'un ton ferme.

Peu accoutumée à ce qu'on la considère d'un œil soupçonneux, elle s'empara d'un chapeau qu'elle coiffa en lui donnant un angle impertinent.

La maîtresse de Simon Hunt…

Se tournant vers le miroir, elle remarqua son expression curieusement figée. Sa mère avait raison, sans doute ; elle avait fait allusion à Hunt assez souvent, ces derniers temps. Il y avait quelque chose en lui qui faisait que son image s'attardait dans son esprit longtemps après leurs rencontres. Aucun autre homme de sa connaissance n'était aussi scandaleusement viril que Hunt, ni ne s'était intéressé aussi ouvertement à elle. Et voilà qu'elle se surprenait, dans les dernières semaines d'une saison ratée, à envisager des choses auxquelles nulle jeune fille convenable n'était censée songer. Elle savait qu'elle n'aurait pas beaucoup d'efforts à fournir pour devenir la maîtresse de Hunt. Tous ses ennuis ne seraient alors plus qu'un vieux souvenir. Il était fort riche, et réglerait les dettes de sa famille en plus de lui offrir de beaux vêtements, des bijoux, une voiture personnelle, sa propre maison… tout cela si elle acceptait de coucher avec lui.

À cette pensée, une onde brûlante la traversa. Elle essaya de s'imaginer au lit avec Simon Hunt – les choses qu'il pourrait exiger d'elle, ses mains sur son corps, sa bouche…

Rougissant furieusement, elle chassa cette image en hâte et se mit à tripoter les roses en soie qui ornaient son chapeau. Si elle devenait la maîtresse de Simon Hunt, il la posséderait complètement, au lit comme hors du lit, et la pensée d'être entièrement à sa merci était épouvantable. Une petite voix moqueuse lui susurra alors : « L'honneur est-il si important pour toi ? Plus important que le bien-être de ta famille ? Ou même que ta propre survie ? »

« Oui, songea-t-elle, les yeux fixés sur son reflet. À cet instant précis, il l'est. »

Elle ne pouvait répondre pour plus tard. Mais tant qu'il resterait ne serait-ce qu'un vestige d'espoir, elle se battrait pour conserver sa dignité.

5

Avec ses escarpements spectaculaires, ses profondes vallées verdoyantes, ses rivières à truites, le Hampshire offrait quantité d'activités physiques. Le domaine du comte de Westcliff, Stony Cross Park, était serti, tel un joyau, dans une vallée fertile, au bord d'une rivière qui serpentait parmi des hectares de bois. Il semblait y avoir des invités en permanence, car Westcliff était un hôte accompli en même temps qu'un chasseur passionné.

Apparemment, lord Westcliff n'usurpait pas sa réputation d'homme d'honneur et de principes. Il n'était pas du genre à être compromis dans un scandale, et ne semblait pas avoir beaucoup d'indulgence pour les intrigues et la moralité flottante de la bonne société londonienne. Il passait le plus clair de son temps à la campagne, à s'occuper de son domaine, ne se rendant à Londres que lorsque ses affaires l'exigeaient ou qu'un problème politique requérait sa présence.

C'était lors d'un de ces voyages qu'Annabelle avait fait la connaissance du comte, au cours d'une soirée où on les avait présentés l'un à l'autre. Même s'il n'était pas beau à proprement parler, Westcliff n'était pas dépourvu de séduction. De taille moyenne, il possédait la silhouette athlétique d'un homme rompu aux exercices de plein air, et il émanait de lui une virilité incontestable. Si l'on ajoutait à cela une immense fortune personnelle et un comté parmi les plus anciens du royaume, il apparaissait comme l'un des partis les plus intéressants d'Angleterre.

Naturellement, Annabelle n'avait pas attendu une deuxième rencontre pour commencer à flirter avec lui. Cependant, Westcliff était immunisé contre ce genre d'entreprises et l'avait immédiatement classée dans la catégorie des chasseuses de mari – ce qui l'avait mortifiée, même si c'était la vérité.

Depuis cette rebuffade, Annabelle s'efforçait de l'éviter. Mais elle aimait bien sa sœur cadette, lady Olivia, une jeune fille au cœur tendre qu'un scandale avait salie par le passé. C'était grâce à elle qu'Evangeline et Annabelle avaient été invitées à Stony Cross Park. Durant les trois semaines à venir, les proies de toutes sortes, à quatre pattes comme à deux jambes, allaient subir un siège en règle.

— Milady ! s'écria Annabelle comme lady Olivia s'approchait pour les accueillir. Que c'est gentil de votre part de nous avoir invitées. Londres était étouffant, et la fraîcheur du Hampshire est exactement ce dont nous avons besoin.

Lady Olivia sourit. Bien que petite et dotée de traits quelconques, elle irradiait tellement de bonheur qu'elle semblait ravissante en cet instant. Selon Lillian, lady Olivia était fiancée à un milliardaire américain. Lorsque Annabelle lui avait demandé dans sa dernière lettre s'il s'agissait d'un mariage d'amour, Lillian avait répondu que oui, d'après la rumeur, mais elle avait ajouté, non sans ironie : *Mon père prétend que l'alliance entre les deux familles sera certainement à l'avantage financier de lord Westcliff, et que c'est la raison pour laquelle le comte a donné son accord.* Aux yeux de ce dernier, les sentiments arrivaient loin derrière les considérations pratiques.

Lady Olivia prit les mains d'Annabelle entre les siennes et répliqua en riant :

— Et vous êtes précisément ce dont *nous* avons besoin ! Le manoir est littéralement assiégé par des mâles en quête d'exercice physique. J'ai averti le comte que nous devions impérativement inviter quelques femmes pour que l'atmosphère demeure raisonnablement civilisée. Laissez-moi vous accompagner jusqu'à votre chambre.

Relevant les jupes de sa nouvelle robe de mousseline rose pâle, Annabelle pénétra dans le hall en compagnie d'Olivia.

— Comment va lord Westcliff ? s'enquit-elle, alors qu'elles commençaient à gravir le splendide escalier en fer à cheval.

— Mon frère se porte comme un charme, mais je crains que la préparation de mon mariage ne le rende fou. Il insiste pour surveiller jusqu'aux moindres détails.

— La preuve de son affection pour vous, j'en suis certaine, commenta Philippa.

Lady Olivia eut un petit rire ironique.

— Plutôt la preuve de son besoin de tout contrôler. Il ne sera pas aisé de lui dénicher une épouse capable de lui tenir tête, j'en ai peur.

Surprenant le coup d'œil éloquent de sa mère, Annabelle secoua imperceptiblement la tête. La laisser cultiver quelque espoir de ce côté-là était inutile. Toutefois…

— Il se trouve que je connais une jeune fille non dépourvue de volonté, et charmante de surcroît. C'est une Américaine, en fait.

— Faites-vous allusion à l'une des sœurs Bowman ? Je n'ai pas encore fait leur connaissance, bien que leur père ait déjà séjourné à Stony Cross.

— Les deux sœurs sont absolument délicieuses, assura Annabelle.

— Merveilleux ! s'exclama lady Olivia. Tout espoir n'est donc pas perdu pour mon frère.

Arrivées au premier étage, elles s'arrêtèrent un instant pour observer les gens qui se pressaient dans le vestibule, en contrebas.

— J'ai bien peur qu'il n'y ait pas autant de célibataires qu'on pourrait le souhaiter, fit remarquer lady Olivia. Il y en a néanmoins quelques-uns… Lord Kendall, par exemple. À l'occasion, je vous le présenterai, si vous le voulez.

— Je vous remercie, j'en serai vraiment ravie.

— Malheureusement, il est assez réservé, je crois. Étant donné votre vivacité, il se peut qu'il ne vous plaise pas.

— N'en croyez rien, se hâta d'assurer Annabelle. Les hommes qui montrent une réserve pleine de dignité sont beaucoup plus plaisants que ceux qui ne cessent de plastronner et de se vanter.

« Comme Simon Hunt, dont la haute opinion qu'il a de lui-même est si évidente », ajouta-t-elle à part soi.

Avant qu'elle puisse répondre, le regard de lady Olivia fut attiré par celui d'un grand jeune homme blond, qui se tenait dans le hall. À son allure désinvolte, l'épaule appuyée contre une colonne et les mains enfoncées dans les poches, Annabelle devina qu'il était américain. Ce que confirmèrent son sourire un peu insolent et la décontraction avec laquelle il portait ses vêtements élégants. De plus, lady Olivia rougit et parut manquer d'air.

— Veuillez me pardonner, je… Mon fiancé… Je crois qu'il a quelque chose à me demander…

L'air ailleurs, elle s'éloigna en précisant par-dessus son épaule que leur chambre était la cinquième sur la droite. Aussitôt, une femme de chambre apparut, et Annabelle poussa un soupir.

— La compétition pour lord Kendall s'annonce impitoyable, s'inquiéta-t-elle à voix haute. J'espère qu'il n'est pas déjà pris.

— Il ne peut pas être le seul célibataire, fit remarquer Philippa. N'oublions pas lord Westcliff.

— Abandonnez tout espoir en ce qui le concerne, l'avertit Annabelle d'un ton désabusé. Le comte n'a pas semblé particulièrement séduit lors de notre rencontre.

— Une grave erreur de jugement de sa part, répliqua sa mère, indignée.

Annabelle sourit et serra doucement sa main gantée.

— Merci, maman. Mais j'ai intérêt à viser une cible beaucoup plus facile à atteindre.

Parmi les invités qui continuaient d'arriver, certains se rendaient directement dans leur chambre pour s'y rafraîchir, et éventuellement faire une sieste en prévision du dîner et des danses qui lui succéderaient. Les dames avides de potins se rassemblaient dans le salon et la salle de jeu, tandis que certains messieurs jouaient au billard ou fumaient dans la bibliothèque. Quand la domestique eut fini de déballer leurs vêtements, Philippa décida de se reposer un peu. Quoique petite, leur chambre était néanmoins charmante, avec son papier peint à fleurs et ses fenêtres encadrées de rideaux de soie bleu pâle.

Trop excitée pour dormir, et n'osant déranger Evangeline et les Bowman, qui étaient sans doute arrivées, mais souhaitaient peut-être se remettre de la fatigue du voyage, Annabelle décida d'explorer les alentours du manoir. La journée était belle et ensoleillée, et elle avait besoin de bouger après le long trajet en voiture. Elle se changea rapidement, puis se glissa dehors par une porte de service.

L'atmosphère de Stony Cross Park avait quelque chose de magique. Alors que les bois environnants étaient aussi denses qu'une forêt vierge, le jardin, qui s'étendait sur plusieurs hectares, était d'une grande diversité, alternant haies taillées au cordeau, bosquets, clairière, étangs et fontaines.

En proie à un optimisme soudain, Annabelle inspira une grande goulée d'air pur et entreprit de longer les jardins en terrasses. Elle emprunta ensuite une allée de gravier bordée de plates-bandes de géraniums et de pavots qui la mena jusqu'à un verger de poiriers auxquels des décennies de taille avaient donné des formes étranges.

Un peu plus loin, un tunnel de bouleaux argentés rejoignait des sous-bois qui paraissaient se fondre dans la forêt alentour. Le sentier se terminait devant un parterre circulaire au milieu duquel était dressée une table de pierre. En s'approchant, Annabelle vit les restes de deux bougies posées directement sur la pierre. Elle ne put réprimer un sourire nostalgique ; le lieu constituait en effet un décor idéal pour un rendez-vous romantique.

Peu sensibles à l'atmosphère bucolique qui imprégnait l'endroit, cinq canards traversèrent en file indienne le parterre en direction d'un bassin surélevé, de l'autre côté du jardin. Ils étaient visiblement habitués aux nombreux visiteurs de Stony Cross Park, car ils ne prêtèrent aucune attention à Annabelle. Ils cancanaient avec un tel entrain et se dandinaient si comiquement qu'elle ne put s'empêcher de rire.

Elle riait encore lorsqu'elle entendit crisser le gravier sous un pas lourd. C'était un homme qui revenait de toute évidence d'une promenade dans la forêt. Quand il leva la tête, interdit, son regard sombre croisa le sien.

Annabelle se figea.

Il s'agissait de Simon Hunt !

Le choc de le voir ici, à Stony Cross, la laissa sans voix. Elle l'avait toujours associé à la vie urbaine, ne l'ayant jamais rencontré ailleurs que dans des soirées, en cravate et chemise empesées. Cependant, dans cet environnement naturel, baigné de lumière, il semblait tout autre. Sa carrure imposante, si peu compatible avec la coupe étroite des tenues de soirée, paraissait parfaitement adaptée à la rude étoffe de sa veste de chasse et à la chemise toute simple ouverte au col. Il avait la peau hâlée, et le soleil allumait des reflets chauds dans ses cheveux non pas bruns, comme elle le croyait, mais d'un châtain profond. Dans son visage ciselé par la lumière vive, seule la courbe de ses cils sombres et de sa lèvre inférieure apportait une touche de douceur.

Aussi stupéfaits l'un que l'autre, ils se dévisagèrent en silence, comme si quelqu'un avait posé une question à laquelle aucun d'eux ne savait répondre.

L'instant s'étira inconfortablement jusqu'à ce que Simon Hunt déclare finalement :

— C'était un bien joli son…

Annabelle lutta pour recouvrer l'usage de la parole.

— Quoi donc ?

— Votre rire.

Elle ressentit un petit pincement au niveau du plexus, qui n'était ni de douleur ni de plaisir. Spontanément, elle posa la main à l'endroit de cet élancement inconnu. Le regard de Hunt glissa sur sa main avant de revenir lentement à son visage, puis il s'approcha de la table en pierre.

— Je ne m'attendais pas à vous voir à Stony Cross, avoua-t-il, sans cesser de la contempler avec une attention qui la déconcerta. C'est pourtant logique, pour une femme dans votre situation.

Annabelle plissa les yeux.

— Dans ma situation ?

— Essayant d'attraper un mari, précisa-t-il.

— Je n'essaie pas « d'attraper » qui que ce soit, monsieur Hunt, rétorqua-t-elle avec un regard hautain.

— Lançant l'hameçon, continua-t-il, ferrant une victime sans méfiance et la ramenant sur le pont, la bouche béante.

Annabelle pinça les lèvres.

— Tranquillisez-vous, monsieur Hunt, je n'ai pas l'intention de vous priver de votre précieuse liberté. Vous êtes le tout dernier sur ma liste.

— Quelle liste ?

Hunt l'observa durant le silence tendu qui s'ensuivit.

— Ah. Vous avez vraiment établi une liste des maris potentiels ? reprit-il, une lueur amusée dans les yeux. C'est un soulagement d'apprendre que je ne suis pas dans la course, car je suis résolu à éviter le mariage à tout prix. Mais la curiosité me dévore… Qui est en haut de la liste ?

Annabelle ne répondit. Tout en se maudissant de céder à la tentation, elle ne put s'empêcher de tendre la main vers l'un des bouts de chandelle pour en gratter le bord avec l'ongle.

— Westcliff, probablement, fit Hunt.

Tout en s'asseyant à demi sur la table, Annabelle émit un grommellement méprisant.

— Certainement pas. Je n'épouserais pas le comte même s'il me suppliait à genoux.

Ce mensonge éhonté arracha un éclat de rire à Hunt.

— Un lord de cette lignée, avec sa fortune ? Vous ne reculeriez devant rien pour l'avoir.

Désinvolte, il s'assit de l'autre côté de la table. Annabelle prit sur elle pour ne pas reculer. En général, une conversation entre un gentleman et une dame obéissait à la règle implicite selon laquelle il ne ferait rien qui soit susceptible de l'embarrasser…

Mais avec Simon Hunt, il n'existait aucune garantie de ce genre.

— Pourquoi êtes-vous ici ? voulut-elle savoir.

— Je suis un ami de Westcliff.

Annabelle était incapable d'imaginer le comte ayant pour ami un homme comme Hunt.

— Pourquoi vous fréquenterait-il ? Et n'essayez pas de prétendre que vous avez quelque chose en commun avec lui. Vous êtes aussi différents l'un de l'autre que la craie et le fromage.

— Il se trouve pourtant que le comte et moi avons des intérêts communs. Nous aimons chasser, et nous partageons un nombre remarquable de convictions politiques. Contrairement à la plupart de ses pairs, Westcliff refuse de se laisser enchaîner par les principes de la vie aristocratique.

— Seigneur, vous semblez considérer l'appartenance à la noblesse comme l'équivalent d'un emprisonnement, railla Annabelle.

— C'est le cas, effectivement.

— Dans ce cas, j'ai hâte de m'incarcérer moi-même et de jeter les clefs.

Cela fit rire Hunt.

— Vous feriez probablement une épouse d'aristocrate convenable.

Son ton étant loin d'être flatteur, Annabelle se renfrogna.

— Si vous les aimez si peu, je me demande pourquoi vous passez autant de temps avec eux, répliqua-t-elle.

— Ils ont leur utilité, admit-il, une lueur espiègle dans le regard. Et je n'ai pas dit que je ne les aimais pas. Je n'ai simplement aucun désir d'être l'un d'entre eux. Au cas où vous ne l'auriez pas remarqué, l'aristocratie – ou du moins son mode de vie – est en train de disparaître.

Annabelle ouvrit de grands yeux, véritablement choquée par ces propos.

— Que voulez-vous dire ?

— La plupart des propriétaires terriens perdent leur fortune, qui ne cesse d'être morcelée pour entretenir des familles toujours plus nombreuses… Et puis, il y a la transformation de l'économie à laquelle il faut faire face. Le règne du grand propriétaire terrien touche à sa fin. Seuls les hommes comme Westcliff, ouverts aux nouvelles techniques, survivront au changement.

— Avec votre inestimable assistance, bien sûr, commenta Annabelle.

— C'est exact, répondit Hunt avec une telle satisfaction qu'elle ne put s'empêcher de rire.

— Avez-vous jamais songé à feindre l'humilité, monsieur Hunt ? Ne serait-ce qu'au nom de la politesse ?

— Je ne crois pas à la fausse modestie.

— Pourtant, les gens vous en aimeraient peut-être davantage.

— Vous aussi ?

Elle planta les ongles dans la cire molle et jeta un regard furtif à Hunt pour mesurer le degré de moquerie dans ses yeux. Elle fut abasourdie de ne pas en trouver trace. Il semblait sincèrement intéressé par sa réponse. Comme il la dévisageait avec insistance, elle sentit, consternée, le rouge lui monter au visage. Elle ne se sentait pas du tout à l'aise dans cette situation, seule avec Simon Hunt qui s'inclinait vers elle tel un pirate nonchalant et indiscret. Son regard tomba sur sa grande main bronzée posée à plat sur la table ; ses ongles étaient coupés si court qu'on distinguait à peine le croissant blanc.

— « Aimer » serait aller un peu loin, répondit Annabelle en s'obligeant à lâcher le bout de chandelle.

Plus elle essayait de contrôler son rougissement, plus il s'intensifiait, jusqu'à gagner la racine de ses cheveux.

— Je suppose que votre compagnie me serait moins pénible si vous tentiez de vous conduire en gentleman.

— Par exemple ?

— Pour commencer… le… le plaisir que vous prenez à corriger les gens.

— L'honnêteté n'est-elle pas une vertu ?

— Si… mais elle ne rend pas forcément la conversation agréable !

Il laissa échapper un rire bas, qu'elle décida d'ignorer.

— Et la manière dont vous parlez si ouvertement d'argent est vulgaire, surtout aux yeux des classes supérieures. Les gens bien élevés prétendent ne pas se préoccuper d'argent, de la manière d'en gagner ou de l'investir, ni d'aucune de ces choses dont vous aimez discuter.

— Je n'ai jamais compris pourquoi on considérait avec un tel dédain la quête enthousiaste de la richesse.

— Peut-être parce qu'une telle quête s'accompagne de tant de vices… cupidité, égoïsme, duplicité…

— Des défauts que je n'ai pas.

Annabelle haussa les sourcils.

— Vraiment ?

Souriant, Hunt secoua lentement la tête.

— Si j'étais cupide et égoïste, je garderais pour moi la plus grande partie de mes bénéfices. Or, mes associés pourront vous dire qu'ils ont été coquettement récompensés de leurs investissements. Et mes employés sont bien payés, de l'avis de tout le monde. Quant à être hypocrite… Je crois qu'il est assez évident que j'ai le problème inverse : je dis la vérité, ce qui est pratiquement impardonnable dans une société civilisée.

Sans trop savoir pourquoi, Annabelle ne put s'empêcher de lui rendre son sourire. Puis elle s'écarta de la table, lissa ses jupes du plat de la main.

— Je ne vais pas gaspiller plus de temps à vous enseigner la manière d'être poli quand il est manifeste que vous ne souhaitez pas l'être.

— Vous n'avez pas gaspillé votre temps, assura-t-il en contournant la table pour la rejoindre. Je vais réfléchir sérieusement à la façon de changer ma façon d'être.

— Ne vous donnez pas cette peine, répliqua-t-elle sans cesser de sourire. J'ai bien peur que vous ne soyez une cause perdue. À présent, si vous voulez bien m'excuser, je vais continuer ma promenade dans le jardin. Je vous souhaite un bon après-midi, monsieur Hunt.

— Laissez-moi vous accompagner, dit-il doucement. Vous pourrez continuer à me sermonner. Je vous promets même d'écouter.

Elle fronça le nez avec impertinence.

— Non, vous n'écouterez pas.

Elle reprit l'allée de gravier, consciente du regard dont il l'accompagna jusqu'à ce qu'elle disparaisse dans le verger.

6

Juste avant le dîner, Annabelle, Lillian et Daisy se retrouvèrent dans la salle de réception du rez-de-chaussée, une vaste pièce, garnie de chaises et de tables en abondance, où la plupart des invités avaient choisi de se rassembler.

— J'aurais dû deviner que cette robe t'irait cent fois mieux qu'à moi ! s'écria Lillian joyeusement en étreignant Annabelle avant de la tenir à bout de bras pour l'examiner. Franchement, c'est une torture d'avoir pour amie quelqu'un d'aussi ravissant.

Annabelle portait une autre de ses nouvelles robes – en satin jaune, dont la jupe de tulle était retenue à intervalles réguliers par de minuscules bouquets de violettes en soie. Ses cheveux étaient attachés en un chignon aux torsades complexes.

— J'ai de nombreux défauts, signala-t-elle à Lillian avec un sourire.

— Vraiment ? Lesquels ?

— Je ne vais quand même pas les avouer si tu ne les as pas encore remarqués.

— Lillian parle de ses défauts à tout le monde, intervint Daisy, dont les yeux bruns pétillaient. Elle en est *fière*.

— J'ai un caractère épouvantable, reconnut sa sœur d'un air suffisant. Et je jure comme un marin.

— Qui t'a appris ? s'étonna Annabelle.

— Ma grand-mère. Elle était lavandière. Et mon grand-père était le fabricant de savon chez lequel elle s'approvisionnait. Comme elle travaillait près des docks, la plupart de ses clients étaient des marins et des débardeurs, qui lui ont appris des mots si vulgaires que les rubans de tes cheveux friseraient s'ils les entendaient.

Annabelle se retint pour ne pas éclater de rire. Elle était conquise par l'esprit frondeur des deux sœurs, si différentes de tout ce qu'elle avait connu jusqu'alors. Malheureusement, il était difficile d'imaginer l'une ou l'autre heureuse en femme d'aristocrate. La plupart de ces messieurs souhaitaient une épouse digne, sereine et effacée, qui n'aurait pour ambition que de faire de son mari l'unique objet de son attention admirative. Et pourtant, Annabelle appréciait tant la compagnie des Bowman qu'elle aurait trouvé dommage de les voir réprimer cette audace innocente qui les rendait si attachantes.

Elle aperçut Evangeline, qui pénétrait dans la pièce avec la réticence d'une souris face à une portée de chats. Ses traits se détendirent cependant dès qu'elle repéra ses amies. Après avoir murmuré quelques mots à sa tante – une femme à l'air revêche –, elle se dirigea vers elles avec un sourire.

— Evangeline ! s'écria Daisy en esquissant un mouvement pour courir à sa rencontre.

Annabelle la rattrapa par le bras et lui chuchota à l'oreille :

— Attends ! Si tu attires l'attention sur Evangeline, elle risque de s'évanouir d'embarras.

Nullement décontenancée, Daisy lui adressa un grand sourire.

— Tu as raison. Je suis une vraie barbare.

— Je ne dirais pas ça, ma chérie... murmura Lillian.

— Merci, fit Daisy, surprise.

— Tu n'es qu'une quasi-barbare, précisa sa sœur.

Ravalant un éclat de rire, Annabelle glissa le bras autour de la taille mince d'Evangeline.

— Tu es ravissante, ce soir, lui dit-elle.

La chevelure d'Evangeline avait été rassemblée sur le sommet de son crâne en un amas de boucles cuivrées. La constellation de taches de rousseur sur son nez et ses joues ajoutait encore à son charme ; on aurait dit que la nature, succombant à un caprice, l'avait aspergée de gouttelettes de soleil.

— T-tante Flo-Florence trouve que j'ai l'air d'une t-torche, avec mes cheveux relevés ainsi.

— Ta tante Florence ferait mieux de s'abstenir de ce genre de commentaire, alors qu'elle-même a l'air d'un croque-mitaine, riposta Daisy d'un air courroucé.

— Daisy, tais-toi, lui intima Lillian avec sévérité.

Annabelle songea au peu qu'elle savait d'Evangeline. Sa mère était morte jeune, et sa tante, qui l'avait accueillie au sein de sa respectable famille, paraissait prendre un plaisir cruel à laminer le peu de confiance en soi qu'elle possédait.

— Pas… pas un croque-mitaine, rectifia Evangeline avec un sourire amusé. J'ai… j'ai toujours trouvé qu'elle ressemblait plutôt à… à un troll.

La repartie enchanta Annabelle.

— Dites-moi, l'une d'entre vous aurait-elle déjà vu lord Kendall ? s'enquit-elle. J'ai ouï dire que c'était l'un des rares célibataires et, à part Westcliff, le seul qui soit titré.

— La compétition pour Kendall s'annonce brutale, commenta Lillian. Heureusement, Daisy et moi venons juste de concevoir un plan pour contraindre un gentleman sans méfiance au mariage.

— Je redoute de poser la question, dit Annabelle en leur faisant signe de se rapprocher, mais… quel est-il ?

— Tu useras de tes charmes pour l'entraîner dans une situation compromettante. Sur ces entrefaites, et comme par hasard, nous vous « surprendrons ». L'honneur contraindra alors ce gentleman à te demander ta main.

— Brillant, non ? fit Daisy.

Evangeline jeta à Annabelle un regard dubitatif.

— C'est plu-plutôt sournois, tu ne trouves pas ?

— Le « plutôt » est de trop, répliqua Annabelle, mais je crains de n'avoir pas mieux à proposer. Et toi ?

— Moi non plus, admit Evangeline. La question est : dé-désespérons-nous à ce point de trouver un mari que nous sommes prêtes à recourir à n'importe quel moyen, mêm... même déloyal ?

— En ce qui me concerne, oui, répondit Annabelle sans hésiter.

— Nous aussi, déclara joyeusement Daisy.

Evangeline les regarda toutes les trois d'un air incertain.

— Je trouve dif-difficile d'être dénuée de tout scrupule. Moi, je... j'aurais du mal à user de tromperie pour obliger un homme à...

— Evangeline, l'interrompit Lillian avec impatience, les hommes *s'attendent* à être trompés dans ce genre de choses. Ils sont plus heureux ainsi. Si nous nous montrions directes avec eux, la simple perspective du mariage leur paraîtrait si terrible qu'aucun d'eux ne se résoudrait à franchir le pas.

Annabelle la regarda avec une inquiétude feinte.

— Tu es impitoyable.

— C'est mon héritage familial, répliqua Lillian avec un sourire suave. Les Bowman sont impitoyables par nature. Nous pouvons même nous montrer diaboliques à l'occasion.

Tout en riant, Annabelle reporta son attention sur Evangeline, qui fronçait les sourcils d'un air perplexe.

— Evangeline, dit-elle avec douceur, jusqu'à présent, j'ai essayé d'agir comme il le fallait. Mais cela ne m'a menée nulle part. Désormais, je souhaite tenter une autre méthode. Pas toi ?

Evangeline n'était visiblement pas entièrement convaincue, mais elle rendit les armes avec un hochement de tête résigné.

— Voilà qui est mieux, fit Annabelle.

Alors qu'elles conversaient, un léger remous dans l'assistance signala l'arrivée de lord Westcliff. Tout à fait à l'aise dans son rôle de maître de cérémonie, il commença à apparier les messieurs et les dames pour former la procession qui se dirigerait vers la salle à manger. Même s'il n'était pas l'homme le plus grand de la salle, il possédait une présence magnétique qu'il était impossible d'ignorer. Annabelle se demanda ce qui conférait à certaines personnes une telle qualité – ce quelque chose d'indicible qui donnait une signification particulière à chacun des gestes qu'elles effectuaient, à chacun des mots qu'elles prononçaient. Jetant un coup d'œil à Lillian, elle vit que celle-ci l'avait remarqué, elle aussi.

— Voilà un homme qui a une haute opinion de lui-même, observa Lillian, pince-sans-rire. Je me demande ce qui pourrait lui faire rabattre de sa superbe – si une telle chose est possible.

— J'en doute, répliqua Annabelle. Mais j'aimerais bien être présente le jour où cela se produira.

Evangeline se rapprocha d'elle et lui donna un léger coup de coude.

— C'est lord… lord Kendall, dans le coin.

— Comment le sais-tu ?

— Parce qu'il est assailli par une dizaine de femmes qui tournent autour de lui comme des re-requins.

— Bien vu, avoua Annabelle en s'attardant sur le jeune homme et sa cour.

William, lord Kendall, semblait abasourdi par l'attention inhabituelle que lui accordait la gent féminine. C'était un jeune homme blond, mince, et qui portait des lunettes. La lumière se reflétait sur ses verres tandis que son regard allait d'un visage à l'autre. L'intérêt passionné dont un homme aussi timide faisait soudain l'objet prouvait qu'il n'y avait pas d'aphrodisiaque plus puissant, pour les filles à marier, que la fin de la saison. Alors qu'elles considéraient Kendall comme suprêmement inintéressant en janvier, ces mêmes filles le trouvaient irrésistible au mois de juin.

— Il a l'air gentil, dit Annabelle d'un air songeur.

— Il a l'air du genre facilement effarouché, fit remarquer Lillian. À ta place, j'essaierais de paraître aussi faible et timide que possible devant lui.

Annabelle lui adressa un regard ironique.

— La faiblesse n'a jamais été mon fort. Je veux bien essayer la timidité, mais je ne promets rien.

— Je ne crois pas que tu auras de difficultés à détourner l'attention de Kendall de ces filles, assura Lillian. Après le dîner, quand tout le monde reviendra ici pour le thé, nous trouverons un moyen de te faire présenter.

— Je ne vois pas comment… commença Annabelle, qui s'interrompit en sentant un léger picotement sur la nuque, comme si quelqu'un s'amusait à la frôler avec une fougère.

Perplexe, elle levait la main vers son cou quand son regard croisa celui de Simon Hunt.

Il se tenait de l'autre côté de la pièce, l'épaule nonchalamment appuyée contre un pilastre, en compagnie de trois hommes qui discutaient avec animation. Son attitude détendue était trompeuse, car il avait le regard intense d'un chat qui s'apprête à bondir. Il était clair qu'il avait remarqué son intérêt pour Kendall.

Très ennuyée, Annabelle lui tourna délibérément le dos. Elle n'excluait pas que cet individu lui mette des bâtons dans les roues.

— Avez-vous remarqué que M. Hunt était ici ? demanda-t-elle à voix basse.

Ses amies écarquillèrent les yeux.

— *Ton* M. Hunt ? s'exclama Lillian, tandis que Daisy le cherchait aussitôt des yeux.

— Ce n'est pas le mien ! protesta Annabelle avec une grimace comique. Mais oui, il est de l'autre côté de la pièce. En fait, je l'ai croisé un peu plus tôt. Il prétend être un ami proche du comte.

Les sourcils froncés, elle ajouta d'un ton sinistre :

— Il fera tout son possible pour contrecarrer nos plans.

— Il… il serait vraiment assez ég-égoïste pour t'empêcher de te marier ? lâcha Evangeline, stupéfaite. Avec l'intention de faire de toi sa… une…

— Femme entretenue, acheva Annabelle à sa place. Ce n'est pas impossible. M. Hunt a la réputation de ne pas se laisser arrêter par quoi que ce soit pour obtenir ce qu'il veut.

— C'est possible, intervint Lillian, le visage dur, mais il ne t'aura pas, *toi*. Je te le promets.

Le dîner fut grandiose ; plats et soupières en argent se succédèrent autour des trois longues tables de la salle à manger. Annabelle imaginait mal que tous les dîners se déroulent ainsi, mais son voisin de gauche, le vicaire de la paroisse, lui assura qu'il en était toujours ainsi chez les Westcliff.

— Les bals et les soupers donnés par le comte et sa famille sont renommés, lui confia-t-il. Lord Westcliff est l'hôte le plus accompli de toute la noblesse.

Annabelle ne pouvait guère le contester. Cela faisait longtemps qu'elle n'avait pas mangé nourriture aussi exquise. Ce festin n'avait rien à voir avec les mets plus ou moins tièdes servis lors des soirées londoniennes. Pour une fois, elle était heureuse de ne pas être assise à côté d'un brillant causeur, car elle pouvait ainsi manger tout son soûl sans être interrompue. En outre, comme les domestiques ne cessaient de présenter de nouveaux plats extraordinaires, personne ne semblait remarquer la férocité bien peu féminine de son appétit.

Elle avala un bol de potage au champagne et au camembert, dévora de délicates escalopes de veau nappées d'une sauce aux herbes et accompagnées de gratin de courge à la crème, puis des filets de poisson en papillotes qui laissaient échapper un nuage de vapeur odorante quand on les ouvrait, de minuscules pommes de terre au beurre servies sur un lit de cresson et, plus ravissant que tout, des oranges évidées remplies de morceaux de fruits.

Elle était si absorbée que plusieurs minutes s'écoulèrent avant qu'elle ne remarque que Simon Hunt était assis non loin de lord Westcliff. Portant son verre de vin à ses lèvres, elle glissa un regard discret dans sa direction. Hunt était d'une élégance absolue, comme d'habitude. Il portait sous l'habit noir traditionnel un gilet d'un gris profond dont la soie luisait doucement. Son teint hâlé contrastait avec le blanc de sa chemise empesée et de sa cravate nouée à la perfection. Ses boucles brunes auraient eu besoin d'être pommadées... Déjà, l'une d'elles retombait sur son front. Pour une raison inconnue, cette boucle agaçait Annabelle. Elle avait envie de l'écarter de son visage.

Il ne lui échappa nullement que les voisines de Simon Hunt se disputaient son attention. Elle avait remarqué en d'autres occasions que les femmes semblaient le trouver fort attirant. Elle imputait cela à une combinaison de charme un peu canaille, de froide intelligence et d'expérience consommée du monde. Hunt avait l'air d'avoir fréquenté le lit de nombreuses femmes et de savoir exactement qu'y faire. Cela aurait dû le rendre moins séduisant, mais ce n'était pas le cas. Annabelle découvrait qu'il y avait quelquefois une grande différence entre ce que vous saviez être bon pour vous, et ce que vous vouliez vraiment. Elle aurait aimé le nier, mais Simon Hunt était le seul homme à l'avoir jamais physiquement attirée de la sorte.

Même si elle avait mené une vie assez protégée, elle connaissait quelques faits sommaires de l'existence. Son maigre savoir avait été acquis en entendant des allusions et en additionnant deux et deux. Elle avait été embrassée par quelques hommes qui lui avaient montré un intérêt passager au cours des quatre dernières années. Mais aucun de ces baisers, si romantique qu'ait été le lieu, si beau qu'ait été le jeune homme, n'avait provoqué en elle une réaction semblable à celui de Simon Hunt.

En dépit de ses efforts, Annabelle n'avait jamais pu oublier cet épisode dans le théâtre... la douce pression sensuelle de sa bouche sur la sienne, le plaisir irrésistible de son baiser. Elle aurait aimé savoir pourquoi cela avait été si différent avec Hunt, mais il n'y avait personne à qui le demander. En parler à sa mère était hors de question – elle aurait dû lui avouer avoir un jour accepté de l'argent d'un quasi-inconnu –, et elle pouvait difficilement raconter cet incident à ses nouvelles amies, qui n'en connaissaient pas plus qu'elle sur les baisers et les hommes.

Comme le regard de Hunt accrochait soudain le sien, Annabelle fut troublée de s'apercevoir qu'elle n'avait cessé de le fixer. En laissant libre cours à son imagination, qui plus est. Malgré la distance qui les séparait, ce fut comme si un éclair avait jailli entre eux. Son expression s'était comme figée, elle se demanda ce qui le fascinait à ce point. Rougissant violemment, elle s'obligea à détourner le regard et s'intéressa de nouveau au contenu de son assiette.

Après le dîner, les dames se retirèrent dans le petit salon pour prendre du café et du thé tandis que les messieurs s'attardaient dans la salle à manger pour savourer un porto. Suivant la tradition, les deux groupes se retrouvèrent ensuite dans le grand salon.

Annabelle rejoignit Evangeline, Lillian et Daisy.

— Avez-vous appris quelque chose au sujet de lord Kendall ? s'enquit-elle. A-t-il montré un intérêt particulier pour quelqu'un ?

— J'ai l'impression que le champ est libre, répondit Lillian.

— J'ai demandé à notre mère ce qu'elle savait de Kendall, enchaîna Daisy, et elle m'a répondu qu'il avait une fortune confortable et aucune dette.

— Comment le sait-elle ? s'étonna Annabelle.

— À sa demande, notre père a commandé un rapport écrit sur chaque célibataire titré du royaume, expliqua Daisy. Et elle l'a appris par cœur. Selon elle, le prétendant idéal serait un duc complètement ruiné dont le titre assurerait aux Bowman une situation mondaine brillante, tandis que notre argent nous garantirait la coopération du duc en question côté mariage.

Le sourire de Daisy se fit sarcastique, comme elle ajoutait en tapotant la main de sa sœur aînée :

— À New York, ils avaient inventé une épigramme sur Lillian : « Épouse Lillian, c'est un million que tu gagnes. » Elle a connu un tel succès que c'est une des raisons pour lesquelles nous avons dû venir à Londres. On nous considérait comme des imbéciles aux ambitions démesurées.

— Et nous ne le sommes pas ? demanda Lillian, ironique.

Daisy fit une grimace.

— J'ai eu de la chance, nous sommes parties avant qu'ils n'inventent une épigramme sur moi.

— Moi, j'en ai une, lança sa sœur. « Épouse Daisy, et à toi la belle vie ! »

Daisy lui jeta un regard éloquent, à quoi Lillian répondit d'un sourire.

— Ne craignez rien, continua-t-elle, nous finirons par réussir à infiltrer la bonne société londonienne. Nous épouserons lord Grevédedettes et lord Bourseplate, et nous accéderons enfin au rang de châtelaine.

Annabelle secoua la tête avec un sourire compatissant, pendant qu'Evangeline se levait avec un murmure d'excuse, sans doute pour aller satisfaire un besoin naturel. Annabelle éprouvait presque de la peine pour les sœurs Bowman, car il apparaissait que leurs chances de se marier par amour n'étaient pas plus grandes que les siennes.

— Ce sont vos deux parents qui souhaitent que vous épousiez un titre ? voulut-elle savoir. Qu'en pense votre père ?

Lillian haussa les épaules avec désinvolture.

— Aussi loin que je me souvienne, père n'a jamais rien pensé au sujet de ses enfants. Tout ce qu'il veut, c'est qu'on lui fiche la paix pour qu'il puisse gagner encore plus d'argent. Quand nous lui écrivons, il ne s'intéresse au contenu de la lettre que si nous lui demandons de retirer des fonds à la banque. Alors, il nous répond d'une seule phrase : *Permission accordée.*

Daisy semblait partager le cynisme amusé de son aînée.

— Je pense que les projets matrimoniaux de mère arrangent père, car ils l'occupent tellement qu'elle n'a plus le temps de l'enquiquiner.

— Eh bien, murmura Annabelle. Et il ne proteste jamais quand vous lui demandez plus d'argent ?

— Jamais, répondit Lillian, qui s'esclaffa devant l'expression envieuse d'Annabelle. Nous sommes monstrueusement riches, Annabelle… et j'ai trois frères aînés, tous célibataires. Serais-tu intéressée ? Si tu veux, j'en fais envoyer un par bateau pour que tu juges sur pièces.

— C'est tentant, mais non merci, répondit Annabelle. Je ne veux pas vivre à New York. Je préférerais être la femme d'un aristocrate.

— Est-ce vraiment si merveilleux d'être la femme d'un aristocrate ? s'enquit Daisy, dubitative. Vivre dans une de ces vieilles maisons pleines de courants d'air et sans aucun confort, et devoir apprendre toutes ces règles interminables sur la manière dont on doit faire la *moindre* chose…

— On n'est personne si on n'est pas mariée à un aristocrate, assura Annabelle. En Angleterre, appartenir à la noblesse est primordial. Cela détermine la façon dont les autres te traitent, les écoles que tes enfants fréquenteront, les endroits où tu seras invitée… Bref, chaque facette de ta vie.

— Je ne sais pas… commença Daisy, qui fut interrompue par le retour précipité d'Evangeline.

Même si rien ne semblait justifier une quelconque précipitation, ses yeux bleus étincelaient et ses joues étaient rouges d'excitation. Se perchant au bord du siège qu'elle avait quitté un peu plus tôt, elle se pencha vers Annabelle.

— J'ai… j'ai dû faire demi-tour pour… pour t'avertir, chuchota-t-elle, plus bégayante que jamais. Il est tout… tout seul !

— Qui ? chuchota Annabelle en retour. Qui est tout seul ?

— Lord Kendall ! Je l'ai vu sur… sur la terrasse, à l'arrière. Il est assis à une table.

Lillian fronça les sourcils.

— Peut-être a-t-il rendez-vous avec quelqu'un. Dans ce cas, Annabelle n'a pas intérêt à foncer comme un rhinocéros en chaleur.

— Pourrais-tu trouver une métaphore plus flatteuse, très chère ? demanda Annabelle d'une voix douce.

— Désolée, répondit Lillian avec un grand sourire. Simplement, agis avec circonspection.

— Compris, fit Annabelle en lui souriant à son tour, avant de se lever et de lisser ses jupes. Je vais prendre la mesure de la situation. Bon travail, Evangeline.

— Bonne chance, répliqua cette dernière en croisant les doigts, aussitôt imitée par ses deux compagnes.

C'est le cœur battant un peu plus vite qu'Annabelle traversa la maison. Elle savait pertinemment qu'elle s'aventurait dans le labyrinthe des règles compliquées qui régissaient la vie sociale. Une dame ne devait jamais délibérément rechercher la compagnie d'un gentleman ; mais si leurs chemins se croisaient par accident, ou s'il advenait qu'ils se retrouvent assis sur le même sofa, ils pouvaient échanger quelques propos anodins. Ils ne devaient jamais rester seuls, à moins d'être à cheval ou dans une voiture découverte. Et si jamais une jeune fille rencontrait un gentleman alors qu'elle se rendait dans un jardin pour s'y promener, elle devait s'assurer que la situation ne risquait pas de paraître compromettante.

À moins, bien sûr, qu'elle ne voulût être compromise.

En s'approchant de l'enfilade de portes-fenêtres qui ouvraient sur la terrasse, Annabelle aperçut sa proie. Comme Evangeline l'avait rapporté, lord Kendall était assis, seul, devant une table ronde, une jambe allongée devant lui. Il semblait savourer un répit momentané après l'atmosphère surchauffée de la maison.

Discrètement, Annabelle gagna la porte la plus proche et se glissa sur la terrasse. Il flottait dans l'air un parfum discret de bruyère et de myrte des marais, et l'on entendait le murmure rafraîchissant de la rivière qui coulait de l'autre côté des jardins. Gardant la tête baissée, Annabelle se frotta les tempes du bout des doigts comme si elle était affligée d'une migraine. Parvenue à quelques pas de la table de Kendall, elle leva les yeux et affecta de sursauter.

— Oh...

Il lui fut aisé de paraître essoufflée, car l'enjeu la rendait nerveuse.

— Je ne m'étais pas rendu compte qu'il y avait quelqu'un...

Kendall se leva et les verres de ses lunettes brillèrent à la lueur de la torche éclairant la terrasse. Il était si mince que sa veste semblait flotter sur son corps. Alors qu'il avait une tête de plus qu'Annabelle, elle n'aurait pas été surprise d'apprendre qu'il faisait le même poids qu'elle. Il paraissait à la fois timide et sur ses gardes, tel un daim prêt à s'enfuir d'un bond. Tout en l'étudiant, elle se fit la remarque que ce n'était pas le genre d'homme qui l'aurait attirée spontanément. Mais, après tout, elle n'aimait pas non plus les *rollmops*. Pourtant, si elle avait été affamée et que quelqu'un lui en avait tendu un bocal, elle n'aurait pas fait la fine bouche.

— Bonsoir, la salua Kendall d'une voix douce et raffinée, bien qu'un peu haut perchée. Il n'y a pas lieu de vous inquiéter. Je suis inoffensif, vraiment.

— Permettez-moi de réserver mon jugement, dit Annabelle en souriant, avant de tressaillir comme si cet effort lui avait été douloureux. Pardonnez-moi de vous avoir dérangé, monsieur. Je voulais respirer un peu d'air frais.

Elle inspira jusqu'à ce que ses seins gonflent de façon charmante son corsage, avant d'ajouter :

— L'atmosphère à l'intérieur de la maison est plutôt oppressante, vous ne trouvez pas ?

Kendall s'approcha, les mains à demi levées comme s'il craignait qu'elle ne se trouve mal sur la terrasse.

— Puis-je aller vous chercher quelque chose ? Un verre d'eau ?

— Non, je vous remercie. Quelques instants au grand air suffiront à me remettre, assura Annabelle en se laissant tomber avec grâce sur la chaise la plus proche. Encore que...

Elle se tut en s'efforçant de prendre un air gêné.

— Il vaudrait mieux que l'on ne nous voie pas ici sans chaperon. D'autant que nous n'avons même pas été présentés l'un à l'autre.

Il s'inclina légèrement.

— Lord Kendall, pour vous servir.

— Mlle Annabelle Peyton. Asseyez-vous, je vous prie, ajouta-t-elle en désignant du regard la chaise vide à côté d'elle. Je vous promets de me sauver dès que j'aurai recouvré mes esprits.

Kendall obéit, non sans circonspection.

— C'est inutile, dit-il. Restez aussi longtemps que vous le souhaitez.

Voilà qui était encourageant. Se souvenant du conseil de Lillian, Annabelle réfléchit à sa réplique suivante. Puisque Kendall était poursuivi sans relâche par une horde de femmes, elle avait intérêt à se distinguer en prétendant être la seule qui ne s'intéressait pas à lui.

— Je devine la raison de votre présence ici, dit-elle avec un sourire. Vous devez chercher désespérément à échapper aux femmes qui vous assiègent.

Kendall lui adressa un regard surpris.

— Pour être franc, oui. Je dois dire que je n'ai jamais été reçu dans une maison où les invitées se montraient aussi excessivement amicales.

— Attendez la fin du mois. Elles seront alors si amicales que vous aurez besoin d'un fouet et d'une chaise pour les tenir à distance.

— Vous semblez suggérer que je suis une espèce de cible matrimoniale, commenta-t-il, pince-sans-rire, énonçant l'évidence.

— La seule manière d'être davantage une cible, ce serait de tracer des cercles blancs au dos de votre habit, répliqua Annabelle, ce qui le fit rire. Puis-je vous demander quelles sont vos autres raisons pour vous réfugier sur la terrasse, monsieur?

Kendall continua de sourire, l'air beaucoup plus à l'aise qu'au début.

— Je crains de n'être pas un buveur endurci. Je veux bien boire un minimum de porto pour sacrifier à la politesse, mais c'est tout.

Annabelle n'avait jamais rencontré un homme prêt à admettre ce genre de choses. Pour la plupart des gentlemen, la virilité se mesurait à sa capacité à absorber une quantité d'alcool suffisante pour enivrer un éléphant.

— Boire vous rend malade? demanda-t-elle avec sympathie.

— Malade comme un chien. On m'a dit que la tolérance venait avec l'habitude... mais cet objectif me semble assez vain. Il y a des façons bien plus intéressantes d'occuper son temps.

— Telles que... ?

— Une bonne marche dans la campagne, répondit Kendall après avoir réfléchi un instant. Un livre qui enrichit l'esprit... Une conversation avec une nouvelle connaissance, ajouta-t-il avec, dans le regard, une lueur d'amitié soudaine.

— J'aime tout cela, moi aussi.

— Vraiment?

Il hésita et, l'espace d'un instant, on n'entendit plus que le murmure de la rivière.

— Vous pourriez peut-être m'accompagner en promenade demain matin, finit-il par proposer. J'en connais de très agréables autour de Stony Cross.

Annabelle eut du mal à contenir son enthousiasme.

— Cela me plairait beaucoup, répondit-elle sobrement. Toutefois, si je puis me permettre de poser une question : Et votre entourage ?

Kendall sourit.

— Je pense que personne ne nous ennuiera si nous partons suffisamment tôt.

— Il se trouve que je suis matinale, mentit Annabelle. Et que j'adore marcher.

— À 6 heures, alors ?

— À 6 heures, acquiesça-t-elle en se levant. Je dois retourner à l'intérieur, à présent, ou l'on risque de s'inquiéter de mon absence. Je me sens beaucoup mieux, cependant. Je vous remercie pour votre invitation, monsieur. Et pour avoir partagé la terrasse, ajouta-t-elle en s'autorisant un sourire légèrement flirteur.

Une fois dans la maison, elle ferma les yeux brièvement et laissa échapper un soupir de soulagement. Cette première rencontre s'était bien passée ; il lui avait été plus facile que prévu d'éveiller l'intérêt de Kendall. Avec un peu de chance – et l'aide de ses amies –, elle parviendrait peut-être à attraper un aristocrate. Et alors, tout s'arrangerait.

7

Alors que la plupart des invités se retiraient pour la nuit, Annabelle franchit l'une des portes du grand salon. Ses amies l'attendaient, l'air ouvertement interrogateur. En souriant, elle les entraîna vers une alcôve à l'écart.

— Alors ? demanda Lillian.

— Maman et moi avons rendez-vous pour une promenade avec lord Kendall demain matin, annonça Annabelle.

— Seules ?

— Seules, confirma Annabelle. En fait, nous nous retrouverons à l'aube pour éviter d'être accompagnés par une horde de chasseuses de mari.

Si elles s'étaient trouvées dans un endroit plus intime, elles auraient poussé des cris de joie. Elles se contentèrent d'échanger des sourires triomphants, tandis que Daisy esquissait une petite danse victorieuse.

— Co-comment est-il ? s'enquit Evangeline.

— Timide, mais agréable. Et il semble posséder un certain sens de l'humour, ce que je n'aurais osé espérer.

— Tout ça, et des dents en plus ? s'exclama Lillian.

— Tu avais raison, il est du genre à s'effaroucher facilement. Je suis certaine qu'une femme de caractère ne l'attirerait pas. C'est un homme prudent, qui parle d'une voix douce. J'ai essayé de me montrer réservée – mais je devrais probablement me sentir coupable de le tromper ainsi.

— Toutes les femmes agissent ainsi, affirma Lillian. Les hommes aussi, d'ailleurs. Nous essayons de dissimuler nos défauts et nous disons les choses que, selon nous, l'autre souhaite entendre. Nous feignons d'être toujours adorables et douces, de ne pas nous offusquer des vilaines petites habitudes de l'autre. Et puis, après le mariage, nous serrons la vis.

— Je ne pense pas que les hommes aient autant d'efforts à fournir que les femmes, contra Annabelle. Si un homme est corpulent, ou qu'il a les dents gâtées, ou qu'il est plus ou moins obtus, il demeure une belle prise dès lors qu'il possède un titre et une certaine fortune. On exige beaucoup plus des femmes.

— C'est pour cette raison qu'on... qu'on fait tapisserie, observa Evangeline.

— Plus pour longtemps, promit Annabelle avec un sourire.

La tante d'Evangeline entra dans le salon. Elle avait l'air d'une sorcière dans sa robe noire qui ne flattait pas son teint jaunâtre. Il n'y avait aucune ressemblance entre Evangeline, au visage rond et à la chevelure éclatante, et sa tante acariâtre, qui était une petite femme sèche.

— Evangeline ! appela-t-elle en lui faisant signe, non sans avoir adressé un regard désapprobateur au petit groupe. Je t'ai déjà dit de ne pas disparaître ainsi ! Cela fait au moins dix minutes que je te cherche. Et je ne me souviens pas que tu aies demandé la permission de rejoindre tes amies. Et de toutes les jeunes filles que tu pourrais fréquenter...

Tout en vociférant, elle se dirigeait vers le hall. Après avoir laissé échapper un soupir, Evangeline lui emboîta le pas. La main derrière le dos, elle agita les doigts pour saluer ses amies.

— Evangeline dit que sa famille est très riche, commenta Daisy, mais qu'ils sont tous, sans exception, très malheureux. Je me demande pourquoi.

— L'argent, répondit Lillian. Selon père, il n'y a rien de tel qu'une vie sans problèmes matériels pour prendre conscience de ce qui nous manque. Viens, continua-t-elle en glissant le bras sous celui de sa sœur, allons-y avant que mère ne s'aperçoive que nous avons disparu. Tu nous accompagnes, Annabelle ?

— Non, merci. Je dois retrouver ma mère au pied de l'escalier dans un instant.

— Bonne nuit, alors, fit Lillian, dont les yeux sombres s'illuminèrent alors qu'elle ajoutait : Demain, lorsque nous nous réveillerons, tu seras déjà partie avec Kendall. J'attends un rapport complet au petit déjeuner !

Annabelle esquissa un salut moqueur, puis gagna à son tour le grand hall. Comme à son habitude, Philippa s'était attardée dans le salon. Mais attendre n'ennuyait pas Annabelle. Quantité de pensées se bousculaient dans son esprit, y compris des bribes de conversation susceptibles d'amuser Kendall durant leur promenade, ainsi que des idées sur la manière de capter son attention au cours des semaines à venir.

Si elle se montrait assez habile pour se faire apprécier de lord Kendall, et si ses amies menaient à bien leur plan pour le piéger, à quoi ressemblerait son existence, une fois qu'elle l'aurait épousé ? D'instinct, elle savait qu'elle ne tomberait jamais amoureuse d'un homme comme Kendall. Mais elle faisait le vœu de tout mettre en œuvre pour être une bonne épouse. Avec le temps, elle en viendrait certainement à l'apprécier. Il ne devait pas être déplaisant d'être mariée à lui. La vie serait paisible et rassurante, et elle n'aurait plus jamais à s'inquiéter de manquer de quoi que ce soit. Plus important encore, l'avenir de Jeremy serait assuré, et sa mère ne devait plus supporter les attentions répugnantes de Hodgeham.

À cet instant, un pas lourd retentit dans l'escalier. Annabelle leva la tête, esquissant un sourire. Et se pétrifia. L'homme au visage bouffi surmonté d'une crête de cheveux gris qui descendait les marches n'était autre que *Hodgeham* !

Arrivé au pied de l'escalier, il lui adressa un salut de pure forme, l'air intolérablement satisfait. Sous son regard froid, Annabelle sentit son estomac se retourner.

Que diable fabriquait-il ici ? Comment se faisait-il qu'elle ne l'ait pas vu plus tôt ? Elle songea à sa mère qui allait arriver d'un moment à l'autre, et son sang se mit à bouillir. Cet individu vulgaire et insolent, qui se targuait d'être leur protecteur et imposait ses désirs répugnants à sa mère en échange d'une misérable poignée de pièces, était venu les persécuter au pire moment possible. Il n'existait pas de tourment plus affreux pour Philippa que la présence de Hodgeham. Il pouvait révéler sa relation avec elle quand bon lui semblerait, et les anéantir complètement sans qu'elles puissent l'en empêcher.

— Ma foi, mademoiselle Peyton, murmura-t-il avec un sourire malveillant, quelle plaisante coïncidence que vous soyez la première invitée que je rencontre à Stony Cross Park.

Alors qu'elle s'obligeait à soutenir son regard, un frisson nauséeux la parcourut. Elle avait beau s'efforcer d'afficher une expression indéchiffrable, il était évident que Hodgeham devinait sa haine et sa terreur.

— Après l'épreuve du voyage, j'ai préféré dîner dans ma chambre, continua-t-il. Quel dommage de vous avoir manquée ! Cela dit, nous aurons de nombreuses occasions de nous rencontrer, dans les semaines à venir. Votre charmante mère est ici, je présume ?

Annabelle aurait donné n'importe quoi pour pouvoir répondre « Non ! ». Son cœur battait si fort qu'elle avait du mal à respirer normalement. Elle dut lutter pour se ressaisir.

— Ne vous approchez pas de ma mère, articula-t-elle d'une voix dont la fermeté l'étonna elle-même. Ne lui adressez pas la parole.

— Oh, mademoiselle Peyton, vous me blessez... Moi qui ai été le seul ami de votre famille durant ces moments difficiles, alors que tous les autres vous ont abandonnés.

Annabelle le regarda sans ciller, sans bouger, comme si elle se trouvait face à un serpent venimeux prêt à attaquer.

— Quelle coïncidence heureuse, n'est-ce pas, de nous retrouver chez le même hôte ?

Hodgeham eut un petit rire qui fit tomber sur son front une mèche graisseuse. Il la repoussa de ses doigts boudinés et l'aplatit avec soin.

— La chance m'a souri en m'offrant une telle proximité avec la femme pour qui j'ai une si grande estime, poursuivit-il avec jubilation.

— Il n'y aura aucune proximité entre ma mère et vous, rétorqua Annabelle, qui serra le poing pour ne pas le lui envoyer dans la figure. Je vous avertis, monsieur, que si vous l'importunez...

— Chère petite, vous pensiez que je faisais allusion à Philippa ? Vous êtes trop modeste. C'est de *vous* que je parlais, Annabelle. Cela fait longtemps que je vous admire. Que je meurs d'envie, en fait, de vous montrer la nature de mes sentiments. Il semble que le destin nous ait offert l'occasion idéale de devenir plus intimes.

— Plutôt coucher dans un nid de serpents, répliqua Annabelle avec froideur.

Mais sa voix s'étrangla légèrement. Il s'en aperçut et sourit.

— Au début, vous protesterez, bien sûr, comme toutes les filles de votre genre. Mais ensuite, vous prendrez le parti le plus raisonnable... le plus sage... et vous verrez les avantages qu'il y a à devenir mon amie. Je peux être une relation intéressante, ma chère. Si vous me donnez satisfaction, je vous récompenserai généreusement.

Annabelle cherchait désespérément un moyen de lui enlever tout espoir de faire d'elle sa maîtresse. La peur de marcher sur les brisées d'un autre homme était sans doute la seule chose qui le ferait renoncer. Elle s'obligea à esquisser un sourire méprisant.

— Ai-je l'air d'avoir besoin de votre prétendue amitié ? demanda-t-elle en jouant avec les volants de sa belle robe neuve. Vous faites erreur. J'ai déjà un protecteur – et qui est bien plus généreux que vous. Vous feriez donc mieux de nous laisser tranquilles, ma mère et moi. Ou c'est à lui que vous en répondrez.

Incrédulité, colère, puis suspicion se succédèrent sur le visage de Hodgeham.

— Qui est-ce ?

— Pourquoi vous le dirais-je ? répliqua Annabelle. Je préfère vous laisser vous interroger.

— Vous mentez, espèce de petite garce sournoise !

— Croyez ce que vous voulez.

Il parut sur le point de la secouer pour lui soutirer la vérité. Mais il se contenta de la regarder, le visage rouge de fureur.

— Je n'en ai pas encore fini avec vous, éructa-t-il, de la salive au coin des lèvres. Loin de là !

Sur ce, il s'éloigna à grands pas, trop furieux pour faire preuve de courtoisie.

Annabelle demeura immobile. Peu à peu, sa colère reflua pour laisser la place à une angoisse taraudante. Ce qu'elle avait dit à Hodgeham suffirait-il à le tenir à distance ? Non, le répit serait provisoire. Durant les prochains jours, il la surveillerait étroitement, à l'affût de paroles ou de gestes confirmant qu'elle avait bel et bien un protecteur. Et puis, il y aurait les menaces et les sous-entendus destinés à lui faire perdre son sang-froid. Quoi qu'il en soit, elle ne pouvait le laisser révéler son commerce avec sa mère. Celle-ci en mourrait, quant à elle, elle verrait disparaître ses ultimes chances de trouver un époux.

Elle avait l'esprit encore agité de pensées fiévreuses lorsqu'une voix calme la fit sursauter.

— Intéressant. À quel sujet vous disputiez-vous, lord Hodgeham et vous ?

Blêmissant, Annabelle pivota, et se retrouva nez à nez avec Simon Hunt, qui s'était approché sans faire plus de bruit qu'un chat. Il apparaissait si maître de lui qu'il lui sembla infiniment plus menaçant que Hodgeham.

— Que… qu'avez-vous entendu ? balbutia Annabelle, sur la défensive.

— Rien. J'ai simplement vu votre visage quand vous parliez avec lui. De toute évidence, quelque chose vous ennuyait.

— Pas du tout. Vous avez mal interprété mon expression, monsieur Hunt.

Il secoua la tête, puis, à la stupéfaction d'Annabelle, posa l'index sur la partie de son bras que le gant ne recouvrait pas.

— Votre peau se marbre quand vous êtes en colère.

Le frôlement de son doigt fit courir un frisson le long du dos d'Annabelle, qui s'écarta vivement de lui.

— Vous avez des ennuis, Annabelle ? s'enquit-il doucement.

Il n'avait pas le droit de se montrer aussi gentil, presque inquiet... Comme si elle pouvait se tourner vers lui en cas de besoin... Comme si elle pouvait un jour l'envisager.

— Cela vous plairait, n'est-ce pas ? rétorqua-t-elle. Vous jubileriez de me savoir dans l'embarras. Vous pourriez alors m'offrir votre aide et tirer avantage de la situation.

Il plissa les yeux, le regard intense.

— De quel genre d'aide avez-vous besoin ?

— Pas de la vôtre, affirma-t-elle sèchement. Et n'utilisez pas mon prénom. Je vous serais reconnaissante de bien vouloir vous adresser à moi selon les règles de la bienséance. Ou, mieux encore, de ne pas me parler du tout.

Incapable de supporter un instant de plus son regard scrutateur, elle passa devant lui.

— Si vous voulez bien m'excuser... Je dois retrouver ma mère.

Le visage couleur de cendre, Philippa s'assit dans un fauteuil à côté de la coiffeuse. Annabelle avait attendu qu'elles aient regagné leur chambre pour lui annoncer la désastreuse nouvelle. Il fallut une bonne minute à sa mère pour assimiler le fait que l'homme qu'elle détestait et craignait le plus au monde était à Stony Cross Park. Annabelle s'attendait plus ou moins à ce qu'elle fonde en larmes, mais Philippa la surprit. La tête inclinée sur le côté, elle fixa un coin sombre de la chambre avec un étrange sourire las. Un sourire comme Annabelle ne lui en avait jamais vu, et dont l'amertume indiquait qu'il ne servait à rien d'essayer d'améliorer son sort, le destin finissant toujours par avoir le dernier mot.

— Devons-nous quitter Stony Cross Park ? murmura Annabelle. Nous pouvons retourner à Londres sur-le-champ.

La question demeura suspendue entre elles un long moment. Quand Philippa répondit enfin, ce fut d'une voix lointaine, assourdie :

— Si nous partons, il n'y aura plus aucun espoir de mariage pour toi. Non... Nous n'avons d'autre choix que d'aller jusqu'au bout. Nous irons nous promener avec lord Kendall demain matin, et je ne permettrai pas à Hodgeham de ruiner tes chances avec lui.

— Il va nous créer des ennuis, fit remarquer Annabelle. Notre séjour risque de virer au cauchemar.

Sans se départir de son étrange sourire, Philippa regarda sa fille.

— Ma chérie, si tu ne trouves pas d'époux, c'est lorsque nous retournerons à Londres que le vrai cauchemar commencera.

8

Annabelle était si tourmentée qu'elle ne dormit que quelques heures. Au matin, elle avait les yeux cernés, le teint pâle et les traits tirés.

— Enfer et damnation, marmonna-t-elle en trempant un linge dans de l'eau froide pour s'en tamponner le visage, ça ne va pas du tout. J'ai l'air d'avoir cent ans.

— Que disais-tu, ma chérie ? demanda sa mère d'une voix ensommeillée.

Cette dernière se tenait derrière elle, vêtue d'un vieux peignoir et de mules usées jusqu'à la corde.

— Rien, maman. Je parlais toute seule, répondit Annabelle en se frottant vigoureusement les joues pour y amener un peu de couleur. Je n'ai pas très bien dormi.

— Tu as l'air un peu fatiguée, c'est vrai, convint Philippa en l'étudiant avec attention. Je vais demander qu'on nous monte le thé.

— Demandez une grande théière. Et même deux !

Philippa lui adressa un sourire compatissant.

— Que porterons-nous pour notre promenade avec lord Kendall ?

— Nos plus vieilles robes, je pense, car il risque d'y avoir de la boue sur les sentiers. Mais nous pourrons draper par-dessus les châles en soie de Lillian et de Daisy.

Après avoir avalé une tasse de thé fumant et mangé quelques toasts, Annabelle s'habilla, puis examina son reflet dans le miroir d'un œil critique. Le châle de soie bleue dissimulait à merveille le corsage élimé de sa robe beige. Et son nouveau chapeau – un cadeau des Bowman, lui aussi – était très flatteur, avec sa doublure pervenche qui rehaussait le bleu de ses yeux.

Avec force bâillements, elle gagna la terrasse en compagnie de sa mère. L'heure était assez matinale pour que la plupart des invités soient encore au lit. Seuls quelques messieurs amateurs de pêche à la truite étaient levés. Ils prenaient leur petit déjeuner dehors, des domestiques attendant non loin avec les cannes à pêche et les paniers en osier. Cette scène paisible était cependant gâchée par une clameur gênante, plutôt inattendue à une heure pareille.

— Juste ciel ! s'exclama soudain Philippa.

Annabelle suivit son regard. À l'autre bout de la terrasse, un groupe de filles caquetaient, riaient et prenaient des poses ; elles étaient rassemblées en un essaim si compact que l'objet de leur attention demeurait invisible.

— Pourquoi sont-elles là ? souffla Philippa, interdite.

— Pour chasser, j'imagine, répondit Annabelle avec un soupir résigné.

— Tu ne veux pas dire que… Tu crois que ce pauvre lord Kendall est au milieu ?

— À mon avis, il ne restera pas grand-chose de lui quand elles auront terminé.

— Mais… mais il était convenu qu'il se promènerait avec toi, protesta Philippa. Toi *seule*, avec moi comme chaperon.

Les quelques filles qui remarquèrent Annabelle entourèrent encore plus étroitement leur proie, comme pour empêcher Kendall de la voir. Elle secoua la tête. Soit il avait commis l'erreur de parler à quelqu'un de ses projets, soit la folie matrimoniale avait atteint un degré tel qu'il ne pouvait plus s'aventurer hors de sa chambre sans attirer une horde de femmes, quelle que fût l'heure.

— Eh bien, ne reste pas là, lui intima Philippa. Va les rejoindre et essaie d'attirer son attention.

Annabelle lui jeta un regard dubitatif.

— Quelques-unes de ces filles ont l'air féroce. Je ne tiens pas à me faire mordre.

Un rire étouffé lui fit tourner la tête. Comme elle aurait dû s'y attendre, Simon Hunt était adossé à la balustrade, une tasse de café à la main. Il portait des vêtements de tweed grossier et une vieille chemise en lin. L'étincelle moqueuse qui brillait dans ses yeux ne laissait aucun doute quant à l'intérêt que la situation suscitait en lui.

Sans réfléchir, Annabelle se dirigea vers lui. Elle s'arrêta à quelques pas, posa les coudes sur la balustrade et contempla le jardin que voilait la brume matinale. Hunt, lui, demeura face à la maison.

Éprouvant le besoin d'ébranler cette confiance en soi qu'elle trouvait si exaspérante, Annabelle murmura :

— Lord Kendall et lord Westcliff ne sont pas les deux seuls célibataires ici, monsieur Hunt. On se demande pourquoi *vous* n'êtes pas harcelé autant qu'eux...

— C'est évident. Je ne suis pas un aristocrate, et je ferais un mari épouvantable. Quant à vous, ajouta-t-il en lui décochant un regard de biais, malgré la sympathie que j'ai pour votre cause, je ne vous conseillerais pas de jeter votre dévolu sur Kendall.

— Ma *cause* ? répéta Annabelle, offensée. Quelle est-elle, selon vous, monsieur Hunt ?

— Eh bien, c'est vous, bien sûr. Vous voulez ce qu'il y a de mieux pour Annabelle Peyton. Mais Kendall n'appartient pas à cette catégorie. Une union entre vous serait un désastre.

Elle le dévisagea un instant, les yeux plissés.

— Pourquoi ?

— Parce qu'il est bien trop gentil pour vous. Ce n'est pas une insulte, précisa-t-il avec un sourire quand il vit son expression. Je vous apprécierais moitié moins si vous étiez gentille. Il n'empêche, vous ne feriez pas le bonheur de Kendall, et il ne vous apporterait pas grand-chose au bout du compte. Vous le piétineriez jusqu'à ce que son âme distinguée finisse à vos pieds, déchiquetée.

Annabelle mourait d'envie d'effacer son sourire suffisant d'une gifle. Qu'il ait raison ne contribuait pas à apaiser sa colère. Elle savait pertinemment qu'elle était trop fougueuse pour un homme aussi docile et civilisé que Kendall. Mais cela ne regardait pas Simon Hunt, et d'autant moins que ni lui ni aucun autre ne lui offrait un meilleur choix.

— Monsieur Hunt, commença-t-elle, le regard venimeux, pourquoi ne vous…

— Mademoiselle Peyton ! fit une voix haletante à quelque distance de là.

Annabelle vit la mince silhouette de lord Kendall s'extraire du groupe de femmes. Les cheveux ébouriffés, l'air un peu défait, il s'avança vers elle tout en resserrant son nœud de cravate.

— Bonjour, mademoiselle Peyton, la salua-t-il après avoir redressé ses lunettes. Il semblerait que nous ne soyons pas les seuls à avoir décidé d'aller marcher, ce matin. Êtes-vous prête à faire néanmoins une tentative ? demanda-t-il en lui adressant un regard penaud.

Annabelle hésita. Quel progrès pouvait-elle espérer faire avec Kendall alors qu'ils seraient accompagnés par au moins une douzaine de femmes ? Autant essayer de converser tranquillement dans une volière. D'un autre côté, il lui était difficile de refuser son invitation, le risque étant qu'il se décourage, et ne renouvelle pas sa proposition.

— J'en serais ravie, monsieur, dit-elle en le gratifiant d'un sourire éclatant.

— Parfait. Il y a quelques espèces fascinantes de faune et de flore que j'aimerais vous montrer. En tant qu'horticulteur amateur, j'ai étudié la végétation du Hampshire...

La suite fut couverte par les exclamations enthousiastes des jeunes filles qui les avaient rejoints.

— J'adore les plantes ! s'écria l'une d'elles. Il n'y a pas une seule plante que je ne trouve absolument charmante.

— Et la nature serait tellement moins attrayante sans elles ! renchérit une autre.

— Oh, lord Kendall, implora une troisième, vous devez absolument m'expliquer la différence entre une faune et une flore...

Kendall fut emporté par la petite troupe comme par un irrésistible courant marin. Il jeta un regard impuissant par-dessus son épaule.

— Mademoiselle Peyton ?

— J'arrive ! cria Annabelle.

La réponse de Kendall, s'il en fit une, fut inaudible.

D'un geste nonchalant, Simon Hunt posa sa tasse vide sur la table la plus proche et murmura quelques mots à l'oreille du domestique qui portait son matériel de pêche. Celui-ci hocha la tête et battit en retraite tandis que Hunt rattrapait Annabelle. Elle se raidit quand elle remarqua sa présence à son côté.

— Que faites-vous ?

Il enfonça les mains dans les poches de sa veste.

— Je vous accompagne. Quoi qu'il se passe à la rivière, ce sera infiniment moins intéressant que de vous regarder vous battre pour attirer l'attention de Kendall. De plus, mes connaissances en horticulture étant très limitées, j'apprendrai peut-être quelque chose.

Ravalant une réplique peu amène, Annabelle emboîta résolument le pas à la petite troupe. Après être descendus de la terrasse, ils empruntèrent un chemin qui menait dans la forêt. Ignorant Hunt, Annabelle suivit en silence Kendall et son groupe d'admiratrices. Le pauvre homme était soumis à rude épreuve, car il était obligé d'aider une fille après l'autre à franchir des obstacles qui semblaient mineurs. Un arbre tombé, dont la circonférence n'était pas plus large que le bras d'Annabelle, devint un écueil si insurmontable que toutes requirent son aide pour le franchir.

Loin derrière, Annabelle refusa de prendre le bras de Simon Hunt quand il le lui offrit et enjamba le tronc toute seule. Il lui jeta un coup d'œil, ébaucha un sourire.

— Je me serais attendu que vous vous soyez frayé un passage vers l'avant, à l'heure qu'il est, fit-il remarquer.

Annabelle émit un grognement méprisant.

— Je ne vais pas gaspiller mes forces à lutter contre ces têtes de linotte. J'attendrai un moment plus opportun pour me faire remarquer de Kendall.

— Il vous a déjà remarquée ; il est loin d'être aveugle. La question est plutôt : pourquoi croyez-vous avoir plus de chances d'extorquer une demande en mariage à Kendall, alors que vous n'avez pas réussi avec quiconque depuis deux ans que je vous connais ?

— Parce que j'ai un plan, répondit-elle d'une voix crispée.

— Lequel ?

— Comme si j'allais vous le dire !

— J'espère qu'il est rusé et sournois, commenta Hunt avec gravité, vu que la stratégie de femme convenable ne semble pas être très payante.

— Uniquement parce que je n'ai pas de dot, rétorqua Annabelle. Si j'avais de l'argent, je serais mariée depuis des années.

— Moi, j'ai de l'argent. Combien voulez-vous ?

Annabelle lui adressa un regard sardonique.

— Ayant une idée assez précise de ce que vous exigeriez en retour, monsieur Hunt, je peux déclarer sans crainte que je ne veux pas le moindre shilling de vous.

— Je suis heureux d'entendre que vous êtes si pleine de discernement quant au choix de vos relations, déclara Hunt en écartant une branche devant elle. Et d'apprendre que la rumeur prétendant le contraire est fausse.

Annabelle s'arrêta net pour se tourner vers lui.

— La rumeur ? répéta-t-elle. À mon sujet ? Que pourrait-on bien dire de moi ?

Hunt garda le silence, les yeux fixés sur son visage inquiet, pendant qu'elle réfléchissait à mi-voix.

— Pleine de discernement… dans le choix de mes relations… ? Est-ce censé impliquer que j'ai eu…

Elle s'interrompit brusquement tandis que l'image haïssable de Hodgeham surgissait dans son esprit. Elle se sentit pâlir, et ne douta pas que Hunt l'avait remarqué. Après lui avoir lancé un regard froid, elle se détourna et s'éloigna à grands pas.

Hunt la suivit, alors qu'au loin Kendall signalait à son public avide les plantes qu'il remarquait : orchidées rares… chélidoine… plusieurs variétés de champignons. Ses propos étaient ponctués à intervalles réguliers d'exclamations émerveillées.

— Ces plantes inférieures, continuait Kendall, qui s'était brièvement arrêté pour désigner un tapis de mousses et de lichens, sont classées parmi les bryophytes. Elles ne prospèrent que dans des conditions humides. Si elles étaient privées de la protection des arbres, elles périraient sûrement…

— Je n'ai rien fait de mal, affirma Annabelle, tout en se demandant pourquoi l'opinion de Hunt lui importait.

Elle s'en souciait assez, cependant, pour se demander qui lui avait rapporté cette rumeur et, plus précisément, quelle en était la nature. Était-il possible que quelqu'un ait vu Hodgeham entrer ou sortir de leur maison en pleine nuit ? Ce serait une catastrophe. Ce genre de ragot était capable de détruire une réputation, et il était impossible de se défendre contre.

— Et je n'ai pas de regrets, ajouta-t-elle.

— Dommage. Avoir des regrets est la seule preuve que vous avez fait quelque chose d'intéressant de votre existence.

— Quels sont les vôtres, alors ?

— Oh, je n'en ai pas non plus ! Ce n'est pas faute d'avoir essayé, bien sûr, précisa-t-il, une étincelle malicieuse dans le regard. Je ne cesse de faire des choses épouvantables dans l'espoir de les regretter un jour. Mais jusqu'à présent… rien.

Malgré son inquiétude, Annabelle ne put réprimer un petit rire. Une branche lui barrait le passage et elle tendit la main pour la repousser.

— Permettez-moi, fit Hunt en l'écartant devant elle.

— Merci.

Elle passait devant lui, le regard fixé sur le petit groupe qui les précédait, lorsqu'une vive piqûre au pied lui arracha une exclamation. Elle s'arrêta et releva ses jupes pour examiner l'endroit douloureux.

— Qu'y a-t-il ?

Hunt était déjà près d'elle et avait refermé la main sur son coude pour l'aider à conserver son équilibre.

— Il y a quelque chose qui pique dans ma chaussure.

— Laissez-moi vous aider, dit-il en s'accroupissant et en s'emparant de sa cheville.

C'était la première fois qu'un homme posait la main sur sa jambe, et Annabelle devint écarlate.

— Ne me touchez *pas*, chuchota-t-elle avec force.

Elle recula. Mais Hunt ne la lâchant pas, elle dut s'accrocher à son épaule pour ne pas tomber.

— Monsieur Hunt…

— Je vois le problème, murmura-t-il.

Elle sentit qu'il tirait sur son bas de coton.

— Vous avez marché sur une espèce de fougère piquante, reprit-il en lui montrant la brindille pâle, hérissée de barbillons, qui avait réussi à s'accrocher à son bas.

Les joues brûlantes, Annabelle gardait la main sur son épaule. Celle-ci était étonnamment dure, aucune épaulette ne venant adoucir le contact avec l'os plat et le muscle ferme. Elle n'en revenait pas elle-même de se retrouver au beau milieu des bois, la main de Simon Hunt posée sur sa cheville.

S'apercevant de sa gêne, ce dernier lui adressa un sourire.

— Il y a d'autres brindilles accrochées à votre bas. Dois-je les enlever ?

— Faites vite, lui intima-t-elle. Avant que Kendall se retourne et vous voie les mains sous ma jupe…

Avec un rire étouffé, Hunt se pencha pour achever sa tâche. Pendant qu'il ôtait les brindilles avec dextérité, Annabelle garda les yeux fixés sur sa nuque, à l'endroit où les mèches brunes bouclaient légèrement sur la peau bronzée.

Il tendit ensuite la main pour se saisir de sa mule et la lui enfila avec un grand geste.

— Ma rustique Cendrillon, dit-il avant de se relever.

Quand il vit son visage empourpré, un éclair de moquerie amicale passa dans ses yeux sombres.

— Pourquoi avez-vous mis des chaussures aussi ridicules pour marcher dans les bois ? J'aurais cru que vous aviez suffisamment de bon sens pour porter des bottines.

— Je n'ai plus de bottines, répliqua Annabelle, ennuyée qu'il la juge à ce point sotte. Les miennes sont tombées en morceaux, et je n'avais pas les moyens d'en acheter une nouvelle paire.

À sa grande surprise, Hunt n'en profita pas pour se moquer davantage. Il se contenta de l'étudier un instant, le visage impassible.

— Rejoignons les autres, proposa-t-il finalement. Ils ont probablement découvert une variété de mousse que nous n'avons pas encore vue. Ou, si Dieu est avec nous, un champignon.

Annabelle respira plus librement.

— Pour ma part, je compte beaucoup sur un lichen.

Cela lui valut un mince sourire, puis il cassa une petite branche qui gênait le passage. Annabelle le suivit vaillamment, en s'efforçant de ne pas penser à quel point il serait agréable d'être sur la terrasse avec du thé et une assiette de biscuits. Arrivés au sommet d'un monticule, ils découvrirent un parterre de jacinthes qui tapissaient le sous-bois. Comme dans un rêve, la brume céruléenne s'enroulait autour des troncs des chênes, des bouleaux et des frênes, et le parfum riche et entêtant des fleurs flottait dans l'air.

S'appuyant à un tronc, Annabelle contempla le tapis de jacinthes avec un plaisir mêlé d'étonnement.

— Comme c'est joli, murmura-t-elle.

— En effet, acquiesça Hunt, mais c'était elle qu'il regardait, pas les jacinthes, et, quand elle lui jeta un coup d'œil, son sang se mit à courir plus vite dans ses veines.

Elle avait déjà vu de l'admiration sur des visages masculins, et même quelque chose qu'elle avait reconnu comme du désir, mais jamais elle n'avait été confrontée à un regard aussi troublant, aussi intime... Comme si ce qu'il voulait allait bien au-delà de la simple jouissance de son corps.

Mal à l'aise, elle s'écarta de l'arbre et se dirigea vers Kendall, qui discutait avec Philippa. Les jeunes filles s'étaient égaillées pour ramasser des brassées de jacinthes, piétinant allègrement les fleurs qu'elles étaient censées cueillir.

Kendall parut soulagé de la voir approcher, et rassuré par son sourire. Sans doute s'attendait-il qu'elle soit de mauvaise humeur, après avoir été conviée à une promenade et s'être vu préférer une autre compagnie. Quand son regard se posa sur Simon Hunt, son expression se fit incertaine. Les deux hommes échangèrent un salut, assuré du côté de Hunt, plus circonspect du côté de Kendall.

— Je constate que nous avons attiré encore plus de compagnie que je ne le croyais, observa-t-il.

Annabelle lui adressa son sourire le plus éblouissant.

— Quoi d'étonnant ? Vous êtes comme le joueur de flûte d'Hameln, monsieur. Où que vous alliez, les gens vous suivent.

Il rougit, heureux de cette petite plaisanterie, et murmura :

— J'espère que la promenade vous a plu jusqu'à présent, mademoiselle Peyton.

— Beaucoup, assura-t-elle. Encore que j'aie marché sur une fougère piquante.

— T'es-tu blessée, ma chérie ? s'inquiéta sa mère.

— Non, ce n'est rien. Juste une égratignure. Et c'est entièrement ma faute. J'ai bien peur de n'être pas correctement chaussée.

Elle pointa le pied pour montrer à Kendall l'une de ses mules, s'arrangeant dans la foulée pour découvrir quelques centimètres de cheville.

Kendall eut un petit claquement de langue consterné.

— Mademoiselle Peyton, vous devez porter des chaussures plus solides que ces mules pour une excursion en forêt !

— Vous avez raison, bien sûr, reconnut Annabelle. C'était vraiment sot de ma part de ne pas prévoir que le terrain serait aussi accidenté. J'essaierai de faire davantage attention où je pose les pieds au retour. Mais les jacinthes des bois sont si divines que je serais capable de traverser un champ entier de fougères piquantes pour arriver jusqu'à elles.

Se penchant, Kendall cueillit une unique jacinthe, qu'il glissa dans le ruban qui ornait le chapeau d'Annabelle.

— Elles sont loin d'être aussi bleues que vos yeux, fit-il. Il faudra que vous preniez mon bras quand nous rebrousserons chemin, ajouta-t-il après avoir regardé en direction de sa cheville, à présent dissimulée sous ses jupes. Pour éviter tout nouvel accident.

— Merci, monsieur, souffla-t-elle en levant un regard admiratif vers lui. Je crains d'avoir manqué quelques-unes de vos explications au sujet des fougères. Vous avez fait allusion… à l'asplénium, c'est cela ? J'étais *absolument* fascinée…

Avec obligeance, Kendall entreprit de combler son retard en matière de fougères… Et quand Annabelle hasarda un coup d'œil en direction de Simon Hunt, il avait disparu.

9

— On va vraiment le faire ? demanda Annabelle d'un ton plaintif, alors que les quatre amies, chargées de paniers, suivaient un chemin forestier. Je croyais que cette histoire de Rounders-en-culottes n'était qu'une blague amusante.

— Les Bowman ne blaguent jamais quand il s'agit de Rounders, répliqua Daisy. Ce serait sacrilège.

— Tu aimes les jeux, Annabelle, fit remarquer Lillian avec bonne humeur. Et le Rounders est le plus formidable de tous.

— J'aime ceux qu'on joue autour d'une table, précisa Annabelle. Et correctement habillée.

— Les habits, c'est assez surfait quand on y songe, riposta Daisy avec désinvolture.

Annabelle découvrait que le prix à payer pour avoir des amies consistait quelquefois à se plier aux désirs du groupe, quand bien même ceux-ci n'étaient pas de son goût Il n'empêche que, le matin même, elle avait tenté d'enrôler Evangeline dans son camp, ne concevant pas que cette dernière soit prête à se dévêtir à l'extérieur. Mais rien ne semblait pouvoir ébranler la détermination d'Evangeline à embrasser le plan des Bowman, qu'elle semblait considérer comme une étape nécessaire pour se débarrasser de sa timidité.

— Je... je veux devenir comme elles, avait-elle confié à Annabelle. Elles sont si indépendantes, si audacieuses. Elles n'ont peur de rien.

Devant son expression ardente, Annabelle avait déclaré forfait avec un soupir.

— Bon, d'accord. Tant que personne ne nous voit... Il n'empêche que l'intérêt de la chose m'échappe.

— Peut-être que ce... ce sera amusant ? suggéra Evangeline, qui se mit à rire quand Annabelle lui jeta un regard éloquent.

Comme un fait exprès, le temps avait décidé de favoriser le projet des Bowman. Le ciel était dégagé et la brise légère. Les quatre filles empruntèrent un sentier qui longeait un pré semé de violettes et de drosera.

— Ouvrez l'œil, recommanda Lillian, il doit y avoir un puits magique quelque part. Ensuite, nous sommes censées traverser la prairie de l'autre côté du chemin, puis couper par la forêt. Nous trouverons une prairie au sommet de la colline. L'une des servantes m'a assuré que personne ne va jamais là-bas.

— Évidemment, il faut que ce soit en haut de la colline, fit remarquer Annabelle. Lillian, à quoi ressemble le puits ? Est-ce que c'est le genre blanchi à la chaux, avec un seau et une poulie ?

— Non, c'est un grand trou boueux dans le sol.

— Il est là ! cria Daisy. Venez, nous allons toutes faire un vœu. J'ai même des épingles que nous pourrons jeter dedans.

— Comment savais-tu qu'il fallait apporter des épingles ? lui demanda sa sœur.

Daisy sourit avec espièglerie.

— Eh bien, pendant que maman et les douairières cousaient, hier après-midi, j'ai confectionné notre balle de Rounders, fit-elle en brandissant avec fierté la balle de cuir qu'elle venait de tirer de son panier. J'ai sacrifié une paire de gants en chevreau toute neuve – et, croyez-moi, ça n'a pas été une tâche facile. Quoi qu'il en soit, les vieilles dames me regardaient la bourrer de bouts de laine quand soudain, n'y tenant plus, l'une d'elles est venue me demander ce que je faisais. Évidemment, je ne pouvais pas lui répondre que c'était une balle de Rounders. Je suis certaine que maman l'a deviné, mais elle était trop embarrassée pour dire un mot. Alors, j'ai prétendu que je fabriquais une pelote à épingles.

Les trois autres s'esclaffèrent.

— Elle a dû trouver que c'était la pelote à épingles la plus moche de la création, commenta Lillian.

— Aucun doute là-dessus, répliqua Daisy. Je crois qu'elle était assez désolée pour moi. Elle m'a offert quelques épingles pour planter dedans et a grommelé quelque chose sur les pauvres petites Américaines dépourvues de tout talent.

Elle retira les épingles et les distribua à ses compagnes.

Annabelle ferma les yeux, et fit son vœu habituel : épouser un aristocrate. De manière curieuse, cependant, une nouvelle pensée lui traversa l'esprit à l'instant où elle jetait l'épingle dans le puits.

Je voudrais tomber amoureuse.

C'était tellement inattendu qu'elle en fut décontenancée.

Quand elle rouvrit les yeux, ses compagnes fixaient le puits d'un air solennel.

— Je me suis trompée de vœu, dit-elle, navrée. Je peux en avoir une autre ?

— Non, répondit Lillian d'un ton sans réplique. Une fois que tu as jeté ton épingle, c'est fini.

— Mais ce n'est pas ce vœu-là que je voulais faire, protesta Annabelle. Quelque chose a jailli dans mon esprit et ce n'est pas du tout ce que j'avais prévu.

— Ne discute pas, Annabelle, conseilla Evangeline. Il… il vaut mieux ne pas déranger l'esprit du puits.

— Le *quoi* ?

Son expression perplexe fit sourire Evangeline.

— L'esprit qui vit dans le puits. C'est à lui que tu fais une demande. Mais si tu le déranges, il peut décider d'exiger un prix terrible pour exaucer ton vœu. Ou alors, il peut t'attirer dans le puits pour que tu vives à jamais en sa compagnie.

Annabelle plongea le regard dans le trou d'eau boueuse. Les mains en porte-voix, elle interpella l'esprit invisible :

— Vous n'avez pas à exaucer ce vœu idiot, je le reprends !

— Ne le provoque pas ! s'exclama Daisy. Et pour l'amour du ciel, écarte-toi du bord !

— Superstitieuse ? lança Annabelle avec un grand sourire.

Daisy lui décocha un regard noir.

— Il y a des raisons d'être superstitieuse, tu sais. Il est déjà arrivé *quelque chose* à *quelqu'un* qui se tenait tout près d'un puits, exactement comme toi.

Fermant les yeux, elle se concentra intensément, puis jeta sa propre épingle dans l'eau.

— Et voilà. J'ai fait un vœu pour toi – comme ça, tu n'as plus à te plaindre d'en avoir gaspillé un.

— Mais comment savais-tu ce que je voulais ?

— Le vœu que j'ai fait est pour ton bien.

Annabelle poussa un grognement théâtral.

— Je déteste ce qui est pour mon bien !

S'ensuivit une chamaillerie pour rire au cours de laquelle chacune suggéra ce qui serait mieux pour l'autre, jusqu'à ce que, finalement, Lillian leur ordonne de se taire, car elles l'empêchaient de se concentrer. Elles gardèrent le silence le temps que Lillian et Evangeline fassent leurs vœux, puis elles se remirent en marche.

Elles arrivèrent bientôt dans une prairie exquise, couverte d'une herbe épaisse et inondée de soleil, sauf à l'endroit où un bosquet de chênes donnait de l'ombre. L'air était léger, vivifiant, et si frais qu'Annabelle soupira de bonheur.

— Cet air n'a aucune consistance, feignit-elle de se plaindre. Pas de fumée de charbon, pas de poussière… Il est beaucoup trop pur pour une Londonienne. Je ne le sens même pas dans mes poumons.

— Il n'est pas si pur que cela, répliqua Lillian. De temps à autre, la brise apporte un effluve distinct « d'eau de mouton ».

— Ah bon ? Je ne sens rien du tout, assura Annabelle après avoir reniflé deux ou trois fois.

— C'est parce que tu n'as pas de nez, répliqua Lillian.

— Pardon ?

— Bien sûr, tu as un nez comme tout le monde, expliqua Lillian, mais moi, j'ai un « nez » exceptionnel. Un odorat très développé, si tu préfères. Donne-moi n'importe quel parfum, je peux te dresser la liste de ses composants. C'est un peu comme d'entendre un accord et d'en deviner toutes les notes. Avant de quitter New York, j'ai même participé à la mise au point de la formule d'un savon parfumé, pour l'entreprise de mon père.

— Tu pourrais créer un parfum, tu crois ? s'enquit Annabelle, fascinée.

— J'oserais même dire que je pourrais créer un excellent parfum, avoua Lillian sur le ton de la confidence. Malheureusement, aucun industriel n'en voudrait, car l'expression « parfum américain » est considérée comme un oxymore. En outre, je suis une femme, ce qui fait douter grandement des capacités de mon nez.

— Tu veux dire que les hommes ont un meilleur nez que les femmes ?

— En tout cas, ils le pensent, répondit Lillian d'un air sombre en sortant une couverture de son panier qu'elle étendit sur l'herbe. Assez parlé des hommes et de leurs protubérances, continua-t-elle. Si on s'asseyait un peu au soleil ?

— Nous allons brunir, prédit Daisy en se laissant tomber sur un coin de la couverture avec un soupir d'aise. Et maman va être hystérique une fois de plus.

— Que signifie « hystérique » ? s'enquit Annabelle, amusée par le vocabulaire des Américaines. Envoyez-moi chercher si cela lui arrive. Je suis curieuse de voir à quoi ça ressemble.

— Maman est hystérique en permanence, expliqua Daisy. Alors, sois tranquille, tu sauras de quoi il s'agit avant que nous ayons quitté le Hampshire.

— Nous ne devrions pas manger avant de jouer, observa Lillian comme Annabelle soulevait le couvercle du panier de pique-nique.

— J'ai faim, argua celle-ci en jetant un regard d'envie dans le panier, lequel contenait des fruits, du fromage, du pâté, d'épaisses tranches de pain et plusieurs variétés de salades.

— Tu as toujours faim, fit remarquer Daisy en riant. Pour une personne aussi petite, tu as un appétit remarquable.

— *Moi*, petite ? répliqua Annabelle. Si tu fais plus d'un mètre cinquante, je mange ce panier.

— Tu peux commencer à mastiquer, s'esclaffa Daisy. Je mesure un mètre cinquante-cinq.

— Annabelle, si j'étais toi, je ne commencerais pas à grignoter la poignée, intervint Lillian avec un sourire narquois. Daisy se met sur la pointe des pieds quand on la mesure. La pauvre couturière a dû raccourcir une dizaine de robes, ma sœur refusant d'admettre qu'elle est petite.

— Je ne suis pas petite, marmonna Daisy. Les femmes petites ne sont jamais mystérieuses, ni élégantes ni courtisées par des hommes séduisants. Et on les traite toujours comme des enfants. Je refuse d'être petite.

— Tu n'es pas mystérieuse ou élégante, concéda Evangeline. Mais tu es tr-très jolie.

— Et toi, tu es un amour, répliqua Daisy en tendant le bras vers le panier. Allez, il faut nourrir cette pauvre Annabelle – j'entends son estomac qui gargouille.

Après avoir fait honneur au repas, elles s'allongèrent paresseusement sur la couverture et, les yeux fixés sur l'azur, elles discutèrent de tout et de rien. Quand leur bavardage céda la place à un silence satisfait, un petit écureuil roux s'aventura hors du bosquet et les observa de son œil noir et brillant.

— Un intrus, signala Annabelle en étouffant un bâillement.

Evangeline roula sur le ventre et jeta une croûte de pain en direction de l'écureuil. Il était visiblement tenté, mais trop timide pour oser s'approcher.

— Pauvre petite chose, dit doucement Evangeline en lui jetant un autre morceau de pain.

Celui-ci atterrit à quelques centimètres de lui, et il frémit d'excitation.

— Allez, vas-y, l'encouragea Evangeline. Prends-le.

Avec un sourire attendri, elle jeta une autre croûte, tout près de l'écureuil, cette fois.

— Oh, monsieur Écureuil, lui dit-elle d'un ton réprobateur, vous n'êtes qu'un affreux poltron. Vous ne voyez donc pas que personne ne vous veut de mal ?

Dans un élan d'audace, l'écureuil se saisit du pain et décampa, sa queue en panache ondulant derrière lui. Quand Evangeline releva la tête, ses trois compagnes la regardaient avec des yeux ronds.

— Qu'est-ce… qu'est-ce qu'il y a ? demanda-t-elle, déconcertée.

Annabelle fut la première à prendre la parole.

— À l'instant, quand tu parlais à cet écureuil, tu ne bégayais pas.

— Oh…

Comme honteuse, Evangeline baissa les yeux et fit la grimace.

— Je ne bégaye jamais quand… quand je parle à des enfants ou à des animaux. Je… je ne sais pas pourquoi.

Cette déclaration étonnante les laissa pensives.

— J'ai remarqué que tu bégayais beaucoup moins quand tu parlais avec moi, observa Daisy.

— Dans quelle catégorie est-ce que tu te places, ma chérie ? demanda Lillian, goguenarde. Les enfants ou les animaux ?

Daisy lui répondit d'un geste de la main qu'Annabelle n'avait jamais vu. Au moment où elle s'apprêtait à demander à Evangeline si elle avait déjà consulté un médecin au sujet de son bégaiement, celle-ci changea brusquement de sujet.

— Où est la balle pour le Round… Rounders, Daisy ? Si nous ne jouons pas bientôt, je vais m'endormir.

Comprenant qu'elle ne souhaitait pas prolonger la conversation, Annabelle n'insista pas.

Pendant que Daisy farfouillait dans le panier à la recherche de la balle, Lillian ouvrit le sien.

— Regardez ce que j'ai apporté, annonça-t-elle, non sans suffisance.

— Une vraie batte ! s'exclama sa sœur, ravie. Moi qui croyais que nous serions obligées d'utiliser un simple bâton. Où l'as-tu trouvée ?

— Je l'ai empruntée à l'un des garçons d'écurie. Apparemment, ils jouent au Rounders dès qu'ils en ont l'occasion. Ils ont l'air passionné…

— Qui ne le serait pas ? s'enthousiasma Daisy tout en commençant à déboutonner son corsage. Sapristi, qu'il fait chaud ! Ce sera délicieux de se débarrasser de toutes ces épaisseurs.

Alors que les sœurs Bowman quittaient leur robe avec la simplicité désinvolte de filles habituées à se dévêtir en plein air, Annabelle et Evangeline échangèrent un regard contraint.

— Chiche ! murmura Evangeline.

— Mon Dieu, grommela Annabelle en défaisant les premiers boutons de sa robe.

Elle se découvrait soudain pudique, et ne put s'empêcher de rougir. Toutefois, elle n'allait pas jouer les poltronnes alors que même la timide Evangeline Jenner était disposée à braver les convenances. Après avoir dégagé ses bras des manches, elle se leva et laissa la lourde robe tomber en tas à ses pieds. En chemise, culotte, bas et corset, elle frissonna de plaisir en sentant la brise légère rafraîchir sa peau échauffée.

Les trois autres se relevèrent l'une après l'autre, abandonnant leurs robes sur le sol telles de gigantesques fleurs exotiques.

— À toi ! dit Daisy en lançant la balle à Annabelle, qui la rattrapa d'instinct.

Elles se dirigèrent vers le centre de la prairie tout en se jetant la balle. Evangeline était la moins douée aussi bien pour la lancer que pour la rattraper, mais il s'agissait moins de maladresse que d'inexpérience. Elle n'avait pas, comme Annabelle, eu un jeune frère avec qui jouer.

Marcher ainsi en plein air, les jambes libérées du poids des jupes, procurait une sensation de légèreté étonnante.

— Je suppose que c'est ce que ressentent les hommes, eux qui déambulent en pantalon, commenta Annabelle, songeuse. On leur envierait presque une telle liberté.

— Presque ? répéta Lillian avec un sourire. Assurément, tu veux dire. Est-ce que ce ne serait pas formidable si les femmes pouvaient porter des pantalons ?

— Je... je n'aimerais pas cela du tout, déclara Evangeline. Je mourrais de honte si un homme pouvait voir la forme de mes jambes et de mon... de mes...

Elle hésita, cherchant de toute évidence le mot pour décrire ces parties de l'anatomie féminine dont on ne parlait pas.

— ... du reste, acheva-t-elle piteusement.

— Ta chemise est dans un triste état, fit remarquer Lillian abruptement en se tournant vers Annabelle. Je n'ai pas pensé à te donner de nouveaux dessous, pourtant, j'aurais dû me rendre compte...

Daisy jeta un regard à sa sœur aînée.

— Lillian, nous sommes vraiment au-dessous de tout. Annabelle a tiré au sort les pires des fées marraines.

— Je ne me plains pas, assura Annabelle en riant. Et, pour autant que j'en juge, nous sommes toutes les quatre dans la même citrouille.

Après quelques minutes d'entraînement et une brève discussion sur les règles du Rounders, elles marquèrent les quatre bases avec les paniers vides, et le jeu commença. Annabelle planta les pieds fermement à l'endroit qu'on avait désigné comme « Castle Rock ».

— Je vais lui lancer la balle, dit Daisy à Lillian, et tu l'attraperas.

— Mais je vise mieux que toi, protesta Lillian, qui se plaça néanmoins derrière Annabelle.

Tenant la batte par-dessus son épaule, Annabelle essaya de frapper la balle que Daisy lui lançait. Elle la manqua, et la batte décrivit un bel arc de cercle en sifflant. Derrière elle, Lillian avait attrapé la balle.

— C'était un bon coup, l'encouragea Daisy. Il faut que tu continues de regarder la balle quand elle vient vers toi.

— Je n'ai pas l'habitude de rester plantée là quand on me jette quelque chose dessus, se défendit Annabelle en brandissant de nouveau la batte. J'ai droit à combien de coups ?

— Au Rounders, le batteur a droit à un nombre infini d'essais, expliqua Lillian dans son dos. Vas-y, Annabelle… et cette fois, essaie d'imaginer que la balle, c'est le nez de M. Hunt.

Annabelle apprécia cette suggestion à sa juste valeur.

— Mieux encore, je pourrais viser une protubérance située plus bas, répliqua-t-elle avant d'abattre sa batte qui, cette fois, heurta la balle avec un claquement sonore.

Avec un rugissement de plaisir, Daisy s'élança après la balle pendant que Lillian, qui se tordait de rire, criait :

— Cours, Annabelle !

Elle obéit avec un gloussement de triomphe et contourna les paniers avant de revenir vers Castle Rock. Daisy ramassa la balle et la jeta à Lillian qui l'attrapa au bond.

— Reste à la troisième base, Annabelle ! cria Lillian. Nous allons voir si Evangeline peut te ramener à Castle Rock.

L'air nerveux, mais déterminé, Evangeline s'empara de la batte.

— Imagine que la balle est ta tante Florence, lui conseilla Annabelle, lui arrachant un sourire.

Daisy lança la balle assez bas et sans beaucoup d'élan, mais Evangeline la manqua et elle arriva droit dans les mains expertes de Lillian. Tout en renvoyant la balle à sa sœur, Lillian fit reprendre la position à Evangeline.

— Écarte un peu les pieds et plie les genoux. Voilà, comme ça. Maintenant, tu regardes la balle quand elle arrive et tu ne pourras pas la manquer.

Malheureusement, elle la manqua un si grand nombre de fois qu'elle en rougit de contrariété.

— C'est trop... trop dur. Je devrais peut-être céder mon tou-tour à quelqu'un d'autre.

— Quelques essais encore, décréta Annabelle, bien décidée à ce qu'Evangeline touche la balle au moins une fois. Nous ne sommes pas pressées.

— Ne renonce pas, renchérit Daisy. C'est parce que tu essaies trop fort, c'est tout. Détends-toi... Et arrête de fermer les yeux au moment de frapper.

— Tu peux y arriver, assura Lillian en exerçant ses bras minces mais musclés. Tu as presque réussi au coup précédent. Simplement : RE-GARDE-LA-BALLE !

Avec un soupir résigné, Evangeline traîna la batte une fois de plus jusqu'à Castle Rock et la leva.

— Je suis prête, annonça-t-elle à Daisy en fixant la balle, les yeux étrécis.

Les dents serrées, elle la frappa avec force, et l'envoya voler jusqu'au bosquet de chênes. Tandis qu'elle demeurait médusée, les autres se mirent à hurler de joie.

— J'ai réussi ! J'ai réussi ! finit par s'exclamer Evangeline en sautant sur place.

— Cours autour des paniers ! cria Annabelle avant de détaler en direction de Castle Rock.

Evangeline fila comme une flèche. Quand elle atteignit Castle Rock, les quatre filles continuèrent à sauter et à crier sans raison, simplement parce qu'elles étaient jeunes, en bonne santé et très contentes d'elles-mêmes.

Soudain, Annabelle se rendit compte qu'une silhouette sombre gravissait rapidement la colline. Elle se tut brusquement quand elle distingua un… non, deux cavaliers qui s'avançaient vers la prairie.

— Quelqu'un arrive ! Deux hommes à cheval. Vite, les vêtements !

Son avertissement mit un terme brutal à leur allégresse. Elles se regardèrent, les yeux écarquillés, avant de céder à la panique. Poussant un cri aigu, Daisy et Evangeline prirent leurs jambes à leur cou et se ruèrent vers la couverture sur laquelle elles avaient laissé leurs robes.

Annabelle commença à les suivre, puis s'arrêta abruptement alors que les cavaliers s'immobilisaient juste derrière elle. Elle pivota lentement pour tenter d'estimer quel danger ils pouvaient représenter.

Sa consternation fut immédiate et totale.

Il s'agissait de lord Westcliff… et, pire encore… de Simon Hunt.

10

Une fois qu'Annabelle eut croisé le regard stupéfait de Hunt, elle fut incapable de détourner les yeux. C'était comme l'un de ces cauchemars dont on s'éveille soulagée, en sachant que rien d'aussi horrible ne pouvait vraiment se produire. Si la situation n'avait été à ce point à son désavantage, elle aurait pu s'amuser de voir Simon Hunt demeurer sans voix. Il parut d'abord interdit, comme s'il éprouvait une difficulté extrême à admettre qu'elle se tenait devant lui avec pour tout vêtement une chemise, un corset et une culotte. Son regard glissa sur elle avant de revenir se poser sur son visage empourpré.

Le silence suffocant s'éternisa jusqu'à ce que, ayant dégluti avec peine, Hunt demande d'une voix enrouée :

— Je ne devrais sans doute pas poser la question. Mais que diable faites-vous ?

Ces mots tirèrent Annabelle de sa paralysie. Elle ne pouvait certes pas rester ici et discuter avec lui en petite tenue. Mais sa dignité – ou ce qu'il en restait – lui interdisait de piailler comme une idiote en se précipitant vers ses vêtements comme Evangeline et Daisy l'avaient fait. Optant pour un compromis, elle alla récupérer sa robe à grands pas et la plaqua contre elle avant de faire de nouveau face à Simon Hunt.

— Nous jouons au Rounders, répondit-elle d'une voix bien plus haut perchée qu'à l'accoutumée.

Hunt jeta un regard alentour avant de revenir à elle.

— Pourquoi vous…

— On ne peut pas courir correctement avec des jupes, coupa Annabelle. J'aurais pensé que c'était évident.

Hunt détourna le visage en hâte, mais pas assez vite pour qu'elle ne remarque pas son sourire.

— N'ayant jamais essayé, il faudra que je vous croie sur parole.

Derrière elle, Annabelle entendit Daisy dire à Lillian d'un ton accusateur :

— Tu prétendais que personne ne venait jamais dans cette prairie !

— C'est ce qu'on m'avait dit, répondit Lillian en se plaçant au milieu de la corolle formée par sa robe, puis en se baissant pour s'emparer du corsage et le remonter.

— Vos renseignements étaient exacts, mademoiselle Bowman, intervint le comte tout en gardant les yeux soigneusement fixés au loin. Ce champ n'est pas fréquenté, habituellement.

— Dans ce cas, pourquoi êtes-vous là ? répliqua Lillian d'un ton accusateur, comme si c'était elle, et non Westcliff, le propriétaire du domaine.

Le comte tourna brusquement la tête, posa un regard incrédule sur la jeune Américaine, puis détourna de nouveau les yeux.

— Notre présence est un pur hasard, répliqua-t-il froidement. Je souhaitais inspecter la partie nord-ouest de mon domaine aujourd'hui.

Il souligna le « mon » distinctement quoique subtilement.

— Alors que M. Hunt et moi-même étions sur le sentier, nous avons entendu vos cris. Nous nous en sommes inquiétés, et sommes venus dans l'intention de proposer notre aide si besoin était. Pas un instant je n'ai songé que vous puissiez utiliser ce champ pour… pour…

— Jouer au Rounders-en-culottes, compléta Lillian charitablement, tout en passant les bras dans ses manches.

Le comte parut incapable de répéter cette phrase ridicule. Il fit volter son cheval et lança, par-dessus son épaule :

— J'ai l'intention d'être frappé d'amnésie dans quelques minutes. Avant cela, je suggérerais que vous vous absteniez à l'avenir de toute forme de nudité en plein air. D'autres personnes vous surprenant ainsi ne se montreraient peut-être pas aussi indifférentes que M. Hunt et moi.

Bien que gênée, Annabelle ne put réprimer un ricanement sceptique. Indifférent, M. Hunt ? Et le comte lui-même ? Hunt s'était à coup sûr débrouillé pour se rincer l'œil. Et si Westcliff s'était montré plus discret, le regard, bref mais intense, dont il avait gratifié Lillian avant de faire pivoter son cheval ne lui avait pas échappé. Cependant, vu la légèreté de sa tenue, le moment était mal choisi pour lui faire rabattre de sa superbe.

— Je vous remercie, milord, dit-elle avec un calme dont elle ne put que se féliciter. À présent que vous nous avez donné cet excellent conseil, je vous demanderais de bien vouloir nous accorder un peu d'intimité afin que nous puissions nous réajuster.

— Avec plaisir, grommela Westcliff.

Apparemment, Simon Hunt ne put s'empêcher de jeter un dernier regard à Annabelle, qui tenait toujours sa robe pressée contre sa poitrine. Malgré son calme apparent, elle eut l'impression que son teint était plus coloré… Et il était impossible d'ignorer la flamme éloquente qui s'était allumée dans ses yeux noirs. Elle aurait aimé être suffisamment maîtresse d'elle-même pour lui adresser un regard froidement méprisant, au lieu de cela, elle se sentait rougissante, débraillée et complètement désarçonnée. Il parut sur le point de lui dire quelque chose, puis se ravisa et s'élança à la suite de Westcliff, qui se trouvait déjà à l'autre bout de la prairie.

Mortifiée, Annabelle se tourna vers Lillian qui, bien que rouge elle aussi, affichait un admirable sang-froid.

— De tous les hommes qui auraient pu nous surprendre, dit-elle avec amertume, il a fallu que ce soit ces deux-là !

— Comment ne pas admirer une arrogance pareille ? commenta Lillian, ironique. Il doit falloir la cultiver pendant des années !

— À qui fais-tu allusion ? M. Hunt ou lord Westcliff ?

— Les deux. Encore que l'arrogance du comte surpasse peut-être celle de M. Hunt… ce qui est quand même une prouesse remarquable.

Elles se regardèrent avec, sur le visage, une expression de mépris identique puis, soudain, Annabelle éclata d'un rire irrépressible.

— Ils ont été surpris, non ?

— Pas autant que nous. La question est : comment allons-nous pouvoir leur faire face de nouveau ?

— Comment vont-ils nous faire face, tu veux dire ? rétorqua Annabelle. C'étaient *eux*, les intrus !

— Tu as rais… commença Lillian, qui s'interrompit en entendant un curieux son étranglé.

Annabelle et elle se retournèrent d'un même mouvement. Les mains sur les hanches, Daisy regardait Evangeline qui se tordait sur la couverture.

— Que se passe-t-il ? lui demanda Annabelle, affolée.

— Son embarras était tel que ça l'a rendue malade, expliqua Daisy.

Evangeline se tortillait, une serviette de table sur le visage. Plus elle essayait de maîtriser son hilarité, pire c'était. Elle haletait entre deux gloussements pour tenter de reprendre son souffle.

— Qu-quelle initiation sens-sensationnelle aux sports de pl-plein air ! réussit-elle à articuler, avant d'être à nouveau secouée d'un rire incoercible.

Daisy adressa à Annabelle un regard significatif.

— C'est *ça* être hystérique.

Simon et Westcliff s'éloignèrent de la prairie au grand galop et ne ralentirent l'allure qu'en pénétrant dans la forêt. Deux bonnes minutes s'écoulèrent avant que l'un ou l'autre ait envie – ou soit en état – de parler.

Des images d'Annabelle Peyton et de ses courbes admirables moulées dans des dessous que des centaines de lavages avaient fait rétrécir ne cessaient de tournoyer dans l'esprit de Simon. Il était heureux qu'elle et lui n'aient pas été seuls, car il n'aurait sans doute pas été capable de la quitter sans s'être livré à un quelconque acte barbare.

De toute sa vie il n'avait éprouvé un désir aussi intense qu'à l'instant où il avait vu Annabelle en petite tenue dans la prairie. Son corps entier avait été submergé par l'irrésistible envie de sauter à bas de son cheval, de la soulever dans ses bras et de l'emporter jusqu'au bosquet le plus proche. Il n'imaginait pas de tentation plus impie que la vue de son corps voluptueux, de sa chair satinée, d'un blanc crémeux, et de sa chevelure dans laquelle le soleil accrochait des reflets d'or. Et elle avait eu l'air si délicieusement mortifié, rougissant de partout. Il aurait voulu lui arracher ses sous-vêtements élimés avec les dents, puis la couvrir de baisers, depuis le front jusqu'aux orteils, en goûtant chacun des…

— Non, marmonna-t-il en sentant son sang bouillonner dans ses veines.

Il devait s'interdire de continuer sur cette voie sans quoi son désir exacerbé rendrait le reste de la chevauchée terriblement inconfortable.

Lorsqu'il eut réussi à tenir son désir en bride, il jeta un coup d'œil à Westcliff, qui paraissait ruminer. Or, Westcliff n'était pas du genre à ruminer.

Les deux hommes étaient amis depuis cinq ans. Ils s'étaient rencontrés lors d'un dîner donné par un homme politique progressiste qu'ils connaissaient tous deux. Le père de Westcliff venait de mourir, et il revenait à Marcus, le nouveau comte, de prendre en charge les affaires de la famille. Il avait découvert que les finances familiales, qui paraissaient saines, étaient en fait en piteux état, un peu comme un patient souffrant d'une maladie mortelle, mais qui garde un air de bonne santé. Alarmé par les pertes régulières révélées par les livres comptables, le nouveau comte de Westcliff avait admis que des changements drastiques étaient indispensables. Il avait résolu d'éviter le sort de nombre d'aristocrates qui assistaient, impuissants, à la réduction inexorable de la fortune familiale. Contrairement à ce qu'on racontait dans les romans quelques années plus tôt, la plupart des aristocrates ne perdaient pas leur argent au jeu, mais se montraient tout bonnement de piètres administrateurs. Les investissements conservateurs, les idées rétrogrades et les choix malheureux en matière fiscale érodaient lentement leur fortune, laissant ainsi la voie libre à une classe nouvelle, et prospère, d'hommes entreprenants. Celui qui choisissait de mépriser l'influence de la science et de l'industrie sur l'économie émergente était certain de disparaître... et Westcliff ne souhaitait pas faire partie de cette catégorie.

Au début de leur amitié, il ne faisait aucun doute que chacun utilisait l'autre pour en obtenir quelque chose. Westcliff voulait tirer profit de l'instinct de Simon en matière financière, et Simon souhaitait être introduit dans le cercle fermé des classes dominantes. Mais tandis qu'ils apprenaient à se connaître, ils s'étaient rendu compte qu'ils avaient beaucoup de traits en commun. Tous deux étaient des cavaliers et des chasseurs enragés, qui avaient besoin d'exercices violents comme exutoire à leur vigueur physique. Et tous deux étaient d'une honnêteté intransigeante, même si les manières policées de Westcliff rendaient sa franchise bien plus acceptable. Ni l'un ni l'autre n'étaient du genre à rester assis pendant des heures, à parler poésie ou sentiments. Ils préféraient se colleter avec des faits ou des problèmes bien réels et, évidemment, prenaient beaucoup de plaisir à discuter de leurs entreprises actuelles ou futures.

Quand Simon devint un invité régulier à Stony Cross Park, et un visiteur fréquent à Marsden Terrace, la demeure londonienne de Westcliff, les amis du comte en vinrent progressivement à l'admettre dans leur cercle. Il eut alors l'agréable surprise de découvrir qu'il n'était pas le seul roturier que Westcliff considérait comme un ami proche. Le comte paraissait préférer la compagnie d'hommes dont la vision du monde n'avait pas été formée entre les murs d'un domaine aristocratique. Il lui arrivait même de proclamer qu'il aurait aimé se débarrasser de son titre si la chose avait été possible puisqu'il rejetait la notion de noblesse héréditaire. Simon ne doutait pas de la sincérité de telles déclarations, mais Westcliff ne semblait pas se rendre compte que les privilèges aristocratiques, avec le pouvoir et les responsabilités qui y étaient attachés, faisaient intrinsèquement partie de lui. En tant qu'héritier du plus ancien des comtés du royaume, Marcus, lord Westcliff, était né pour servir le devoir et la tradition. Il menait une vie très organisée, parfaitement ordonnée, et Simon ne connaissait pas d'homme possédant davantage de maîtrise de soi.

À cet instant, pourtant, il semblait plus perturbé que la situation ne l'exigeait.

— Bon sang, finit-il par s'exclamer, il m'arrive de traiter des affaires avec leur père ! Comment suis-je censé faire face à Thomas Bowman après avoir vu sa fille en petite tenue ?

— *Ses* filles, corrigea Simon. Elles étaient là toutes les deux.

— Je n'ai remarqué que la plus grande.

— Lillian ?

— Oui, acquiesça Westcliff, qui fronça les sourcils. Seigneur, comment s'étonner qu'elles ne soient pas mariées ? Ce sont des barbares, même pour des Américaines. Et la façon dont cette fille m'a parlé, comme si c'était à *moi* d'être embarrassé pour avoir interrompu leurs réjouissances païennes…

— Westcliff, ne joue pas les pères la pudeur, coupa Simon, amusé par sa véhémence. Quelques jeunes filles innocentes qui folâtrent sur une prairie ne signent pas la fin de la civilisation telle que nous la connaissons. S'il s'était agi de jeunes villageoises, tu n'en aurais rien pensé du tout. Fichtre, tu te serais peut-être même joint à elles. Je t'ai vu faire des choses avec tes maîtresses qui…

— Il se trouve que ce ne sont pas des villageoises ! Ce sont des jeunes filles convenables – ou du moins elles sont censées l'être. Pourquoi, au nom du ciel, ce quatuor de filles à marier se conduit-il ainsi ?

Le ton affligé de son ami fit sourire Simon.

— Justement, j'ai l'impression que leur état les a rapprochées. Pendant la plus grande partie de la saison, elles sont restées assises sans s'adresser la parole. Mais il semblerait qu'elles soient devenues amies récemment.

— Dans quel but ? demanda le comte, suspicieux.

— Peut-être essaient-elles simplement de se distraire, suggéra Simon, que l'indignation de Westcliff ne laissait pas de surprendre.

Le comportement de Lillian Bowman, en particulier, semblait l'avoir profondément offusqué, lui qui traitait d'ordinaire les femmes avec un détachement souverain. Nombreuses étaient celles qui se jetaient à sa tête, pourtant jamais Simon ne l'avait vu perdre son sang-froid. Jusqu'à aujourd'hui.

— Dans ce cas, elles devraient s'adonner à la broderie, ou à n'importe quelle activité à laquelle les femmes convenables prennent plaisir, grommela le comte. Ou, au moins, trouver un amusement qui n'implique pas de courir nues à travers la campagne.

— Elles n'étaient pas nues, souligna Simon. À mon grand regret.

— Ce commentaire m'oblige à dire quelque chose. Comme tu le sais, je ne suis pas du genre à donner des conseils quand on ne m'en demande pas…

Simon l'interrompit d'un éclat de rire.

— Westcliff, je doute qu'un seul jour de ton existence se soit écoulé sans que tu n'aies donné un conseil à quelqu'un.

— Je ne donne de conseil que lorsque c'est impératif, rétorqua le comte, les sourcils froncés.

Simon lui adressa un regard sarcastique.

— Dispense donc tes sages paroles, puisqu'il apparaît que je les entendrai, de gré ou de force.

— Cela concerne Mlle Peyton. Si tu étais raisonnable, tu abandonnerais toute velléité en ce qui la concerne. C'est la créature la plus superficielle et la plus égocentrique que je connaisse. La façade est belle, je te l'accorde… mais je pense qu'il n'y a rien de recommandable derrière. Je ne doute pas que tu songes à la prendre pour maîtresse si elle échoue avec Kendall. Si tu veux mon avis, abstiens-toi. Il y a des femmes qui ont infiniment plus à t'offrir.

Simon demeura silencieux quelques instants. Ses sentiments à l'égard d'Annabelle Peyton étaient désagréablement complexes. Il l'admirait, elle lui plaisait, et Dieu sait qu'il n'avait pas le droit de la juger durement parce qu'elle était la maîtresse d'un autre. Mais en même temps la possibilité, fort réelle, qu'elle ait accepté Hodgeham dans son lit le remplissait d'un mélange de colère et de jalousie qui l'étonnait.

Après avoir entendu la rumeur répandue par lord Burdick, Simon n'avait pu résister à son besoin d'en savoir plus. Il avait demandé à son père, qui tenait scrupuleusement ses livres de comptes, s'il était arrivé que quelqu'un règle les factures des Peyton. Et son père avait bel et bien confirmé que lord Hodgeham s'en était parfois chargé. Même si cela ne prouvait rien, la possibilité qu'Annabelle soit la maîtresse de Hodgeham ne s'en trouvait que renforcée. Et ses propos évasifs, la veille, n'avaient certainement pas contribué à contredire la rumeur.

Tout indiquait que la situation de la famille Peyton était désespérée… Il n'empêche que la raison pour laquelle Annabelle s'était tournée vers un individu comme Hodgeham restait un mystère. Cela dit, tant de décisions, bonnes ou mauvaises, n'étaient souvent que le résultat d'un moment particulier. Peut-être Hodgeham s'était-il débrouillé pour se trouver là au moment où les défenses d'Annabelle étaient au plus bas, et qu'elle s'était laissé persuader de donner à ce vieux cochon ce qu'il réclamait en échange de l'argent dont elle avait si cruellement besoin.

Annabelle n'avait pas de bottines. Seigneur! Hodgeham devait être vraiment mesquin s'il lui achetait quelques robes, mais pas de chaussures décentes. Pour ne rien dire de ses dessous presque en loques... Que diable, quitte à être la maîtresse d'un homme, Annabelle pourrait tout aussi être la sienne, au moins recevrait-elle une récompense digne de ses faveurs!

Mais, de toute évidence, il était bien trop tôt pour aborder cette question avec elle. Il lui faudrait attendre patiemment pendant qu'elle essayait de soutirer une demande en mariage à lord Kendall. Et il n'avait pas l'intention de faire quoi que ce soit pour lui mettre des bâtons dans les roues. En revanche, si elle échouait avec Kendall, il entendait bien lui faire une offre plus avantageuse que celle, honteuse et clandestine, qui la liait à Hodgeham.

En imaginant Annabelle étendue nue sur son lit, Simon sentit renaître son désir. Il dut lutter pour retrouver le fil de la conversation.

— Qu'est-ce qui t'a donné l'impression que je m'intéressais à Mlle Peyton? s'enquit-il d'un ton soigneusement neutre.

— Le fait que tu es pratiquement tombé de ton cheval quand tu l'as vue en culottes.

La remarque amena un sourire réticent sur les lèvres de Simon.

— Avec une façade comme la sienne, il se peut que je me moque complètement de ce qu'il y a derrière.

— Tu aurais tort, affirma le comte avec emphase. Mlle Peyton est une gredine, crois-moi.

— Westcliff, t'est-il déjà venu à l'esprit que tu pourrais éventuellement te tromper ? Sur n'importe quel sujet ?

Le comte eut l'air désarçonné par cette question.

— En vérité, non.

Secouant la tête avec un sourire navré, Simon lança son cheval au trot.

11

Alors qu'elle regagnait le manoir avec ses amies, Annabelle sentit un élancement douloureux dans la cheville. Elle avait dû se la tordre en jouant au Rounders, bien qu'elle ne se rappelât pas du tout à quel moment. Avec un soupir, elle changea son panier de main et allongea le pas pour demeurer à la hauteur de Lillian, qui semblait pensive. Plongées dans une conversation animée, Daisy et Evangeline s'étaient laissé distancer.

— Quelque chose te tracasse ? lui demanda-t-elle.

— Le comte et M. Hunt… tu crois qu'ils raconteront notre rencontre de cet après-midi ? Notre réputation en serait méchamment écornée.

— Je ne pense pas que Westcliff en parlera, répondit Annabelle après réflexion. J'aurais tendance à croire qu'il disait vrai quand il a fait cette remarque sur son amnésie. En outre, il ne semble pas être du genre à aimer les ragots.

— Et M. Hunt ?

Annabelle fronça les sourcils.

— Je ne sais pas. Il n'a pas promis de garder le silence. Je suppose qu'il se taira s'il pense avoir quelque chose à gagner.

— Dans ce cas, ce serait à toi de le lui demander. Dès que tu le verras au bal, ce soir, tu devrais aller le trouver pour lui faire promettre de ne parler à personne de notre jeu.

Un soupir échappa à Annabelle à la perspective de cette soirée. Elle était à peu près certaine – tout à fait certaine, même – de ne pas supporter d'affronter Hunt après ce qui s'était produit cet après-midi. D'un autre côté, Lillian avait raison : on ne pouvait présumer de son silence. Elle avait beau redouter cette confrontation, elle voyait mal comment s'y soustraire.

— Pourquoi moi ? demanda-t-elle tout en connaissant la réponse.

— Parce que Hunt t'apprécie. Tout le monde le sait. Il sera plus enclin à se taire si c'est toi qui le lui demandes.

— Il ne donnera rien pour rien, marmonna Annabelle, que sa cheville faisait de plus en plus souffrir. Et s'il me fait une proposition malhonnête ?

Un long silence s'ensuivit. Ce fut Lillian qui le rompit.

— Il se peut que tu aies à lui jeter un os...

— Quel genre d'os ? s'enquit Annabelle, soupçonneuse.

— Oh, juste le laisser t'embrasser, si c'est ce qu'il faut pour qu'il se tienne tranquille.

Surprise que Lillian se montre aussi détachée sur un tel sujet, Annabelle prit une profonde inspiration.

— Sapristi, Lillian ! Je ne peux pas faire ça !

— Pourquoi pas ? Tu as déjà embrassé des hommes, non ?

— Oui, mais...

— Une paire de lèvres ressemble à n'importe quelle autre. Assure-toi simplement que personne ne te voie, et fais vite. M. Hunt sera alors calmé et notre secret sera sauf.

Annabelle laissa échapper un rire étranglé, alors même que son cœur commençait à battre une douloureuse chamade. Elle ne pouvait s'empêcher de se rappeler ce baiser volé au panorama, ces secondes de cataclysme sensuel qui l'avaient ébranlée jusqu'au tréfonds.

— Qu'il soit bien clair entre vous qu'il s'agit d'un unique baiser, et que cela ne se reproduira plus jamais.

— Pardonne-moi de critiquer ton plan… mais il est complètement nul. D'abord, une paire de lèvres ne ressemble *pas* à n'importe quelle autre, quand elle est attachée à Simon Hunt ! Ensuite, il ne se satisfera certainement pas d'un simple baiser, or je ne peux rien lui offrir de plus.

— Tu trouves vraiment M. Hunt si répugnant ? demanda Lillian tranquillement. Il n'est pas si mal, en vérité. J'irais même jusqu'à dire que c'est un bel homme.

— Il est tellement insupportable que je n'ai jamais vraiment fait attention à son physique. Mais j'admets qu'il…

Troublée, Annabelle s'interrompit pour réfléchir à la question.

Objectivement – si tant est qu'il soit possible d'être objectif vis-à-vis de Simon Hunt –, il était en effet séduisant. Le terme « bel homme » s'appliquait d'ordinaire à des personnes aux traits finement ciselés et à la silhouette élégamment proportionnée. Simon Hunt en donnait une nouvelle définition, avec son maintien hardi, son regard audacieux, son nez incontestablement masculin et sa grande bouche insolente. Même sa taille et sa musculature inhabituelles lui convenaient parfaitement, comme si la nature avait reconnu qu'il n'était pas créature à se contenter de demi-mesures.

Dès le premier instant, Annabelle s'était sentie mal à l'aise en sa présence. Même si elle ne l'avait jamais vu que vêtu à la perfection et totalement maître de lui, elle avait toujours eu le sentiment que Hunt n'était, dans la meilleure des hypothèses, qu'à demi apprivoisé. Son instinct lui soufflait que, derrière l'apparence moqueuse, il y avait un homme capable de passion violente, peut-être même de brutalité. Un homme impossible à dompter.

Elle essaya d'imaginer le visage de Simon Hunt au-dessus du sien, la pression brûlante de sa bouche, ses bras se refermant autour d'elle... sauf que, cette fois, elle serait une partenaire consentante. Après tout, ce n'était qu'un homme, se rappela-t-elle, non sans nervosité. Et un baiser ne durait qu'un instant. Mais pendant cet instant, ils seraient intimement liés, et par la suite, chaque fois qu'ils se rencontreraient, Simon Hunt jubilerait silencieusement. Ce qui serait difficile à supporter.

Annabelle se frotta le front ; ce dernier était soudain aussi endolori que si elle avait reçu un coup de batte de Rounders.

— Ne peut-on pas simplement ignorer la chose, et nous contenter d'espérer qu'il aura le bon goût de tenir sa langue ? hasarda-t-elle.

— Oh, bien sûr, M. Hunt et le bon goût vont si souvent de pair ! acquiesça Lillian, sarcastique. Croisons donc les doigts et attendons... si tes nerfs peuvent endurer une telle attente.

Tout en se massant le front, Annabelle laissa échapper un gémissement.

— Très bien. J'irai le trouver ce soir. Je...

Elle hésita un long moment avant d'ajouter :

— J'irai même jusqu'à l'embrasser si nécessaire. Mais je considérerai cela comme un paiement plus que suffisant pour toutes les robes que tu m'as données !

Lillian esquissa un sourire satisfait.

— Je suis certaine que tu parviendras à un accord avec M. Hunt.

Arrivée au manoir, Annabelle monta directement dans sa chambre pour se reposer. Dieu merci, sa mère n'était pas là, ce qui lui permit de se rafraîchir et de changer de dessous sans avoir à répondre à des questions gênantes. Si tendre et indulgente qu'elle soit, Philippa n'aurait sans doute pas applaudi aux frasques de sa fille avec les Bowman.

Malheureusement, une fois qu'Annabelle se fut glissée entre les draps fraîchement repassés, la douleur à la cheville l'empêcha de dormir. Fatiguée, irritée, elle sonna pour demander une bassine d'eau froide et baigna son pied pendant une demi-heure. Mais sa cheville resta enflée, et c'est en maudissant sa malchance qu'elle enfila avec précaution un bas propre. Elle dut rappeler la femme de chambre pour serrer son corset et boutonner sa robe de soie jaune qui se fermait dans le dos.

— Vous avez les traits un peu tirés, mademoiselle, murmura la domestique en la scrutant d'un air inquiet. Puis-je vous apporter quelque chose ? La gouvernante garde un fortifiant dans son placard pour soigner les indispositions féminines...

— Non, il ne s'agit pas de cela, dit Annabelle avec un pâle sourire. Je me suis simplement fait mal à la cheville.

— Une décoction d'écorce de bouleau, peut-être ? Je vais vous la chercher de suite, ainsi, vous pourrez la boire pendant que je vous coifferai.

— Oui, merci, répondit Annabelle en se laissant tomber sur la chaise de la coiffeuse. Je ne comprends pas comment j'ai pu me blesser. Je ne suis pas maladroite, d'ordinaire.

Au moment où la domestique sortait, Philippa pénétra dans la chambre. Elle vint se placer derrière sa fille et croisa son regard dans le miroir.

— Tu es adorable, ma chérie.

— Je me sens pitoyable, répliqua Annabelle. Je me suis foulé la cheville pendant ma promenade avec les autres laissées-pour-compte, cet après-midi.

— Es-tu obligée de vous désigner ainsi ? demanda Philippa. Tu peux sûrement trouver un terme plus flatteur pour votre petit groupe…

— Mais il nous va bien, dit Annabelle avec un sourire. Si cela peut vous rassurer, je prononce ce mot avec la touche d'ironie qui convient.

Philippa soupira.

— J'ai bien peur que ma propre réserve d'ironie ne soit au plus bas, en ce moment. Il n'est pas facile pour moi de te regarder te débattre et comploter, alors que d'autres filles de ta condition ne rencontrent aucune difficulté. Te voir dans des robes empruntées, savoir quels fardeaux tu supportes… Des milliers de fois, j'ai pensé que si seulement ton père n'était pas mort, et que nous avions un peu d'argent…

Annabelle haussa les épaules.

— Comme on dit, maman : « Si les navets étaient des montres, j'en porterais un au côté. »

— Pourquoi ne te reposerais-tu pas dans la chambre, ce soir ? suggéra Philippa en lui caressant les cheveux. Tu pourrais garder le pied surélevé pendant que je te ferais la lecture…

— Ne me tentez pas, supplia Annabelle. Il n'y a rien qui me plairait davantage, mais je ne peux manquer une si belle occasion de faire impression sur lord Kendall.

« Et de négocier avec Simon Hunt », ajouta-t-elle en silence.

Après avoir bu une grande tasse de tisane d'écorce de bouleau, Annabelle gagna le rez-de-chaussée sans trop de peine, même si sa cheville refusait de désenfler. Elle eut le temps d'échanger quelques mots avec Lillian avant que les invités ne soient priés de rejoindre la salle à manger. La caresse du soleil avait rosi les joues de cette dernière, et ses yeux d'un brun velouté étincelaient à la lueur des bougies.

— Jusqu'à présent, lord Westcliff s'est visiblement efforcé d'ignorer les laissées-pour-compte, observa-t-elle. Tu avais raison, nous ne risquons rien de ce côté-là. Notre seul problème éventuel, c'est M. Hunt.

— Ce ne sera pas un problème, répliqua Annabelle. Je compte bien lui parler, comme je te l'ai promis.

— Tu es un amour, assura Lillian.

Quand elle prit place à table, Annabelle découvrit, déconcertée, qu'elle n'était pas loin de lord Kendall. En toute autre occasion, elle aurait trouvé cela inespéré, hélas, ce soir, elle ne se sentait pas au mieux de sa forme ! Comment tenir une conversation intelligente alors que sa cheville la lançait et qu'elle avait la migraine ? Pour ajouter à son malaise, Simon Hunt était assis presque en face d'elle, l'air si sûr de lui que c'en était exaspérant. Et, comme si cela ne suffisait pas, une vague nausée l'empêcha de rendre justice au splendide dîner. Dépourvue de son appétit habituel, elle se retrouva à picorer dans son assiette. Chaque fois qu'elle levait les yeux, elle croisait le regard insistant de Hunt et se crispait dans l'attente de quelque subtil sarcasme. Dieu merci, les quelques remarques qu'il lui adressa furent banales, et le dîner se passa sans incident.

Alors que les premiers accords s'échappaient de la salle de bal, elle se réjouit, pour une fois, à la perspective de rester assise pendant que les autres danseraient. Sans doute avait-elle pris un peu trop le soleil, car elle se sentait étourdie. Lillian et

Daisy, par contraste, paraissaient plus animées et robustes que jamais. De son côté, la pauvre Evangeline avait subi une sévère remontrance de la part de sa tante Florence.

— Le soleil favorise les taches de rousseur, expliqua Daisy. Du coup, sa tante l'a trouvée plus tachetée qu'un léopard et lui a interdit de nous voir jusqu'à ce que sa peau soit redevenue normale.

— Quelle abominable femme ! marmonna Annabelle. De toute évidence, elle s'est donné pour seul but dans la vie d'empoisonner l'existence de sa nièce.

— Et elle y réussit admirablement, renchérit Daisy.

Tendant soudain le cou pour regarder derrière l'épaule d'Annabelle, elle murmura :

— Saperlipopette ! M. Hunt vient par ici. Je *meurs* de soif, alors je vais aller faire un tour au buffet et vous laisser tous les deux à... euh...

— Lillian t'a parlé, grommela Annabelle sombrement.

— Oui, et nous te sommes toutes les trois infiniment reconnaissantes du sacrifice que tu t'apprêtes à consentir pour nous.

— Sacrifice, répéta Annabelle. N'exagérons rien. Comme dirait Lillian, une paire de lèvres n'est pas différente d'une autre.

— C'est ce qu'elle t'a dit. Il n'empêche qu'à Evangeline et à moi, elle a avoué qu'elle préférerait mourir plutôt que d'embrasser un homme comme M. Hunt.

— Qu'est-ce que... commença Annabelle, mais Daisy avait déjà détalé en gloussant.

Elle commençait à se sentir telle une vierge sacrificielle sur le point d'être jetée dans l'enfer lorsque la voix profonde de Simon Hunt tout près de son oreille lui arracha un tressaillement.

— Bonsoir, mademoiselle Peyton. Je constate que vous êtes entièrement habillée… pour changer.

Serrant les dents, Annabelle pivota pour lui faire face.

— Je dois avouer, monsieur Hunt, que j'ai été stupéfaite par la retenue dont vous avez fait preuve durant le dîner. Je m'attendais à une volée de commentaires insultants, or vous avez réussi à vous conduire en gentleman pendant une heure entière.

— Ce fut une épreuve, reconnut-il d'un air grave. Mais j'avais décidé de vous abandonner le privilège des conduites choquantes…

Il fit une pause pleine de délicatesse avant d'ajouter :

— … puisque vous semblez y exceller, ces derniers temps.

— Mes amies et moi ne faisions rien de mal !

— Ai-je dit que je vous reprochais de jouer au Rounders en tenue d'Ève ? demanda-t-il d'un air innocent. Bien au contraire… je vous y encourage de tout cœur. En fait, je pense que vous devriez vous exercer tous les jours.

— Je n'étais pas en « tenue d'Ève », répliqua Annabelle. Je portais des sous-vêtements.

— Ah bon, c'étaient des sous-vêtements ?

Elle rougit jusqu'aux oreilles, humiliée qu'il ait remarqué l'état de ses dessous.

— Avez-vous raconté à quelqu'un que vous nous avez vues dans la prairie ? s'enquit-elle d'une voix tendue.

C'était de toute évidence la question qu'il attendait. Un lent sourire se forma sur ses lèvres.

— Pas encore.

— Vous avez l'intention de le faire ?

Hunt feignit de réfléchir à la question, sans parvenir à dissimuler le plaisir que la situation lui procurait.

— L'intention, non… Mais vous savez comment cela se passe, ajouta-t-il avec un haussement d'épaules désolé. Il arrive que certains propos vous échappent dans la conversation…

Annabelle plissa les yeux.

— Que faudrait-il pour que vous gardiez le silence ?

Hunt fit mine d'être choqué par sa franchise.

— Mademoiselle Peyton, vous devriez apprendre à mener vos affaires avec un peu plus de diplomatie, vous ne trouvez pas ? J'aurais supposé qu'une demoiselle aussi raffinée que vous userait de plus de tact et de délicatesse…

— Je n'ai pas le temps d'être diplomate, coupa-t-elle. Et il est évident qu'on ne peut compter sur votre discrétion si l'on n'a pas acheté votre silence d'une manière ou d'une autre.

— « Acheter votre silence » a une connotation tellement négative, observa-t-il, songeur. Je préférerais : « encourager à garder le silence ».

— Appelez cela comme vous voudrez, répliqua-t-elle avec impatience. Venons-en à la négociation, si vous le voulez bien.

Si Hunt affichait une expression sérieuse, son regard trahissait son envie de rire.

— Très bien, acquiesça-t-il. Je suppose que je pourrais me laisser persuader de garder le silence sur vos gambades scandaleuses, mademoiselle Peyton. Avec un encouragement suffisant.

Annabelle baissa les yeux et réfléchit à ce qu'elle allait dire. Une fois les paroles prononcées, elle ne pourrait plus les reprendre. Seigneur Dieu, pourquoi avait-il fallu que ce soit à elle qu'incombe la tâche d'acheter le silence de Simon Hunt à cause d'un jeu ridicule auquel, à l'origine, elle ne voulait même pas prendre part ?

— Si vous étiez un gentleman, maugréa-t-elle, cela ne serait pas nécessaire.

— Je ne suis pas un gentleman, répliqua-t-il d'une voix rauque et hachée tant il se retenait de rire. Mais je me sens obligé de vous rappeler que ce n'est pas *moi* qui courais, à moitié nu, dans la prairie, cet après-midi.

— Pourriez-vous parler moins fort, chuchota-t-elle d'un ton coupant. Quelqu'un pourrait vous entendre.

Hunt la fixa d'un air fasciné, une lueur suggestive au fond de son regard sombre.

— Faites votre offre, mademoiselle Peyton.

Les yeux rivés sur un point au-delà de l'épaule de Hunt, Annabelle lâcha d'une voix étranglée, les joues brûlantes.

— Si vous promettez de ne rien dire du jeu de Rounders… je vous permettrai de m'embrasser.

Le silence inattendu qui accueillit sa déclaration fut atroce. S'obligeant à lui jeter un coup d'œil, Annabelle constata qu'elle avait pris Hunt de court. Il la regardait comme si elle s'était exprimée dans une langue étrangère, et qu'il n'était pas sûr de la traduction.

— Un seul baiser, précisa-t-elle, les nerfs tendus à se rompre. Et n'en déduisez pas que, parce que je vous le permets une fois, j'y consentirai de nouveau.

Hunt répondit avec une réserve à laquelle il ne l'avait pas habituée :

— J'étais convaincu que vous me proposeriez de danser avec moi. Une valse ou un quadrille.

— J'y ai songé. Mais un baiser m'a paru plus indiqué, et surtout plus rapide qu'une valse.

— Pas de la manière dont j'embrasse.

Cette remarque prononcée à voix basse la fit frémir.

— Ne soyez pas absurde, répliqua-t-elle. Une valse ordinaire dure au moins trois minutes. On ne peut pas embrasser quelqu'un aussi longtemps !

La voix de Hunt s'enroua imperceptiblement quand il répliqua :

— Vous êtes bien placée pour le savoir, évidemment. Parfait... J'accepte votre offre. Un baiser pour garder le secret. Je déciderai quand et où il aura lieu.

— Le « quand » et le « où » feront l'objet d'un accord mutuel, contra Annabelle. Le but est d'éviter que ma réputation ne soit compromise. Je ne vous laisserai donc pas choisir un lieu ou un moment inappropriés, au risque de voir mes efforts ruinés.

Hunt eut un sourire moqueur.

— Quelle négociatrice vous faites, mademoiselle Peyton ! Que Dieu nous vienne en aide si vous avez l'ambition de vous lancer un jour dans les affaires.

— N'ayez crainte, ma seule ambition est de devenir lady Kendall, riposta Annabelle avec une suavité venimeuse.

Elle eut la satisfaction de voir son sourire s'effacer.

— Ce serait dommage. Aussi bien pour vous que pour Kendall.

— Allez au diable, monsieur Hunt, siffla-t-elle avant de tourner les talons.

Alors qu'elle se dirigeait vers la terrasse, elle s'aperçut que l'état de sa cheville s'était aggravé. Elle ressentait à présent des élancements jusque dans le genou.

— Et flûte ! marmonna-t-elle.

Comment espérer faire des progrès avec lord Kendall dans ces conditions ? Il était difficile d'être séduisante quand on se retenait pour ne pas hurler de douleur. Soudain épuisée, Annabelle décida de regagner sa chambre. Maintenant qu'elle en avait fini avec Simon Hunt, la meilleure chose à faire était de reposer sa cheville en espérant qu'elle irait mieux le lendemain.

À mesure qu'elle avançait, cependant, la douleur s'intensifiait, au point qu'elle sentit des filets de sueur dégouliner entre les baleines de son corset. Non seulement sa jambe lui faisait un mal de chien, mais la tête se mit brusquement à lui tourner, et le contenu de son estomac commença à s'agiter de manière alarmante. Elle avait besoin d'air frais... Il fallait qu'elle sorte et s'asseye quelque part, le temps que sa nausée se calme. Mais la porte de la terrasse lui paraissait affreusement éloignée, et elle se demanda, hébétée, comment elle allait l'atteindre.

Par chance, les sœurs Bowman avaient vu que sa conversation avec Simon Hunt était terminée. Un sourire plein d'espoir aux lèvres, Lillian la rejoignit la première.

— Mon Dieu, mais tu as une mine effroyable ! s'exclama-t-elle. Que t'a donc dit M. Hunt ?

— Il est d'accord pour le baiser, répondit Annabelle en continuant de boitiller en direction de la terrasse.

Elle n'entendait pratiquement plus la musique, tant ses oreilles bourdonnaient.

— Si cette perspective te terrifie à ce point... commença Lillian.

— Ce n'est pas ça, coupa Annabelle d'un ton exaspéré. C'est ma cheville. Je me la suis tordue un peu plus tôt dans la journée, et maintenant je peux à peine marcher.

— Pourquoi ne l'as-tu pas dit plus tôt ? fit Lillian en lui entourant la taille du bras. Daisy, ajouta-t-elle, maintiens-nous la porte de la terrasse ouverte.

Une fois dehors, Annabelle passa sa main gantée sur son front ruisselant de sueur. Elle avait l'impression qu'une voiture lui était passée sur la jambe tant elle souffrait.

— Je crois que je vais être malade, gémit-elle comme la bile lui montait à la gorge. Ô mon Dieu, ce n'est pas *possible*. Je ne peux pas être malade maintenant.

— Ce n'est pas grave, assura Lillian en la guidant vers une jardinière posée au bord de l'escalier. Personne ne peut te voir, ma chérie. Sois aussi malade que tu veux. Daisy et moi sommes là pour nous occuper de toi.

— C'est vrai, renchérit Daisy. Des amies véritables ne rechigneront jamais à te tenir les cheveux pendant que tu vomis tripes et boyaux.

Annabelle aurait ri si elle n'avait été saisie d'un spasme humiliant. Heureusement, elle n'avait quasiment rien mangé, si bien que lorsque son estomac se révulsa, la délivrance fut rapide.

— Je suis désolée, dit-elle d'une voix faible. Je suis tellement désolée, Lillian…

— Ne sois pas ridicule, répliqua son amie d'une voix calme. Tu ferais la même chose pour moi, non ?

— Bien… bien sûr. Mais tu ne serais pas assez sotte…

— Tu n'es pas sotte, dit Lillian avec gentillesse, tu es malade. Tiens, prends mon mouchoir.

Toujours pliée en deux, Annabelle s'empara avec gratitude dudit mouchoir, mais le parfum qui en émanait la fit reculer.

— Beurk… C'est l'odeur. Je ne peux pas. Tu n'en as pas un qui ne soit pas parfumé ?

— Flûte, dit Lillian. Daisy, où est ton mouchoir ?

— Oublié.

— Annabelle, il faudra que tu utilises celui-ci, c'est le seul que nous ayons.

Une voix masculine se fit alors entendre.

— Tenez, prenez celui-là.

12

Trop étourdie pour remarquer ce qui se passait autour d'elle, Annabelle prit le mouchoir propre qu'on lui glissait dans la main. Dieu merci, il n'avait d'autre parfum que celui du linge fraîchement amidonné. Après s'être essuyé le visage et la bouche, elle se redressa avec peine pour faire face au nouveau venu. Son estomac déjà douloureux se contracta à la vue de Simon Hunt.

À l'évidence, il avait été témoin de toute la scène. Elle aurait voulu mourir. Si seulement le ciel voulait bien lui permettre d'expirer, là, tout de suite, et d'oublier ainsi à jamais que Simon Hunt l'avait vue vomir dans une jardinière !

Le visage de ce dernier était impassible, hormis un léger pli entre ses sourcils. D'un geste vif, il la rattrapa alors qu'elle vacillait.

— Vu l'accord que nous venons de conclure, murmura-t-il, ceci n'est pas vraiment flatteur, mademoiselle Peyton.

— Oh, allez-vous-en, gémit Annabelle qui s'appuya cependant plus lourdement contre lui pendant que son estomac se soulevait de nouveau.

Elle plaqua le mouchoir sur sa bouche tout en inhalant par le nez et, heureusement, la nausée reflua. Mais une faiblesse comme elle n'en avait jamais éprouvé lui coupa les jambes, et si Hunt n'avait pas été là, elle se serait effondrée. Que diable lui arrivait-il ?

Il resserra immédiatement son étreinte pour la soutenir.

— Je vous trouvais bien pâle, fit-il remarquer en repoussant doucement une mèche qui collait à son visage humide. Que se passe-t-il, mon ange ? C'est simplement votre estomac ou avez-vous mal ailleurs ?

En dépit de son état, Annabelle fut stupéfaite par l'usage de ce terme affectueux, sans parler du fait qu'un gentleman ne devait jamais – sous aucun prétexte – faire allusion à un organe féminin. Cependant, elle se sentait trop mal pour faire autre chose que s'accrocher aux revers de sa veste.

— J'ai mal partout, murmura-t-elle. À la tête, à l'estomac, au dos… mais surtout à la cheville.

C'est alors qu'elle s'aperçut que ses lèvres semblaient engourdies. Elle essaya de les humecter de la langue, mais ne sentit rien. Aurait-elle été moins désorientée, elle aurait remarqué que Hunt la regardait comme jamais il ne l'avait regardée auparavant. Plus tard, Daisy lui raconterait combien il lui avait semblé protecteur tandis qu'il l'entourait du bras. Pour l'heure, Annabelle était trop souffrante pour s'apercevoir de quoi que ce soit.

— Je vous remercie d'avoir prêté votre mouchoir, monsieur, intervint Lillian d'un ton brusque en s'avançant. Vous pouvez nous laisser, à présent ; ma sœur et moi sommes parfaitement capables de nous occuper de Mlle Peyton.

Sans lui prêter attention, Hunt scruta le visage livide d'Annabelle.

— Comment vous êtes-vous fait mal à la cheville ?

— Pendant le jeu de Rounders, je suppose…

— Je ne vous ai pas vue boire quoi que ce soit pendant le dîner, observa-t-il avant de poser la main sur son front en un geste incroyablement intime et familier. Aviez-vous bu quelque chose avant ?

— Pas de vin ni d'alcool, si c'est à cela que vous pensez, murmura Annabelle, dont le corps semblait s'affaisser lentement, comme si son esprit en avait perdu le contrôle. J'ai bu une tisane d'écorce de bouleau dans ma chambre.

La main chaude de Hunt se déplaça sur le côté de son visage, épousant la courbe de sa joue. Annabelle avait si froid dans sa robe humide de sueur qu'elle grelottait. Du corps de Hunt émanait une chaleur si tentante qu'elle fut submergée par l'envie de se glisser entre les pans de sa veste tel un petit animal dans son terrier.

— Je… je suis transie, balbutia-t-elle.

— Tenez-vous à moi, murmura-t-il en se débarrassant adroitement de sa veste tout en continuant à la soutenir.

Quand il l'en eut enveloppée, Annabelle le remercia d'un grognement inarticulé.

Agacée, Lillian s'interposa.

— Écoutez, monsieur Hunt, ma sœur et moi…

— Allez chercher Mme Peyton, l'interrompit Hunt d'une voix qui, pour être douce, n'en était pas moins autoritaire. Et dites à lord Westcliff que Mlle Peyton a besoin d'un médecin.

— Et *vous*, qu'allez-vous faire ? demanda Lillian, de toute évidence peu habituée à recevoir des ordres de cette façon.

— Je vais faire rentrer Mlle Peyton par l'entrée de service, sur le côté de la maison. Votre sœur nous accompagnera pour nous éviter d'être accusés de ne pas respecter les convenances.

— Voilà qui montre que vous en savez bien peu en matière de convenances, riposta Lillian.

— Je n'ai pas l'intention d'en débattre. Essayez de vous rendre utile, voulez-vous ? Allez !

Après être restée un instant immobile, l'air furieux, Lillian pivota et s'éloigna à grands pas.

Daisy en resta confondue.

— Je ne pense pas que quiconque ait jamais osé parler à ma sœur de cette manière. Vous êtes l'homme le plus brave que j'aie jamais rencontré, monsieur Hunt.

Hunt se pencha pour passer délicatement le bras derrière les genoux d'Annabelle, qui tremblait de tous ses membres. Il la souleva avec une facilité déconcertante. N'ayant jamais été portée par un homme, Annabelle ne parvenait pas à concevoir que c'était vraiment en train de se produire.

— Je crois... que... je pourrais marcher une partie du chemin, réussit-elle à articuler.

— Vous n'arriveriez pas jusqu'aux marches de la terrasse, assura Hunt. Faites-moi plaisir, laissez-moi vous montrer combien je peux être chevaleresque parfois. Vous pouvez nouer les bras autour de mon cou ?

Soulagée de n'avoir plus à supporter le poids de son corps, Annabelle obéit et glissa le bras gauche autour de son cou. Tandis qu'il descendait l'escalier de la terrasse, elle sentit ses muscles jouer à travers le tissu de sa chemise.

— Je... je ne vous imaginais pas chevaleresque, avoua-t-elle en claquant des dents. Je vous... considérais comme un véritable vaurien.

— Je ne comprends pas pourquoi les gens se font une telle idée de moi, répliqua-t-il, une étincelle taquine au fond des yeux. J'ai toujours été tragiquement incompris.

— Je vous considère toujours comme un vaurien.

— De toute évidence, votre indisposition n'altère pas votre jugement, répliqua Hunt avec un sourire.

— Pourquoi m'aidez-vous alors que je venais de vous dire d'aller au diable ? chuchota-t-elle.

— J'ai tout intérêt à préserver votre santé. Je veux que vous soyez au sommet de votre forme quand je viendrai réclamer mon dû.

Annabelle ne put s'empêcher de remarquer avec quelle grâce féline il se déplaçait. Leurs visages étaient si proches qu'elle distinguait les racines sombres des poils sous sa peau pourtant impeccablement rasée. Cherchant à assurer sa prise, elle avança la main jusqu'à ce que ses doigts effleurent les petites mèches qui bouclaient sur sa nuque.

« Quel dommage que je sois malade, songea-t-elle. Si je n'étais pas si faible et si barbouillée, je pourrais apprécier d'être transportée ainsi. »

Quand ils furent dans l'allée qui longeait le manoir, Hunt s'immobilisa pour laisser passer Daisy.

— La porte de service, lui rappela-t-il.

— Oui, je sais de laquelle il s'agit, assura-t-elle. Je n'ai jamais entendu parler d'une cheville tordue qui rende malade à ce point, ajouta-t-elle par-dessus son épaule, le visage tendu par l'inquiétude.

— Je soupçonne qu'il s'agit d'autre chose que d'une cheville tordue, répliqua Hunt.

— Vous croyez que c'est l'infusion d'écorce de bouleau ?

— Non, l'écorce de bouleau ne provoquerait pas une telle réaction. J'ai ma petite idée sur la question, mais je ne pourrai la confirmer avant que Mlle Peyton soit dans sa chambre.

— De quelle manière avez-vous l'intention de « confirmer » votre idée ? s'enquit Annabelle, méfiante.

— Je ne ferai rien de plus que de jeter un coup d'œil à votre cheville, répondit Hunt en souriant. Et je pense que je le mériterai après vous avoir portée sur deux étages.

En vérité, l'escalier ne lui demanda aucun effort. Quand ils atteignirent le palier, sa respiration n'était même pas altérée. Annabelle le soupçonnait d'être capable de la porter dix fois plus haut sans même transpirer. Lorsqu'elle lui en fit la remarque, il répondit d'un ton détaché.

— J'ai passé une partie de ma jeunesse à transporter des quartiers de bœuf et de porc jusqu'à la boucherie de mon père. Vous porter est bien plus agréable.

— Comme c'est aimable, marmonna Annabelle, les yeux fermés. Toute femme rêve de s'entendre dire qu'on la préfère à une vache morte.

Elle sentit son rire rouler dans sa poitrine, et il pivota pour éviter de lui cogner le pied contre le chambranle. Daisy leur ouvrit la porte et regarda, non sans inquiétude, Hunt se diriger vers le lit.

— Nous y sommes, dit-il.

Il déposa Annabelle sur le couvre-lit, puis glissa un oreiller supplémentaire derrière son dos pour qu'elle soit à demi assise.

— Merci, murmura-t-elle en croisant son regard sombre, juste au-dessus du sien.

— Je veux voir votre jambe, dit-il sans préambule.

Elle eut l'impression que son cœur cessait de battre.

— Je préférerais attendre que le médecin arrive.

— Je ne vous demande pas la permission.

Ignorant ses protestations, Hunt attrapa le bas de sa jupe.

— Monsieur Hunt ! s'exclama Daisy en se précipitant vers lui. Comment osez-vous ? Mlle Peyton est malade, et si vous n'enlevez pas vos mains immédiatement…

— Ne montez pas sur vos grands chevaux, répliqua Hunt, sarcastique. Je ne vais pas m'attaquer à la vertu de Mlle Peyton. Pas tout de suite, en tout cas.

Il reporta les yeux sur le visage blême d'Annabelle.

— Ne bougez pas. Si charmantes que soient vos jambes, elles ne vont pas provoquer en moi…

Il se tut abruptement quand, ayant soulevé ses jupes, il découvrit sa cheville gonflée.

— Bon sang ! Jusqu'à présent, je vous considérais comme une femme raisonnablement intelligente. Pourquoi diable êtes-vous descendue dans cet état ?

— Oh, Annabelle, murmura Daisy. Ta cheville est affreuse !

— Elle n'était pas aussi enflée tout à l'heure, se défendit Annabelle. Ça s'est beaucoup aggravé au cours de la dernière demi-heure et…

Elle poussa un petit cri, mi-douloureux, mi-affolé, en sentant la main de Hunt remonter sous sa jupe.

— Que faites-vous ? Daisy, ne le laisse pas…

— Je vous enlève votre bas, coupa Hunt. Et je conseillerais à Mlle Bowman de ne pas s'interposer.

Le foudroyant du regard, Daisy vint se poster à côté d'Annabelle.

— Et moi, je *vous* conseillerais d'user de précautions, monsieur Hunt, rétorqua-t-elle. Je n'ai pas l'intention de vous regarder molester mon amie sans bouger.

Hunt lui jeta un coup d'œil railleur. Il venait d'atteindre la jarretière d'Annabelle et la détachait adroitement.

— Mademoiselle Bowman, dans quelques minutes, cette chambre sera envahie de visiteurs, parmi lesquels Mme Peyton, lord Westcliff et votre entêtée de sœur, bientôt suivis par le médecin. Même moi, bien que coutumier du fait, j'ai besoin de plus de temps pour molester quelqu'un.

Son expression changea quand, alors qu'il déroulait son bas, Annabelle laissait échapper un gémissement. Il procédait pourtant avec la plus extrême douceur, mais sa peau était si sensible que le moindre effleurement provoquait une brûlure insupportable.

— Ne bougez pas, mon ange, murmura-t-il en se penchant sur sa cheville.

Se mordant la lèvre, Annabelle fixa les yeux sur ses cheveux sombres. Il fit tourner sa cheville avec précaution, prenant soin de ne pas la toucher plus que nécessaire. Soudain, il se figea.

— C'est bien ce que je pensais.

Daisy s'inclina pour voir ce qu'il montrait.

— Qu'est-ce que c'est que ces petites marques ?

— Une morsure de vipère.

Il entreprit de rouler les manches de sa chemise, révélant des avant-bras musclés.

Les deux filles le considérèrent avec stupéfaction.

— J'ai été mordue par un *serpent* ? demanda Annabelle, abasourdie. Mais comment ? Quand ? Ce n'est pas possible... J'aurais senti quelque chose... non ?

Hunt se mit à fouiller dans l'une des poches de sa veste, toujours drapée autour d'Annabelle.

— Il arrive qu'une morsure passe inaperçue. Les bois du Hampshire fourmillent de vipères, à cette époque de l'année. C'est sans doute arrivé cet après-midi, au cours de votre sortie.

Il sortit un petit couteau pliant de la poche dans laquelle il avait plongé la main.

Comme il l'ouvrait, Annabelle écarquilla les yeux.

— Que faites-vous ?

Ramassant son bas de soie, il le coupa en deux.

— Je fabrique un garrot.

— Vous... vous vous promenez toujours avec ça sur vous ?

Elle lui avait souvent trouvé un air de pirate ; à présent qu'elle le voyait en bras de chemise, un couteau à la main, son impression se vérifiait.

S'asseyant près de sa jambe allongée, Hunt repoussa ses jupes jusqu'au genou et noua l'un des morceaux de soie au-dessus de sa cheville.

— Presque toujours, répondit-il avec flegme, concentré sur sa tâche. En tant que fils de boucher, j'ai toujours été fasciné par les couteaux.

— Je n'aurais jamais pensé…

Annabelle s'interrompit dans un hoquet de douleur.

— Désolé, murmura Hunt en lui jetant un coup d'œil, le visage tendu.

Il noua avec précaution l'autre moitié du bas sous la blessure, puis se mit à parler pour la distraire pendant qu'il le serrait.

— Voilà ce qui arrive quand on porte des mules légères à l'extérieur. Vous avez dû marcher sur une vipère qui prenait le soleil… et quand elle a vu l'une de ces ravissantes chevilles, elle a décidé d'y goûter.

Il se tut, avant d'ajouter entre ses dents quelque chose qui ressemblait à : « Je ne peux pas le lui reprocher. »

La palpitation brûlante dans la jambe d'Annabelle s'intensifia, au point que ses yeux la picotèrent. Luttant contre les larmes humiliantes qui menaçaient, elle crispa les doigts sur l'épais couvre-lit en brocart.

— Pourquoi n'ai-je mal que maintenant si j'ai été mordue dans l'après-midi ?

— La réaction au venin peut prendre plusieurs heures, répondit Hunt, avant de se tourner vers Daisy. Mademoiselle Bowman, sonnez pour appeler quelqu'un, et demandez qu'on nous apporte du gaillet gratteron dans de l'eau bouillante. Immédiatement.

— Qu'est-ce que c'est ? demanda Daisy d'un air soupçonneux.

— Une plante qui pousse dans les haies. La gouvernante en conserve des tiges séchées dans un placard depuis que le jardinier en chef s'est fait mordre, l'année dernière.

Daisy s'éloigna en hâte, les laissant temporairement seuls.

— Qu'est-il arrivé au jardinier ? s'enquit Annabelle sans cesser de claquer des dents.

Elle était la proie de frissons continuels, comme si elle avait été immergée dans de l'eau glacée.

— Il est mort ?

L'expression de Hunt ne changea pas, mais elle sentit que sa question l'avait surpris.

— Non, murmura-t-il en s'inclinant vers elle. Non, mon ange...

Prenant sa main tremblante entre les siennes, il ajouta doucement :

— Les vipères du Hampshire ne produisent pas assez de venin pour tuer plus qu'un chat ou un très petit chien. Tout ira bien. Les prochains jours seront un peu difficiles, mais ensuite, ce ne sera plus qu'un mauvais souvenir.

— Vous n'essayez pas de vous montrer gentil, n'est-ce pas ? demanda-t-elle avec anxiété.

Hunt repoussa quelques mèches de cheveux qui collaient à son front humide de sueur. Ses gestes étaient légers et tendres.

— Je ne mens jamais par gentillesse, assura-t-il en souriant. C'est l'un de mes nombreux défauts.

Ayant donné ses instructions à un valet de pied, Daisy revint en courant près du lit. Elle haussa ses fins sourcils à la vue de Hunt penché sur Annabelle, mais s'abstint de tout commentaire.

— Ne devrions-nous pas percer l'endroit de la morsure pour faire sortir le poison ? suggéra-t-elle.

Annabelle lui jeta un regard atterré.

— Ne lui donne pas ce genre d'idée, Daisy, croassa-t-elle.

Hunt leva brièvement les yeux pour répondre :

— Pas pour une morsure de vipère.

Puis il reporta son attention sur Annabelle, et ses yeux s'étrécirent tandis que sa respiration se faisait rapide et courte.

— Vous avez du mal à respirer ?

Elle hocha la tête, tout en essayant de remplir d'air ses poumons qui semblaient avoir rétréci des deux tiers. Elle avait l'impression que des cercles métalliques se resserraient autour de sa poitrine à chaque inspiration et que ses côtes menaçaient de céder sous la pression.

Hunt glissa le pouce sur ses lèvres desséchées.

— Ouvrez la bouche… Votre langue ne gonfle pas, constata-t-il. Tout ira bien. Il faut néanmoins enlever votre corset. Tournez-vous.

Avant qu'Annabelle puisse répliquer, Daisy intervint, indignée.

— C'est *moi* qui aiderai Annabelle avec son corset. Quittez la pièce, s'il vous plaît.

— J'ai déjà vu un corset de femme, l'informa-t-il d'un ton railleur.

Daisy leva les yeux au ciel.

— Ne soyez pas délibérément obtus, monsieur Hunt. Il est évident que ce n'est pas pour *vous* que je m'inquiète. Un homme n'enlève pas le corset d'une jeune fille, à moins que sa vie ne soit menacée – ce qui, vous venez de nous l'assurer, n'est pas le cas.

— Nom de nom…

— Vous pouvez jurer autant que vous voulez, coupa Daisy, implacable. Ma sœur aînée pourrait vous battre à plate couture sur ce terrain.

Elle se redressa de toute sa taille, même si son mètre cinquante et quelque n'était guère impressionnant, pour conclure :

— Le corset de Mlle Peyton restera en place tant que vous n'aurez pas quitté la pièce.

Hunt baissa les yeux sur Annabelle qui semblait manquait d'air au point de se moquer de savoir qui lui ôtait son corset.

— Pour l'amour du ciel ! s'exclama-t-il avant de se lever et de se diriger vers la fenêtre. Je ne regarde pas. *Allez-y.*

Comprenant sans doute que c'était là la seule concession qu'il était prêt à faire, Daisy se hâta d'obtempérer. Elle repoussa la veste du corps rigide d'Annabelle.

— Je vais dénouer les lacets et te l'enlever en le faisant glisser sous ta robe, murmura-t-elle. De cette façon, tu resteras décemment couverte.

Annabelle n'eut pas assez de souffle pour lui dire que, si elle s'était inquiétée de sa pudeur à un moment donné, ce souci n'était plus à l'ordre du jour. Suffoquant, elle se mit sur le flanc et sentit aussitôt les doigts de Daisy fourrager dans son dos. Plus elle essayait d'inspirer, plus ses poumons semblaient se bloquer. Laissant échapper un gémissement d'anxiété, elle commença à haleter désespérément.

Daisy lâcha quelques jurons bien sentis.

— Monsieur Hunt, je crains de devoir emprunter votre couteau. Il y a un nœud et… *Ouch !*

Cette exclamation était due au fait que Hunt, revenu à grands pas vers le lit, l'avait écartée sans cérémonie pour s'attaquer lui-même au corset. Quelques coups de couteau judicieusement appliqués et, subitement, le sous-vêtement récalcitrant relâcha son étreinte sur les côtes d'Annabelle.

Elle sentit qu'il la débarrassait du corset, ne laissant plus que la mince étoffe de sa chemise entre son regard et sa peau nue. Vu son état, ce dévoilement n'avait que peu d'importance, toutefois, dans un recoin de son esprit, elle savait que plus tard, elle en mourrait d'embarras.

Après l'avoir remise sur le dos aussi facilement que si elle était une poupée de chiffon, Hunt se pencha sur elle.

— Ne respirez pas aussi fort, mon ange.

Il posa la main à plat sur la partie supérieure de sa poitrine, puis, verrouillant son regard au sien, décrivit des petits cercles apaisants.

— Doucement… Détendez-vous.

Sans le quitter des yeux, Annabelle s'efforça d'obéir, mais sa gorge se bloquait à chaque inspiration sifflante. Elle allait mourir de suffocation…

Pas un instant il ne lui permit de détourner le regard.

— Tout ira bien. Laissez votre souffle entrer et sortir. Doucement… Voilà, comme ça…

Le poids délicat de sa main sur sa poitrine semblait lui venir en aide, comme s'il avait le pouvoir d'obliger ses poumons à retrouver leur rythme normal.

— Vous êtes au pire de la crise, dit-il.

— Oh, merveilleux… tenta-t-elle de répliquer, mais elle s'étouffa et se mit à hoqueter.

— N'essayez pas de parler… juste de respirer. Une autre, lentement… encore une. C'est bien.

Au fur et à mesure qu'elle recouvrait son souffle, la panique refluait. Il avait raison. C'était plus facile si elle ne luttait pas.

— Voilà, très bien, murmura-t-il tandis que sa main continuait à se mouvoir doucement sur sa poitrine.

Il n'y avait rien de sexuel dans son geste ; en fait, elle aurait pu être une enfant qu'il essayait d'apaiser. Annabelle était médusée. Qui aurait imaginé que Simon Hunt puisse se montrer aussi gentil ?

Emplie d'un mélange égal de confusion et de gratitude, elle essaya tant bien que mal d'atteindre sa main. Croyant qu'elle essayait de le repousser, Hunt commença à la retirer, mais, quand il sentit les doigts d'Annabelle emprisonner deux des siens, il s'immobilisa.

— Merci, chuchota-t-elle.

Il se raidit, comme si ce contact affectait tout son corps. Il ne regardait plus le visage d'Annabelle, mais les doigts délicats refermés sur les siens, à la manière d'un homme essayant de résoudre une énigme complexe. Il prolongea l'instant, ses cils baissés dissimulant son regard.

Du bout de la langue, Annabelle tenta de s'humecter les lèvres et s'aperçut qu'elle ne les sentait toujours pas.

— Mon visage est tout engourdi, dit-elle d'une voix rauque en le lâchant.

Hunt releva la tête avec le sourire désabusé d'un homme qui vient juste de découvrir quelque chose d'inattendu sur lui-même.

— Le gaillet vous fera du bien.

Il lui effleura le cou, son pouce glissant le long de sa mâchoire en un geste qu'on ne pouvait qualifier autrement que de caresse.

— À ce sujet, d'ailleurs…

Il regarda par-dessus son épaule, comme s'il venait juste de se souvenir que Daisy était dans la pièce.

— Mademoiselle Bowman, ce satané valet a-t-il apporté…

— À l'instant, répondit Daisy en revenant de la porte, chargée d'un plateau.

Apparemment, ils avaient été trop absorbés l'un par l'autre pour remarquer l'arrivée du domestique.

— En plus de la tisane de gaillet gratteron, il y a une petite bouteille qui contient de la « teinture d'ortie », d'après le valet. Le médecin vient d'arriver et sera là d'un instant à l'autre… ce qui signifie que vous devez sortir, monsieur Hunt.

La mâchoire de Simon se crispa.

— Pas encore.

— Si, *maintenant*, insista Daisy. Attendez au moins dans le couloir. Faites-le pour Annabelle. Sa réputation sera ruinée si on vous trouve ici.

Se renfrognant, Hunt regarda Annabelle.

— Voulez-vous que je m'en aille ?

En vérité, elle ne le voulait pas. Elle était même saisie de l'envie irrationnelle de le supplier de rester. Quel étonnant retournement de situation, qu'elle puisse désirer à ce point la compagnie d'un homme qu'elle détestait ! Mais au cours des dernières minutes, un lien fragile s'était tissé entre eux, et elle se retrouvait dans la situation étrange de ne pouvoir dire ni « oui » ni « non ».

— Je vais continuer à respirer, finit-elle par murmurer. Il vaut mieux sans doute que vous partiez.

Hunt hocha la tête.

— J'attendrai sur le palier, dit-il d'un ton bourru en se redressant.

Il fit signe à Daisy de se rapprocher, tout en gardant les yeux fixés sur Annabelle.

— Buvez la tisane de gaillet, quel que soit son goût. Sinon, je reviens et je vous la verse dans la gorge.

Ayant récupéré sa veste, il sortit de la chambre.

Avec un soupir de soulagement, Daisy posa le plateau sur la table de nuit.

— Dieu merci ! dit-elle. Je ne savais trop comment le faire sortir s'il avait refusé. Laisse-moi glisser un autre oreiller derrière toi, ce sera plus commode pour boire.

Elle aida Annabelle à s'asseoir avec une habileté surprenante, puis, saisissant un bol rempli d'un liquide fumant, elle en pressa le bord contre ses lèvres.

— Bois un peu, ma chérie.

Annabelle avala une gorgée et grimaça.
— Beurk…
— Encore, insista Daisy, implacable, en replaçant le bol contre sa bouche.
Annabelle obéit. Elle avait le visage si engourdi qu'elle ne s'aperçut pas que de la tisane dégoulinait sur son menton avant que Daisy l'essuie avec une serviette. Levant la main avec précaution, elle se palpa le visage.
— C'est tellement bizarre, murmura-t-elle d'une voix pâteuse. Aucune sensation dans ma bouche. Daisy… ne me dis pas que je bavais pendant que M. Hunt était ici ?
— Bien sûr que non ! J'aurais fait quelque chose, si ç'avait été le cas. Une véritable amie ne laisse pas une autre amie baver en présence d'un homme. Même si ce n'est pas un homme qu'elle souhaite séduire.
Soulagée, Annabelle s'appliqua à boire consciencieusement la tisane. Peut-être prenait-elle son désir pour la réalité, mais elle commençait à se sentir un tout petit peu mieux.
— Lillian a dû avoir un mal fou à trouver ta mère, fit remarquer Daisy. Je ne comprends pas ce qui a pu les retenir aussi longtemps.
Elle s'écarta un peu pour considérer Annabelle, ses yeux bruns pétillant de malice.
— En fait, je suis plutôt contente. Si elles étaient arrivées plus vite, j'aurais manqué la métamorphose de M. Hunt de grand méchant loup en… eh bien… en loup plutôt gentil.
Annabelle laissa échapper un petit rire rauque.
— Il est terrible, n'est-ce pas ?
— En effet. Arrogant et si autoritaire. Comme un personnage de ces romans torrides que maman ne cesse de m'arracher des mains. Une chance que j'aie été là, sinon il t'aurait enlevé jusqu'à tes dessous !

Elle continua de bavarder tout en aidant Annabelle à boire sa tisane.

— Tu sais, fit-elle soudain, je n'aurais jamais cru dire ça un jour, mais M. Hunt n'est pas aussi horrible que je le pensais.

Annabelle pinça les lèvres, car le retour presque imperceptible des sensations les faisait picoter.

— Il lui arrive d'avoir son utilité, apparemment. Cependant… ne t'attends pas que la métamorphose soit permanente.

13

Deux minutes à peine s'écoulèrent avant que n'arrive le petit groupe annoncé par Simon : le médecin, lord Westcliff, Mme Peyton et Lillian Bowman. S'adossant au mur, il les observa avec intérêt. En son for intérieur, il s'amusa de l'antipathie presque palpable entre Westcliff et Mlle Bowman. À l'évidence, ils avaient échangé des propos peu amènes.

Le médecin était un vénérable vieux monsieur qui soignait Westcliff et sa famille, les Marsden, depuis près de trente ans. Posant sur Simon ses yeux pénétrants, enchâssés dans un visage sillonné de rides, il lui demanda avec placidité :

— Monsieur Hunt, on m'a dit que vous avez aidé la jeune personne à regagner sa chambre.

Simon acquiesça et décrivit succinctement au médecin l'état d'Annabelle, ainsi que ses symptômes, choisissant d'omettre que c'était lui, et non Daisy, qui avait découvert les marques de morsure sur sa cheville. Mme Peyton l'écouta, le visage blême d'inquiétude. Fronçant les sourcils, lord Westcliff se pencha vers elle pour murmurer quelques mots Comme elle hochait la tête et le remerciait distraitement, Simon devina que Westcliff lui avait assuré que sa fille recevrait les meilleurs soins possibles jusqu'à son entière guérison.

— Bien entendu, je ne pourrai confirmer l'opinion de M. Hunt avant d'avoir examiné la jeune personne, déclara le médecin. Toutefois, il serait judicieux de faire préparer une infusion de gaillet gratteron, au cas où son malaise serait effectivement dû à une morsure de vipère...

— Elle en a déjà bu un peu, l'interrompit Simon. J'en avais fait envoyer chercher il y a un quart d'heure environ.

Le médecin lui adressa ce regard offusqué, réservé à ceux qui se mêlent de poser un diagnostic sans être titulaires d'un diplôme de médecine.

— Le gaillet gratteron est un remède puissant, monsieur Hunt, qui peut être préjudiciable si jamais l'indisposition n'est pas due à du venin de serpent. Vous auriez dû attendre l'avis du médecin avant de l'administrer.

— Les symptômes d'une morsure de vipère ne peuvent être confondus avec d'autres, répliqua Simon avec impatience, en se demandant quand le vieux bonhomme cesserait de bavarder et se mettrait au travail. Et je voulais soulager l'inconfort de Mlle Peyton aussi rapidement que possible.

— Vous avez une certaine confiance dans votre jugement, fit remarquer le médecin d'un ton aigre.

— En effet, acquiesça Simon sans ciller.

Westcliff laissa échapper un rire étouffé et posa la main sur l'épaule du médecin.

— J'ai bien peur, docteur, que nous ne demeurions dans ce couloir indéfiniment si vous comptez convaincre mon ami qu'il peut avoir tort. Dire de M. Hunt qu'il a des « opinions arrêtées » est au-dessous de la vérité. Je vous assure que votre énergie serait mieux employée auprès de Mlle Peyton.

— Possible, répliqua le médecin avec irritation. Encore que certains pourraient trouver ma présence superflue à la lumière du diagnostic de M. Hunt.

Sur cette remarque sarcastique, le vieil homme entra dans la chambre, suivi par Mme Peyton et Lillian Bowman.

Resté seul sur le palier avec Westcliff, Simon leva les yeux au ciel.

— Quel vieux croûton atrabilaire ! marmonna-t-il. Tu ne pouvais pas en trouver un encore plus décrépit ? Je doute qu'il voie ou qu'il entende assez pour établir son fichu diagnostic.

Le comte arqua un sourcil et regarda Simon avec une condescendance amusée.

— C'est le meilleur médecin du Hampshire, assura-t-il. Redescendons, Hunt. Nous allons boire un verre de cognac.

— Plus tard, répondit Simon en jetant un coup d'œil sur la porte fermée.

— Ah, pardonne-moi, répliqua Westcliff d'un ton léger et bien trop aimable. Bien sûr, tu souhaites rester devant la porte tel un chien perdu qui attend les restes de la cuisine. Je serai dans mon bureau… Sois gentil, viens m'avertir s'il y a du nouveau.

Ulcéré, Simon le foudroya du regard. Puis il s'écarta du mur.

— D'accord, grommela-t-il. Je viens.

Le comte exprima sa satisfaction d'un hochement de tête.

— Le médecin me fera son rapport sitôt qu'il en aura fini avec Mlle Peyton.

Tout en gagnant le grand escalier en compagnie de Westcliff, Simon songea, maussade, à son attitude de ces dernières minutes. Être dirigé par les émotions plutôt que par la raison était une expérience nouvelle pour lui, et qu'il n'appréciait pas. Cependant, cela semblait n'avoir guère d'importance. Dès qu'il s'était rendu compte qu'Annabelle était malade, il avait ressenti un grand vide dans la poitrine, comme si on lui avait arraché le cœur. Et lorsque Annabelle respirait si laborieusement, ses yeux brillants de douleur et de peur fixés sur lui, il aurait fait n'importe quoi pour elle. N'importe quoi.

Que Dieu lui vienne en aide, si jamais elle venait à se douter du pouvoir qu'elle détenait sur lui ! Un pouvoir qui menaçait aussi bien sa fierté que son sang-froid... Il voulait partager la plus extrême intimité avec elle, la posséder corps et âme. Cette passion de plus en plus profonde qu'il éprouvait pour elle le bouleversait. Il savait que personne parmi ses connaissances ne la comprendrait, Westcliff moins que quiconque. En effet, ce dernier avait toujours su dominer ses émotions et ses désirs, et ne cachait pas son mépris pour ceux qui se ridiculisaient par amour.

Non pas que cela fût de l'amour... Simon n'était pas prêt à aller aussi loin. Cependant, il s'agissait de bien davantage qu'un désir ordinaire, et il exigeait rien de moins qu'une possession totale.

S'obligeant à arborer un visage impassible, il suivit le comte dans son bureau.

C'était une petite pièce austère, assombrie par des boiseries de chêne, avec pour seul ornement des fenêtres à vitraux. Avec ses meubles sévères, le bureau n'avait rien de confortable. C'était toutefois un endroit éminemment masculin, où l'on pouvait fumer, boire et parler franchement. Après s'être assis dans l'un des fauteuils durs qui faisaient face au bureau, Simon accepta le cognac que Westcliff lui avait versé et l'avala d'une traite. Il tendit son verre, et remercia le comte d'un signe de tête comme ce dernier le remplissait de nouveau.

Avant qu'il ne se lance dans une diatribe contre Annabelle, Simon tenta de détourner son attention.

— Tu ne sembles pas t'entendre très bien avec Mlle Lillian Bowman, lâcha-t-il.

Sa tentative réussit au-delà de toute espérance. Au seul nom de Lillian Bowman, Westcliff émit un grognement.

— Cette donzelle mal élevée a osé insinuer que la mésaventure de Mlle Peyton était ma faute, répondit-il en remplissant son propre verre.

Simon haussa les sourcils.

— Comment pourrait-ce être ta faute ?

— Elle semble penser qu'en tant qu'hôte, je devais m'assurer que mon domaine n'était pas « infesté de vipères venimeuses », pour reprendre ses paroles.

— Qu'as-tu répondu ?

— Je lui ai fait remarquer que les invités qui choisissaient de rester habillés quand ils s'aventuraient à l'extérieur n'étaient d'ordinaire pas victimes de morsure de vipères.

Simon ne put s'empêcher de sourire.

— Mlle Bowman est inquiète pour son amie, voilà tout.

Westcliff hocha la tête, l'air sarcastique, et s'assit à son tour.

— Elle ne peut pas se permettre d'en perdre une, vu qu'elle n'en a sûrement pas beaucoup.

Simon souriait encore lorsque Westcliff enchaîna :

— Quelle soirée tu as eue ! D'abord obligé de porter le jeune corps nubile de Mlle Peyton jusqu'à sa chambre… ensuite d'examiner sa jambe blessée… Une véritable corvée !

— Je n'ai jamais dit que j'avais examiné sa jambe, répliqua Simon, dont le sourire s'effaça.

Le comte lui jeta un regard entendu.

— C'était inutile. Je te connais trop pour imaginer que tu négligerais une pareille occasion.

— J'admets que j'ai jeté un coup d'œil à sa cheville. Et que j'ai coupé les lacets de son corset quand il est devenu évident qu'elle ne parvenait plus à respirer, ajouta-t-il en défiant son ami du regard.

— Toujours prêt à rendre service, murmura Westcliff.

— Tu auras peut-être du mal à le croire, mais je n'éprouve aucun plaisir érotique à voir une femme souffrir.

Se rencognant dans son fauteuil, Westcliff le considéra d'un air froidement songeur qui le hérissa.

— J'espère que tu n'es pas assez idiot pour tomber amoureux d'une telle créature. Tu connais mon opinion sur Mlle Peyton…

— Tu ne t'es pas gêné pour me le faire savoir.

— J'ajoute que je détesterais voir l'un des rares hommes de bon sens que je connaisse se transformer en imbécile dégoulinant de sentimentalité…

— Je ne suis pas amoureux.

— Tu es *quelque chose*, en tout cas, insista Westcliff. Je te connais depuis des années, et je ne t'ai jamais vu l'air aussi misérable que devant la porte de cette chambre.

— Je montrais simplement de la compassion pour un autre être humain.

Le comte eut un reniflement ironique.

— Dans les culottes duquel tu rêves d'aller faire un tour.

Devant la pertinence brutale de cette observation, Simon fut obligé de sourire.

— C'était un rêve il y a deux ans, reconnut-il. À présent, c'est une obsession.

Laissant échapper un soupir, Westcliff se massa la base du nez entre le pouce et l'index.

— Il n'y a rien que je déteste plus que de voir un ami foncer aveuglément vers le désastre. Ta faiblesse, Hunt, c'est d'être incapable de résister à un défi. Même quand ce défi n'est pas digne de toi.

— J'aime les défis, confirma Simon en faisant tourner son cognac dans son verre. Mais cela n'a rien à voir avec mon intérêt pour elle.

— Bon sang, marmonna Westcliff, bois ce cognac, ou cesse de jouer avec lui ! Tu vas finir par l'abîmer, à le faire tourner ainsi.

— Comment peut-on « abîmer » de l'alcool ? Non, ne me le dis pas… Mon cerveau de provincial ne comprendrait sans doute pas.

Obéissant, il porta le verre à ses lèvres et en but une gorgée.

— De quoi parlions-nous, déjà ? Ah oui, de ma faiblesse. Avant d'en discuter plus avant, je voudrais que tu admettes qu'à un moment ou à un autre de ta vie, tu as obéi au désir plutôt qu'au bon sens. Parce que si ce n'est pas le cas, il ne sert à rien de continuer sur ce sujet.

— Évidemment que je l'admets, comme tout homme âgé de plus de douze ans. Mais l'intérêt d'acquérir une intelligence supérieure, c'est de nous éviter de répéter de telles erreurs…

— Eh bien, c'est là mon problème, déclara Simon. Je ne m'encombre pas d'une intelligence supérieure. Je me débrouille très bien avec celle dont je dispose.

Westcliff crispa les mâchoires.

— Si Mlle Peyton et ses amies sont encore célibataires, c'est qu'il y a une raison, Hunt. *Ce sont des sources d'ennuis.* Et si tu ne l'as pas compris après ce qui s'est passé aujourd'hui, c'est sans espoir.

Comme Simon Hunt l'avait prédit, Annabelle se sentit très mal durant les jours qui suivirent. L'odeur de la tisane de gaillet gratteron lui devint odieusement familière, le médecin lui ayant prescrit d'en boire toutes les quatre heures le premier jour, et toutes les six heures celui d'après. Le remède l'aidait à combattre les effets du venin, certes, mais son estomac était en constante rébellion. Elle était épuisée, sans pour autant réussir à bien dormir, et, même si elle aspirait à trouver une occupation qui l'arracherait à son ennui, elle ne parvenait pas à fixer son attention sur quoi que ce soit.

Ses amies faisaient leur possible pour la distraire ou l'égayer, ce dont Annabelle leur était immensément reconnaissante. Assise à son chevet, Evangeline lui lisait à voix haute un roman d'horreur dérobé dans la bibliothèque. Daisy et Lillian venaient lui raconter les derniers potins et la faisaient rire en imitant les différents invités. À sa demande insistante, elles lui rapportaient fidèlement les résultats de la lutte pour conquérir Kendall. Lady Constance Darrowby, une grande blonde très mince, avait retenu son attention, semblait-il.

— Elle a l'air plutôt froide, si tu veux mon avis, décréta Daisy. Elle a en outre la bouche en cul-de-poule, et cette horrible manie de glousser derrière sa main, comme s'il était indigne d'une dame d'être vue en train de rire.

— Elle doit avoir de vilaines dents, suggéra Lillian, pleine d'espoir.

— Je crois qu'elle est assez ennuyeuse, continua Daisy. Je n'arrive pas à imaginer qu'elle puisse dire quoi que ce soit susceptible d'intéresser Kendall.

— Daisy, nous parlons d'un homme pour qui le comble du divertissement, c'est de regarder des *plantes*, lui rappela sa sœur. Sa résistance à l'ennui est de toute évidence sans limites.

— Après le pique-nique, tout à l'heure, j'ai eu une fausse joie, avoua Daisy à Annabelle. J'ai bien cru que j'avais surpris lady Constance et l'un des invités dans une situation compromettante. Elle a disparu pendant quelques minutes avec un monsieur qui n'était *pas* lord Kendall.

— Qui était-ce ? voulut savoir Annabelle.

— M. Benjamin Muxlow, un gentleman-farmer de la région. Tu sais, le genre propriétaire terrien qui possède quelques hectares et une poignée de domestiques, et recherche une épouse qui lui donnera huit ou neuf enfants, lui raccommodera ses chemises et lui fera du boudin le jour où il tuera le cochon…

— Daisy, coupa Lillian comme Annabelle changeait de couleur, tu pourrais te montrer un peu moins répugnante ? Désolée, Annabelle, ajouta-t-elle avec un sourire d'excuse. Cela dit, reconnais que les Anglais sont prêts à manger des choses qui feraient fuir les Américains en hurlant d'horreur.

— Quoi qu'il en soit, poursuivit Daisy, lady Constance a disparu après avoir été vue en compagnie de M. Muxlow. Bien entendu, je suis partie à leur recherche dans l'espoir de découvrir quelque chose qui la discréditerait auprès de Kendall. Tu imagines ma satisfaction quand je les ai vus derrière un arbre, tout près l'un de l'autre.

— Ils s'embrassaient ? demanda Annabelle.

— Non, malheureusement. Muxlow aidait lady Constance à remettre un bébé rouge-gorge tombé du nid.

— Oh, murmura Annabelle, déçue. Comme c'est gentil de sa part, ajouta-t-elle, maussade.

Elle savait que son découragement était en grande partie dû aux effets du venin, pour ne rien dire de son antidote imbuvable. Il n'empêche, en connaître la cause ne l'aidait pas à le surmonter.

La voyant ainsi abattue, Lillian s'empara d'une brosse à cheveux au manche d'argent écaillé.

— Oublie lady Constance et lord Kendall pour le moment, lui conseilla-t-elle, et laisse-moi te coiffer. Tu te sentiras beaucoup mieux quand tu n'auras plus les cheveux dans les yeux.

— Où est mon miroir ? demanda Annabelle en s'avançant pour permettre à Lillian de s'asseoir derrière elle.

— Je ne l'ai pas trouvé, répondit son amie, laconique.

Il n'avait pas échappé à Annabelle que son miroir avait disparu de manière fort opportune. La maladie, devinait-elle, avait laissé des traces : ses cheveux étaient ternes et sa peau d'une pâleur malsaine. Pour couronner le tout, les nausées permanentes l'empêchaient de manger, et ses bras, qui reposaient mollement sur la courtepointe, étaient beaucoup trop minces.

Le soir même, alors qu'elle gisait sur son lit, elle perçut la musique qui s'échappait de la salle de bal, au rez-de-chaussée. En imaginant lady Constance en train de valser avec lord Kendall, elle s'agita entre les draps avant de conclure, morose, que ses chances de l'épouser étaient désormais proches de zéro.

— Je déteste les vipères, marmonna-t-elle en regardant sa mère, occupée à ranger ce qui traînait sur sa table de nuit : cuillères poisseuses de sirop, flacons, mouchoirs, brosse et épingles à cheveux. Je déteste être malade, je déteste marcher dans la forêt et, plus que tout, je déteste le Rounders-en-culottes !

— Que dis-tu, ma chérie ? s'enquit Philippa en cessant de disposer des verres vides sur un plateau.

Annabelle secoua la tête, en proie à un brusque accès de mélancolie.

— Je... rien, maman. Je pensais... Je voudrais retourner à Londres dans un jour ou deux, quand je serai suffisamment remise pour voyager. Je ne vois pas l'intérêt de rester ici. Lady Constance est en passe de devenir lady Kendall, et je ne me sens pas assez bien pour séduire quelqu'un d'autre. En plus...

— Tout espoir n'est pas perdu, coupa Philippa.

Elle posa son plateau et caressa doucement le front de sa fille.

— Les fiançailles n'ont pas été annoncées, et lord Kendall s'est enquis de ta santé assez souvent. Et n'oublie pas l'énorme bouquet de jacinthes des bois qu'il a apporté pour toi. Cueilli de ses propres mains, m'a-t-il dit.

Avec lassitude, Annabelle jeta un coup d'œil audit bouquet dont le parfum alourdissait l'atmosphère.

— Justement, maman, je voulais vous demander... Pourriez-vous vous en débarrasser ? Elles sont magnifiques et j'apprécie beaucoup le geste... mais leur parfum...

— Oh, je n'avais pas pensé à cela ! dit Philippa, qui se précipita vers le vase et le transporta jusqu'à la porte. Je vais les poser dans le couloir et je demanderai à une femme de chambre de les emporter.

S'emparant d'une épingle à cheveux, Annabelle se mit à la tordre d'un air songeur. En vérité, le bouquet de Kendall n'était qu'un parmi d'autres. La nouvelle de sa maladie avait suscité un élan de sympathie parmi les invités de Stony Cross Manor. Même lord Westcliff lui avait fait porter une gerbe de roses de serre de la part des Marsden et de lui-même. Avec toutes ces fleurs, la chambre avait un petit quelque chose de mortuaire.

Curieusement, Simon Hunt ne s'était pas manifesté. Ni message ni bouquet. Étant donné son attitude pleine de sollicitude deux jours auparavant, elle se serait attendue à un geste, n'importe lequel... Mais Hunt était peut-être parvenu à la conclusion qu'elle n'était qu'une source d'ennuis, et ne méritait pas de retenir son attention plus longtemps. Si tel était le cas, elle aurait dû se féliciter qu'il cesse de la harceler.

Pourtant, à cette pensée, elle sentit des larmes inopportunes lui monter aux yeux. Elle ne se comprenait pas elle-même, ne parvenait pas à identifier l'émotion qui perçait sous le désespoir. Quelque chose lui manquait, auquel elle aspirait de toutes ses forces. Si seulement elle avait su de quoi il s'agissait. Si seulement...

— Voilà qui est étrange, lança Philippa en revenant dans la chambre. Je viens de trouver cela à côté de la porte, sans aucune indication. Et elles sont neuves, apparemment. Crois-tu que ce soit l'une de tes amies ? Je ne vois pas d'autre explication. Un cadeau aussi excentrique ne peut venir que d'une des Américaines.

Se redressant sur ses oreillers, Annabelle regarda, interdite, la paire de bottines attachées par un coquet ruban rouge que sa mère venait de poser près d'elle. Elles étaient en cuir fin d'une très belle couleur bronze, cirées au point de briller comme un miroir. Avec leurs talons bas, leurs semelles cousues à petits points solides, et les feuilles délicatement brodées qui en ornaient la pointe, elles apparaissaient aussi robustes qu'élégantes.

Annabelle fut prise d'une brusque envie de rire.

— Ce sont sans doute les Bowman, dit-elle, sans y croire un instant.

Ces bottines étaient un cadeau de Simon Hunt, qui n'ignorait pas qu'en aucun cas un gentleman ne pouvait se permettre d'offrir une pièce d'habillement à une dame. Elle aurait dû les lui retourner immédiatement, songea-t-elle tout en se surprenant à les caresser doucement. Seul Simon Hunt était capable de lui donner quelque chose d'aussi pratique et, en même temps, d'aussi inopportunément personnel.

Sans cesser de sourire, elle défit le ruban et leva l'une des bottines à hauteur d'yeux. Elle était d'une légèreté étonnante, et Annabelle devina au premier coup d'œil qu'elles lui iraient à la perfection. Comment Hunt avait-il su quelle taille commander ? Et où se les était-il procurées ?

— Comme elles sont belles ! s'extasia Philippa. Presque trop pour marcher dans des chemins boueux.

Annabelle approcha la bottine de son nez et inhala l'odeur de cuir neuf. Après avoir suivi du doigt les points minuscules qui en ornaient le bord, elle la tint à bout de bras pour l'examiner comme s'il s'agissait d'une sculpture inestimable.

— Je crois que j'ai suffisamment marché dans la campagne, décréta-t-elle. Ces bottines ne fouleront que les allées gravillonnées du jardin.

La contemplant avec tendresse, Philippa déclara :

— Je n'aurais jamais imaginé qu'une paire de chaussures pourrait te redonner le moral... mais j'en suis ravie. Veux-tu que je fasse monter un peu de soupe avec des toasts ? Il faut que tu essaies de manger quelque chose avant la prochaine dose de gaillet gratteron.

Annabelle fit la grimace.

— D'accord, un peu de soupe.

Hochant la tête, Philippa esquissa un geste pour prendre les bottines.

— Je vais les ranger...

— Pas tout de suite, murmura sa fille en les serrant contre elle.

Philippa sourit et n'insista pas.

Comme Annabelle se laissait aller contre ses oreillers, la main posée sur le cuir soyeux, elle eut l'impression que le poids qui lui comprimait la poitrine s'était allégé. Sans doute le signe que les effets du venin s'estompaient... Mais cela n'expliquait pas pourquoi elle se sentait soudain à ce point soulagée et rassérénée.

Il lui faudrait remercier Simon Hunt, bien sûr, et lui dire que son présent était inconvenant.

Et s'il reconnaissait que c'était bien lui qui avait offert ces bottines, alors, elle serait obligée de les lui rendre. Un livre de poésie, une boîte de bonbons ou un bouquet de fleurs auraient été bien plus appropriés. Mais aucun cadeau n'aurait pu l'émouvoir autant que celui-ci.

Annabelle conserva les bottines près d'elle toute la soirée. Juste avant de sombrer dans le sommeil, alors que la musique lui parvenait par la fenêtre ouverte, elle consentit à les poser sur la table de nuit.

Lorsqu'elle s'éveilla, le lendemain matin, leur vue lui arracha un sourire.

14

Trois jours après avoir été mordue par la vipère, Annabelle se sentit suffisamment mieux pour quitter le lit. À son grand soulagement, la plupart des invités s'étaient rendus à une réception donnée par un voisin. Stony Cross Park était donc presque désert.

Après s'être entretenue avec la gouvernante, Philippa installa sa fille dans un salon privé surplombant le jardin, à l'étage. C'était une pièce très agréable, aux murs couverts d'un papier peint à fleurs, et ornée de ravissants portraits d'enfants et d'animaux. Ce salon était normalement réservé à la famille Marsden, mais lord Westcliff en personne avait suggéré qu'Annabelle en profite.

Philippa posa une couverture légère sur ses genoux et une tasse de tisane sur le guéridon à côté d'elle.

— Tu dois la boire, dit-elle d'un ton ferme quand Annabelle fit la grimace. C'est pour ton bien.

— Il est inutile que vous restiez près de moi, maman. Je vais me reposer pendant que vous allez vous promener ou bavarder avec une amie.

— Tu en es sûre ?

— Certaine, déclara Annabelle avant d'avaler une gorgée de tisane. Je bois mon remède, vous voyez ? Allez-y, maman, et ne pensez plus à moi.

— Très bien, acquiesça Philippa à contrecœur. Mais juste un petit moment. Et tu bois cette tisane jusqu'à la dernière goutte !

— Promis, affirma Annabelle avec un grand sourire.

Mais dès que sa mère fut sortie, elle se pencha par-dessus le dossier du canapé et versa avec précaution le contenu de la tasse par la fenêtre ouverte. Puis, avec un soupir de satisfaction, elle se pelotonna dans un angle du canapé. De temps à autre, un bruit domestique venait rompre le silence : le claquement de la vaisselle, la voix assourdie de la gouvernante, le frottement d'un balai sur le tapis du couloir. Posant le bras sur l'appui de fenêtre, Annabelle se pencha pour offrir son visage à la caresse du soleil. Les yeux fermés, elle écouta le bourdonnement des abeilles qui folâtraient autour des massifs d'hortensias bordant l'allée en contrebas. Bien qu'encore très faible, elle s'abandonnait avec plaisir à cette douce léthargie, somnolant comme un chat.

Elle fut lente à réagir lorsqu'on frappa à la porte. Un coup léger, unique, comme si l'on répugnait à interrompre sa rêverie. Éblouie par le soleil, elle cligna des paupières et, quand les petits points lumineux se furent dissipés, elle distingua la silhouette sombre de Simon Hunt. L'épaule appuyée avec désinvolture au chambranle, la tête légèrement inclinée de côté, il fixait sur elle un regard indéchiffrable.

Le pouls d'Annabelle s'emballa follement. Il avait beau porter la tenue du parfait gentleman, il irradiait d'énergie virile. Annabelle se souvint de la dureté de ses bras et de son torse quand il l'avait portée, du contact de ses mains sur son corps... Seigneur, elle ne pourrait plus jamais le regarder sans se les rappeler !

— Vous ressemblez à un papillon venu du jardin, dit-il doucement.

Il devait se moquer d'elle, car elle savait parfaitement qu'elle avait mauvaise mine. Gênée, elle porta la main à ses cheveux pour repousser ses boucles en désordre.

— Que faites-vous ici ? Vous ne devriez pas être à la réception chez les voisins ?

Elle n'avait pas eu l'intention de se montrer aussi abrupte et peu gracieuse, mais son aisance habituelle lui avait faux bond, semblait-il. Tandis qu'elle le regardait, elle ne put s'empêcher de repenser à la manière dont il lui avait massé la poitrine, et rougit d'embarras.

— J'ai des affaires à régler avec l'un de mes directeurs qui est censé arriver de Londres dans la matinée, répondit-il d'un ton caustique. À la différence des gentlemen en bas de soie dont vous admirez tant les prestigieuses lignées, j'ai d'autres préoccupations que de savoir où installer ma couverture de pique-nique aujourd'hui.

Se redressant, il s'avança dans la pièce, le regard ouvertement scrutateur.

— Toujours faible ? Ça devrait aller mieux sous peu. Comment va votre cheville ? Relevez vos jupes, je pense qu'il faut que j'y jette un autre coup d'œil.

L'espace d'une fraction de seconde, Annabelle le considéra avec une stupeur horrifiée, puis se mit à rire en voyant la lueur espiègle qui brillait dans son regard. Étonnamment, l'audace de sa remarque avait dissipé son embarras et elle se détendit.

— C'est très gentil de votre part, répliqua-t-elle, ironique. Mais c'est inutile. Ma cheville va beaucoup mieux, merci.

Hunt sourit en s'approchant d'elle.

— Sachez que mon offre relevait de l'altruisme le plus pur. Je n'aurais pris aucun plaisir illicite à la vue de votre jambe. Enfin, un très léger plaisir, peut-être, mais je l'aurais très bien dissimulé.

Attrapant une chaise par le dossier, il l'amena sans effort à côté du canapé et s'assit. Annabelle fut impressionnée : il avait soulevé le lourd siège d'ébène sculptée comme s'il ne pesait pas plus lourd qu'une plume. Elle risqua un coup d'œil en direction de la porte. Tant que celle-ci n'était pas fermée, les convenances étaient sauves. Et puis, sa mère n'allait pas tarder. Avant qu'elle arrive, toutefois, il lui fallait aborder le sujet des bottines.

— Monsieur Hunt, commença-t-elle avec circonspection, je dois vous demander quelque chose…

— Je vous en prie.

Son regard était décidément son trait le plus séduisant, songea-t-elle distraitement. Il était si intense, si plein de vie, qu'elle en arrivait à se demander pourquoi les gens préféraient en général les yeux bleus aux yeux noirs. Aucune teinte de bleu n'aurait pu rendre l'intelligence qui palpitait dans le regard de braise de Simon Hunt.

Elle eut beau chercher, elle ne put trouver de manière subtile de l'interroger. Elle opta donc pour la manière directe.

— Les bottines, c'est vous ?

Simon Hunt demeura imperturbable.

— Les bottines ? Je crains de ne pas comprendre, mademoiselle Peyton. Est-ce une métaphore ou parlons-nous de véritables chaussures ?

— De bottines, corrigea Annabelle, l'air soupçonneux. On a laissé une paire de bottines neuves devant ma porte hier.

— Bien que je sois enchanté de discuter de votre garde-robe, mademoiselle Peyton, j'ai bien peur de ne rien savoir au sujet de ces bottines. Cela dit, je suis soulagé que vous ayez réussi à en acquérir une paire. À moins, bien sûr, que vous ne souhaitiez continuer à jouer les buffets ambulants pour la faune du Hampshire.

Annabelle le dévisagea longuement. Malgré ses dénégations, il y avait quelque chose derrière la neutralité de son expression... Une étincelle taquine dans le regard...

— Ainsi, vous niez m'avoir donné ces bottines ?

— Je le nie catégoriquement.

— Je me demandais... Si quelqu'un souhaitait faire confectionner une paire de bottes pour une dame sans que celle-ci soit au courant... comment s'y prendrait-il pour connaître sa pointure ?

— Ce serait se donner beaucoup de mal, murmura Annabelle.

Une étincelle s'alluma dans le regard de Hunt comme il rétorquait :

— Moins de mal, cependant, que d'avoir à transporter une femme blessée sur deux étages chaque fois qu'elle sort se promener en mules.

Annabelle comprit qu'il n'admettrait jamais lui avoir offert ces bottines – ce qui lui permettrait de les garder, mais l'empêcherait à jamais de le remercier. Pourtant, elle savait que c'était lui, elle le lisait sur son visage.

— Monsieur Hunt, je... je voudrais...

Incapable de trouver les mots, elle se tut et lui adressa un regard impuissant.

Il eut visiblement pitié d'elle, car il se leva et alla prendre, dans un coin de la pièce, une petite table de jeu. Son diamètre n'excédait pas soixante centimètres, et un mécanisme habile permettait de retourner le plateau, suivant que l'on souhaitait jouer aux dames ou aux échecs.

— Vous jouez ? demanda-t-il d'un ton léger en plaçant la table devant elle.

— Aux dames ? Oui, à l'occasion.
— Non, pas aux dames. Aux échecs.
Annabelle secoua la tête.
— Je n'ai jamais joué aux échecs. Et, sans vouloir paraître peu coopérative, vu mon état, je n'ai pas envie de tenter quelque chose d'aussi difficile que…
— Alors, il est temps que vous appreniez, coupa Hunt en se dirigeant vers une niche garnie d'étagères. On dit qu'on ne peut pas vraiment connaître quelqu'un tant qu'on n'a pas joué aux échecs avec lui, continua-t-il en s'emparant d'un coffret en loupe d'orme.
Annabelle l'observait avec méfiance, nerveuse à la perspective d'être seule avec lui… mais aussi complètement séduite par sa gentillesse délibérée. À croire qu'il essayait à tout prix de gagner sa confiance. Il y avait une douceur dans son attitude qui semblait tellement bizarre venant du cynique qu'il était.
— Vous y croyez ? demanda-t-elle.
— Bien sûr que non.
Il ouvrit le coffret poli qu'il avait posé sur la table, révélant les pièces d'un jeu d'échecs en onyx et ivoire, aux détails sculptés avec un soin scrupuleux.
— La vérité, ajouta-t-il en lui glissant un regard provocateur, c'est qu'on ne connaît pas vraiment un homme avant de lui avoir prêté de l'argent. Et qu'on ne connaît pas vraiment une femme avant d'avoir couché dans son lit.
Il avait dit cela pour la choquer, bien entendu, et il y réussit. Encore qu'Annabelle fît de son mieux pour le dissimuler.
— Monsieur Hunt, dit-elle en fronçant les sourcils, si vous continuez à faire des remarques vulgaires, je serai contrainte de vous demander de quitter le salon.

— Pardonnez-moi, murmura-t-il d'un air contrit dont elle ne fut pas dupe le moins du monde. C'est juste que je n'ai pas pu résister à une occasion de vous faire rougir. Je n'ai jamais connu de femme qui s'empourpre aussi souvent que vous.

La rougeur qu'elle sentait monter lui enflamma le visage jusqu'au cuir chevelu.

— Je ne rougis *jamais*. Ce n'est qu'en votre présence que…

Elle se tut et lui jeta un regard indigné qui le fit rire.

— Je vais bien me conduire à partir de maintenant, promit-il. Ne me dites pas de partir.

Elle le regarda, indécise, tout en passant une main un peu tremblante sur son front. Devant l'évidence de sa fragilité physique, il reprit, avec plus de douceur encore :

— Tout va bien. Laissez-moi rester, Annabelle.

Elle battit des paupières et, d'un hochement de tête mal assuré, lui signifia son accord avant de s'adosser aux coussins pendant qu'il installait le jeu. Il manipulait les pièces avec une dextérité surprenante vu la taille de ses mains. Des mains potentiellement impitoyables, songea Annabelle. Viriles et hâlées.

Alors qu'il se tenait à demi penché au-dessus de la table, elle perçut l'odeur intrigante qui émanait de lui. Un mélange de linge amidonné, de savon à barbe, d'homme… ainsi que, dans son haleine, un effluve presque imperceptible, un peu sucré, comme s'il avait récemment mangé des poires ou, peut-être, une tranche d'ananas. Levant les yeux vers lui, elle se rendit compte qu'il lui suffisait de se pencher un peu pour l'embrasser. À cette pensée, elle se mit à trembler. En vérité, elle voulait sentir sa bouche sur la sienne, inhaler la douceur éphémère de son haleine. Elle voulait qu'il la tienne de nouveau dans ses bras.

Elle en demeura interdite. Hunt dut percevoir sa soudaine immobilité, car il détourna son attention de l'échiquier. Ce qu'il lut sur son visage, quoi que ce fût, lui coupa le souffle. Aucun des deux ne bougea. Annabelle ne put qu'attendre en silence, les doigts crispés sur la tapisserie du canapé, se demandant ce qu'il allait faire.

Hunt brisa la tension en expirant longuement. Quand il parla, ce fut d'une voix légèrement enrouée.

— Non... vous n'êtes pas encore assez bien.

Son cœur battait si fort qu'elle comprit à peine ses paroles.

— Com... Comment ? balbutia-t-elle.

Comme malgré lui, Hunt repoussa une petite boucle sur sa tempe. Le simple effleurement de son doigt lui brûla la peau.

— Je sais à quoi vous pensez. Et, croyez-moi, je suis tenté. Mais vous êtes encore trop faible... et ma réserve de sang-froid est au plus bas aujourd'hui.

— Si vous insinuez que...

— Je ne perds jamais de temps avec des insinuations, murmura-t-il en recommençant à disposer méthodiquement les pièces sur l'échiquier. De toute évidence, vous voulez que je vous embrasse. Et je serai heureux de vous satisfaire le moment venu. Mais pas maintenant.

— Monsieur Hunt, vous êtes le plus...

— Oui, je sais, dit-il avec un grand sourire. Autant vous épargner l'effort de me bombarder d'adjectifs, car je les ai déjà tous entendus.

S'asseyant sur la chaise, Hunt fourra l'une des pièces du jeu dans la main d'Annabelle. L'onyx sculpté était lourd et froid.

— Ce ne sont pas d'adjectifs que je veux vous bombarder, répliqua-t-elle. Un objet bien pointu ou deux feront l'affaire.

Un rire profond le secoua et, du pouce, il lui effleura brièvement les doigts. Il avait un cal qui lui évoqua le chatouillement râpeux d'une langue de chat. Déconcertée par sa propre réaction, elle baissa les yeux sur la pièce qu'il lui avait donnée.

— C'est la reine – la pièce la plus puissante sur l'échiquier. Elle peut bouger dans toutes les directions et aller aussi loin qu'elle le veut.

Il n'y avait rien de particulièrement suggestif dans sa façon de s'exprimer, mais quand il parlait doucement, comme à cet instant, l'imperceptible enrouement de sa voix la remuait.

— Plus puissante que le roi ? s'étonna-t-elle.

— Oui. Le roi ne peut se déplacer que d'une case à la fois. Mais c'est lui le plus important.

— Pourquoi est-il plus important que la reine, s'il n'est pas le plus puissant ?

— Parce qu'une fois qu'il est capturé, le jeu est fini.

Hunt lui reprit la reine des mains et lui donna une pièce en échange. Ses doigts effleurèrent les siens, s'attardèrent en une brève mais indubitable caresse. Annabelle aurait dû protester contre cette familiarité déplacée, mais elle se surprit à regarder, presque hagarde, ses phalanges qui blanchissaient autour de la pièce d'ivoire qu'elle tenait trop serré.

— Cette pièce ne se déplace que d'une case à la fois, reprit Hunt d'une voix sourde. Elle ne peut aller en arrière ou sur le côté, sauf pour prendre une autre pièce. La plupart des joueurs novices aiment bouger leurs pions au début, afin de contrôler une plus grande partie de l'échiquier. Mais utiliser à bon escient les autres pièces est une meilleure stratégie…

Chaque fois qu'il lui présentait une nouvelle pièce, il la lui glissait dans la main. Annabelle était comme hypnotisée par ce contact dont elle attendait la répétition avec fébrilité. Toutes ses défenses habituelles semblaient s'être effondrées. Quelque chose lui était arrivé, ou à Hunt, ou peut-être à tous deux, qui semblait soudain faciliter leurs rapports. Si elle ne voulait pas l'inviter à se rapprocher – rien de bon ne pouvait en résulter –, elle ne pouvait s'empêcher de savourer sa proximité.

Hunt réussit à l'intéresser au jeu, attendant patiemment tandis qu'elle réfléchissait à son prochain coup, prêt à lui offrir un conseil dès qu'elle le sollicitait. Il se comportait de manière si charmante, si distrayante, qu'elle ne se souciait presque pas de savoir qui gagnait. *Presque*... Quand l'une de ses pièces menaça non pas une, mais deux de celles de Hunt, il lui adressa un sourire approbateur.

— On appelle ça la fourchette. Comme je le soupçonnais, vous avez un don pour les échecs.

— À présent, vous n'avez d'autre choix que de battre en retraite, déclara-t-elle, triomphante.

— Pas encore.

La pièce qu'il déplaça dans une autre partie de l'échiquier menaça aussitôt la reine d'Annabelle. Elle ne tarda pas à se rendre compte que c'était *elle* qui n'avait d'autre choix que de battre en retraite.

— Ce n'est pas juste, protesta-t-elle, ce qui le fit rire.

Annabelle appuya le menton sur ses mains croisées et étudia l'échiquier. Une bonne minute s'écoula comme elle envisageait différentes stratégies, dont aucune ne semblait convenir.

— Je ne sais pas quoi faire, finit-elle par admettre.

Levant les yeux, elle surprit le regard qu'il attachait sur elle, à la fois caressant et soucieux. Bouleversée, elle déglutit avec peine, avec l'impression d'avoir la gorge pleine de miel.

— Je vous ai fatiguée, murmura Hunt.

— Non, je me sens bien…

— Nous continuerons le jeu plus tard. Vous y verrez plus clair une fois reposée.

— Je ne veux pas arrêter, protesta Annabelle. De plus, aucun de nous deux ne se souviendra de la manière dont les pièces étaient disposées.

— Je m'en souviendrai, assura Hunt, qui se leva et déplaça la table pour la mettre hors de sa portée. Vous avez besoin d'une petite sieste. Vous faut-il de l'aide pour remonter à l'étage ou…

— Monsieur Hunt, je ne retourne *pas* dans ma chambre, s'entêta-t-elle. Je ne la supporte plus. En fait, je préférerais dormir dans le couloir plutôt que…

— Très bien, murmura-t-il avec un sourire en se rasseyant. Calmez-vous. Loin de moi la pensée de vous contraindre à faire quoi que ce soit.

Il croisa les doigts et s'adossa à sa chaise d'un air trompeusement détendu.

— Ce soir, les invités seront de retour au manoir, reprit-il, les yeux étrécis. Je suppose que vous ne tarderez pas à poursuivre de nouveau Kendall de vos assiduités ?

— Probablement, admit Annabelle, qui porta la main à sa bouche pour dissimuler un bâillement.

— Vous ne voulez pas de lui, dit-il doucement.

— Oh, mais si.

Elle fit une pause, songeuse, puis :

— Et… même si vous avez été très gentil avec moi, monsieur Hunt, je crains que cela ne change rien à mes plans.

Il l'observa comme il avait observé l'échiquier, d'une manière à la fois détendue et concentrée.

— Je n'ai pas non plus l'intention de changer les miens, mon ange.

Si Annabelle n'avait été aussi fatiguée, elle se serait élevée contre tant de familiarité. Au lieu de quoi, elle réfléchit à ses paroles. Ses plans…

— ... qui sont d'essayer de m'empêcher de conquérir lord Kendall, hasarda-t-elle.

— Ils vont un peu au-delà, répliqua-t-il avec un demi-sourire amusé.

— Que voulez-vous dire ?

— Je ne vais tout de même pas vous révéler ma stratégie. J'ai besoin de conserver tous les avantages possibles. À vous de jouer le coup suivant, mademoiselle Peyton. Souvenez-vous simplement que je vous surveillerai.

Cet avertissement aurait dû l'inquiéter, elle le savait. Mais une lassitude irrépressible s'était emparée d'elle et elle ferma les yeux quelques secondes. Lorsque, à grand-peine, elle les rouvrit, la silhouette de Hunt lui apparut brouillée. « Quel dommage de devoir être des adversaires », songea-t-elle vaguement. Elle ne se rendit compte qu'elle avait parlé à voix haute que lorsqu'il répliqua doucement :

— Je n'ai jamais été votre adversaire.

— Alors, vous êtes mon ami ? murmura-t-elle, sceptique, en cédant de nouveau à la tentation de fermer les paupières.

Cette fois, le sommeil l'engloutit si rapidement qu'elle eut à peine le temps de s'apercevoir que Hunt remontait la couverture sur ses épaules.

— Non, mon ange, chuchota-t-il. Je ne suis pas votre ami...

Annabelle ne se réveilla que pour constater qu'elle était seule dans le salon, puis elle se rendormit, réchauffée par un rayon de soleil. Elle fit un rêve brillamment coloré, dans lequel ses sens étaient exacerbés tandis que son corps semblait flotter dans les eaux chaudes d'un océan. Lentement, des formes se matérialisèrent autour d'elle...

Elle errait dans une demeure inconnue, une immense maison étincelante dont les hautes fenêtres laissaient entrer la lumière à flots. Les pièces étaient vides, nul invité ou domestique en vue. Une mélodie venue de nulle part, mélancolique et mystérieuse, l'emplissait d'un désir nostalgique. Après avoir erré un moment, elle parvint dans une vaste pièce ornée de colonnes de marbre qui ne soutenaient aucun plafond, mais ouvraient sur un ciel semé de légers nuages blancs. Sous ses pieds, le parquet formait de gigantesques carrés noirs et blancs semblables à ceux d'un échiquier ; certains supportaient des statues de pierre grandeur nature.

Mue par la curiosité, Annabelle s'avança parmi elles, les contournant lentement pour voir leur visage. Cherchant quelqu'un à qui parler, une main à laquelle s'accrocher, elle traversa l'échiquier géant, scrutant désespérément la foule de silhouettes immobiles… jusqu'à ce qu'elle aperçoive une silhouette sombre adossée à une colonne de marbre blanc. Son cœur se mit à battre à grands coups, et elle ralentit le pas tandis que l'excitation lui échauffait la peau et que son pouls s'emballait follement.

C'était Simon Hunt, qui s'avançait à présent vers elle, un demi-sourire aux lèvres. Il la rattrapa avant qu'elle ne puisse battre en retraite et se pencha pour lui chuchoter à l'oreille :

— Danserez-vous avec moi à présent ?

— Je ne peux pas, haleta-t-elle en tentant d'échapper à son étreinte.

— Si, vous le pouvez, insista-t-il, tandis que ses lèvres chaudes lui effleuraient tendrement le visage. Glissez les bras autour de moi…

Comme elle se débattait, il laissa échapper un petit rire et l'embrassa jusqu'à ce qu'elle se laisse aller contre lui, molle et impuissante.

— La reine est sur le point d'être capturée, murmura-t-il en s'écartant pour la regarder, une étincelle malicieuse dans le regard. Vous êtes en danger, Annabelle…

Soudain libre, elle pivota pour lui échapper, se cognant contre les statues dans sa hâte. Il la suivit tranquillement, son rire bas lui résonnant aux oreilles. Il la talonnait, et prolongea délibérément la poursuite jusqu'à ce qu'elle soit à bout de souffle. Alors, il la captura, l'attira de nouveau contre lui et l'étendit sur le sol. Sa tête sombre lui cacha le ciel alors qu'il la couvrait de son corps, et la musique fut étouffée par le grondement de son cœur.

— Annabelle, chuchota-t-il. Annabelle…

Elle s'éveilla en sursaut, consciente d'une présence auprès d'elle.

— Annabelle, entendit-elle de nouveau…

Mais ce n'était pas la voix caressante, légèrement voilée, de son rêve.

15

Elle leva la tête, pour découvrir lord Hodgeham au-dessus d'elle. Comprenant qu'il ne s'agissait pas d'un personnage imaginaire, mais qu'il était, hélas, bel et bien réel, elle se redressa vivement. Muette de surprise, elle se rétracta quand il tendit sa grosse main et ébouriffa la dentelle qui ornait le devant de sa robe.

— J'ai appris que vous étiez malade, dit-il en balayant d'un regard lascif son corps à demi allongé. J'ai été vraiment désolé d'apprendre votre infortune. Mais je peux constater que vous n'en garderez aucune séquelle. Vous êtes…

Il se tut, le temps de passer la langue sur ses lèvres charnues.

— … plus exquise que jamais. Encore qu'un peu pâle peut-être.

— Comment… comment m'avez-vous trouvée ? Ce salon est réservé aux Marsden. On ne vous a sûrement pas…

— Une servante s'est montrée complaisante, expliqua Hodgeham d'un air suffisant.

— Sortez ! Ou je crie que vous m'agressez.

— Vous ne pouvez vous permettre un scandale, ma chère, ricana-t-il. Votre intérêt pour lord Kendall n'a échappé à personne. Et nous savons tous deux que la plus petite tache sur votre honneur ruinerait toutes vos chances avec lui.

Comme elle ne répondait pas, il sourit, dévoilant une rangée de dents jaunâtres et inégales.

— Voilà qui est mieux. Ma pauvre, ma belle Annabelle… Je sais comment redonner un peu de couleur à ces joues pâles.

Plongeant la main dans sa poche, il en sortit une pièce d'or qu'il agita devant elle.

— En gage de la compassion que m'inspire votre épreuve.

Quand il se pencha pour tenter de glisser la pièce dans son corsage, Annabelle eut un hoquet d'indignation. Elle lui frappa la main si violemment que la pièce lui échappa et roula sur le tapis.

— Laissez-moi tranquille, ordonna-t-elle, farouche.

— Petite garce pleine de morgue ! Inutile de prétendre que tu vaux mieux que ta mère.

— Espèce de porc…

Maudissant sa faiblesse, elle essaya de le repousser, le corps parcouru de frissons.

— Non, fit-elle entre ses dents en se couvrant le visage des bras. Non ! répéta-t-elle avec force quand il lui attrapa les poignets.

Un fracas soudain fit tressaillir Hodgeham, qui se redressa. Tremblant de la tête aux pieds, Annabelle découvrit sa mère sur le seuil, un plateau entre les mains. Les couverts en argent qui le garnissaient avaient glissé sur le sol.

Secouant la tête d'un air incrédule, Philippa articula d'une voix blanche :

— Si vous osez vous approcher de ma fille…

Le visage crispé par la fureur, elle alla poser le plateau sur une table, puis fit face à Hodgeham.

— Ma fille est malade, monsieur. Je ne permettrai pas que sa santé soit mise en danger. Vous allez venir avec moi *immédiatement*, et nous discuterons de cela ailleurs.

— Ce n'est pas discuter qui m'intéresse.

Dégoût, ressentiment, haine, peur se succédèrent sur le visage de Philippa. Mais ce fut finalement la résignation qui l'emporta.

— Éloignez-vous de ma fille, alors, dit-elle froidement.

— Non, protesta Annabelle d'une voix étranglée en comprenant que sa mère avait l'intention d'aller quelque part avec lui. Maman, restez avec moi.

— Tout ira bien, assura Philippa, sans détourner les yeux du visage rougeaud de Hodgeham. Je t'ai apporté à déjeuner, ma chérie. Essaie de manger quelque chose.

— Non…

Désespérée, Annabelle regarda sa mère devancer calmement Hodgeham et sortir de la pièce.

— Maman, n'allez pas avec lui !

Mais Philippa feignit de ne pas l'avoir entendue.

Annabelle n'aurait su dire combien de temps s'écoula tandis qu'elle fixait, hagarde, la porte du salon. L'odeur du bouillon de légumes qui se répandait dans la pièce lui soulevait le cœur. Comment cette liaison infernale avait-elle pu commencer ? s'interrogea-t-elle sombrement. Hodgeham avait-il contraint sa mère ou celle-ci avait-elle été consentante ? Quelle que soit la réponse, le résultat était le même : Philippa était obligée de complaire à ce monstre pour l'empêcher de ruiner leur réputation.

Fatiguée et malheureuse, Annabelle se leva lentement en s'efforçant de ne pas penser à ce qui se passait peut-être entre sa mère et Hodgeham à cet instant précis. Ses muscles douloureux lui arrachèrent une grimace. Elle avait la migraine et la tête lui tournait. Elle alla tirer le cordon de la sonnette pour appeler une domestique afin que celle-ci l'aide à regagner sa chambre. Elle attendit un temps qui lui parut interminable, mais personne ne vint. Les invités étant absents, on avait donné congé à une partie du personnel.

Passant machinalement les doigts dans ses boucles emmêlées, elle évalua la situation. Ses jambes étaient certes faibles, mais elles pouvaient la porter. Après tout, elle avait réussi à venir jusqu'ici. Il n'y avait que deux couloirs à parcourir, elle devrait pouvoir couvrir seule cette courte distance.

Sans prêter attention aux petits points brillants qui dansaient devant ses yeux, elle quitta le salon à petits pas prudents, en prenant soin de longer le mur au cas où elle aurait besoin de s'y appuyer. Cet effort, pourtant minime, la laissa aussi haletante que si elle venait de gravir une volée de marches en courant. Maudissant sa faiblesse, elle s'appliqua à poser un pied devant l'autre, et remonta lentement le premier couloir. Elle venait d'atteindre l'embranchement qui menait vers l'aile est, où se trouvait sa chambre, quand un bruit de voix venant de la direction opposée lui parvint.

Enfer et damnation ! Elle ne tenait pas du tout à ce que quiconque la voie dans cette situation humiliante. Priant pour qu'il ne s'agisse que de domestiques, elle s'appuya au mur et demeura immobile.

Deux hommes traversèrent le couloir, si absorbés par leur conversation qu'ils ne semblèrent pas la remarquer. Mais au moment où Annabelle croyait pouvoir respirer de nouveau, l'un d'eux tourna la tête dans sa direction, et se figea sur place.

Tandis qu'il s'approchait à grandes enjambées, et avant même de distinguer son visage, Annabelle reconnut sa démarche à la fois souple et masculine.

Était-elle donc vouée à s'offrir éternellement en spectacle à Simon Hunt ? Avec un soupir, elle s'écarta du mur et, en dépit de ses jambes flageolantes, s'efforça d'apparaître détendue.

— Monsieur Hunt…

— Que faites-vous ? l'interrompit-il.

Il paraissait contrarié, mais quand Annabelle croisa son regard, elle vit qu'il était inquiet.

— Pourquoi êtes-vous seule dans ce couloir ?

— Je retourne dans ma chambre.

Elle tressaillit quand il glissa un bras autour de ses épaules et l'autre autour de sa taille.

— Monsieur Hunt, il est inutile…

— Vous êtes aussi faible qu'un chaton nouveau-né. Ce n'est pas raisonnable de votre part de vous déplacer seule dans votre état.

— Il n'y avait personne pour m'aider, répliqua Annabelle avec irritation.

Prise de vertige, elle se laissa aller contre son torse solide.

— Où est votre mère ? insista Hunt en repoussant ses cheveux de son visage. Dites-le-moi, et je…

— Non ! s'écria-t-elle, alarmée, en lui agrippant le bras.

Seigneur, il ne manquerait plus que Hunt se lance à la recherche de Philippa, alors que celle-ci se trouvait vraisemblablement dans une situation des plus compromettantes !

— N'allez pas la chercher. Je… je n'ai besoin de personne. Je peux retourner dans ma chambre toute seule, si vous voulez bien me libérer. Je ne veux pas…

— D'accord, murmura Hunt sans pour autant la lâcher. Calmez-vous, je n'irai pas la chercher. Calmez-vous, répéta-t-il en lui caressant les cheveux.

Elle s'affaissa contre lui, le souffle court.

— Simon, souffla-t-elle, vaguement surprise de s'entendre prononcer son prénom, qu'elle n'avait jamais utilisé, même en pensée. Simon… répéta-t-elle après s'être humecté les lèvres.

— Oui ?

Elle le sentit se tendre alors même que sa main continuait à lui caresser les cheveux avec une infinie douceur.

— S'il vous plaît… accompagnez-moi jusqu'à ma chambre.

Lui soulevant le menton, il plongea son regard dans le sien, une ébauche de sourire dansant sur ses lèvres.

— Mon ange, je vous accompagnerais jusqu'à Tombouctou si vous me le demandiez.

Son compagnon les rejoignit alors et Annabelle découvrit, consternée, qu'il s'agissait de lord Westcliff.

Ce dernier la dévisagea avec une expression de froide désapprobation, comme s'il la soupçonnait de s'être délibérément mise dans cette situation.

— Mademoiselle Peyton, il n'était pas indispensable que vous traversiez toute la maison sans être accompagnée, observa-t-il d'un ton acerbe. S'il n'y avait personne pour vous aider, il vous suffisait de sonner pour appeler une domestique.

— Je l'ai fait, monsieur, répliqua Annabelle, sur la défensive, tout en essayant vainement de repousser Hunt. J'ai tiré le cordon de sonnette, j'ai attendu au moins un quart d'heure, mais personne n'est venu.

Westcliff ne tenta même pas de dissimuler son scepticisme.

— Impossible. Mes domestiques viennent toujours quand on les appelle.

— Eh bien, aujourd'hui fait exception, apparemment, riposta Annabelle. Peut-être le cordon est-il cassé, ou vos domestiques…

— Du calme, murmura Hunt en lui pressant de nouveau la tête contre sa poitrine.

Bien qu'Annabelle ne vît pas son visage, elle perçut une note d'avertissement dans sa voix quand il ajouta à l'adresse de Westcliff :

— Nous continuerons notre discussion plus tard. Pour l'heure, j'ai l'intention de raccompagner Mlle Peyton jusqu'à sa chambre.

— Une décision qui manque de sagesse, si tu veux mon avis.

— Cela tombe bien, répliqua Simon d'un ton léger, je ne te le demande pas.

Le comte soupira bruyamment, puis Annabelle entendit le bruit de ses pas qui s'éloignait.

Elle sentit le souffle chaud de Hunt sur son oreille comme il s'inclinait pour demander :

— À présent... cela vous ennuierait-il de m'expliquer ce qui se passe ?

Ses veines parurent se dilater et une bouffée de plaisir lui échauffa la peau. La proximité de Hunt la remplissait d'un mélange de joie et de désir. Elle ne pouvait s'empêcher de se souvenir de son rêve, de l'illusion érotique de son corps écrasant le sien. C'était terriblement mal de se délecter ainsi d'être dans ses bras, alors qu'elle savait très bien qu'il n'y avait rien d'autre à attendre de lui qu'un plaisir fugitif suivi d'un éternel déshonneur.

Elle finit par secouer la tête en réponse à sa question, frottant la joue contre le revers de sa veste.

— Je ne m'y attendais pas, admit Hunt, ironique.

Après avoir desserré prudemment son étreinte et constaté, les yeux plissés, qu'elle vacillait, il se pencha pour la soulever entre ses bras. S'abandonnant sans protester, Annabelle noua les bras autour de son cou. Tout en l'emportant dans le couloir, il déclara avec calme :

— Je pourrais peut-être vous aider, si vous vouliez bien me dire quel est le problème.

Annabelle réfléchit quelques instants. En confiant ses malheurs à Simon Hunt, elle était presque sûre de recevoir en retour l'offre de devenir sa maîtresse. Et elle haïssait la part d'elle-même qui était tentée par cette idée.

— Pourquoi voudriez-vous être mêlé à mes problèmes ?

— Suis-je obligé d'avoir un motif pour vous venir en aide ?

— Oui, répondit-elle sombrement.

Tout en riant de sa réponse, il la déposa avec précaution sur le seuil de sa chambre.

— Pouvez-vous regagner votre lit seule ou faut-il que j'aille vous border ?

Quoique son ton fût taquin, Annabelle le soupçonnait d'en être capable au moindre encouragement de sa part. Aussi se hâta-t-elle de secouer la tête.

— Non, cela ira. S'il vous plaît, n'entrez pas, fit-elle en posa la main à plat sur son torse pour le retenir.

— Très bien. Je vais veiller à ce qu'on envoie une femme de chambre s'occuper de vous. Encore que Westcliff soit certainement en train de mener son enquête.

— J'ai sonné pour appeler quelqu'un, je vous assure, insista Annabelle. Le comte ne me croit pas, de toute évidence, mais…

— Je vous crois, assura Hunt.

Avec précaution, il écarta sa main de son torse, non sans l'avoir gardée un instant dans la sienne.

— Westcliff n'est pas un ogre, reprit-il. Contrairement aux apparences. Il faut le connaître depuis un certain temps pour apprécier ses qualités.

— Si vous le dites, murmura Annabelle, dubitative. Je vous remercie, monsieur Hunt.

Avec un soupir, elle recula dans la chambre obscure, à l'atmosphère confinée, y jeta un coup d'œil en se demandant anxieusement quand sa mère reviendrait, puis regarda de nouveau Hunt.

Son regard pénétrant semblait déceler toutes les émotions qui l'agitaient, et elle devina qu'une multitude de questions lui brûlaient les lèvres. Mais il se contenta de dire doucement :

— Vous avez besoin de vous reposer.

— Je n'ai rien fait d'autre que me reposer. Je deviens folle d'ennui… mais la simple pensée de faire quelque chose m'épuise.

Baissant la tête, Annabelle contempla d'un œil morose les quelques lattes de plancher qui séparaient leurs pieds, avant de demander, non sans circonspection :

— Je suppose que continuer le jeu d'échecs dans la soirée ne vous intéresse pas ?

Il y eut un bref silence, puis Hunt répondit d'une voix légèrement moqueuse :

— Vraiment, mademoiselle Peyton… je suis confondu à la pensée que vous puissiez désirer ma compagnie.

Annabelle ne put se résoudre à le regarder.

— J'accepterais la compagnie du diable en personne plutôt que de rester au lit, marmonna-t-elle, consciente d'avoir rougi.

Avec un petit rire, il tendit la main et coinça une mèche derrière son oreille.

— Nous verrons, murmura-t-il. Je viendrai peut-être frapper à votre porte un peu plus tard.

Sur ce, il s'inclina et s'éloigna de son pas assuré.

Annabelle se rappela alors – trop tard, hélas ! – qu'une soirée musicale avec buffet avait été organisée à l'intention des invités. Simon Hunt préférerait certainement y assister plutôt que de disputer une partie d'échecs avec une novice convalescente, négligée et grincheuse. Si seulement elle pouvait retirer cette invitation ! Songeant à quel point elle avait dû apparaître désespérée, elle frémit, et ce fut d'une démarche pesante qu'elle traversa la chambre pour se laisser tomber sur le lit défait.

Cinq minutes plus tard, on frappait à la porte et deux domestiques à la mine contrite pénétrèrent dans la pièce.

— Nous venons faire la chambre, mam'selle, dit l'une d'elles. C'est le maître qui nous envoie. Il a dit qu'on devait vous aider pour tout ce que vous avez besoin.

— Merci, répondit Annabelle, qui espérait que lord Westcliff ne s'était pas montré trop sévère.

Réfugiée dans un fauteuil, elle assista au tourbillon soudain d'activité. Avec célérité, les jeunes servantes changèrent les draps, ouvrirent la fenêtre pour aérer, époussetèrent et nettoyèrent les meubles, puis apportèrent une baignoire portative qu'elles emplirent ensuite d'eau chaude. L'une des filles aida Annabelle à se déshabiller pendant que l'autre allait chercher des serviettes ainsi qu'un broc d'eau tiède pour lui rincer les cheveux.

— Prenez mon bras, mam'selle, dit la plus jeune quand Annabelle, frissonnante, enjamba le rebord en acajou de la baignoire. Vous n'avez pas l'air très solide sur vos pieds, on dirait.

Annabelle obéit et ne lâcha son avant-bras ferme que lorsqu'elle eut les épaules immergées dans l'eau.

— Comment vous appelez-vous ?

— Meggie, mam'selle.

— Meggie, je crois que j'ai laissé tomber un souverain d'or dans le petit salon privé. Pourriez-vous essayer de le retrouver ?

La jeune domestique lui jeta un regard perplexe. Elle se demandait visiblement pourquoi Annabelle avait laissé une pièce d'une telle valeur sur le sol, et ce qu'il adviendrait si jamais elle ne la retrouvait pas.

— Oui, mam'selle, répondit-elle en esquissant une révérence maladroite avant de sortir en hâte de la chambre.

Après avoir plongé la tête dans l'eau, Annabelle se redressa, les cheveux trempés, pour que la deuxième servante les lui savonne.

— C'est agréable de se sentir propre, murmura-t-elle en s'abandonnant à ses soins.

— Ma mère, elle dit toujours que c'est pas bon de prendre un bain quand on est malade, observa la jeune fille, dubitative.

— Je tente ma chance, répliqua Annabelle, penchant la tête en arrière pour qu'elle puisse lui rincer les cheveux.

Elle s'essuyait les yeux quand Meggie revint.

— J'l'ai trouvé, mam'selle ! s'exclama-t-elle, hors d'haleine, en brandissant la pièce.

Une servante gagnait à peu près huit shillings par mois, et il était fort possible qu'elle n'ait jamais eu un souverain en main.

— Où je le mets ?

— Vous pouvez vous le partager, répondit Annabelle.

Les deux filles la regardèrent, interdites.

— Oh, merci, mam'selle ! s'exclamèrent-elles en chœur, les yeux comme des soucoupes.

Consciente de l'hypocrisie qu'il y avait à distribuer l'argent de lord Hodgeham alors que sa famille bénéficiait de son soutien douteux depuis plus d'un an, Annabelle baissa la tête, embarrassée par leur gratitude. Voyant sa gêne, elles se dépêchèrent de l'aider à sortir de la baignoire, lui séchèrent les cheveux, puis l'aidèrent à enfiler une chemise de nuit propre.

Rafraîchie, mais fatiguée par son bain, Annabelle se glissa entre les draps. Elle somnola tandis que les servantes remportaient la baignoire sur la pointe des pieds. Puis sombra dans le sommeil.

Elle ne s'éveilla qu'en début de soirée, lorsque sa mère alluma une lampe sur la table.

— Maman… murmura-t-elle d'une voix ensommeillée.

Se souvenant soudain de la rencontre avec Hodgeham, elle se secoua.

— Vous allez bien ? A-t-il…

— Je ne souhaite pas en parler, l'interrompit Philippa.

Son regard était sans vie, et de fines rides sur son front trahissaient sa tension.

— Et, oui, je vais plutôt bien, ma chérie.

Annabelle hocha brièvement la tête, en proie à un mélange de confusion, d'abattement et de honte. Lorsqu'elle s'assit, elle eut la sensation d'avoir un tisonnier en fer à la place de la colonne vertébrale. Cependant, à part la raideur musculaire due à son immobilité prolongée, elle se sentait beaucoup mieux et, pour la première fois depuis trois jours, elle avait faim. Après avoir enfilé une simple robe d'après-midi, elle s'assit devant la coiffeuse et entreprit de se brosser les cheveux.

— Maman… commença-t-elle, hésitante, j'ai besoin d'un changement de décor. Je vais peut-être retourner dans le salon des Marsden et demander qu'on me monte un plateau là-bas.

Philippa ne parut guère prêter attention à ses paroles.

— Oui, acquiesça-t-elle distraitement, c'est sans doute une bonne idée. Veux-tu que je t'accompagne ?

— Non, merci. Je me sens assez bien et ce n'est pas loin. Vous avez sans doute envie d'un peu de tranquillité après…

Embarrassée, Annabelle s'interrompit et reposa la brosse.

— Je ne serai pas absente longtemps.

Philippa murmura une vague réponse, puis s'assit devant la cheminée. Annabelle sentit qu'elle était soulagée à la perspective d'être seule. Après avoir tressé ses cheveux en une longue natte qu'elle laissa pendre sur l'épaule, elle sortit en refermant doucement la porte derrière elle.

Sur le palier, elle entendit le bourdonnement assourdi des conversations mêlées de rires qui montaient de la salle de réception où les invités devaient se presser autour du buffet. La musique, jouée par un quatuor à cordes accompagné d'un piano, dominait le tout. Avec étonnement, Annabelle se rendit compte que c'était la mélodie si triste de son rêve. Elle ferma les yeux et écouta intensément, la gorge nouée. Ce morceau éveillait en elle un désir qu'elle n'aurait pas dû s'autoriser à ressentir. « Sapristi, la maladie m'a rendue sentimentale, songea-t-elle. Il serait temps que je me ressaisisse. » Rouvrant les yeux, elle se remit en marche, et faillit heurter quelqu'un qui arrivait en sens inverse.

Il lui sembla que son cœur se dilatait douloureusement quand elle reconnut Simon Hunt, vêtu de l'habit de soirée de rigueur. Il esquissa un lent sourire.

— Où allez-vous donc ? s'enquit-il, et sa voix grave fit courir un frisson le long de sa colonne vertébrale.

Ainsi, il avait choisi de venir la retrouver plutôt que de se mêler à la foule élégante qui s'amusait au rez-de-chaussée. Consciente que la soudaine faiblesse de ses genoux ne devait rien à son indisposition, Annabelle se mit à jouer nerveusement avec l'extrémité de sa natte.

— Dans le petit salon, répondit-elle, où je comptais me faire monter un plateau.

La prenant par le coude, Hunt pivota et la guida le long du couloir en prenant soin d'accorder son pas au sien.

— Vous ne voulez pas dîner dans le salon, l'informa-t-il.

— Ah bon ?

Il secoua la tête.

— J'ai une surprise pour vous. Venez, ce n'est pas loin.

Comme elle le suivait sans difficulté, il lui jeta un regard scrutateur.

— Vous avez l'air plus solide sur vos jambes. Comment vous sentez-vous ?

— Beaucoup mieux, avoua-t-elle, avant de s'empourprer comme son estomac se manifestait bruyamment. À vrai dire, j'ai même plutôt faim.

Hunt sourit et poussa une porte entrouverte. Annabelle franchit le seuil et se retrouva dans une petite pièce délicieuse, aux murs lambrissés de bois de rose et meublée de fauteuils recouverts de velours ambre. Le trait le plus distinctif de cette pièce, cependant, était la fenêtre percée dans le mur intérieur qui s'ouvrait sur la salle de réception, deux étages plus bas. L'endroit était parfaitement dissimulé au regard des invités, mais la musique y pénétrait librement par la large ouverture. Annabelle regarda avec de grands yeux la petite table sur laquelle étaient disposées plusieurs assiettes couvertes de cloches en argent.

— J'ai eu toutes les peines du monde à essayer de deviner ce qui vous tenterait. Finalement, j'ai opté pour un assortiment.

Annabelle ne se souvenait pas qu'un homme se soit jamais donné autant de mal pour lui faire plaisir. Profondément touchée, elle avait soudain du mal à parler. Elle déglutit, évitant soigneusement de le regarder.

— C'est ravissant. Je… j'ignorais l'existence de cette pièce.

— Comme la plupart des gens. La comtesse vient parfois s'asseoir ici quand elle n'a pas envie de descendre.

Hunt s'approcha d'elle et glissa les doigts sous son menton pour l'obliger à croiser son regard.

— Voulez-vous dîner avec moi ?

Le pouls d'Annabelle battait à une telle cadence qu'elle était certaine que Hunt le sentait.

— Je n'ai pas de chaperon, souffla-t-elle.

Cela fit sourire Hunt, qui laissa retomber sa main.

— Vous ne pourriez être plus en sécurité. Je ne risque pas de vous séduire quand vous êtes visiblement trop faible pour vous défendre.

— C'est agir en gentleman.

— Je vous séduirai quand vous irez mieux.

Réprimant un sourire, Annabelle arqua les sourcils.

— Vous êtes très sûr de vous. N'auriez-vous pas dû plutôt dire que vous alliez *essayer* de me séduire ?

— « N'anticipe jamais l'échec », me dit toujours mon père. Boirez-vous un peu de vin ? demanda-t-il après l'avoir guidée jusqu'à l'un des confortables fauteuils.

— Je ne devrais pas. Il me monterait probablement droit à la tête.

Hunt remplit un verre et le lui tendit avec un sourire empreint d'un charme si malicieux que Lucifer lui-même aurait pu s'en inspirer.

— Allez-y, murmura-t-il. Je prendrai soin de vous si vous êtes un peu pompette.

Tout en buvant une gorgée du vin doux, Annabelle lui glissa un regard ironique.

— Je me demande de combien de femmes ces mêmes paroles auront précédé la chute…

— Jusqu'à présent, je n'ai jamais provoqué la chute d'aucune femme, assura Hunt en débarrassant les plats de leur couvercle. D'ordinaire, je ne les poursuis de mes assiduités que lorsqu'elles sont déjà tombées.

— Et elles sont nombreuses à être tombées ? ne put s'empêcher de demander Annabelle.

— J'en ai eu ma part, répliqua Hunt en la regardant droit dans les yeux, sans paraître ni s'excuser ni se vanter. Encore que, ces derniers temps, j'aie consacré mon énergie à un autre passe-temps.

— Lequel ?

— Je m'occupe du développement d'une fabrique de locomotives dans laquelle Westcliff et moi avons beaucoup investi.

— Vraiment ? dit Annabelle en le considérant avec un intérêt renouvelé. Je ne suis jamais montée dans un train. Comment est-ce ?

Hunt sourit, et son enthousiasme à peine dissimulé lui donna soudain un air presque juvénile.

— Ça va vite et c'est très excitant. Un train de passagers roule en moyenne à 80 kilomètres à l'heure, mais Consolidated est en train de construire un moteur qui devrait permettre de monter jusqu'à 110.

— 110 kilomètres à l'heure ? répéta Annabelle, incapable de s'imaginer lancée à une telle vitesse. Et ce ne sera pas inconfortable pour les passagers ?

La question le fit sourire.

— Une fois que le train a atteint sa vitesse de croisière, on ne sent plus le mouvement.

— À quoi ressemblent à l'intérieur des voitures de passagers ?

— Elles ne sont pas particulièrement luxueuses, admit Hunt en se versant un peu de vin. Je ne conseillerais pas de voyager autrement que dans une voiture privée… surtout à quelqu'un comme vous.

— Quelqu'un comme moi ? releva Annabelle en lui adressant un sourire de réprimande. Si vous sous-entendez que je suis gâtée, je peux vous assurer que ce n'est pas le cas.

— Vous devriez l'être, dit-il tandis que son regard glissait sur elle, puis revenait à son visage. Vous mériteriez d'être un peu gâtée, reprit-il avec une intonation qui lui coupa le souffle.

Annabelle inspira profondément, sommant ses poumons de reprendre leur rythme naturel. Elle priait désespérément pour qu'il ne la touche pas, qu'il respecte sa promesse de ne pas la séduire. Parce que, dans le cas contraire… que Dieu lui vienne en aide mais… elle n'était pas certaine d'être capable de lui résister.

— Consolidated, c'est le nom de votre société ? demanda-t-elle d'une voix chevrotante, en s'efforçant de retrouver le fil de la conversation.

— Oui, c'est l'associé britannique des Fonderies Shaw.

— Qui appartiennent au fiancé de lady Olivia, M. Shaw ?

— Exactement. Shaw nous aide à adapter la technique américaine de construction de moteurs, qui est bien plus efficace et plus productive que l'anglaise.

— J'ai toujours entendu dire que les machines fabriquées en Angleterre étaient les meilleures au monde, s'étonna Annabelle.

— C'est discutable. Mais, même si c'était le cas, elles ne sont pas standardisées. Il n'y a pas en Angleterre deux locomotives fabriquées exactement de la même manière, ce qui ralentit considérablement la production et rend les réparations difficiles. Si nous suivions l'exemple américain et fabriquions des pièces moulées, identiques, en utilisant des mesures et des gabarits standard, nous construirions un moteur en quelques semaines plutôt qu'en quelques mois, et nous serions capables de les réparer en un rien de temps.

Tandis qu'ils conversaient, Annabelle observait Hunt avec fascination. Elle n'avait jamais vu un homme parler ainsi de sa profession. Pour elle, le travail n'était pas un sujet sur lequel un homme aimait s'étendre, car le simple fait de travailler pour gagner sa vie était la marque des classes inférieures. Si un gentleman était contraint d'avoir une profession, il observait une discrétion de bon aloi, et affectait de passer la plupart de son temps en activités de loisir. Simon Hunt, lui, ne faisait aucun effort pour dissimuler le plaisir que lui procurait son métier – et Annabelle ne pouvait s'empêcher de trouver cela curieusement séduisant.

À sa demande, Hunt lui décrivit son affaire plus en détail. Il lui raconta les négociations qui avaient précédé l'achat d'une usine consacrée aux chemins de fer, et dans laquelle on était en train de mettre en œuvre le système américain. Deux des neuf bâtiments implantés sur un site de plusieurs hectares avaient déjà été transformés en une fonderie qui produisait des boulons, des pistons, des tiges et des soupapes standard. Ces pièces étaient assemblées à d'autres, importées des Fonderies Shaw, pour construire des moteurs qui seraient ensuite vendus dans toute l'Europe.

— Vous vous rendez souvent à l'usine ? demanda Annabelle, avant de porter à sa bouche un morceau de faisan.

— Tous les jours, quand je suis en ville. À vrai dire, continua-t-il en contemplant son verre, les sourcils légèrement froncés, j'ai été absent trop longtemps. Il faudra que je me rende bientôt à Londres pour voir où nous en sommes.

Apprendre qu'il allait quitter le Hampshire sous peu aurait dû rendre Annabelle heureuse. Simon Hunt n'était pas une distraction qu'elle pouvait se permettre, et il lui serait bien plus facile de consacrer toute son attention à lord Kendall quand il ne serait plus là. Pourtant, elle ressentit comme un étrange vide, et mesura à quel point elle appréciait sa compagnie, et combien Stony Cross Park allait lui paraître morne une fois qu'il serait parti.

— Reviendrez-vous avant que la partie de campagne ne s'achève ? demanda-t-elle en découpant son faisan avec application.

— Cela dépend.

— De quoi ?

— De la raison suffisante que j'aurais de revenir, répondit-il d'une voix douce.

Annabelle ne leva pas les yeux sur lui. Observant un silence contraint, elle tourna la tête vers la fenêtre par laquelle se déversait une mélodie de Schubert.

Un coup léger fut frappé à la porte et un valet de pied entra pour emporter les plats. Gardant le visage détourné, Annabelle se demanda combien de temps il faudrait pour que la nouvelle de son dîner en privé avec Simon Hunt se répande dans le quartier des domestiques. Hunt dut lire dans ses pensées, car il murmura :

— Il n'en dira mot à quiconque. Westcliff me l'a recommandé pour sa capacité à garder le silence sur les affaires confidentielles.

Annabelle lui jeta un regard inquiet.

— Alors... le comte sait que vous et moi sommes... Je suis certaine qu'il désapprouve !

— J'ai fait un certain nombre de choses que Westcliff n'approuvait pas, répliqua Simon d'un ton égal. Et je n'approuve pas toujours ses décisions. Cependant, dans l'intérêt de notre amitié, nous évitons en général de nous contrarier mutuellement.

Il se leva et, posant les deux mains sur la table, se pencha vers elle.

— Que diriez-vous d'une partie d'échecs ? J'ai fait apporter un échiquier... juste au cas où.

Annabelle acquiesça d'un signe de tête. Alors qu'elle fixait ses yeux sombres et chaleureux, la pensée lui vint que c'était peut-être la première soirée de sa vie d'adulte où elle était parfaitement heureuse d'être là où elle se trouvait. Avec cet homme. Elle éprouvait une intense curiosité à son sujet, une envie réelle de découvrir les pensées et les sentiments qui se cachaient derrière la façade.

— Où avez-vous appris à jouer aux échecs ? s'enquit-elle, les yeux rivés sur ses mains tandis qu'il replaçait les pièces.

— Avec mon père.

— Votre *père* ?

Il esquissa un sourire moqueur.

— Un boucher ne peut pas jouer aux échecs ?

— Bien sûr que si, je…

Annabelle se sentit devenir écarlate. Seigneur, quel manque de tact de sa part !

— Je suis désolée.

Hunt l'étudia avec attention, son demi-sourire s'attardant sur ses lèvres.

— Vous vous faites, me semble-t-il, une idée fausse de ma famille. Les Hunt appartiennent à la classe moyenne. Mes frères, mes sœurs et moi-même sommes allés à l'école. À présent, mes frères travaillent avec mon père, et vivent aussi au-dessus du magasin. Ils occupent souvent leurs soirées à jouer aux échecs.

Soulagée de n'entendre aucune condamnation dans sa voix, Annabelle prit une pièce et la fit rouler entre ses doigts.

— Pourquoi n'avez-vous pas choisi de travailler avec votre père, comme vos frères ?

— Dans ma jeunesse, j'étais une vraie tête de mule, avoua Hunt. Quand mon père me disait de faire quelque chose, j'essayais toujours de lui prouver qu'il avait tort.

— Comment réagissait-il ?

— Au début, il parvenait à se montrer patient. Quand cela ne marchait pas, il employait la tactique opposée. Croyez-moi, ajouta-t-il avec une grimace, personne n'a envie de recevoir une correction d'un boucher... Ils ont des bras comme des troncs d'arbres.

— Je m'en doute, murmura Annabelle, dont le regard se posa subrepticement sur ses larges épaules. Votre famille doit être très fière de votre succès.

— Peut-être, répondit Hunt, évasif. Malheureusement, j'ai l'impression que mon ambition nous a éloignés. Mes parents refusent que je leur achète une maison dans le West End et ne comprennent pas pourquoi j'ai choisi de vivre dans ce quartier. À leurs yeux, investir n'est pas un vrai métier. Ils préféreraient que je me tourne vers une activité plus... tangible.

La réponse à sa question était sommaire, mais Annabelle n'en comprit pas moins ce qu'elle sous-entendait. Elle avait toujours su que Simon Hunt n'appartenait pas aux cercles les plus élevés de la société dans laquelle il évoluait souvent. Cependant, jusqu'à cet instant, il ne lui était pas venu à l'esprit qu'il se trouvait tout aussi déplacé dans le monde qu'il avait laissé derrière lui. Elle se demanda s'il lui arrivait de se sentir seul, ou s'il s'obligeait à un travail acharné pour éviter de le reconnaître.

— Je ne sais pas s'il existe grand-chose de plus tangible qu'une locomotive, commenta-t-elle.

Il rit tout en tendant la main pour lui reprendre la pièce d'ivoire. Mais Annabelle se retrouva incapable de la lâcher, et leurs doigts demeurèrent noués tandis que leurs regards se verrouillaient intimement. La vague brûlante qui, de sa main, remonta dans son épaule puis se diffusa dans tout son corps la prit de court. C'était comme si elle était ivre de soleil ; la chaleur déferlait en un flot continu de sensations. Et puis, accompagnant le plaisir, un picotement inattendu derrière ses paupières lui fit craindre la montée des larmes.

Déconcertée, elle lui arracha sa main, et la pièce tomba sur le sol.

— Je... je suis désolée, balbutia-t-elle avec un rire incertain, brusquement effrayée à l'idée de ce qui pourrait se passer si elle restait plus longtemps seule avec lui.

Elle se leva maladroitement, s'écarta de la table.

— Je... je viens de me rendre compte que je suis très fatiguée... Je n'ai peut-être pas bien supporté le vin, finalement. Je vais retourner dans ma chambre. Vous pouvez encore rejoindre les autres invités, afin que votre soirée ne soit pas complètement perdue. Je vous remercie pour le dîner, et pour la musique, et...

— Annabelle...

D'un mouvement souple, Hunt vint se placer devant elle et posa les mains sur la taille. Il la considéra avec un froncement de sourcils interrogateur.

— Vous n'avez pas peur de moi, n'est-ce pas ? murmura-t-il.

Elle secoua la tête.

— Alors, pourquoi cette hâte soudaine à partir ?

Elle aurait pu répondre de mille manières, mais, en cet instant, toute subtilité, tout esprit ou agilité verbale semblait l'avoir désertée. Aussi est-ce avec la délicatesse d'un coup de maillet qu'elle déclara :

— Je ne... veux pas cela.

— Cela ?

— Je ne vais pas devenir votre maîtresse.

Elle hésita puis, dans un chuchotement :

— Je peux faire mieux.

Hunt parut soupeser cette déclaration brutale avec grand soin.

— Vous voulez dire que vous pouvez trouver quelqu'un à épouser, finit-il par demander. Ou avez-vous l'intention de devenir la maîtresse d'un aristocrate ?

— Quelle importance ? souffla Annabelle en se dégageant de son étreinte. Vous n'êtes concerné ni par l'un ni par l'autre.

Bien qu'elle se refusât à le regarder, elle sentait son regard sur elle, et elle frissonna comme l'onde de chaleur qui l'avait submergée refluait.

— Je vais vous raccompagner jusqu'à votre chambre, dit Hunt d'une voix dépourvue d'émotion, avant de s'effacer pour lui laisser franchir la porte.

16

Lorsque Annabelle rejoignit les invités, le lendemain matin, elle découvrit avec étonnement que sa rencontre avec la vipère lui avait attiré la sympathie de tous, y compris de lord Kendall. Avec beaucoup de délicatesse et de prévenance, il s'assit près d'elle pour un petit déjeuner tardif sur la terrasse. Devant le buffet disposé sur une grande table, il insista pour tenir son assiette pendant qu'elle choisissait différents mets, et veilla ensuite à ce qu'un valet remplisse son verre d'eau dès qu'il était vide. Il se montra également empressé auprès de lady Constance Darrowby, lorsque celle-ci se joignit à eux.

Se souvenant des commentaires de ses amies, Annabelle évalua son adversaire. Kendall semblait plus qu'intéressé par cette jeune fille calme et distante. Elle était effectivement d'une minceur élégante, comme le voulait la mode depuis peu. Et Daisy avait raison : lady Constance avait la bouche en cul-de-poule, constamment resserrée autour des petits « oh » qui accueillaient chaque information horticole que lui confiait Kendall.

— Cela a dû être horrible, dit-elle à Annabelle en entendant l'histoire de la vipère. C'est un miracle que vous ayez survécu.

Son expression était certes angélique, mais la lueur froide dans ses yeux d'un bleu très pâle contredisait ses paroles. Annabelle était pour sa part certaine qu'elle n'en aurait pas été désolée le moins du monde.

— Je vais bien mieux, maintenant, assura-t-elle avant de se tourner vers Kendall pour lui sourire. Et je suis plus que prête pour une autre sortie dans les bois.

— Je me ménagerais si j'étais à votre place, mademoiselle Peyton, conseilla lady Constance, l'air soucieux. Vous ne semblez pas encore tout à fait remise. Mais je suis sûre que ce teint de papier mâché ne sera plus qu'un mauvais souvenir dans quelques jours.

Refusant de montrer à quel point elle était ulcérée, Annabelle continua de sourire… non sans être fortement tentée de faire une observation sur le bouton que lady Constance avait au front.

— Si vous voulez bien m'excuser, murmura cette dernière en se levant, je vais aller chercher quelques fraises. Je reviens tout de suite.

— Prenez votre temps, lança Annabelle avec suavité. Nous remarquerons à peine votre absence.

Annabelle et Kendall regardèrent lady Constance s'avancer vers le buffet, où le hasard avait fait que M. Benjamin Muxlow remplissait également son assiette. Poliment, il s'écarta du saladier de fraises et tint l'assiette de lady Constance pendant que celle-ci se servait. Rien dans leur expression ne trahissait autre chose qu'une relation amicale… mais, se rappelant l'anecdote que Daisy lui avait racontée deux jours auparavant, Annabelle vit soudain le moyen d'éliminer lady Constance en tant que prétendante.

Avant de se donner le temps de réfléchir aux conséquences, aux implications morales ou à toute autre notion gênante, elle se pencha vers lord Kendall.

— Ils sont assez habiles à dissimuler ce qui se passe entre eux, n'est-ce pas ? murmura-t-elle en glissant un regard entendu en direction de lady Constance et de Muxlow. Évidemment, mieux vaut pour eux que personne ne sache…

Elle s'interrompit en voyant l'expression interloquée de lord Kendall et fit mine d'être embarrassée.

— Oh, je suis désolée ! Je pensais que vous aviez entendu…

Lord Kendall fronça soudain les sourcils.

— Entendu quoi ? demanda-t-il en jetant un regard méfiant au couple.

— Eh bien, je ne suis pas du genre à répandre des commérages… mais j'ai appris d'une source digne de confiance que le jour du pique-nique au bord de la rivière… lady Constance et M. Muxlow ont été surpris dans une situation *terriblement* compromettante. Tous deux étaient derrière un arbre et…

Annabelle s'interrompit de nouveau, jouant le désarroi.

— J'aurais dû me taire. Et il est fort possible qu'il y ait eu un malentendu. On ne sait jamais, n'est-ce pas ?

Après avoir porté sa tasse de thé à ses lèvres, elle risqua un regard furtif du côté de lord Kendall. Elle n'eut pas de mal à déchiffrer son expression. De toute évidence, il ne voulait pas croire que lady Constance ait pu être surprise dans une situation délicate. Cette seule pensée suffisait à le consterner. Toutefois, en vrai gentleman, il se refuserait à mener une enquête, et n'oserait jamais demander à lady Constance si elle avait été bel et bien compromise par Muxlow. Il se contenterait de garder le silence sur l'affaire en essayant de faire taire ses propres soupçons… et les questions restées sans réponses sécréteraient leur venin.

— Tu… tu n'aurais pas dû, murmura Evangeline, un peu plus tard dans l'après-midi, après qu'Annabelle eut avoué son forfait.

Les quatre amies étaient réunies dans la chambre d'Evangeline, qui avait le visage couvert d'une épaisse couche de crème censée la débarrasser de ses taches de rousseur. Fixant un regard réprobateur sur Annabelle, elle voulut continuer, mais en fut incapable.

— C'était une stratégie brillante, déclara Lillian en saisissant une lime à ongles sur la coiffeuse devant laquelle elle était assise.

Il était difficile de dire si elle approuvait vraiment la conduite d'Annabelle, mais il ne faisait aucun doute qu'elle lui resterait loyale jusqu'au bout.

— Annabelle n'a pas menti au sens propre, poursuivit-elle. Elle s'est contentée de colporter une rumeur, en précisant bien que ce n'était que cela : une rumeur. Ce que Kendall choisit d'en faire ne relève que de lui.

— Mais Annabelle ne lui a pas dit qu'elle *savait* que cette… cette rumeur était inf-infondée.

— Il n'empêche qu'elle n'a pas menti, s'entêta Lillian en s'appliquant à limer son ongle en un ovale parfait.

Tracassée par sa conscience, Annabelle se tourna vers Daisy et lui demanda, sur la défensive :

— Et toi, qu'en penses-tu ?

La cadette des sœurs Bowman, qui n'avait cessé de lancer la balle de Rounders d'une main dans l'autre, lui adressa un regard pénétrant.

— Je pense que, quelquefois, ne pas fournir à quelqu'un toutes les informations dont on dispose équivaut pratiquement à mentir. Tu t'aventures sur une pente glissante, ma chérie. Fais attention.

L'air agacé, Lillian rétorqua :

— Oh, arrête de parler comme une diseuse de bonne aventure, Daisy ! Une fois qu'Annabelle aura obtenu ce qu'elle veut, peu importera la manière dont elle s'y sera prise. Seul compte le résultat. Quant à toi, Evangeline, inutile de couper les cheveux en quatre au nom de la morale. Tu as accepté de nous aider à piéger lord Kendall… En quoi est-ce pire de répandre une rumeur infondée ?

— Nous avons p-promis de ne blesser personne, répliqua Evangeline avec dignité, tout en se passant une serviette sur le visage pour enlever la crème.

— Lady Constance n'a pas été blessée, insista Lillian. Elle n'est pas amoureuse de lui. Il est évident qu'elle ne veut Kendall que parce que c'est la fin de la saison, que les célibataires se font rares et qu'elle n'est toujours pas mariée. Bon sang, Evangeline, il faut que tu t'endurcisses ! Est-ce que la situation de lady Constance est pire que la nôtre ? Regarde-nous… Quatre laissées-pour-compte qui n'ont pour toute récompense de leurs efforts que des taches de rousseur, une morsure de vipère et l'humiliation d'avoir montré leurs culottes à lord Westcliff.

Annabelle, qui était assise au bord du lit à baldaquin, se laissa aller sur le dos. Taraudée par la culpabilité, elle fixa les yeux sur l'étoffe au-dessus d'elle. Oh, si seulement elle ressemblait davantage à Lillian, pour qui la fin justifiait les moyens ! À l'avenir, se promit-elle, elle ne se conduirait plus que de manière honorable.

Cela dit, comme Lillian l'avait souligné, lord Kendall avait le choix de croire ou non à la rumeur. C'était un adulte, et ses décisions lui appartenaient. Annabelle n'avait fait que semer des graines. À Kendall de les arroser ou pas…

Ce soir-là, Annabelle revêtit une robe d'un rose très pâle dont la jupe était constituée d'une multitude de couches de gaze de soie arachnéennes. La taille en était marquée par une large ceinture, de soie également, ornée d'une rose blanche. Quand elle se déplaçait, un léger bruissement l'accompagnait, et elle fit bouffer le dessus de la jupe avec l'impression d'être une princesse.

Trop impatiente pour attendre sa mère, qui mettait des heures à se préparer, elle quitta sa chambre dans l'espoir de croiser ses amies. Avec un peu de chance, elle pourrait peut-être même rencontrer lord Kendall et trouver un prétexte pour s'entretenir avec lui quelques instants.

Boitant légèrement, Annabelle emprunta le couloir qui menait au grand escalier. Sur une impulsion, elle s'arrêta devant le salon des Marsden, dont la porte était entrouverte, puis s'aventura à l'intérieur. La pièce n'était pas éclairée, mais la lumière du couloir lui permit de distinguer la table de jeu, dans un coin. Irrésistiblement attirée par l'échiquier, elle constata avec plaisir que sa partie avec Simon Hunt avait été reconstituée. Pourquoi avait-il pris le temps d'arranger les pièces comme si la partie était toujours en cours ? S'attendait-il qu'elle joue ?

« Ne touche à rien ! » s'intima-t-elle. Mais la tentation était trop forte. Le front plissé, elle considéra la situation d'un œil neuf. Le cavalier de Hunt était parfaitement placé pour prendre sa reine, ce qui signifiait qu'il lui fallait déplacer la pièce ou la défendre. Brusquement, elle vit quelle était la meilleure façon de protéger sa reine menacée : elle avança une tour voisine pour prendre le cavalier de Hunt, et l'éliminer du même coup. Avec un sourire de satisfaction, elle posa la pièce sur le côté et quitta le salon.

Après avoir descendu le grand escalier, elle traversa le hall d'entrée et emprunta un autre couloir qui conduisait dans une succession de salons. Le tapis qu'elle foulait étouffait tous les sons. Tout à coup, un frisson courut le long de son dos. Quelqu'un la suivait ! Glissant un regard par-dessus son épaule, elle aperçut lord Hodgeham, qui se déplaçait avec une célérité surprenante pour un homme de sa corpulence. De ses gros doigts, il attrapa la ceinture de sa robe, ce qui obligea Annabelle à s'arrêter de crainte qu'elle ne se déchire.

Qu'il l'accoste de cette manière dans un endroit où n'importe qui pouvait les surprendre en disait long sur son arrogance. Outrée, Annabelle pivota, et se trouva face au spectacle de son torse trapu engoncé dans un habit de soirée trop étroit, tandis que l'odeur d'eau de Cologne de ses cheveux huileux lui assaillait les narines.

— Adorable créature, murmura Hodgeham, dont l'haleine empestait le cognac. On est de nouveau sur pied, à ce que je vois. Nous devrions peut-être reprendre la petite conversation que nous avions hier, avant que je ne sois si agréablement détourné par votre mère.

— Espèce de... commença Annabelle, en rage.

Mais il l'interrompit en plaçant les doigts de chaque côté de sa bouche et en serrant avec brutalité.

— Je dirai tout à Kendall, menaça-t-il. Et avec suffisamment d'embellissements pour m'assurer qu'il vous regardera, vous et votre famille, avec un dégoût insurmontable.

De son corps râblé, il la pressait contre le mur, l'étouffant presque.

— À moins, enchaîna-t-il, que vous ne décidiez de me complaire de la même manière que votre mère...

— Eh bien, allez voir Kendall, riposta Annabelle d'une voix vibrante de haine. Dites-lui tout et qu'on en finisse. Je préférerais mourir de faim dans un caniveau plutôt que de « complaire » à un porc aussi répugnant que vous.

Hodgeham la fixa avec une incrédulité rageuse.

— Vous le regretterez, articula-t-il, les lèvres humides de postillons.

— Je ne le crois pas, rétorqua-t-elle avec un sourire méprisant.

Avant que Hodgeham ne la libère, Annabelle surprit un mouvement à la périphérie de sa vision. Tournant la tête, elle vit que quelqu'un approchait – un homme dont la foulée souple évoquait celle d'une panthère à l'affût. Il devait penser qu'il venait de les surprendre, Hodgeham et elle, en pleine étreinte amoureuse.

— Lâchez-moi, siffla-t-elle avant de le repousser violemment.

Il recula, lui décocha un regard mauvais, puis s'éloigna dans la direction opposée à celle de l'homme qui arrivait.

Ébranlée, Annabelle scruta le visage de Simon Hunt comme il la saisissait par les épaules. Le regard dont il suivit Hodgeham tandis que celui-ci battait en retraite était si dur, si impitoyable, que son sang se figea dans ses veines. Puis il reporta son attention sur elle avec une expression qui lui coupa le souffle. Jusqu'à présent, jamais elle n'avait vu Simon Hunt autrement que nonchalant. Elle avait eu beau l'insulter, le blesser ou l'éconduire, il avait toujours réagi avec la même assurance railleuse. Mais visiblement, pour la première fois, elle avait fini par provoquer sa fureur. Il paraissait prêt à l'étrangler.

— Vous me suiviez ? demanda-t-elle en se forçant au calme, étonnée qu'il soit apparu à ce moment précis.

— Je vous ai vue traverser le hall d'entrée. Hodgeham était derrière vous. Je vous ai emboîté le pas parce que je voulais découvrir ce qui se passait entre vous deux.

— Et vous avez trouvé ? lança-t-elle d'un ton de défi.

— Je ne sais pas, répondit-il d'une voix dangereusement douce. Dites-moi, Annabelle… quand vous disiez que vous pouviez faire mieux, était-ce cela que vous aviez à l'esprit ? Vous donner en secret à ce gros lard, en échange d'une récompense pitoyable ? Je n'aurais jamais cru que vous puissiez être aussi sotte.

— Espèce d'hypocrite ! chuchota-t-elle avec fureur. Vous êtes en colère contre moi parce que je suis sa maîtresse et non la vôtre… Eh bien, à *vous* de me dire quelque chose : pourquoi vous soucier de savoir à qui je vends mon corps ?

— Parce que ce n'est pas lui que vous voulez, riposta Hunt. Ni Kendall. C'est moi.

Annabelle ne comprenait rien aux émotions qui l'agitaient, ni pourquoi cette confrontation commençait à susciter en elle une étrange et terrifiante allégresse. Elle avait envie de le frapper, de se jeter sur lui, de le provoquer jusqu'à faire voler en éclats ce qui lui restait de maîtrise de soi.

— Laissez-moi deviner… Vous êtes prêt à m'offrir une version plus rentable de l'arrangement que je suis supposée avoir avec Hodgeham ?

Elle laissa échapper un rire empreint de mépris en lisant la réponse sur son visage.

— Non, bien sûr ! Alors, une fois pour toutes, laissez-moi tranquil…

Elle s'interrompit car des voix se rapprochaient. Exaspérée, au comble du désespoir, elle fit volte-face, cherchant une porte par laquelle se glisser pour éviter d'être surprise seule avec Hunt. Lui agrippant le bras, ce dernier l'entraîna à l'intérieur de la pièce la plus proche et referma promptement la porte.

Elle distingua la forme d'un piano entouré d'une forêt de pupitres. Comme elle se dégageait d'un geste brusque, il retint un pupitre qui avait failli se renverser, fauché par ses amples jupes.

— Si vous supportez d'être la maîtresse de Hodgeham, maugréa-t-il en la suivant vers le centre du salon de musique, Dieu sait que vous pouvez supporter d'être la mienne. Vous pourriez répliquer que vous n'êtes pas attirée par moi, mais nous savons tous deux que ce serait un mensonge. Donnez-moi votre prix, Annabelle. Dites n'importe quelle somme. Voulez-vous une maison ? Un bateau ? Vous les aurez. Finissons-en… je vous ai assez attendue.

— Que c'est romantique ! commenta Annabelle avec un rire mal assuré. Mon Dieu. Votre proposition manque quelque peu de subtilité, monsieur Hunt. Et vous vous trompez en supposant que je n'ai d'autre choix que de devenir la maîtresse de quelqu'un. Je peux me faire épouser par lord Kendall.

— Et vous vivriez un enfer. Il ne vous aimera jamais. Il ne vous connaîtra même jamais.

— Je ne veux pas d'amour, rétorqua-t-elle, frappée par ces paroles. Je veux juste…

Une douleur soudaine dans la poitrine, comme une boule de glace insupportable, l'empêcha de continuer. Les yeux fixés sur son visage insondable, elle essaya de nouveau.

— Je veux juste…

Un bruit se fit entendre du côté de la porte, dont la poignée commença à tourner. Interloquée, Annabelle se rendit compte que quelqu'un s'apprêtait à entrer dans la pièce… Sans réfléchir, elle attrapa Hunt par le bras et le tira vers la fenêtre qui formait comme une alcôve encadrée de lourdes tentures suspendues à une tringle de cuivre. Un banc capitonné, sur lequel traînaient quelques livres, était disposé dans l'embrasure. Après avoir refermé les rideaux à la volée, Annabelle se jeta sur Hunt et lui plaqua la main sur la bouche au moment où quelqu'un – plusieurs personnes, en vérité – entrait dans le salon de musique. Elle entendait le son assourdi de voix masculines, ainsi que des chocs sourds et des claquements divers qu'elle n'identifia que lorsqu'on pinça les cordes d'un violon.

Seigneur ! Les musiciens étaient venus ici pour accorder leurs instruments avant le début du bal. Selon toute vraisemblance, elle était sur le point d'être déshonorée devant un orchestre au complet.

La lumière qui passait par-dessus le haut des tentures était suffisante pour qu'Annabelle distingue la lueur diabolique qui s'était allumée dans les yeux de Simon Hunt. Un mot ou un bruit quelconque de sa part, et elle était perdue. Elle accentua la pression de sa main sur sa bouche tout en lui décochant un regard assassin.

Les voix des musiciens se mêlaient au bruit des instruments qu'ils accordaient. Annabelle fixa les rideaux, les sommant silencieusement de rester fermés. Elle sentit le souffle de Hunt effleurer le haut de sa main et se rendit compte que sa mâchoire s'était durcie. Quand elle reporta les yeux sur lui, l'étincelle amusée avait disparu de son regard, remplacée par une expression autrement plus inquiétante. Elle se figea, le cœur battant si violemment que c'en était presque douloureux, et ses yeux s'agrandirent quand, lentement, il leva la main. Un par un, en commençant par l'auriculaire, il détacha les doigts qu'elle tenait toujours pressés contre sa bouche. Elle secoua brièvement la tête et tenta de s'écarter, mais il referma le bras autour de sa taille. Elle était prise au piège… totalement incapable d'empêcher Simon Hunt de faire ce qu'il voulait.

Il glissa alors la main sur sa nuque, et les doigts d'Annabelle effleurèrent les manches de sa veste tandis que son corps s'arquait légèrement. Il ne lui faisait pas mal, non, mais il rendait tout mouvement impossible. Quand il inclina la tête, elle entrouvrit les lèvres avec un halètement étouffé, et l'obscurité se fit dans son esprit.

La bouche de Hunt était sur la sienne, à la fois douce et ferme tandis qu'il sollicitait une réaction de sa part. Une fièvre immédiate s'empara d'Annabelle, se déversa, brûlante, dans tout son corps, et elle se retrouva impuissante contre l'assaut d'un désir comme elle n'en avait encore jamais éprouvé. Le souvenir de leur unique baiser n'était rien comparé à cela… peut-être parce qu'il n'était plus un inconnu. Elle le voulait avec un désespoir qui l'effrayait.

Ses lèvres effleurèrent les siennes d'une caresse, s'aventurèrent sur son menton, sa joue, laissant une douce chaleur dans son sillage, puis revinrent à sa bouche avec une insistance plus explicite. Elle sentit la pointe de sa langue contre la sienne, et ce contact soyeux fut si inattendu qu'elle aurait reculé s'il ne l'avait tenue aussi étroitement enlacée.

L'élégante cacophonie des musiciens qui lui résonnait aux oreilles lui rappela le risque qu'elle encourait. Bien que tremblante, elle s'obligea à se détendre entre les bras de Hunt. Durant les minutes à venir, elle le laisserait faire ce qu'il voulait d'elle, absolument tout ce qu'il voulait, dès lors qu'il ne trahissait pas leur présence. Hunt goûtait de nouveau sa bouche, qu'il fouillait à petits coups de langue subtils. Annabelle était choquée par cette exploration intime, et encore plus par les sensations indicibles qu'elle faisait naître dans les endroits les plus vulnérables de son corps. Une faiblesse délicieuse s'empara d'elle et, toute vacillante, elle glissa les mains sur sa nuque, enfouit les doigts dans les mèches épaisses et soyeuses. Le souffle de Simon se fit irrégulier, comme si cette caresse timide le troublait intensément. La main sur sa joue, il s'écarta juste assez pour lui mordiller la lèvre supérieure, puis l'inférieure, jusqu'à ce qu'elle accentue sa pression sur sa nuque pour l'obliger à s'emparer de nouveau de sa bouche. Son baiser profond faillit lui arracher un gémissement et, s'écartant de ses lèvres, elle pressa le visage contre son épaule pour l'étouffer.

Elle sentait son torse se soulever et s'abaisser rapidement et son souffle chaud sur ses cheveux. Agrippant la masse de boucles rassemblées en chignon, il lui tira doucement la tête en arrière pour exposer sa gorge. Ses lèvres se posèrent, brûlantes, sur le minuscule creux sous son oreille droite, des nerfs exquisément sensibles s'éveillèrent sous sa caresse. Sa langue s'attarda sur une petite veine qui palpitait au creux de son cou jusqu'à ce qu'elle sente un autre gémissement monter à ses lèvres humides de baisers.

Elle le repoussa frénétiquement et réussit à se détourner pendant trois secondes, après quoi il chercha de nouveau sa bouche avec voracité. De la paume, il effleura la soie qui couvrait sa poitrine, une fois, deux fois, trois fois. Et quand la pointe de ses seins se tendit, il les caressa tendrement du dos des doigts jusqu'à ce qu'ils durcissent davantage encore.

La tête renversée en arrière sous l'ardeur de ses baisers, Annabelle se soumettait sans protester à la douce invasion de sa langue, aux caresses expertes de ses mains. Les sens en déroute, le corps consumé par une chaleur d'une sensualité inouïe, Annabelle oublia tout : le temps, le lieu, elle-même... tout ce qui n'était pas cette étreinte fébrile et silencieuse. Une seule pensée subsistait : elle le voulait plus près, plus profond, plus étroitement... sa peau, sa chair dure, sa bouche qui dessinait des sentiers brûlants sur son corps. Elle tira sur sa chemise jusqu'à la sortir de son pantalon, empoignant à pleines mains le linge amidonné dans sa hâte à atteindre la peau chaude qu'il recouvrait.

Simon parut deviner qu'elle n'avait pas l'expérience d'un désir parvenu à ce point de combustion, qu'elle ne savait pas le contrôler ; ses baisers se firent apaisants, et ses mains sur son dos relâchèrent leur pression. Toutefois, plus il essayait de soulager son besoin impérieux, plus il s'exacerbait, sa bouche se mouvant follement sous la sienne, son corps ondulant à un rythme fébrile.

Il finit par refermer les bras autour d'elle, la bouche pressée au creux de son cou. Annabelle lui fut absurdement reconnaissante de cette étreinte brutale qui l'aidait à contenir les tremblements incoercibles de son corps. Ils demeurèrent ainsi pendant ce qui parut une éternité, jusqu'à ce qu'Annabelle s'aperçoive que la pièce était silencieuse. À un moment quelconque au cours des dernières minutes, les musiciens, leurs préparatifs achevés, s'étaient éclipsés. Relevant la tête, Hunt écarta légèrement l'un des rideaux. Ayant constaté que le salon de musique était de nouveau vide, il reporta son attention sur Annabelle et repoussa du pouce une mèche sur son oreille.

— Ils sont partis, chuchota-t-il d'une voix rauque.

Trop abasourdie pour aligner deux pensées cohérentes, Annabelle le fixa sans rien dire. Du bout des doigts, il suivit le dessin de ses lèvres gonflées. Avec un sentiment proche du désespoir, elle sentit la réponse immédiate de son corps frustré, la vigueur renouvelée de son pouls, la vague de plaisir déferlant sur sa peau.

Le moment était venu de se séparer, sans quoi on n'allait pas tarder à remarquer son absence.

À sa grande honte, elle resta immobile, absorbant de tout son corps affamé les sensations que les caresses de Hunt y faisaient naître. Sa main glissa vers son dos, et alors même qu'il se penchait pour l'embrasser de nouveau, elle sentit le travail agile de ses doigts. Cette fois, elle ne put retenir ni les petits sanglots de plaisir qui lui gonflaient la gorge, ni le gémissement de soulagement quand le corsage moulant de sa robe devint soudain lâche. La coupe de son décolleté ayant rendu impossible le port d'un corset haut, sa poitrine était libre sous sa camisole.

Sans cesser de l'embrasser, Hunt l'attira vers le banc et l'assit sur ses genoux. Un léger grognement lui échappa quand, repoussant son corsage, il découvrit la plénitude de ses seins. Soudain effrayée de ce qu'elle lui accordait, Annabelle lui repoussa faiblement le poignet. La soulevant légèrement, il pressa la bouche sur sa poitrine, là où son cœur battait à grands coups désordonnés, puis referma les lèvres autour d'une des pointes érigées de ses seins. Du miel en fusion coulait dans ses veines et elle cessa de résister. Avec un murmure incohérent, elle noua les bras autour du cou de Simon et retint un cri lorsqu'il saisit l'autre sein dans sa bouche et en taquina tendrement la pointe du bout de la langue.

L'exigence nouvelle qui montait du plus profond de son corps lui arracha une plainte frémissante tandis qu'elle se tendait vers lui. Hunt était tourmenté par le même irrésistible besoin – elle sentait la violence des battements de son cœur, percevait son souffle laborieux. Mais il semblait plus capable qu'elle de brider sa passion, car les mouvements de ses mains et de sa bouche demeuraient mesurés et prudents. Elle tenta d'écarter l'amas de soie de sa robe – il y avait trop de vêtements entre eux, et l'envie de sentir sa peau nue contre la sienne allait la rendre folle.

— Du calme, mon cœur, chuchota-t-il. Détends-toi. Non, reste tranquille entre mes bras…

Mais elle ne parvenait pas à se faire obéir de son corps, à empêcher ses hanches d'osciller en rythme, à retenir les supplications frémissantes qui s'échappaient de ses lèvres meurtries de baisers.

Sans cesser de murmurer des paroles lénifiantes, Hunt rajusta son corsage, la soulevant doucement, comme on le ferait d'une poupée, pour rattacher sa robe dans son dos. À un moment, il laissa échapper un petit rire tremblant, comme déconcerté par ses propres gestes. Plus tard, elle se rappellerait qu'il semblait aussi hagard qu'elle ; mais, pour l'instant, elle était incapable de démêler l'enchevêtrement de ses pensées. Et tandis que le désir refluait, il laissait derrière lui un sentiment de honte écœurant.

Quand elle fut descendue de ses genoux, Annabelle recula, les jambes flageolantes.

— Plus jamais, articula-t-elle d'une voix enrouée sans le regarder.

Puis, se glissant entre les tentures, elle quitta la pièce aussi vite qu'elle le put.

17

Après la fuite d'Annabelle, Simon s'attarda dans le salon de musique une bonne demi-heure, luttant pour dominer la passion qui le dévorait. Il rectifia sa tenue et se passa la main dans les cheveux tout en s'interrogeant, maussade, sur l'attitude à adopter.

— Annabelle, marmonna-t-il, plus désorienté et troublé qu'il ne l'avait jamais été dans toute son existence.

Le fait d'être dans cet état à cause d'une femme l'exaspérait. Lui qui était connu pour être un négociateur solide et rusé avait fait à Annabelle la proposition la plus maladroite qu'on puisse imaginer, et il avait été proprement rejeté. Non sans raison. Il n'aurait pas dû essayer de la forcer à donner un prix, alors qu'elle n'avait même pas admis qu'elle le désirait. Mais à l'idée qu'elle puisse coucher avec Hodgeham – *Hodgeham,* entre tous les hommes ! –, il avait été saisi d'une jalousie féroce, qui avait annihilé toutes ses facultés.

Quand il repensait à ce qu'il avait éprouvé en l'embrassant, en caressant enfin sa peau soyeuse, il sentait la passion prête à déferler de nouveau. Son expérience aidant, il croyait sincèrement connaître toutes la gamme des sensations physiques imaginables. Mais il venait de découvrir, contraint et forcé, que coucher avec Annabelle serait totalement différent. Cette expérience-là ne se contenterait pas d'être charnelle, les émotions seraient aussi de la partie... Des émotions si inquiétantes qu'il ne pouvait se résoudre à les analyser.

L'attirance entre eux avait atteint un degré où elle devenait dangereuse – tant pour lui que pour elle. Il avait bien conscience qu'il lui fallait prendre de la hauteur pour évaluer la situation. Pour le moment, cependant, il n'était pas en état.

Il quitta le salon de musique en étouffant un juron. La tension qui lui raidissait les membres raccourcissait désagréablement ses enjambées tandis qu'il se dirigeait vers la salle de bal ; et la perspective d'une autre soirée mondaine ajoutait à son accablement. Il n'avait jamais vraiment apprécié les invitations prolongées, n'étant pas homme à passer des heures à discuter de tout et de rien ou à s'adonner à des passe-temps futiles. Il aurait quitté Stony Cross depuis longtemps si Annabelle n'avait pas été là.

D'humeur morose, il pénétra dans la salle de bal qu'il balaya du regard. Il aperçut immédiatement Annabelle, assise à l'écart en compagnie de lord Kendall. Ce dernier était visiblement entiché d'elle. Abattue, le visage congestionné, Annabelle paraissait avoir des difficultés à croiser son regard admiratif. Elle parlait à peine, et ses mains étaient étroitement nouées sur ses genoux. Que l'attirance de Kendall ait pris racine au moment où Annabelle se sentait si peu sûre d'elle ne manquait pas d'ironie. Si elle réussissait à lui passer la corde au cou, le pauvre garçon aurait la mauvaise surprise de découvrir que son épouse n'était pas la timide ingénue qu'il croyait. C'était une femme de caractère et de passion, une créature résolument ambitieuse qui avait besoin d'un partenaire de force équivalente. Jamais Kendall ne réussirait à la contrôler. Il était trop gentleman pour elle, trop doux et modéré, et d'une intelligence qui ne s'accordait pas avec la sienne. Annabelle ne le respecterait jamais et n'apprécierait pas ses vertus. Elle en viendrait à le mépriser pour les traits mêmes qu'elle aurait dû admirer… Quant à Kendall, il détesterait chez Annabelle ce dont Simon se serait délecté.

S'arrachant à la contemplation du couple, Simon gagna l'autre côté de la pièce, où Westcliff discutait avec quelques amis.

— Tu t'amuses ? lui murmura le comte.

— Pas particulièrement, répondit Simon qui enfonça les mains dans ses poches et jeta autour de lui un regard agacé. Je ne suis que trop resté dans le Hampshire… Je dois retourner à Londres, pour aller vérifier ce qui se passe à la fonderie.

— Et Mlle Peyton ?

Simon réfléchit quelques instants.

— Je crois, commença-t-il lentement, que je vais attendre de voir ce que donne son histoire avec Kendall.

Il regarda Westcliff, haussa un sourcil interrogateur.

Le comte hocha brièvement la tête.

— Quand pars-tu ?

— Tôt demain matin, répondit Simon, qui ne put réprimer un soupir.

Westcliff eut un sourire flegmatique.

— La situation va se démêler d'elle-même, se contenta-t-il de dire. Va à Londres et reviens quand tu y verras plus clair.

Annabelle semblait incapable de se débarrasser de la mélancolie qui l'enveloppait tel un manteau de glace. Elle avait passé une mauvaise nuit, et n'avait quasiment rien mangé lors du somptueux petit déjeuner servi au rez-de-chaussée. Attribuant son abattement et son manque d'appétit à sa récente maladie, lord Kendall l'avait accablée de prévenances, au point qu'elle avait failli le repousser avec irritation. De même, elle avait trouvé exaspérante la gentillesse de ses amies et, pour la première fois, n'avait pris aucun plaisir à leur joyeux badinage. Comme elle cherchait à quel moment son humeur était devenue aussi maussade, elle se rendit compte que c'était lorsque lady Olivia lui avait appris le départ de Simon Hunt.

— M. Hunt a regagné Londres pour affaires, avait-elle dit d'un ton désinvolte. Il ne reste jamais très longtemps à ces réceptions – il est même étonnant qu'il ne soit pas parti plus tôt.

Quand quelqu'un lui avait demandé la raison d'un départ aussi précipité, lady Olivia avait secoué la tête en souriant.

— Oh, il va et vient à sa guise, un peu comme un matou. Ses départs sont toujours abrupts, car il déteste les adieux, quels qu'ils soient.

Il était parti sans dire un mot à Annabelle, qui se sentait abandonnée et anxieuse. Les souvenirs de la nuit précédente – oh, cette abominable soirée ! – la hantaient. Après l'intermède dans le salon de musique, elle avait été désorientée, et si obsédée par Hunt qu'elle n'arrivait pas à être dans l'instant présent. Elle avait gardé les yeux baissés de crainte de l'apercevoir et avait prié en silence pour qu'il ne s'approche pas d'elle. Dieu merci, il avait gardé ses distances. Lord Kendall, en revanche, s'était installé à côté d'elle sans hésiter et n'avait cessé, durant toute la soirée, de lui parler de sujets auxquels elle ne comprenait rien ou dont elle se moquait éperdument. Elle l'avait encouragé par des murmures inoffensifs et des sourires contraints, songeant amèrement qu'elle aurait dû être transportée d'avoir enfin éveillé son intérêt. Au lieu de quoi, elle n'avait souhaité qu'une chose : qu'il s'en aille.

Son attitude réservée au petit déjeuner eut pour résultat de décupler son empressement auprès d'elle. Supposant qu'elle jouait la comédie, Lillian Bowman lui avait discrètement chuchoté à l'oreille :

— Beau travail, Annabelle. Il te mange dans la main.

Après avoir prétexté, pour quitter la table, qu'elle devait se reposer un peu, elle se promena sans but dans la maison. Passant devant le salon bleu, elle ne put résister à l'envie d'y entrer. L'échiquier n'avait pas bougé. Il était tel qu'elle l'avait laissé... hormis un léger changement. Simon Hunt avait placé une pièce en défense, ce qui obligeait Annabelle soit à consolider sa propre défense, soit à attaquer sa reine. De la part de Simon Hunt, elle se serait attendue à un coup plus ambitieux, ou plus ambigu. Les yeux fixés sur le jeu, elle essaya de comprendre sa stratégie. Était-elle le fruit de l'indécision ou de la négligence ? Ou y avait-il quelque intention cachée qui lui échappait ?

Annabelle tendit la main vers l'une des pièces, hésita, puis se ravisa. Il ne s'agissait que d'un jeu, se rappela-t-elle. Elle attribuait bien trop d'importance à chaque coup, comme si l'enjeu était capital. Il n'empêche qu'elle réfléchit longuement avant d'avancer sa reine, de se saisir de la pièce et, avec un frisson de satisfaction, de la poser avec soin sur la table.

Comme les jours s'égrenaient, Annabelle découvrit que cette pause devant l'échiquier était son unique moment de plaisir. Elle ne s'était jamais sentie ainsi... ni heureuse, ni triste, ni même taraudée par l'inquiétude de l'avenir. Elle était juste engourdie, ses sens et ses émotions si émoussés qu'elle commençait à se demander si elle reprendrait un jour goût à quelque chose. Cette impression de détachement était si complète qu'elle avait parfois l'impression de se tenir à l'extérieur d'elle-même, et de contempler une poupée mécanique exécutant avec raideur les gestes du quotidien.

Lord Kendall se fit de plus en plus empressé. Annabelle et lui dansèrent ensemble lors d'un bal, s'assirent côte à côte pendant un concert, et se promenèrent dans le jardin, suivis à distance convenable par Philippa. Kendall était agréable, respectueux et doté d'un charme tranquille. Il était si tolérant, en vérité, qu'Annabelle finit par se dire que lorsque le piège se refermerait sur lui, il pourrait bien ne pas être si indigné à l'idée d'être contraint d'épouser une jeune fille compromise par inadvertance. Étant philosophe, il trouverait sans doute un moyen d'accepter la situation.

Quant à Hodgeham, Philippa se débrouillait manifestement pour le tenir à l'écart de sa fille. Elle avait aussi réussi à le convaincre de ne pas mettre à exécution sa menace de les trahir auprès de lord Kendall. De quelle manière ? Elle refusait d'en discuter. Mais quand Annabelle, inquiète que ce tourment constant n'ait des effets néfastes sur la santé de sa mère, suggéra timidement qu'elles quittent Stony Cross Park, celle-ci ne voulut pas en entendre parler.

— Je m'occupe de Hodgeham, avait-elle déclaré d'un ton ferme. Et toi, tu continues avec lord Kendall. Il est évident pour tout le monde qu'il est épris de toi.

Si seulement elle parvenait à effacer de sa mémoire le souvenir du salon de musique, songeait

Annabelle. Dans ses rêves, elle revoyait l'alcôve avec une netteté confondante et se réveillait en nage, le drap entortillé autour des jambes et la peau en feu. Elle était obsédée par Simon Hunt, son odeur, ses baisers provocants... son corps musclé sous l'élégant habit de soirée.

Malgré la promesse qu'elles s'étaient faite de se raconter mutuellement leurs aventures amoureuses, Annabelle ne pouvait se résoudre à se confier à ses amies. Ce qui s'était passé entre Hunt et elle était trop intime, trop personnel, pour être jeté en pâture à des jeunes filles curieuses qui n'en connaissaient pas plus sur les hommes qu'elle-même. Et quand bien même elle aurait essayé de leur expliquer son expérience, ses amies n'auraient pas compris. Aucun mot ne pouvait décrire une intimité aussi poignante, ni l'intense désarroi qui s'en était ensuivi.

Comment pouvait-elle éprouver cela envers un homme qu'elle avait toujours méprisé ? Deux années durant, elle avait redouté sa présence dans les manifestations mondaines ; elle le considérait comme le plus déplaisant des compagnons. Et maintenant... maintenant...

Dans l'espoir qu'un peu de lecture l'aiderait à chasser ces pensées pénibles, Annabelle chercha un jour refuge dans le salon des Marsden. Elle avait sous le bras un gros volume dont le titre s'étalait en lettres dorées : *Société royale d'horticulture – Résumés et conclusions des rapports rédigés par nos honorables membres durant l'année 1843*. Le livre pesait autant qu'une enclume, et elle se demanda comment on pouvait trouver autant de choses à dire à propos de simples plantes. Après avoir posé le livre sur une petite table, elle s'apprêtait à s'installer sur le canapé quand son regard tomba sur l'échiquier. Elle s'immobilisa. Son imagination lui jouait-elle des tours ou bien...

Les yeux plissés, elle s'approcha de la table et observa le jeu, dont aucune pièce n'avait bougé durant toute la semaine. Oui… quelqu'un avait bel et bien joué. Elle avait utilisé sa reine pour prendre la pièce de Simon, or, sa reine n'était plus sur l'échiquier, mais soigneusement posée à côté.

« Il est revenu », comprit-elle, en proie à une émotion sans nom. Elle était certaine que seul Simon Hunt avait pu déplacer cette pièce. Il était ici, à Stony Cross ! Elle sentit le sang quitter son visage, alors même que ses joues devenaient brûlantes. Se rendant compte que sa réaction était disproportionnée, elle s'adjura au calme. Son retour n'avait aucune importance puisqu'elle ne voulait pas de lui, et qu'elle devait l'éviter à tout prix. Fermant les yeux, elle inspira profondément et s'efforça de discipliner les battements erratiques de son cœur.

Une fois son sang-froid recouvré, elle porta le regard sur l'échiquier pour tenter de comprendre son dernier coup. Comment avait-il pu prendre sa reine ? Quand elle se fut remémoré la disposition des pièces, elle comprit… Il l'avait incitée à avancer sa reine de manière à la lui prendre avec sa tour. Et, une fois la reine éliminée, le roi était menacé et…

Il l'avait mise en échec. Il l'avait trompée avec son humble pièce et elle était en danger. Avec un rire incrédule, Annabelle tourna le dos à la table et se mit à arpenter le salon. Parmi les nombreuses stratégies de défense qui se bousculaient dans son esprit, elle essaya de choisir celle à laquelle il ne s'attendrait pas. Incapable de s'empêcher de sourire, elle revint vers l'échiquier, imaginant déjà la réaction de Hunt devant sa contre-attaque. Toutefois, au moment de se saisir de la pièce, son excitation retomba et elle fixa le jeu, comme pétrifiée. Que faisait-elle ? Continuer le jeu, maintenir ce lien fragile avec lui était inutile. Voire… dangereux. Il n'existait aucun choix possible entre sécurité et désastre.

D'une main tremblante, Annabelle saisit une pièce après l'autre pour les ranger d'un geste méthodique dans leur coffret.

— Je renonce, déclara-t-elle à voix haute, la gorge serrée. Je renonce.

Elle déglutit pour chasser la boule douloureuse qui s'était formée dans sa gorge. Elle n'était pas sotte au point de vouloir quelque chose… quelqu'un… qui n'était absolument pas pour elle. Après avoir refermé le coffret, elle recula, les yeux rivés sur la table. Elle se sentait lasse, mais résolue.

Ce soir, sa relation ambiguë avec lord Kendall trouverait son épilogue. L'invitation à Stony Cross touchait à sa fin et, maintenant que Simon Hunt était de retour, elle ne pouvait courir le risque de tout gâcher à cause de lui.

Carrant les épaules, elle partit à la recherche de Lillian. Elles allaient dresser un plan de bataille. Et la soirée s'achèverait par ses fiançailles avec lord Kendall.

18

— Le truc, c'est de choisir le bon moment, déclara Lillian, dont les yeux bruns brillaient d'excitation.

Aucun officier professionnel n'aurait pu mener une campagne avec plus de détermination que celle dont Lillian Bowman faisait preuve à cet instant. Assises sur la terrasse, un verre de citronnade à la main, les quatre amies donnaient une impression d'indolence, alors qu'en réalité elles mettaient soigneusement au point les détails de la soirée.

— Je proposerai une petite promenade apéritive dans le jardin, continua Lillian. Daisy et Evangeline se porteront volontaires, et nous entraînerons notre mère, tante Florence et tous ceux qui se trouveront là. Si tout se passe bien, le temps que nous atteignions la petite clairière derrière le verger, tu seras surprise *in flagrante delicto* avec lord Kendall.

— C'est quoi, *flagrante delicto* ? s'enquit Daisy. Ça sonne plutôt illégal.

— Je ne sais pas exactement, admit sa sœur. J'ai lu ça dans un roman. Mais je suis certaine que c'est ce qu'il faut pour qu'une fille soit compromise.

Le rire d'Annabelle manqua de conviction. Que n'aurait-elle donné pour ressentir un tout petit peu de l'enthousiasme des Bowman ! Quinze jours auparavant, elle aurait débordé d'allégresse, mais, à présent, elle n'éprouvait aucun plaisir à la perspective d'extorquer *enfin* une proposition de mariage à un aristocrate. Elle avait l'impression d'un devoir désagréable qu'il fallait accomplir, et elle s'efforçait de dissimuler son appréhension pendant que les deux sœurs complotaient avec le talent de conspiratrices chevronnées.

Toutefois, Evangeline – plus observatrice que les deux autres réunies – sembla percevoir le trouble d'Annabelle.

— C'est vrai-vraiment ce que tu veux, Annabelle ? l'interrogea-t-elle à voix basse, l'air soucieux. Tu n'es pas obligée de le faire, tu… tu sais. Nous te trouverons un autre prétendant, si tu ne veux pas de Kendall.

— Nous n'avons pas le temps d'en trouver un autre, chuchota Annabelle. Non… Il faut que ce soit Kendall, et il faut que ce soit ce soir, avant…

— Avant ? répéta Evangeline en l'observant avec perplexité, la tête penchée. Avant qu-quoi ?

Comme elle restait silencieuse, Evangeline baissa la tête et promena l'index sur le bord de son verre. Les Bowman continuaient de débattre avec animation de l'endroit le plus favorable pour prendre Kendall au piège, et Annabelle pensait qu'Evangeline avait renoncé à l'interroger plus avant lorsqu'elle murmura :

— Tu es au courant que M. Hunt était revenu à Stony Cross dans la nuit ?

— Comment le sais-tu ?

— Quelqu'un l'a dit à ma tante.

Croisant le regard pénétrant de son amie, Annabelle ne put s'empêcher de plaindre celui qui commettrait un jour l'erreur de sous-estimer Evangeline Jenner.

— Non, je l'ignorais, souffla-t-elle.

Inclinant légèrement son verre de citronnade, Evangeline scruta le fond du liquide épaissi par la pulpe et le sucre.

— Je m'étonne qu'il n'ait jamais réclamé le baiser que tu lui offrais, dit-elle lentement. Après tout l'intérêt qu'il t'avait mon-montré dans le passé…

Leurs regards se croisèrent de nouveau, et Annabelle se sentit rougir. Des yeux, elle implora Evangeline de ne pas en dire plus, et secoua rapidement la tête.

Une ombre passa sur le visage d'Evangeline quand elle comprit.

— Annabelle, cela t'ennuierait énormément que je n'accompagne pas les autres, ce soir ? Il y aura suf-suffisamment de témoins pour piéger lord Kendall. Je pense que Lillian entraînera une foule à sa suite. Ma présence serait sup-superflue.

— Non, cela ne m'ennuie pas, répondit Annabelle, qui ajouta avec un sourire penaud : Tu as des réticences morales ?

— Oh, non, je ne serai pas hypocrite. Je suis prête à me déclarer coupable par association. Et, que… que je vienne ou pas dans le jardin ce soir, je fais partie du groupe. C'est juste que… je ne crois pas que tu… tu veuilles de lord Kendall. Pas en tant qu'homme… Pas pour ce qu'il est vraiment. Et maintenant que je te connais un peu mieux, je… je ne pense pas que ce mariage te rendra heureuse.

— Mais si, protesta Annabelle d'une voix si coupante qu'elle attira l'attention des Bowman.

Celles-ci cessèrent de bavarder et la regardèrent avec curiosité.

— Personne ne se rapproche plus de mon idéal que lord Kendall, affirma Annabelle avec force.

— Il est parfait pour toi, assura Lillian. J'espère que tu n'es pas en train de semer le doute dans l'esprit d'Annabelle, Evangeline. C'est trop tard. Nous n'allons pas mettre en péril un plan absolument parfait alors que nous sommes à deux doigts de la victoire.

Evangeline secoua la tête et parut se ratatiner dans son fauteuil.

— Non, non… Je ne… n'essayais pas…

Sa phrase s'acheva dans un bredouillement et elle jeta un regard d'excuse à Annabelle.

— Bien sûr que non, renchérit Annabelle pour venir à son secours. Si nous revoyions ce plan une dernière fois, Lillian ?

Lord Kendall accepta avec une complaisance amusée la suggestion d'Annabelle d'aller se promener. La plupart des invités s'habillaient pour le dîner ou s'attardaient dans le salon, aussi les jardins étaient-ils à peu près déserts. Aucun homme n'ignorait ce que voulait une femme lorsqu'elle proposait une promenade en tête à tête dans de telles circonstances. Non hostile, apparemment, à la perspective d'un ou deux baisers volés, Kendall suivit Annabelle lorsqu'elle longea les parterres en terrasses, puis l'entraîna derrière le mur de pierres sèches couvert de rosiers grimpants.

— J'ai tendance à penser que nous aurions dû enrôler un chaperon, dit-il avec un léger sourire. Ceci est tout à fait inconvenant, mademoiselle Peyton.

Annabelle lui sourit en retour.

— Éclipsez-vous avec moi juste quelques instants, le pria-t-elle. Personne ne s'en apercevra.

Comme il lui emboîtait le pas sans protester, elle prit conscience du sentiment grandissant de culpabilité qui l'étreignait. Elle avait l'impression de conduire un agneau au sacrifice. Kendall était un homme bien, qui ne méritait pas d'être pris au piège de cette manière. Si seulement elle avait eu un peu plus de temps, elle aurait pu laisser les choses suivre leur cours naturel et obtenir une véritable demande en mariage. Mais ce week-end marquait la fin de leur séjour à Stony Cross, et il était impératif qu'elle obtienne un résultat aujourd'hui même. Une fois cette partie du plan menée à bien, le reste serait plus facile. « Annabelle, lady Kendall », se répéta-t-elle sombrement. *Annabelle, lady Kendall…* Elle s'imaginait en jeune épouse respectable, menant unc cxistence paisible dans le Hampshire, accueillant son frère pour les vacances et profitant de quelques courts séjours à Londres. Annabelle, lady Kendall, aurait une demi-douzaine d'enfants blonds dont quelques-uns porteraient des lunettes, comme leur père. Et Annabelle, lady Kendall, serait une femme dévouée, qui passerait le reste de sa vie à essayer de se racheter pour avoir trompé son mari afin de s'en faire épouser.

Ils atteignirent l'espace dégagé derrière le verger, au milieu duquel se dressait la table de pierre. Annabelle s'appuya à celle-ci dans une pose étudiée. Quand il l'eut rejointe, Kendall osa effleurer une boucle qui retombait sur son épaule et dont il admira les reflets dorés.

— Mademoiselle Peyton, commença-t-il, la préférence marquée que j'ai pour votre compagnie doit être évidente pour vous, à présent.

Annabelle eut l'impression que les battements de son cœur se répercutaient jusque dans sa gorge, au point de l'étouffer.

— Je… j'ai pris grand plaisir à nos conversations et à nos promenades, parvint-elle à balbutier.

— Dieu que vous êtes jolie, murmura Kendall en se rapprochant d'elle. Je n'ai jamais vu des yeux aussi bleus…

Un mois plus tôt, Annabelle aurait été folle de joie. Kendall était non seulement gentil, mais aussi jeune, séduisant, riche, et *titré*… Oh, mais que diable lui arrivait-il ? Tout son être se rebellait tandis qu'il inclinait son visage vers le sien. Perplexe, fébrile, elle s'obligea à rester immobile. Pourtant, avant que leurs lèvres se touchent, elle se détourna en lâchant un petit cri étouffé.

Après un instant de silence, Kendall demanda :

— Vous ai-je effrayée ?

Ses manières étaient empreintes de douceur et de calme… si éloignées de l'arrogance d'un Simon Hunt.

— Non… ce n'est pas cela. C'est juste que… que je ne peux pas faire cela.

Annabelle passa la main sur son front brusquement douloureux. Lorsqu'elle reprit la parole, le dégoût qu'elle éprouvait envers elle-même transparaissait dans sa voix.

— Pardonnez-moi, monsieur. Vous êtes l'un des hommes les plus gentils que j'aie jamais eu le privilège de rencontrer. Ce qui est précisément la raison pour laquelle je dois vous quitter maintenant. Ce serait mal de ma part d'encourager votre intérêt à mon égard alors que rien ne peut en résulter.

— Qu'est-ce qui vous fait penser cela ? s'enquit-il, visiblement déconcerté.

— Vous ne me connaissez pas vraiment, répondit Annabelle avec un sourire amer. Croyez-moi sur parole, nous formerions un couple mal assorti. Quels que soient mes efforts, je finirais par vous faire souffrir… Et le gentleman en vous refuserait de s'en plaindre… Et nous serions tous deux très malheureux.

— Mademoiselle Peyton, commença-t-il, j'ai le plus grand mal à comprendre ce…

— Je ne suis pas certaine de le comprendre moi-même. Mais je suis désolée. Je vous souhaite beaucoup de bonheur, monsieur. Et je souhaite…

Son souffle était haletant et, soudain, elle laissa échapper un rire incertain.

— Les souhaits sont des choses dangereuses, je crois, murmura-t-elle avant de s'éloigner en toute hâte.

19

Furieuse contre elle-même, Annabelle reprit le chemin menant au manoir. Elle ne parvenait pas à y croire. Au moment précis où son vœu le plus cher allait se réaliser, elle avait tout gâché !

— Idiote ! marmonna-t-elle. Idiote, idiote, idiote…

Et qu'allait-elle raconter à ses amies après que celles-ci auraient trouvé les lieux vides ? À moins que lord Kendall ne soit resté là où elle l'avait laissé, avec l'air d'un cheval auquel on vient de retirer son sac de grains avant même qu'il ait eu le temps d'y goûter.

Annabelle se jura qu'elle ne leur demanderait pas de l'aider à trouver un autre mari puisqu'elle venait de rejeter l'occasion qui lui était offerte. Elle méritait le sort qui lui serait réservé, quel qu'il fût.

Dans sa hâte à regagner sa chambre, elle courait presque, et faillit heurter un homme qui suivait d'un pas lent le sentier longeant le mur de pierres sèches.

— Je vous demande pardon, lâcha-t-elle en s'arrêtant net.

Elle s'apprêtait à le contourner quand, levant les yeux, elle le reconnut. Abasourdie, elle recula d'un pas chancelant.

Simon Hunt.

Ils se regardèrent, aussi déconcertés l'un que l'autre.

Venant juste de quitter lord Kendall, il était difficile pour Annabelle de ne pas remarquer les différences entre les deux hommes. À la lueur du crépuscule, Simon Hunt paraissait presque basané, avec des yeux de pirate et l'expression impérieuse d'un roi païen. Il n'était pas moins arrogant qu'à son habitude... pas plus civilisé... pas plus raffiné... et pourtant, il était devenu l'objet d'un désir si dévorant qu'Annabelle était certaine d'avoir perdu la tête. L'air autour d'eux semblait crépiter de passion et de luttes intérieures.

— Que se passe-t-il ? demanda-t-il sans préambule.

Bien que certaine d'échouer, elle essaya de rassembler ses pensées.

— Vous avez quitté Stony Cross sans me prévenir.

— Vous avez rangé le jeu d'échecs, rétorqua-t-il, son regard noir aussi dur que de l'ébène.

Annabelle détourna les yeux et se mordit la lèvre.

— Je... je ne pouvais pas me laisser divertir.

— Plus personne ne vous divertit, désormais. Vous voulez Kendall ?... Prenez-le.

— Oh, merci, répliqua-t-elle, sarcastique. Vous êtes trop aimable de vous effacer gracieusement, maintenant que vous avez tout gâché.

Il la fixa d'un œil alerte.

— Pourquoi dites-vous cela ?

Malgré la chaleur presque étouffante de cette soirée d'été, un grand froid s'insinua en elle.

— Ces bottines que j'ai reçues quand j'étais malade, celles-là mêmes que je porte en ce moment, elles venaient de vous, n'est-ce pas ?

— Quelle importance ?

— Admettez-le, insista-t-elle.

— Oui, elles venaient de moi. Et alors ?

— J'étais avec lord Kendall il n'y a pas deux minutes, et tout se déroulait comme prévu, et il était sur le point de… Mais je n'ai *pas pu*. Je ne pouvais le laisser m'embrasser alors que je portais ces maudites bottines. Il doit penser que j'ai l'esprit dérangé, après la manière dont je l'ai quitté. Mais vous aviez raison, finalement… il est bien trop gentil pour moi. Et ç'aurait été une union désastreuse.

Elle s'interrompit, le souffle court, en voyant le flamboiement soudain dans les yeux de Hunt.

— Alors, à présent que vous avez rejeté Kendall, quels sont vos projets ? Revenir à Hodgeham ?

Piquée par sa question railleuse, Annabelle le foudroya du regard.

— Cela ne vous regarde pas.

Sur ce, elle lui tourna le dos et fit mine de s'éloigner. Hunt la rattrapa en deux enjambées et, refermant les mains sur ses épaules, il la fit pivoter.

— Fini de jouer, à présent, déclara-t-il en la secouant légèrement. Dites-moi ce que vous voulez. Immédiatement. Avant que je ne perde le peu de patience qu'il me reste.

Annabelle fut saisie de vertige en sentant son odeur de savon et de linge frais si délicieusement virile. Elle voulait s'insinuer sous ses vêtements… elle voulait qu'il l'embrasse jusqu'à perdre connaissance. Elle le voulait, lui, l'arrogant, le méprisable, l'envoûtant, le séduisant Simon Hunt. Mais il serait impitoyable, elle le savait. Son orgueil menacé se révolta, et c'est d'une voix étranglée qu'elle répondit :

— Je ne peux pas.

Hunt la dévisagea, les yeux brillants d'amusement.

— Vous pouvez avoir ce que vous voulez, Annabelle… À la seule condition de le demander.

— Vous êtes déterminé à m'humilier jusqu'au bout, n'est-ce pas ? Vous ne me permettrez pas de conserver la moindre parcelle de dignité…

— Moi, *vous* humilier ? répliqua-t-il, sarcastique. Alors que depuis deux ans je n'ai droit qu'à des rebuffades et des affronts chaque fois que je vous invite à danser…

— D'accord, murmura-t-elle, prise de tremblements. Je l'admets… C'est vous que je veux. Voilà, êtes-vous satisfait ? C'est *vous* que je veux.

— À quel titre ? D'amant ou de mari ?

Abasourdie, Annabelle écarquilla les yeux.

— Quoi ?

Glissant les bras autour d'elle, il attira son corps frémissant contre le sien. Il ne dit pas un mot, se contentant de la fixer intensément tandis qu'elle essayait de comprendre ce que sa question impliquait.

— Mais vous n'êtes pas du genre à épouser, parvint-elle à articuler d'une voix faible.

De l'index, il suivit la courbe délicate de son oreille.

— J'ai découvert que je l'étais quand c'est de vous qu'il s'agit.

La caresse subtile lui incendia le sang si bien qu'elle eut le plus grand mal à rassembler ses pensées.

— Nous nous entre-tuerions probablement dès le premier mois.

— Probablement, concéda Hunt avant de lui effleurer la tempe d'un baiser qui fit courir une onde de plaisir sur sa peau. Épousez-moi néanmoins, Annabelle. À mon avis, cela résoudrait la plupart de vos problèmes… et un grand nombre des miens. Laissez-moi vous gâter, chuchota-t-il tandis que sa grande main lui caressait le dos, apaisant ses tremblements. Laissez-moi prendre soin de vous. Vous n'avez jamais pu vous reposer sur personne, n'est-ce pas ? J'ai les épaules solides, Annabelle.

Il laissa échapper un rire grave avant d'ajouter :

— Et il se peut que je sois le seul homme de votre connaissance capable de s'offrir Mlle Peyton.

Annabelle était trop abasourdie pour relever le sarcasme.

— Mais pourquoi ? demanda-t-elle. Pourquoi proposer de m'épouser alors que vous pourriez m'avoir comme maîtresse ?

Un frisson la parcourut quand sa main remonta doucement jusqu'à sa nuque.

— Parce que j'ai compris ces derniers jours que je veux que personne n'ignore à qui vous appartenez. Et surtout pas vous.

Annabelle ferma les yeux, submergée par une vague d'euphorie, alors qu'il posait la bouche sur ses lèvres. Resserrant son étreinte, il pressa sa chair consentante contre l'évidence de son désir. S'il y avait de la domination dans la manière dont il l'enlaçait, il y avait aussi du respect dans la douceur avec laquelle il frôlait du bout des doigts les endroits où sa peau était exposée. Sous sa tendre pression, elle entrouvrit les lèvres et ne put retenir un gémissement sous la caresse de sa langue. Il la combla de baisers tout en la rendant désespérément consciente des vides en elle qui exigeaient d'être remplis.

— Donnez-moi votre réponse, murmura-t-il après avoir suivi du pouce le dessin de sa lèvre supérieure.

La chaleur de sa main fit courir d'infimes frissons sur sa peau, et elle appuya la joue contre sa paume.

— Oui, dit-elle dans un souffle.

Les yeux de Hunt étincelèrent de triomphe. Lui renversant la tête en arrière, il l'embrassa de nouveau, avidement, les mains lui encadrant le visage.

La respiration d'Annabelle s'accéléra, et l'afflux soudain d'oxygène lui fit tourner la tête. Chancelante, elle se raccrocha à lui. Sans interrompre leur baiser, Hunt lui prit la main pour la passer autour de son cou. Quand il fut rassuré sur son équilibre, il fit descendre sa main jusqu'à sa taille corsetée et, d'une pression légère, rapprocha le corps d'Annabelle du sien. Il l'embrassa avec une frénésie grandissante, jusqu'à ce que, emportée par ce délire sensuel, elle perde conscience de la réalité.

Il finit par se résoudre à lui lâcher la bouche et lui imposa silence comme elle commençait à protester.

— Nous avons de la compagnie, lui chuchota-t-il à l'oreille.

Déconcertée, Annabelle jeta un regard embrumé autour d'elle. La compagnie en question aurait difficilement pu les éviter vu qu'ils s'embrassaient au beau milieu du chemin. Il y avait là Lillian, Daisy, leur mère, lady Olivia et son charmant fiancé américain, M. Shaw et… lord Westcliff en personne.

— Ô mon Dieu, souffla Annabelle avant de se cacher le visage contre l'épaule de Simon, comme si cela suffisait à les faire disparaître.

Il lui chatouilla l'oreille en se penchant pour murmurer, d'une voix amusée :

— Échec et mat.

Lillian fut la première à réagir.

— Que diable se passe-t-il, Annabelle ? s'écria-t-elle.

Quoique affreusement embarrassée, Annabelle s'obligea à soutenir le regard de son amie.

— Je n'ai pas pu aller jusqu'au bout, déclara-t-elle d'un ton piteux. Je suis tellement désolée… Le plan était vraiment excellent, et vous avez joué très bien votre rôle…

— Et ç'aurait été un grand succès si tu n'avais pas embrassé le mauvais homme ! s'exclama Lillian. Qu'est-il arrivé, bon sang ? Pourquoi n'es-tu pas dans le verger avec lord Kendall ?

Ce n'était pas là le genre d'aveu que l'on souhaitait faire devant une foule de personnes. Annabelle hésita, leva les yeux vers Simon. Il l'observait avec un sourire moqueur, comme s'il se demandait, fasciné, quelle explication elle allait bien pouvoir fournir.

Durant le silence prolongé, lord Westcliff additionna sans doute deux et deux, car il regarda Annabelle, puis Lillian, avec un dégoût évident.

— C'est donc pour cela que vous insistiez tellement à propos de cette promenade. Vous étiez toutes les deux de mèche pour piéger Kendall !

— Moi aussi, intervint Daisy, déterminée à prendre sa part du blâme.

Les yeux rivés sur le visage imperturbable de Lillian, Westcliff ne parut pas l'entendre.

— Seigneur... Existe-t-il une *seule* chose à laquelle vous ne vous abaisseriez pas ?

— Si c'est le cas, je ne l'ai pas encore découverte, répliqua Lillian avec impertinence.

Si elle ne s'était trouvée dans une situation aussi mortifiante, Annabelle aurait éclaté de rire devant l'expression du comte.

Fronçant les sourcils, Lillian reporta son attention sur elle.

— Il n'est peut-être pas trop tard pour sauver la situation. Nous allons faire promettre à tout le monde de tenir sa langue au sujet de M. Hunt et de toi. Sans témoins, il ne s'est rien passé.

Lord Westcliff réfléchit, le visage renfrogné.

— Bien que cela me répugne, je ne peux qu'être d'accord avec Mlle Bowman, déclara-t-il sombrement. Le mieux à faire est d'ignorer cet incident. Nous n'avons pas vu Mlle Peyton et M. Hunt.

Personne n'a donc été compromis, ce qui signifie que cette situation malheureuse n'aura aucune conséquence.

— Mais si, elle a bel et bien été compromise, intervint Hunt avec une farouche détermination. Par moi. Et je ne veux pas me soustraire aux conséquences, Westcliff. Je…

— Ne dis pas de sottises, l'interrompit le comte avec autorité. Que je sois damné si je te laisse ruiner ton existence avec cette créature, Hunt.

— *Ruiner son existence ?* répéta Lillian, outrée. M. Hunt ne pourrait trouver mieux comme épouse qu'Annabelle ! Comment osez-vous insinuer qu'elle n'est pas assez bien pour lui, alors qu'il est évident que c'est lui qui…

— Non, coupa Annabelle. Je t'en prie, Lillian…

— Pardonnez-nous, murmura M. Shaw avec une politesse irréprochable, quoique sans réussir à dissimuler son sourire.

Il glissa la main de lady Olivia sous son bras et s'inclina avec élégance sans saluer personne en particulier.

— Si vous le permettez, ma fiancée et moi-même allons nous éclipser. Je peux sans hésiter vous assurer, en notre nom à tous deux, que nous serons aussi sourds, muets et aveugles que les trois singes de la sagesse.

Ses yeux bleus pétillaient d'un humour bon enfant quand il ajouta :

— Nous laissons à chacun le soin de décider de ce qu'il a vu ou entendu ce soir… ou pas. Venez, ma chérie.

Comme le couple s'éloignait, le comte se tourna vers Mme Bowman, une grande femme au visage pointu. Elle arborait une expression d'indignation vertueuse, mais avait pris soin de tenir sa langue pour ne rien manquer des échanges. Ainsi que l'expliqua plus tard Daisy, sa mère n'était jamais hystérique durant une scène – elle se réservait pour les entractes.

— Madame Bowman, puis-je compter sur vous pour garder le silence sur cette affaire ?

Si le comte – ou n'importe quel autre homme titré venant à passer – avait demandé à l'ambitieuse Mme Bowman de se jeter la tête la première dans une plate-bande pour son amusement, elle aurait exécuté une pirouette impeccable.

— Oh, bien sûr, milord. Je ne répandrais *jamais* de ragots aussi déplaisants. Mes filles sont si protégées ! Cela me désole de découvrir ce que ce... cette fille sans scrupule les a poussées à faire. Je suis certaine qu'un gentleman possédant votre discernement comprendra que mes deux anges ne méritent aucun blâme, car elles ont été de toute évidence manipulées par cette jeune femme dont elles recherchaient l'amitié.

Jetant un regard sceptique en direction des deux « anges », Westcliff répondit avec froideur :

— Certes.

Hunt, qui avait gardé un bras possessif autour de la taille d'Annabelle, balaya le petit groupe du regard.

— Faites comme vous le souhaitez. Mlle Peyton sera compromise ce soir, d'une manière ou d'une autre. Venez, ajouta-t-il en prenant le poignet d'Annabelle pour l'entraîner à sa suite.

— Où allons-nous ? voulut-elle savoir en résistant.

— Au manoir. S'ils ne sont pas disposés à témoigner, il va falloir que je vous débauche devant quelqu'un d'autre.

— Attendez ! glapit-elle. J'ai déjà accepté de vous épouser ! Pourquoi devrais-je être de nouveau compromise ?

Sans tenir compte des protestations conjointes de Westcliff et des Bowman, Hunt répondit, laconique :

— Par sûreté.

Plantant les talons dans le sol, Annabelle refusa de bouger.

— C'est inutile ! Vous croyez donc que je reviendrai sur ma promesse ?

— En un mot, oui, répondit Hunt en commençant à la traîner sur le chemin. Voyons, où aller ? Le hall d'entrée devrait faire l'affaire, je pense. Des tas de gens me verront abuser de vous. À moins que le salon de jeu…

— Simon, protesta Annabelle, qu'il tirait sans cérémonie derrière lui. *Simon !*

En l'entendant user de son prénom, il s'arrêta net et se retourna avec un demi-sourire curieux.

— Oui, ma douce ?

— Pour l'amour du ciel, marmonna Westcliff, on se croirait dans une soirée de théâtre amateur ! Si tu tiens tant que cela à l'avoir, Hunt, épargne-nous cette comédie. C'est avec joie que je témoignerai d'ici jusqu'à Londres de l'honneur perdu de ta fiancée, ne serait-ce que pour avoir la paix. En revanche, ne me demande pas d'être témoin à ton mariage, je ne souhaite pas passer pour un hypocrite.

— Juste pour un imbécile, murmura Lillian.

Même si elles étaient à peine audibles, Westcliff surprit ses paroles. Il tourna brusquement la tête et foudroya du regard Lillian, qui affichait une expression délibérément innocente.

— Quant à vous…

— Nous sommes donc tous d'accord, intervint Simon pour étouffer dans l'œuf ce qui menaçait d'être une vive altercation. Vous avez été compromise, déclara-t-il ensuite, en considérant Annabelle avec une satisfaction on ne peut plus masculine. À présent, allons trouver votre mère.

Le comte secoua la tête, de l'air offensé propre à l'aristocrate dont on vient de contrarier les désirs.

— Je n'ai jamais entendu parler d'un homme aussi pressé d'aller se confesser à la famille de la fille qu'il vient de déshonorer, commenta-t-il avec aigreur.

20

Philippa accueillit la nouvelle avec un calme étonnant. Alors que tous trois étaient assis dans le salon privé des Marsden, et que Simon lui annonçait leurs fiançailles et la raison qui les justifiait, elle pâlit, mais n'émit pas le moindre son. Dans le silence qui suivit la brève déclaration de Simon, Philippa le regarda sans ciller, avant de répliquer avec circonspection :

— Puisque Annabelle n'a pas de père pour la protéger, monsieur Hunt, il me revient de vous demander certaines garanties. Toute mère souhaite que sa fille soit traitée avec bonté et respect… Et vous conviendrez qu'étant donné les circonstances…

— Je comprends.

Frappée par sa sobriété, Annabelle scruta son visage, alors que lui ne prêtait attention qu'à Philippa.

— Je vous donne ma parole que votre fille n'aura aucune raison de se plaindre.

Quand elle vit une ombre passer sur le visage de Philippa, Annabelle se mordit la lèvre, sachant ce qui allait suivre.

— Je suppose que vous savez déjà, monsieur Hunt, qu'Annabelle n'a pas de dot.

— Oui, se contenta-t-il de répondre.

— Et cela ne fait pas de différence pour vous, murmura Philippa.

— Aucune. J'ai la chance de pouvoir me choisir une épouse sans me soucier de considérations financières. Et je me moque pas mal qu'Annabelle n'ait pas un shilling à son nom. J'irai plus loin : j'ai l'intention de rendre la vie plus facile pour toute sa famille. Je prendrai à ma charge les dettes, les factures, les frais de scolarité et le reste… tout ce qu'il faudra pour que vous meniez une existence confortable.

Philippa noua les doigts jusqu'à ce que ses phalanges blanchissent, et lorsqu'elle répondit, sa voix tremblait – sans qu'il soit possible de déterminer s'il s'agissait d'excitation, de soulagement, d'embarras ou d'un mélange des trois.

— Je vous remercie, monsieur Hunt. Voyez-vous, si M. Peyton était encore avec nous, les choses seraient très différentes…

— Oui, bien sûr.

Le silence s'étira avant que Philippa reprenne :

— Bien sûr, sans dot, Annabelle n'aura aucune ressource personnelle…

— Je lui ouvrirai un compte à la banque. Nous commencerons à, disons… cinq mille livres ? Et je rétablirai la balance de temps à autre, quand ce sera nécessaire. Il est évident que j'assumerai l'entretien d'une voiture et de son équipage, les vêtements, les bijoux… Et Annabelle pourra avoir un crédit dans chaque boutique de Londres.

Annabelle ne prit pas garde à la réaction de sa mère tant son esprit tourbillonnait. Cinq mille livres à sa disposition… Cela lui paraissait à peine réel ! À sa stupéfaction se mêlait un frisson de plaisir anticipé. Après des années de privation, elle pourrait se rendre chez les meilleures couturières, offrir un cheval à Jeremy et réaménager l'appartement familial avec les meubles les plus luxueux !

Toutefois, cette discussion, venant immédiatement après la demande en mariage, lui donnait l'impression désagréable de s'être vendue. Comme elle glissait un coup d'œil en direction de Simon, elle surprit dans son regard une étincelle moqueuse familière. Il ne la comprenait que trop bien, songea-t-elle, rougissant malgré elle.

Elle demeura silencieuse quand la conversation porta sur des problèmes de notaires, de contrats et de stipulations. Elle découvrit que sa mère possédait la ténacité d'un fox-terrier en matière de dispositions matrimoniales. Cette discussion d'affaires n'avait décidément rien de très romantique. En outre, il n'échappa pas à Annabelle que Philippa n'avait pas demandé à Hunt s'il l'aimait, et que ce dernier avait gardé le silence sur ce sujet.

Quand il se fut retiré, elle suivit sa mère dans leur chambre, supposant qu'elles avaient à s'entretenir toutes les deux. Ennuyée par son calme inhabituel, Annabelle s'interrogea sur la conduite à tenir. Peut-être sa mère émettait-elle des réserves quant à l'idée d'avoir Simon Hunt pour gendre.

Dès qu'elle eut refermé la porte, Philippa se dirigea vers la fenêtre et contempla le ciel crépusculaire. Et soudain, Annabelle perçut un sanglot étouffé.

— Maman... commença-t-elle, embarrassée, les yeux fixés sur le dos rigide de sa mère. Je suis désolée, je...

— Dieu soit loué, murmura Philippa d'une voix mal assurée, sans paraître l'entendre. Dieu soit loué !

Malgré son intention déclarée de ne pas se tenir au côté de Simon lors de son mariage, lord Westcliff se rendit à Londres pour assister à la cérémonie. Maussade, mais poli, il se proposa même pour conduire Annabelle à l'autel, puisque son père était décédé. Elle fut fortement tentée de refuser, mais l'offre du comte rendit Philippa tellement heureuse qu'elle n'eut d'autre choix que d'accepter. Et elle prit même un plaisir un peu pervers à lui imposer de prendre une part significative à une cérémonie à laquelle il s'était si ouvertement opposé. Seule sa loyauté envers Hunt l'avait poussé à venir à Londres, ce qui révélait un lien d'amitié entre les deux hommes bien plus fort qu'Annabelle ne l'aurait deviné.

Lillian, Daisy et leur mère assistèrent également à la cérémonie célébrée dans l'intimité, ce qui n'aurait pas été le cas si Westcliff s'était abstenu. Mme Bowman n'aurait jamais autorisé ses filles à se rendre au mariage d'une amie qui, non seulement n'épousait pas un aristocrate, mais lui apparaissait de surcroît comme ayant une mauvaise influence. Toutefois, se trouver à proximité du célibataire le plus convoité d'Angleterre était une occasion à ne pas manquer. Que Westcliff soit complètement indifférent à sa cadette et résolument hostile à son aînée constituait un obstacle négligeable que Mme Bowman se faisait fort de surmonter.

Sa tante Florence et sa famille maternelle avaient malheureusement défendu à Evangeline de se rendre au mariage. Elle avait donc envoyé à Annabelle une longue lettre affectueuse, ainsi qu'un service à thé en porcelaine de Sèvres orné de fleurs roses et dorées. Le reste de la modeste assemblée était constitué par la famille de Simon, qui était plus ou moins telle qu'Annabelle l'imaginait. Solidement bâtie, un visage commun, sa mère était une femme cordiale qui semblait prête à penser du bien de sa belle-fille tant que rien ne venait la persuader du contraire. Son père était grand et anguleux ; il ne sourit pas une seule fois durant la cérémonie, alors même que les plis profonds au coin de ses yeux trahissaient un naturel joyeux. Aucun des deux n'était particulièrement beau, pourtant, ils avaient engendré cinq enfants saisissants, tous bruns et grands.

Si seulement Jeremy avait pu être présent... Mais il était encore à l'école, et il avait été décidé qu'il valait mieux qu'il achève son trimestre et rentre à Londres une fois Simon et Annabelle revenus de leur lune de miel. Annabelle ne savait trop comment Jeremy réagirait à la perspective d'avoir Simon Hunt comme beau-frère. Même s'il semblait l'apprécier, Jeremy était accoutumé à être depuis longtemps le seul homme de la famille, et sans doute regimberait-il si Simon tentait de lui imposer quelque chose. D'ailleurs, Annabelle elle-même n'envisageait pas avec plaisir de devoir se plier aux souhaits d'un homme que, pour être honnête, elle ne connaissait pas si bien que cela.

Cette question se posa avec force à Annabelle le soir même du mariage, alors qu'elle attendait son époux dans une chambre de l'hôtel *Rutledge*. Ayant supposé que Simon habitait une maison de ville, comme beaucoup de célibataires, elle avait été plus que surprise de découvrir qu'il occupait une suite dans un hôtel.

— Pourquoi pas ? avait demandé Simon quelques jours plus tôt, amusé par sa perplexité évidente.

— Eh bien... on n'a pas beaucoup d'intimité, à l'hôtel.

— Permettez-moi de ne pas être d'accord. Je peux aller et venir à ma guise sans qu'une horde de domestiques commentent chacune de mes habitudes et chacun de mes gestes. D'après mon expérience, vivre dans un hôtel bien géré vaut infiniment mieux que s'exposer aux courants d'air d'une vieille maison de ville.

— Certes, mais un homme dans votre position doit avoir suffisamment de domestiques comme preuve de son succès…

— Pardonnez-moi, mais j'ai toujours cru que l'on engageait des domestiques selon ses besoins. L'intérêt d'exhiber des employés comme accessoires de sa réussite m'a jusqu'à présent échappé.

— Ce ne sont quand même pas des esclaves, Simon !

— Vu les gages que touchent la plupart des domestiques, c'est un point contestable.

— Il nous faudra engager beaucoup de personnel si nous vivons un jour dans une maison décente, avait-elle rétorqué, mutine. À moins que vous n'ayez l'intention de me faire récurer les sols à quatre pattes.

À ces mots, une lueur malicieuse s'était allumée dans les yeux sombres de Simon sans qu'elle en comprenne la raison.

— J'ai l'intention de vous faire mettre à quatre pattes, mon cœur, mais je peux vous assurer que ce ne sera pas pour récurer.

Il avait ri devant son air perplexe, avant de l'attirer à lui pour écraser ses lèvres d'un bref baiser.

— Simon… lâchez-moi… Si ma mère nous surprenait, elle n'approuverait…

— Vraiment ? Je pourrais faire ce que je veux avec vous, à présent, et elle n'y verrait aucune objection.

Fronçant les sourcils, Annabelle avait glissé les bras entre eux.

— Oh, espèce d'arrogant… Non, je le pense sincèrement, Simon ! Je veux que ce problème soit réglé… Devons-nous vivre à l'hôtel pour toujours ou nous achèterez-vous une maison ?

Il lui avait volé un autre baiser tout en riant de son expression.

— J'achèterai la maison qui vous plaira, mon cœur. Et même mieux, je vous en ferai construire une, car je me suis habitué au confort que procurent un bon éclairage et une plomberie moderne.

Annabelle avait cessé de se débattre.

— C'est vrai ? Où ?

— Je crois que nous pourrions acquérir un beau terrain près de Bloomsbury ou de Knightsbridge…

— Que diriez-vous de Mayfair ?

Simon avait souri comme s'il s'attendait à cette suggestion.

— Ne me dites pas que vous voulez vivre sur l'une de ces places exiguës comme Grosvenor ou Saint-James, où l'on a une vue plongeante sur des aristocrates prétentieux se pavanant dans leur petite cour entourée de grilles…

— Oh, si, ce serait parfait ! s'était-elle exclamée, ce qui l'avait fait rire.

— Très bien, ce sera donc Mayfair – que Dieu ait pitié de moi ! Et vous pourrez engager autant de domestiques qu'il vous plaira. Remarquez bien que je n'ai pas dit : « qu'il vous sera nécessaire », puisqu'il semblerait que là ne soit pas le problème. En attendant, pensez-vous pouvoir supporter quelques mois au *Rutledge* ?

Se rappelant cette conversation, Annabelle explora les pièces qui constituaient leur suite, toutes luxueusement garnies de velours, de cuir et d'acajou rutilant. Elle devait admettre que le *Rutledge* bouleversait l'idée que l'on se faisait d'un hôtel. On disait que son mystérieux propriétaire, M. Harry Rutledge, aspirait à créer l'hôtel le plus élégant et le plus moderne d'Europe, en combinant style continental et innovations américaines.

Le *Rutledge* était un énorme bâtiment situé non loin des quais de la Tamise. En plus d'être à l'épreuve du feu, il se caractérisait par un service en chambre et une salle de bains privée pour chaque suite, pour ne rien dire de son restaurant renommé, ce qui en faisait le repaire favori des riches Américains et Européens. À la grande joie d'Annabelle, les Bowman occupaient cinq des cent suites de luxe, ce qui signifiait qu'elle aurait de fréquentes occasions de voir Lillian et Daisy à son retour de voyage de noces.

N'ayant jamais voyagé à l'étranger, Annabelle avait été ravie d'apprendre que Simon comptait l'emmener à Paris pour une quinzaine de jours. Munie d'une liste de couturières, de modistes et de parfumeurs obligeamment fournie par les sœurs Bowman – qui s'étaient rendues une fois à Paris avec leur mère –, elle était impatiente de découvrir la Ville lumière. Toutefois, avant leur départ le lendemain matin, il lui fallait d'abord affronter la nuit de noces.

Vêtue d'une chemise de nuit ornée d'une débauche de dentelle blanche à l'encolure et aux poignets, Annabelle arpentait nerveusement la chambre. Elle finit par s'asseoir à côté du lit, se saisit d'une brosse posée sur la table de nuit et se mit à lisser méthodiquement ses cheveux. Toutes les jeunes mariées éprouvaient-elles autant d'appréhension ? s'interrogea-t-elle, ne sachant si elle devait se réjouir ou redouter les heures à venir. À cet instant, la poignée de la porte tourna doucement, et la haute silhouette de Simon s'encadra sur le seuil.

Un frisson nerveux courut le long du dos d'Annabelle, qui s'efforça de continuer à se brosser les cheveux en dépit de la crispation de ses doigts sur le manche de la brosse. Simon l'enveloppa du regard, puis s'approcha d'un pas tranquille. À sa grande surprise, il s'accroupit devant elle, emprisonnant ses mollets entre ses cuisses. Puis, levant la main, il glissa les doigts dans ses cheveux et regarda avec fascination les boucles chatoyantes glisser sur ses phalanges.

Bien qu'il fût encore vêtu de l'impeccable habit de mariage, Annabelle remarqua quelques signes de désordre dans son apparence. De courtes boucles retombaient sur son front et le nœud de sa cravate de soie gris perle était desserré. Reposant sa brosse, elle se risqua timidement à lui lisser les cheveux de la main. Il se tint immobile tandis qu'elle dénouait sa cravate. Ce qu'elle lut dans son regard provoqua une sensation étrange au creux de son estomac.

— Chaque fois que je vous vois, murmura-t-il, je pense que vous ne sauriez être plus belle… Et j'ai toujours tort.

Annabelle sourit au compliment, avant de sursauter légèrement quand il referma la main autour des siennes.

— Êtes-vous nerveuse ? demanda-t-il.

Annabelle acquiesça d'un hochement de tête. Simon reprit alors d'un ton calme, paraissant choisir ses mots avec un soin inaccoutumé.

— Mon cœur… je suppose que votre expérience avec lord Hodgeham n'a pas été agréable. Mais j'espère que vous me croirez si je vous assure que ce n'est pas toujours le cas. Quelles que soient vos craintes…

— Simon, l'interrompit-elle d'une voix que l'appréhension rendait rauque. C'est très gentil de votre part. Et… et le fait que vous soyez disposé à être si compréhensif à ce sujet… eh bien… je vous en suis reconnaissante. Mais… je crains de n'avoir pas été entièrement franche quant à mes relations avec Hodgeham.

Il se figea, le visage soudain dépourvu de toute émotion. Annabelle prit une profonde inspiration.

— La vérité, c'est que Hodgeham est effectivement venu chez nous la nuit, à plusieurs reprises, et qu'il a réglé certaines de nos factures en échange de… de…

Elle dut s'interrompre un instant tant sa gorge était serrée.

— Mais… En fait, je n'étais pas celle à qui il rendait visite.

Les yeux sombres de Simon s'élargirent légèrement.

— Quoi ?

— Je n'ai jamais couché avec lui, reconnut-elle. C'est avec ma mère qu'il avait un arrangement.

Il la fixa avec stupeur.

— Sacré nom, souffla-t-il.

— Cela a commencé il y a un an, enchaîna-t-elle, sur la défensive. Notre situation était désespérée. Les dettes s'accumulaient et nous n'avions pas les moyens de les régler. Le revenu que ma mère tirait de son douaire avait été réduit à rien à cause de mauvais investissements. Lord Hodgeham poursuivait ma mère depuis quelque temps… Je ne sais pas exactement quand ses visites nocturnes ont commencé… mais je voyais son chapeau et sa canne dans le hall d'entrée à des heures indues, et certaines de nos factures ont été réglées. J'ai compris ce qui se passait, mais je n'en ai jamais rien dit. Pourtant, j'aurais dû.

Elle soupira, se frotta les tempes avant de poursuivre :

— À Stony Cross, Hodgeham m'a fait comprendre qu'il était fatigué de ma mère et qu'il voulait que je prenne sa place. Il m'a menacée de tout révéler… « avec des embellissements », m'a-t-il dit. Notre réputation aurait été ruinée. Je l'ai repoussé, mais ma mère s'est débrouillée pour qu'il se tienne tranquille.

— Pourquoi m'avez-vous laissé croire que c'était *vous* qui couchiez avec lui ?

Annabelle haussa les épaules, mal à l'aise.

— C'est vous qui le supposiez… et je ne voyais pas vraiment de raison de vous détromper, d'autant que je n'imaginais certainement pas que nous finirions ainsi. Ensuite, vous m'avez demandée en mariage, et j'en ai conclu que le fait que je sois vierge ou pas n'avait guère d'importance pour vous.

— Ça n'en a pas, en effet, reconnut Simon d'une voix qui sonnait curieusement. Je vous voulais en dépit de tout. Mais, maintenant que je…

Il s'interrompit et secoua la tête, l'air déconcerté.

— Annabelle, juste pour que les choses soient bien claires, êtes-vous en train de me dire que vous n'avez jamais partagé le lit d'un homme ?

Elle essaya de lui retirer ses mains, qu'il broyait à présent entre les siennes.

— Eh bien… oui.

— Oui, quoi ?

— Je n'ai jamais couché avec un homme, précisa Annabelle avant de lui adresser un regard interrogateur. Êtes-vous contrarié parce que je ne vous l'ai pas dit plus tôt ? Je suis désolée. Mais ce n'est pas le genre de choses qu'on peut simplement lâcher à l'heure du thé ou dans le hall d'entrée… « Voici votre chapeau, et, au passage, je suis vierge… »

— Je ne suis pas contrarié, répliqua-t-il en la parcourant d'un regard pensif. Je me demande simplement ce que diable je vais faire de vous, à présent.

— La même chose que ce que vous auriez fait avant que je ne vous le dise ? suggéra-t-elle.

Simon se redressa, la tira sur ses pieds et l'enlaça avec une certaine retenue, comme s'il craignait qu'elle ne se brise s'il la serrait trop fort. Enfouissant le visage dans sa longue chevelure, il inspira profondément.

— Croyez-moi, j'ai l'intention d'en arriver là, répondit-il d'un ton qui trahissait une légère perplexité. Mais d'abord, je crois que je dois vous demander certaines choses.

Annabelle glissa les bras sous sa veste et les referma autour de son torse puissant. La chaleur de son corps traversait la mince étoffe de sa chemise, et un délicieux frisson la parcourut quand elle se blottit contre lui.

— Oui ?

Jusque-là, elle n'avait connu Simon que doté d'une élocution parfaite, pourtant, c'est avec une hésitation marquée qu'il s'adressa à elle, comme s'il s'agissait d'une discussion qu'il n'avait jamais été contraint d'avoir auparavant.

— Savez-vous à quoi vous attendre ? Avez-vous toutes les... euh... les informations nécessaires ?

— Je crois que oui, répondit Annabelle, qui sourit en sentant son cœur battre la chamade sous sa joue. Ma mère et moi avons eu un entretien il n'y a pas longtemps... après lequel j'ai été fortement tentée de demander une annulation.

Il eut un rire étouffé.

— Je ferais mieux de réclamer mes droits conjugaux sans délai, dans ce cas.

Il referma sa main chaude sur celle d'Annabelle et la porta à ses lèvres.

— Que vous a-t-elle dit ? murmura-t-il.

— Après m'avoir donné les indications de base, elle m'a dit que je devais vous laisser faire ce que vous vouliez, en essayant de ne pas me plaindre si je n'aimais pas quelque chose. Et, au cas où cela deviendrait trop déplaisant, elle m'a suggéré de penser à l'énorme compte en banque que vous alliez m'ouvrir.

Annabelle regretta ses paroles dès qu'elles eurent franchi ses lèvres, car elle s'attendait que Simon s'offense d'une telle candeur. À tort.

— Voilà qui change, fit-il en riant. D'ordinaire, on conseille de penser à l'Angleterre. Dois-je vous séduire en vous susurrant à l'oreille des transferts de soldes et des taux d'intérêt ?

— Ce ne sera pas nécessaire. Dites simplement les choses habituelles.

— Non… les choses habituelles ne valent pas pour vous.

Simon repoussa une boucle derrière l'oreille d'Annabelle et s'inclina vers elle. Sa bouche taquina la sienne, qui s'ouvrit sous sa caresse, tandis que ses mains dessinaient les contours de son corps sous les flots de dentelle. Sans corset pour lui comprimer les côtes, Annabelle avait une conscience aiguë de son toucher à travers la fine étoffe de sa chemise de nuit. Un frisson la parcourut et ses seins devinrent soudain éminemment sensibles. Il ramena lentement la main vers sa poitrine, la referma sur l'un de ses seins qu'il soupesa doucement avant d'en taquiner la pointe du pouce.

— En général, c'est douloureux pour une femme, la première fois, murmura-t-il.

— Oui, je sais.

— Je ne veux pas vous faire mal.

Annabelle fut à la fois surprise et touchée.

— Ma mère dit que cela ne dure pas très longtemps.

— La douleur ?

— Non, le reste, répliqua-t-elle, provoquant de nouveau son rire.

— Annabelle… dit-il en suivant la ligne de son cou des lèvres. Je vous ai désirée à l'instant où je vous ai vue, à l'extérieur du panorama, en train de chercher des pièces dans votre réticule. Je n'arrivais pas à détacher les yeux de vous. J'avais peine à croire que vous soyez réelle.

— Vous m'avez regardée durant tout le spectacle, dit-elle à son tour, réprimant un petit sursaut quand il lui mordilla le lobe de l'oreille. Je doute que vous ayez appris une seule chose sur la chute de l'Empire romain.

— J'ai appris que vous aviez les lèvres les plus douces du monde.

— C'était une manière très romanesque de vous présenter.

— Je n'ai pas pu m'en empêcher. Être debout dans l'obscurité, à côté de vous, fut la pire tentation à laquelle j'aie jamais été soumis. Je vous trouvais adorable, je vous désirais éperdument, et rien d'autre n'existait plus. Quand les lumières se sont éteintes, je n'ai pas pu résister.

Elle décela une pointe de suffisance masculine quand il ajouta :

— Et vous ne m'avez pas repoussé.

— J'étais bien trop surprise !

— C'est la raison pour laquelle vous n'avez pas protesté ?

— Non, reconnut-elle en levant le visage pour frotter sa joue contre la sienne. J'ai aimé votre baiser. Vous le savez.

Simon sourit à cet aveu.

— J'espérais qu'il n'y avait pas que moi.

Leurs visages étaient si proches que leurs nez se touchaient presque lorsqu'il plongea son regard dans le sien.

— Venez vous allonger, dit-il dans un chuchotement imperceptiblement interrogateur.

Elle acquiesça d'un signe de tête un peu tremblant et se laissa conduire vers le grand lit à baldaquin couvert d'une courtepointe matelassée de soie bordeaux. Rabattant les couvertures, Simon souleva Annabelle dans ses bras et l'étendit sur le drap fraîchement repassé. Elle glissa de côté pour lui faire de la place.

Debout à côté du lit, il se déshabilla sans la quitter des yeux. Le contraste entre les vêtements impeccablement coupés, tellement civilisés, et la virilité brute du corps qu'ils recouvraient était déconcertant. Comme Annabelle s'y attendait, il était incroyablement musclé. La lumière de la lampe accrochait des reflets d'ambre sur sa peau mate, aussi lisse qu'une plaque de métal tout juste fondue. Annabelle doutait qu'il existât sur terre homme plus vigoureux et sain. Il était certes à l'opposé de l'aristocrate à la mode, pâle et éthéré… mais elle le trouvait néanmoins superbe.

Son estomac se contracta d'appréhension quand il la rejoignit dans le lit.

— Simon, commença-t-elle, un peu haletante, quand il l'enlaça, ma mère ne m'a pas dit si… si, cette nuit, je pouvais faire quelque chose pour vous…

— À part renoncer à ce « vous » solennel, tu n'auras rien à faire, ce soir, Annabelle. Laisse-moi simplement te tenir dans mes bras… te toucher… commencer à découvrir ce qui te plaît…

Sa main trouva les petits boutons de nacre qui fermaient sa chemise de nuit dans le dos. Annabelle ferma les yeux quand elle sentit la dentelle vaporeuse glisser sur ses épaules.

— Vous… Tu te rappelles cette soirée, dans le salon de musique ? chuchota-t-elle, avant d'émettre un son étouffé quand il repoussa sa chemise pour dénuder sa poitrine. Quand tu m'as embrassée dans l'alcôve ?

— Je me souviens de chaque seconde, assura-t-il en lui libérant les bras des manches amples. Pourquoi ?

— Je n'ai pas arrêté d'y penser, confessa-t-elle.

Elle se tortilla pour l'aider à faire glisser la chemise de nuit, non sans rougir de la tête aux pieds.

— Moi non plus, reconnut-il.

Il glissa la main sur son sein, qu'il frotta doucement jusqu'à ce que la pointe se dresse contre sa paume.

— Nous formons une combinaison hautement inflammable, semble-t-il… plus encore que je ne l'imaginais.

— Ce n'est donc pas toujours le cas ? s'étonna-t-elle, tandis que, timidement, elle laissait ses doigts courir sur le sillon profond de sa colonne vertébrale, puis sur les muscles durs qui encadraient celle-ci.

Sa caresse, si simple qu'elle fût, altéra le rythme de sa respiration comme il se penchait sur elle.

— Non, murmura-t-il en posant une de ses longues jambes sur les siennes, qui étaient demeurées serrées.

— Pourquoi…

Un faible gémissement lui échappa quand, refermant ses grandes mains sur ses flancs, il se pencha pour saisir entre ses lèvres la pointe érigée d'un sein. Il taquina de la langue le petit bout durci, tant et si bien qu'elle fut incapable de rester plus longtemps immobile. Profitant de ce que ses jambes s'écartaient spontanément, il s'insinua entre elles tandis qu'elle plongeait avec bonheur les doigts dans son épaisse chevelure. Elle en avait si souvent rêvé, de ce geste ! Il embrassa la peau délicate de ses poignets, puis de l'intérieur de ses coudes, descendit jusqu'au creux de sa gorge, poursuivit sa caresse plus bas encore… Elle lui laissait faire ce qu'il voulait, toute frissonnante du chatouillement de sa barbe naissante qui contrastait avec la chaude humidité de sa bouche. Mais lorsqu'il insinua la pointe de la langue dans son nombril, elle lui échappa avec un petit cri choqué.

— Non… Simon, je… je t'en prie…

Aussitôt, il se hissa vers elle pour l'enlacer. Son visage écarlate lui arracha un sourire.

— C'est trop ? demanda-t-il d'une voix enrouée. Je suis désolé… L'espace d'un instant, j'ai oublié que c'était nouveau pour toi. Laisse-moi te serrer contre moi. Tu n'as pas peur, n'est-ce pas ?

Avant qu'elle puisse répondre, il s'empara de sa bouche avec douceur. Elle sentait son torse dur contre ses seins à chaque inhalation. De sa gorge s'échappaient des gémissements ténus qui trahissaient le triomphe du plaisir sur ses craintes. Elle poussa un gémissement plus aigu quand les doigts de Simon descendirent sur son ventre tandis que, du genou, il lui écartait plus largement les cuisses. Insinuant la main dans le buisson de boucles, il explora sa chair intime, en écarta les replis veloutés pour atteindre le bouton soyeux, qui se mit à palpiter sous les caresses légères mais adroites qu'il lui prodiguait.

Annabelle haleta contre sa bouche quand il introduisit avec précaution le doigt dans le fourreau gorgé d'une chaude humidité. Son cœur se mit à battre à tout rompre, ses membres se raidirent contre la vague grandissante du plaisir. S'écartant avec une exclamation étouffée, elle le regarda avec de grands yeux.

Couché sur le côté, en appui sur un coude, le cheveu en bataille, il fixait sur elle un regard brillant de passion, à laquelle se mêlait un subtil amusement. C'était comme s'il paraissait comprendre ce qui avait commencé à se passer en elle, et qu'il était fasciné par son innocente consternation.

— Ne pars pas trop loin, murmura-t-il. Tu ne voudrais pas manquer le meilleur…

Lentement, il l'attira de nouveau sous lui de ses mains caressantes.

— Mon cœur, je ne te ferai pas mal, chuchota-t-il contre sa joue. Laisse-moi te donner du plaisir… Laisse-moi entrer en toi…

Sans cesser de murmurer des paroles rassurantes, il traça un chemin de baisers le long de son corps. Quand sa tête sombre parvint à la hauteur du fouillis de boucles entre ses cuisses, Annabelle gémissait follement. Sa bouche se fraya un chemin là où ses doigts l'avaient précédée et, de la pointe de la langue, il caressa les pétales veloutés, les creux et les sillons. Gênée, elle tenta de se soustraire à son exploration, mais il l'en empêcha en l'agrippant par les hanches.

Les sens en déroute, elle avait l'impression de flotter entre ciel et terre, n'étant plus consciente que de l'exquise torture que Simon lui infligeait impitoyablement. Il n'y avait plus rien qu'elle pût lui cacher, plus rien qu'elle pût faire sinon s'abandonner aux exigences de cette bouche qui soutirait un scandaleux plaisir à son corps consentant.

Il se concentra sur la source de toutes les voluptés, léchant doucement, continûment, jusqu'à ce que, incapable d'en supporter davantage, elle cambre le dos pour plaquer sa chair frémissante contre sa bouche tandis qu'une lave brûlante se répandait dans son corps tétanisé de plaisir.

Après avoir embrassé une dernière fois sa chair repue, Simon s'allongea sur elle, écartant grand ses cuisses amollies pour se positionner à l'orée de son sexe humide.

— J'ai tout oublié de mon compte en banque, murmura-t-elle avec un sourire tremblant lorsqu'il repoussa une mèche de son front.

— Pauvre Annabelle… commença-t-il avec un petit rire.

Comme il accentuait sa pression, elle ressentit les premiers signes d'inconfort.

— … j'ai bien peur que la suite ne soit pas aussi plaisante. Pour toi, en tout cas.

— Ça m'est égal… Je… je suis tellement contente que ce soit toi.

C'étaient sans doute des propos étranges dans la bouche d'une femme au soir de ses noces, mais cela fit sourire Simon. Inclinant la tête, il commença à lui parler à l'oreille tout en appuyant davantage contre sa chair encore vierge. Annabelle s'obligea à rester immobile, luttant contre une furieuse envie de se soustraire à cette intrusion.

— Mon ange…

Le souffle de Simon se fit plus rapide et, comme il cessait un instant sa progression en elle, il parut lutter pour conserver son sang-froid.

— Oui, c'est ça… encore un peu…

Il s'enfonça encore, avant d'hésiter de nouveau.

— Un peu plus…

— Encore combien ? balbutia Annabelle.

Il était trop dur, la poussée était trop intense, et elle se demanda avec anxiété comment cela pourrait un jour cesser d'être inconfortable.

Rester immobile lui demandait un tel effort que Simon serra les dents.

— Je suis à peu près à la moitié, réussit-il finalement à articuler, contrit.

— *La moitié…* répéta Annabelle avec un petit rire tremblant, avant de tressaillir comme il poussait de nouveau. Oh, c'est impossible, je ne peux pas, je ne peux pas…

Mais il continua de s'enfoncer en elle, s'efforçant de la réconforter de la bouche et des mains. Peu à peu, ce fut plus facile, la douleur céda la place à une brûlure légère, mais prolongée. Un long soupir lui échappa quand elle sentit son corps s'adapter, sa chair se préparer à l'imminence de la possession.

Le corps tendu à l'extrême, Simon lâcha sourdement :

— Tu es si étroite.

— Je… je suis désolée.

— Non, non ! Ne sois pas désolée. Mon Dieu !

Sa voix était pâteuse, comme s'il était ivre de plaisir.

Ils échangèrent un long regard, et un sentiment d'émerveillement submergea Annabelle quand elle se rendit compte qu'il avait agi à rebours de ce qu'elle attendait. Elle était tellement persuadée qu'il profiterait de l'occasion pour lui prouver qu'il était le maître… Au lieu de cela, il était venu à elle avec une patience infinie. Emplie de gratitude, elle noua les bras autour de son cou et le gratifia d'un baiser profond. Puis ses mains descendirent le long de son dos puissant, se refermèrent sur ses fesses dures. Timidement, elle l'encouragea à la pénétrer plus avant, mais ce geste suffit à lui faire perdre le peu de contrôle qu'il lui restait.

Avec un grondement de désir, il plongea en elle rythmiquement, le corps frémissant de l'effort qu'il s'imposait pour ne pas être brutal. La force de sa jouissance lui arracha un frisson, et, les dents serrées, balayé par un plaisir aveuglant, il se laissa retomber sur elle, le visage enfoui dans l'épaisseur soyeuse de sa chevelure.

Un long moment s'écoula avant que ses muscles perdent leur rigidité d'acier et qu'il exhale un long soupir. Comme il se retirait avec précaution, un élancement intime fit tressaillir Annabelle.

Basculant sur le flanc, Simon lui caressa tendrement la hanche et marmonna en l'attirant contre lui :

— Il se pourrait bien que je ne quitte plus jamais ce lit.

— Taratata, répliqua Annabelle, à moitié somnolente. Tu m'emmènes demain à Paris. Il n'est pas question que je sois privée de la lune de miel que tu m'as promise.

Cachant son sourire dans ses boucles emmêlées, Simon murmura :

— N'aie crainte, ma douce épouse… tu ne seras privée de rien.

21

Durant les deux semaines que dura leur lune de miel, Annabelle découvrit qu'elle ne possédait pas, tant s'en fallait, l'expérience du monde qu'elle s'imaginait. Avec un mélange de naïveté et d'arrogance britannique, elle avait toujours considéré Londres comme le centre de la culture et du raffinement, mais Paris fut une révélation.

La ville était si étonnamment moderne que Londres semblait, par comparaison, une cousine qui n'avait guère quitté sa campagne. Pourtant, en dépit de son avance intellectuelle et sociale, Paris possédait un réseau de rues aux allures presque médiévales : sombres, étroites, elles sinuaient entre de superbes constructions. C'était un spectacle délicieux que ce foisonnement architectural qui allait des flèches gothiques des églises anciennes à la grandeur solide de l'Arc de triomphe.

Leur hôtel, le *Cœur de Paris*, se trouvait sur la rive gauche de la Seine, entre les boutiques somptueuses de la rue du Montparnasse et le marché couvert de Saint-Germain-des-Prés, qui proposait une variété ahurissante de produits exotiques, tissus, dentelles et parfums. Le *Cœur de Paris* était un palace dont les suites étaient conçues pour le plaisir des sens. La salle de bains, notamment, avait un sol de marbre rose, des murs revêtus de carreaux italiens et un sofa capitonné où l'on pouvait se reposer de l'épuisement de la toilette. Il n'y avait pas une, mais deux baignoires en porcelaine, possédant chacune sa propre chaudière et son réservoir d'eau froide. Un paysage était peint sur le plafond afin de divertir l'occupant de la baignoire. Ayant grandi avec l'idée toute britannique selon laquelle le bain était une corvée hygiénique dont on se débarrassait le plus rapidement possible, Annabelle s'amusait de constater qu'il pouvait être considéré comme un divertissement décadent.

À son grand ravissement, un couple pouvait partager une table dans un restaurant sans être obligé de demander un cabinet particulier. Jamais elle n'avait goûté nourriture plus délicieuse : tendre coq mijoté dans du vin rouge, canard confit grillé à la perfection, rascasse accompagnée d'une sauce à la truffe, tout était exquis. Quant aux desserts, ils étaient source de tels dilemmes que Simon lui avait assuré avec gravité que des généraux étaient partis à la guerre après bien moins de délibérations qu'elle lorsqu'il s'agissait de choisir entre une tarte aux poires et un soufflé à la vanille.

Un soir, il l'emmena assister à un ballet où les danseuses étaient scandaleusement dévêtues. Le lendemain, ce fut une comédie avec des répliques coquines qui ne demandaient aucune traduction. Ils se rendirent également à des bals et à des réceptions donnés par des connaissances de Simon. Parmi elles, il y avait des Français, mais aussi des touristes et des émigrés venus d'Angleterre, d'Amérique et d'Italie. Certains étaient actionnaires ou membres du conseil d'administration de sociétés dans lesquelles lui-même avait des parts, tandis que d'autres travaillaient pour son chantier naval ou son entreprise de chemins de fer.

— Comment connais-tu autant de gens ? lui avait demandé Annabelle, abasourdie, lors de la première réception à laquelle ils s'étaient rendus.

Simon avait ri et lui avait fait remarquer, gentiment moqueur, qu'on avait l'impression qu'elle ignorait qu'il existait un monde en dehors de l'aristocratie britannique. La vérité, c'est qu'il avait raison. Elle n'avait jusqu'à présent jamais songé à regarder au-delà des confins étroits de cette société. Ces hommes, tout comme Simon, appartenaient à une élite au sens purement économique du terme : ils avaient entrepris activement de bâtir des fortunes, et certains d'entre eux possédaient des villes entières, nées autour d'industries florissantes. Ils détenaient des mines, des plantations, des moulins, des entrepôts, des magasins, des usines, et leurs intérêts n'étaient manifestement pas circonscrits à un seul pays. Pendant que leurs épouses couraient les boutiques, ils s'attardaient dans des cafés ou des salons privés pour discuter sans fin d'affaires et de politique. Beaucoup d'entre eux fumaient du tabac roulé dans de minuscules tubes de papier qu'on appelait des cigarettes, une mode qui avait pris naissance chez les soldats égyptiens et s'était rapidement répandue sur le Continent. Au dîner, ils discutaient de choses dont Annabelle ignorait tout, d'événements dont elle n'avait jamais entendu parler et qui n'avaient sûrement jamais été rapportés dans les journaux.

Elle s'aperçut que lorsque son mari prenait la parole, on l'écoutait avec attention, on sollicitait même son avis sur nombre de sujets. Peut-être Simon était-il considéré comme de peu d'importance aux yeux de l'aristocratie britannique, mais il était manifeste qu'il possédait une influence considérable en dehors de celle-ci. À présent, elle comprenait pourquoi lord Westcliff le tenait en si haute estime. Le fait est que Simon était un homme puissant dans sa partie. En voyant le respect que les autres lui manifestaient et l'excitation pleine de coquetterie qu'il inspirait aux femmes, Annabelle commença à regarder son mari différemment. Elle se surprit même à éprouver une certaine possessivité à son égard, et à bouillir de jalousie quand une femme assise à côté de lui lors d'un dîner essayait de monopoliser son attention ou de lui soutirer une promesse d'invitation à danser.

Lors du premier bal auquel ils furent conviés, Annabelle se tenait dans un petit salon en compagnie de quelques femmes, dont l'une était l'épouse d'un fabricant de munitions américain, et les deux autres des Françaises dont les maris étaient marchands d'art. Répondant avec hésitation à leurs questions au sujet de Simon, et répugnant à admettre qu'elle en savait encore très peu sur lui, elle fut soulagée de voir apparaître l'objet de leur conversation. Fort élégant dans son habit de soirée, Simon salua poliment les femmes présentes avant de se tourner vers elle. Leurs regards s'aimantèrent alors que les premières notes d'une délicieuse mélodie se faisaient entendre dans la salle de bal voisine. Annabelle reconnut l'air... Une valse très populaire à Londres, si gracieuse et entêtante que les laissées-pour-compte avaient admis, à l'unanimité, que c'était une véritable torture de rester assise sur sa chaise quand on la jouait.

Simon lui présenta son bras et Annabelle le prit, se rappelant les innombrables fois où, par le passé, elle avait décliné ses invitations.

— Réussis-tu toujours à obtenir ce que tu veux ? s'enquit-elle en souriant.

— Quelquefois, cela prend plus de temps que je ne le souhaiterais.

Une main sur la taille, il la guida vers la foule tourbillonnante des danseurs. Elle fut soudain en proie à une inexplicable nervosité, comme s'ils s'apprêtaient à partager quelque chose de bien plus significatif qu'une simple danse.

— C'est ma valse préférée, lui confia-t-elle quand il l'enlaça.

— Je sais. C'est pour cela que je leur ai demandé de la jouer.

— Comment le savais-tu ? s'exclama-t-elle avec un rire incrédule. L'une des sœurs Bowman te l'a dit, j'imagine ?

Simon secoua la tête.

— À plusieurs reprises, j'ai vu ton visage quand on la jouait. Tu semblais toujours prête à t'envoler de ta chaise.

Annabelle le dévisagea, stupéfaite. Comment avait-il pu remarquer quelque chose d'aussi subtil ? Elle s'était toujours montrée si dédaigneuse à son égard, pourtant, il avait noté sa réaction à un morceau de musique et s'en était souvenu. Les larmes lui montèrent aux yeux et elle dut lutter contre une bouffée soudaine d'émotion.

Simon l'entraîna au milieu des couples qui valsaient, sa main posée au creux de ses reins lui offrant un appui et un guide fermes. Il était si facile de le suivre, de se laisser emporter au rythme qu'il imposait. La mélodie enchanteresse semblait s'insinuer en elle, dissolvant le nœud dans sa gorge et la remplissant d'allégresse.

Ce n'était pas sans une impression de triomphe que Simon, de son côté, valsait avec Annabelle. Enfin, après deux années de patience, il avait obtenu cette valse tant désirée avec elle ! Et, plus satisfaisant encore, Annabelle serait à lui après la danse. Il la ramènerait à l'hôtel, la déshabillerait et lui ferait l'amour jusqu'à l'aube.

Son corps était souple entre ses bras, sa main gantée légère sur son épaule. Rares étaient les femmes capables de le suivre avec une telle aisance – à croire qu'elle savait dans quelle direction il allait l'entraîner avant même qu'il le sache lui-même. Le résultat était une harmonie physique exceptionnelle qui leur permettait de glisser à travers la pièce comme sur un lac gelé.

Simon n'avait pas été surpris par les réactions de ses connaissances quand il leur avait présenté son épouse. Félicitations, discrets regards de convoitise, murmures sournois de quelques-uns prétendant qu'ils ne lui enviaient pas le fardeau d'avoir une femme aussi belle. Ces derniers temps, la beauté d'Annabelle était en effet devenue encore plus éclatante, si une telle chose était possible.

Au lit, elle était affectueuse et même enjouée – la nuit précédente, elle avait grimpé sur lui avec la grâce d'un félin langoureux et lui avait couvert le torse et les épaules de baisers. Il en avait été désarçonné, ayant connu par le passé de belles femmes qui, invariablement, demeuraient passives et se laissaient adorer. Annabelle, elle, l'avait taquiné, caressé, jusqu'à ce qu'il roule sur elle. À la suite de quoi elle avait protesté qu'elle n'en avait pas fini avec lui.

— C'est moi qui vais en finir avec toi ! avait-il fait mine de rugir, avant de s'enfoncer en elle.

Simon ne se faisait pas d'illusions : leurs relations ne seraient pas toujours aussi harmonieuses. Ils étaient tous deux trop indépendants et possédaient une trop forte personnalité pour qu'il n'y ait pas, de temps à autre, un accrochage. N'ayant pas saisi sa chance d'épouser un aristocrate, Annabelle avait fermé la porte sur le genre de vie dont elle avait toujours rêvé et devrait s'habituer à une existence très différente. À l'exception de Westcliff et de deux ou trois autres amis bien nés, Simon n'avait que peu de contacts avec l'aristocratie. Son monde était majoritairement constitué d'hommes actifs comme lui, pas toujours raffinés, et joyeusement déterminés à gagner de l'argent. Cette foule d'industriels n'aurait pu être plus différente de la classe cultivée que fréquentait Annabelle depuis toujours. Ils parlaient trop fort, se voyaient trop et trop longtemps, et ne cultivaient pas un respect particulier pour la tradition ou les bonnes manières. Simon n'était pas certain qu'Annabelle s'accommoderait de telles fréquentations, mais elle semblait prête à essayer. Il comprenait et appréciait ses efforts plus qu'elle ne l'imaginait.

Il était parfaitement conscient que des scènes comme celle qu'elle avait supportée deux jours auparavant auraient amené une autre jeune femme de sa condition au bord des larmes, pourtant, Annabelle avait réussi à garder un calme relatif. Ils s'étaient rendus à une soirée donnée par un riche architecte français et sa femme, une fête plutôt chaotique où le vin coulait à flots, où les invités étaient trop nombreux, et qui avait dégénéré en chahut. Ayant laissé Annabelle à table avec quelques connaissances pendant un quart d'heure, Simon, de retour d'une conversation privée avec son hôte, avait découvert que sa femme, écarlate, avait été acculée par deux hommes qui jouaient aux cartes le privilège d'être celui qui boirait du champagne dans son soulier.

Même si le jeu était censé être amusant, les deux rivaux tiraient manifestement un grand plaisir de son embarras. Il n'y avait en effet rien de plus jouissif pour des esprits blasés que d'attenter à la pudeur de quelqu'un, surtout quand leur victime était d'une innocence si évidente. Annabelle avait eu beau essayer de prendre l'incident à la légère, ce jeu impudent l'avait bouleversée, et le sourire plaqué sur son visage était on ne peut plus faux. S'étant levée, elle jetait des coups d'œil autour d'elle en quête d'un refuge.

Affichant une expression impassible, Simon avait regagné la table et posé une main rassurante sur le dos rigide d'Annabelle. Il l'avait sentie se détendre légèrement, et sa rougeur s'était un peu dissipée quand elle avait levé les yeux vers lui.

— Ils se disputent pour savoir qui boira du champagne dans ma chaussure, avait-elle dit dans un souffle. Ce n'est pas moi qui l'ai suggéré, et je ne sais pas comment…

— Eh bien, voilà un problème facile à résoudre, avait-il coupé d'un ton calme.

Déjà, une petite foule se rassemblait, avide de voir quelle serait sa réaction. Avec douceur, mais fermeté, il avait reconduit Annabelle vers sa chaise.

— Assieds-toi, mon ange.

— Mais, je ne veux pas… avait-elle commencé, mal à l'aise, avant de réprimer un cri quand il s'était accroupi devant elle.

Passant la main sous l'ourlet de ses jupes, il lui avait retiré ses escarpins en satin rebrodé de perles.

— Simon ! s'était-elle exclamée.

Se redressant, il avait tendu un escarpin à chacun des rivaux avec un petit salut.

— Vous pouvez avoir les chaussures, messieurs, dès lors que vous reconnaissez tous les deux que leur contenu m'appartient.

Sur ce, il avait soulevé son épouse aux pieds nus et traversé la pièce au milieu des rires et des applaudissements. Alors qu'ils approchaient de la porte, ils avaient croisé le domestique qu'on avait envoyé chercher la bouteille de champagne.

— Nous la prenons, avait déclaré Simon à l'homme, qui avait tendu la bouteille glacée à Annabelle. Tu vas me coûter une fortune en chaussures, avait-il ajouté en regagnant la voiture.

— J'en ai d'autres, à l'hôtel, avait-elle rétorqué, les yeux rieurs. Tu as l'intention de boire le champagne dans l'une d'elles ?

— Non, mon cœur. Je vais le boire directement de toi.

Elle lui avait jeté un regard interloqué puis, quand elle avait compris, elle avait pressé le visage contre son épaule en rougissant d'embarras.

Se souvenant de cet épisode et des heures délicieuses qui avaient suivi, Simon regarda sa femme. La lumière scintillante des huit lustres allumait de minuscules d'étoiles dans les yeux qu'elle levait vers lui. Jamais auparavant il ne lui avait vu un regard aussi intense, comme si elle aspirait à quelque chose qu'elle n'obtiendrait peut-être jamais. Ce regard l'inquiéta, et provoqua en lui le besoin irrésistible de la satisfaire de toutes les manières possibles. Quoi qu'elle eût demandé à cet instant, il le lui aurait accordé sans hésiter.

Ils dansèrent ainsi jusqu'à ce que certains murmurent, ironiques, qu'il était plutôt inconvenant pour un mari et sa femme de se consacrer ainsi exclusivement l'un à l'autre lors d'un bal, et prédisent qu'ils se lasseraient de la compagnie de l'autre sitôt passée la lune de miel. Simon se contenta de sourire et se pencha pour chuchoter à l'oreille d'Annabelle :

— Alors, es-tu désolée à présent de n'avoir jamais dansé avec moi ?

— Non. Si je n'avais pas représenté un défi, tu n'aurais pas été intéressé.

Avec un petit rire, Simon glissa le bras autour de sa taille et l'entraîna à l'écart.

— Voilà qui ne risque pas d'arriver un jour. Tout ce que tu fais ou dis m'intéresse.

— Vraiment, fit-elle, sceptique. Et l'affirmation de lord Westcliff selon laquelle je suis superficielle et égoïste ?

Comme elle lui faisait face, Simon s'appuya de la main au mur, à côté de sa tête, et se pencha vers elle d'un air protecteur.

— Il ne te connaît pas, répliqua-t-il avec douceur.

— Et toi, tu me connais ?

— Oui, répondit-il en enroulant une petite boucle de sa nuque autour de son index. Tu te protèges avec soin. Tu n'aimes pas dépendre de quiconque. Tu es déterminée, volontaire et même carrément obstinée. Mais absolument pas égoïste. Et une personne aussi intelligente ne peut décemment pas être qualifiée de superficielle.

Il lui caressait les cheveux, à présent. Une étincelle taquine s'alluma dans ses yeux quand il ajouta :

— Tu es aussi délicieusement facile à séduire.

Avec un rire scandalisé, Annabelle leva le poing comme pour le frapper.

— Seulement pour toi.

Riant à son tour, il emprisonna son poing dans sa grande main et lui embrassa les phalanges l'une après l'autre.

— Maintenant que tu es ma femme, Westcliff se gardera de prononcer un seul mot contre toi ou notre mariage. Dans le cas contraire, je mettrais fin à notre amitié sur-le-champ.

— Oh, mais je ne voudrais pas que…

Elle le dévisagea, déconcertée.

— Tu ferais cela pour moi ?

Simon suivit du doigt une mèche plus claire qui serpentait dans ses boucles d'un miel foncé.

— Il n'y a rien que je ne ferais pour toi.

Ce vœu était sincère. Il n'était pas un homme de demi-mesures. Annabelle s'était engagée vis-à-vis de lui, en échange, elle bénéficierait de son soutien et de sa loyauté inconditionnels.

Elle resta anormalement silencieuse après cet échange, et Simon en conclut qu'elle était fatiguée. Mais quand ils retrouvèrent leur chambre, ce soir-là, elle se donna à lui avec une ardeur nouvelle, s'efforçant d'exprimer avec son corps ce qu'elle ne pouvait dire avec des mots.

22

Comme promis, Simon se montra un mari généreux, n'hésitant pas à lui commander quantité de robes et d'accessoires, qui seraient envoyés à Londres dès leur achèvement. Quand il l'emmena dans une bijouterie, un après-midi, et lui proposa de choisir ce qu'elle aimait, elle ne put que secouer la tête avec impuissance devant l'impressionnante collection de diamants, de saphirs et d'émeraudes présentés sur du velours noir.

— Il n'y a rien qui te plaît ? demanda Simon en soulevant un collier de diamants taillés en forme de fleurs. Que penses-tu de celui-ci ? ajouta-t-il en le posant sur sa gorge nue et en admirant le scintillement des pierres contre sa peau délicate.

— Nous avons les boucles d'oreilles assorties, madame, s'empressa de préciser le bijoutier. Et un bracelet qui irait fort bien avec ce bijou.

— Il est superbe, reconnut Annabelle. C'est juste que… Eh bien, cela semble si bizarre d'entrer dans un magasin et d'acheter un collier comme s'il s'agissait d'une boîte de bonbons…

Quelque peu déconcerté par ses réticences, Simon la scruta, tandis que le bijoutier s'éloignait discrètement. Il reposa le collier sur son coussin de velours, prit la main de sa femme. Du pouce, il lui caressa les doigts.

— Qu'y a-t-il, mon cœur? Il existe d'autres bijoutiers, si tu ne trouves rien à ton goût ici…

— Oh, ce n'est pas ça! Je suppose que je suis tellement accoutumée à ne *pas* acheter que j'ai du mal à me faire à l'idée que je le peux, à présent.

— Je ne doute pas un instant que tu réussiras à surmonter ce problème, répliqua Simon avec une pointe d'ironie. En attendant, j'en ai assez de te voir avec des bijoux en strass. Si tu ne parviens pas à choisir, permets-moi de le faire à ta place.

Il sélectionna deux paires de boucles d'oreilles en diamant, le collier de fleurs, un bracelet, deux longs rangs de perles et une bague ornée d'un diamant de cinq carats en forme de poire.

Perturbée par une telle extravagance, Annabelle tenta d'émettre quelques faibles protestations, jusqu'à ce que Simon lui assure en riant que plus elle objecterait, plus il achèterait. Elle demeura donc muette et regarda, les yeux écarquillés, le bijoutier placer les bijoux dans un coffret d'acajou doublé de velours et muni d'une petite poignée sur le dessus. À l'exception de la bague, que Simon lui glissa au doigt, avant de la rendre au bijoutier lorsqu'il eut constaté qu'elle était trop large.

— Et ma bague? s'enquit Annabelle en tenant le coffret à deux mains tandis qu'ils quittaient la boutique. Nous la laissons ici?

Amusé, Simon haussa les sourcils.

— Il va la rétrécir et l'envoyer à l'hôtel.

— Mais si elle se perd?

— Que t'est-il arrivé? Dans la boutique, j'avais l'impression que tu n'en voulais même pas.

— C'est vrai, mais maintenant, elle est à *moi*, répondit-elle d'un air soucieux, à quoi Simon répondit en éclatant de rire.

Au grand soulagement d'Annabelle, la bague fut dûment livrée à l'hôtel le soir même, dans un petit écrin de velours. Pendant que Simon donnait une pièce au commis du bijoutier, elle sortit en hâte de son bain, se sécha et enfila une chemise de nuit. Quand il se retourna après avoir refermé la porte, Simon découvrit sa femme juste derrière lui, le visage illuminé tel un enfant au matin de Noël. Il ne put s'empêcher de sourire en constatant que ses efforts pour garder un maintien convenable avaient fait long feu.

La bague étincela quand il la sortit de l'écrin et la glissa à l'annulaire d'Annabelle, devant son alliance toute simple. Ils l'admirèrent ensemble, puis Annabelle se jeta soudain à son cou avec une exclamation de pur ravissement. Avant qu'il puisse y répondre, elle s'écarta et exécuta une petite danse joyeuse.

— Elle est si belle… Regarde comme elle brille ! Simon, va-t'en… je dois te paraître horriblement intéressée. Peu importe, d'ailleurs, car je suis *bel et bien* intéressée. Autant que tu le saches. Oh, j'adore cette bague !

Prenant plaisir à son excitation, Simon attira son corps mince contre le sien.

— Je n'ai pas l'intention de m'en aller, l'informa-t-il. Mais plutôt de saisir cette occasion de récolter les bénéfices de ta gratitude.

Avec enthousiasme, Annabelle lui fit baisser la tête et écrasa sa bouche sur la sienne.

— Tu vas les récolter, assura-t-elle avant de déposer un nouveau baiser ardent sur ses lèvres. Tout de suite.

Simon se mit à rire sous son assaut passionné.

— Je devrais sans doute dire que ton plaisir est une récompense suffisante. D'un autre côté, si tu insistes…

— Oui, j'insiste !

Annabelle gagna le lit à grands pas, grimpa dessus et se laissa tomber en arrière de toute sa hauteur, bras et jambes écartés. Simon la rejoignit, fasciné par ses pitreries. C'était une Annabelle qu'il n'avait encore jamais vue, comique et délicieusement capricieuse. Comme il approchait du lit, elle releva la tête pour l'encourager.

— Je suis toute à toi. Commence à récolter les bénéfices.

Avec dextérité, il se débarrassa de sa veste et de sa cravate, fin prêt à obtempérer. Annabelle se hissa en position assise et le regarda, sa chevelure retombant en cascade soyeuse sur ses épaules.

— Simon… il faut que tu saches que je ferais l'amour avec toi même sans cette bague.

— Tu es trop bonne, répliqua-t-il, railleur, en ôtant son pantalon. Un mari aime toujours entendre qu'il n'est pas uniquement apprécié pour ses mérites financiers.

— De tous tes mérites, Simon, fit-elle en promenant le regard sur son corps élancé, le financier est probablement le moindre.

— « Probablement » ?

S'avançant jusqu'à toucher le lit, Simon s'empara de l'un de ses pieds nus et le leva pour y presser la bouche.

— Tu ne veux pas dire « définitivement » ?

Elle bascula en arrière en laissant échapper un petit cri étouffé sous la caresse de sa langue, tandis que sa chemise de nuit remontait sur ses cuisses.

— Oh… si, *définitivement.* Vraiment définitivement…

De son corps montait le parfum frais du savon et celui, plus entêtant, de l'huile à la rose. Excité par la vue de sa peau lisse, Simon traça son chemin depuis la cheville jusqu'au genou, l'embrassant et la mordillant tour à tour. Annabelle commença par glousser et se tortiller, mais lorsqu'il s'agenouilla entre ses cuisses écartées, elle s'immobilisa en inhalant profondément. Repoussant sa chemise de nuit, il continua sa progression, déposa une pluie de baisers sur chaque pouce de chair nouvellement exposé, jusqu'à atteindre le buisson de boucles luisantes. L'effleurant à peine du menton, il poursuivit sa route, ce qui lui valut une protestation.

Avec un gémissement suppliant, Annabelle lui agrippa la main pour essayer de l'amener entre ses cuisses. Simon résista et, avec un petit rire, lui cloua les poignets au-dessus de la tête avant de s'emparer de sa bouche. Il perçut sa surprise à être ainsi contrainte. Son souffle se fit soudain plus rapide. Lui maintenant fermement les poignets d'une seule main, il laissa l'autre glisser sur son corps, lui pinça doucement la pointe d'un sein, puis de l'autre.

Son propre corps tout entier tendu vers elle n'était plus que désir. De toutes ses expériences des choses de l'amour, jamais il n'avait été aussi fiévreusement, intensément, totalement concentré… Le monde extérieur s'était évanoui, seul subsistait le plaisir d'Annabelle qui nourrissait le sien…

Sa bouche s'ouvrit sous la sienne, des gémissements s'échappèrent de sa gorge à mesure que ses baisers devenaient plus agressifs. Il frôla la fente entre ses cuisses, se repaissant de sa moiteur soyeuse. En réponse, Annabelle projeta les hanches vers lui, se tendant vers sa main tandis que ses poignets emprisonnés se tordaient sous son étreinte. Chacune de ses ondulations révélait son besoin urgent d'être prise, comblée, et le corps de Simon se durcit de manière exquise à mesure qu'une faim primitive se répandait en lui.

Il inséra un doigt en elle, et elle gémit contre sa bouche. Il ajouta un autre doigt, la caressa doucement jusqu'à ce que le désir gonfle sa chair. À peine eut-il libéré sa bouche qu'elle le supplia :

— Simon, je t'en prie… je t'en *prie*…

Elle frémit de la tête aux pieds lorsqu'il retira ses doigts.

— Non, Simon...

— Chut... souffla-t-il en la prenant par les genoux pour la tirer en travers du lit. Ne t'inquiète pas. Je vais m'occuper de toi... Laisse-moi t'aimer ainsi...

Amenant ses hanches au bord du matelas, il la fit basculer sur le ventre, puis la souleva de manière à exposer ses fesses rondes. Debout sur le sol, il se positionna entre ses cuisses et logea l'extrémité de son sexe à l'entrée de sa fente humide. Il tremblait de désir lorsque, lui agrippant les hanches des deux mains, il s'introduisit d'une lente poussée au plus profond de son intimité. Un feu liquide se déversa en lui comme s'il était à proximité d'un brasier, et son sexe se tendit presque douloureusement. Son souffle se fit rapide, haletant, mais Annabelle demeurait passive, immobile, à l'exception de ses doigts qui se crispaient sur la courtepointe. Inquiet, Simon parvint, Dieu sait comment, à tenir sa passion en bride pour se pencher et lui demander d'une voix rauque :

— Mon cœur... je te fais mal ?

Ce geste le fit s'enfoncer encore plus profondément en elle, et elle gémit.

— Dis-le-moi, et j'arrête tout de suite.

Elle ne répondit pas immédiatement, comme si la question ne s'était pas encore frayé un chemin jusqu'à son esprit. Puis, d'une voix alanguie par le plaisir :

— Non, ne t'arrête pas.

Toujours penché sur elle, il commença à aller et venir lentement ; ses muscles intimes se contractèrent autour de lui. Il recouvrit alors ses mains des siennes en une posture de domination totale sans pour autant lui imposer son propre rythme –

au contraire. Il se mouvait en réponse aux exigences de son corps, attentif à épouser les palpitations de sa chair. À chacun de ses spasmes, il la pénétrait davantage. Au bord de la jouissance, sans toutefois parvenir à l'atteindre, elle haletait et se collait durement contre lui.

— Simon…

Passant la main sous elle, il écarta les tendres pétales qui protégeaient le petit bouton engorgé, source de son plaisir, et, délicatement, l'enduisit du nectar qui perlait de son corps. Elle gémit comme il le titillait, le caressait, ondula éperdument jusqu'à ce que l'extase l'emporte dans un cri. Ses contorsions en furent trop pour les sens exacerbés de Simon… Avec un grondement puissant, il se répandit dans le doux fourreau qui l'étreignait, le corps secoué de spasmes incontrôlables.

Le pire moment de leur lune de miel survint le matin où Annabelle déclara joyeusement que le vieil adage selon lequel le mariage constituait l'état le plus élevé de l'amitié était sans doute vrai. Son intention avait été de lui faire plaisir, mais Simon réagit avec une hostilité déconcertante. Reconnaissant la citation fameuse de Samuel Richardson, il lui avait répondu avec sévérité qu'il espérait que ses goûts littéraires allaient s'améliorer et lui épargneraient dorénavant cette philosophie bon marché tirée des romans. Piquée au vif, Annabelle lui avait opposé un silence froid, incapable de comprendre pourquoi son commentaire avait suscité une telle réaction.

Simon demeura absent toute la matinée et une partie de l'après-midi. Quand il revint, Annabelle jouait aux cartes avec d'autres épouses dans l'un des salons de l'hôtel. S'approchant de sa chaise, il posa les doigts sur son épaule. Elle sentit sa chaleur à travers la soie de sa robe et la sensation se propagea dans tout son corps. Encore blessée par ses paroles, elle songea brièvement à repousser sa main d'un haussement d'épaules, puis se ravisa. Après tout, faire preuve d'un peu de tolérance ne coûtait pas grand-chose. Plaquant un sourire sur ses lèvres, elle leva les yeux vers lui.

— Bonjour, monsieur Hunt, murmura-t-elle pour se conformer à la manière dont la plupart des couples mariés s'adressaient l'un à l'autre en public. J'espère que votre sortie a été plaisante.

Espiègle, elle lui montra ses cartes.

— Regardez la main qu'on m'a octroyée. Auriez-vous un conseil judicieux à me donner ?

Glissant les mains sur les accoudoirs de son fauteuil, Simon inclina la tête pour lui chuchoter à l'oreille :

— Oui… Termine la partie rapidement.

Consciente du regard intéressé des autres femmes, Annabelle s'efforça de conserver une expression impassible, alors même qu'une onde de chaleur lui montait au visage.

— Pourquoi ? souffla-t-elle.

— Parce que je vais te faire l'amour dans exactement cinq minutes. Où que nous soyons… Ici… Dans notre suite… Ou dans l'escalier. Alors, si tu préfères avoir un peu d'intimité, je suggère que tu perdes avec la plus grande célérité possible.

« Il n'oserait pas », se rassura Annabelle, le cœur battant. Cela dit, connaissant Simon, on ne pouvait exclure…

Elle posa alors une carte d'une main tremblante. La joueuse suivante mit tant de temps à se décider que ce fut une torture, quant à celle d'après, elle s'arrêta pour échanger quelques propos amusés avec son propre mari qui venait de s'approcher. Consciente de la sueur qui commençait à lui perler au front, Annabelle cherchait frénétiquement un moyen de se retirer de la partie lorsque la voix de la raison lui affirma que, si audacieux qu'il soit, Simon ne prendrait jamais sa femme dans l'escalier de l'hôtel. Toutefois, la voix de la raison s'étrangla brutalement lorsque ce même Simon consulta sa montre d'un geste nonchalant.

— Tu as trois minutes, lui murmura-t-il à l'oreille.

Quoique agitée, Annabelle ressentit une palpitation honteuse entre les cuisses, son corps répondant sur-le-champ à la promesse sensuelle contenue dans la voix sourde de son mari. Pressant étroitement les jambes l'une contre l'autre, elle attendit son tour en s'exhortant vainement au calme. Les joueuses s'entretenaient tranquillement, qui s'éventant, qui envoyant un domestique chercher un autre pichet de limonade glacée. Enfin, ce fut le tour d'Annabelle. Elle jeta sa carte la plus forte et en tira une autre. Le soulagement faillit la terrasser quand elle découvrit que sa nouvelle carte ne valait rien. Elle posa sa main.

— J'ai bien peur d'avoir perdu, déclara-t-elle en essayant de maîtriser son chevrotement. Ce fut une partie délicieuse. Je vous remercie. Je dois m'en aller…

— Restez donc pour la prochaine, suggéra l'une des dames, aussitôt imitée par les autres.

— Buvez au moins un verre de limonade pendant que nous finissons celle-là…

— Je vous remercie, mais…

Annabelle se leva et réprima un petit cri en sentant la légère pression de la main de Simon au creux de ses reins. Ses seins durcirent sous sa robe.

— J'ai trop dansé la nuit dernière, et je suis épuisée, improvisa-t-elle. Il faut que je me repose un peu avant d'aller au théâtre.

Suivie par un chœur d'au revoir et quelques regards entendus, Annabelle tenta une sortie digne. Dès qu'ils eurent atteint le pied de l'escalier, elle laissa échapper un soupir de soulagement et adressa un regard réprobateur à son mari.

— Si ton but était de m'embarrasser, tu as… Que fais-tu ?

Sa robe était devenue lâche autour des épaules, et elle comprit, choquée, qu'il avait défait l'un des boutons.

— Simon, siffla-t-elle, ne fais pas ça ! Non, arrête !

Elle essaya de lui échapper, mais il n'eut aucun mal à la rattraper.

— Il te reste une minute, la prévint-il.

— Ne dis pas de sottises. Il n'est pas possible d'atteindre notre chambre en moins d'une minute et tu ne…

Elle s'interrompit avec un petit cri quand elle le sentit défaire un autre bouton, et se retourna pour donner une tape sur ses mains baladeuses. Quand elle croisa son regard, elle comprit, non sans incrédulité, qu'il avait l'intention de mettre sa menace à exécution.

— Simon, non !

— Si, répliqua-t-il, taquin, avec cette expression qui lui était devenue si familière.

Empoignant ses jupes, Annabelle pivota pour se précipiter dans l'escalier avec un rire affolé.

— Tu es impossible ! Laisse-moi tranquille. Tu es… Si jamais quelqu'un nous voit, je ne te le pardonnerai jamais !

Simon la suivit sans hâte apparente – mais il faut dire qu'il n'avait pas de jupes et de jupons pour entraver ses mouvements, *lui*. Elle atteignit le premier palier et bifurqua pour attaquer une nouvelle volée de marches, les jambes tremblantes d'avoir gravi l'escalier à vive allure. Ses jupes semblaient peser des tonnes et ses poumons étaient près d'éclater. Dieu qu'elle le maudissait de lui infliger pareille épreuve ! Et Dieu qu'elle se maudissait elle-même de ne pas réussir à contenir ses gloussements haletants !

— Trente secondes, entendit-elle derrière elle alors que, la respiration sifflante, elle atteignait le deuxième palier.

Trois longs couloirs encore avant d'atteindre leur suite… et plus assez de temps. Retenant le devant béant de sa robe, elle jeta un coup d'œil aux couloirs qui partaient du palier et se précipita vers la première porte qu'elle vit. Celle-ci ouvrait sur un placard obscur où régnait une odeur de linge amidonné. Des étagères de draps et de serviettes soigneusement empilés étaient tout juste visibles.

— Avance, murmura Simon.

Il la poussa dans le placard avant de refermer la porte. L'obscurité les engloutit. La poitrine gonflée de rire, Annabelle essaya en vain de repousser les mains qui se tendaient vers elle. À croire que son mari possédait brusquement plus de bras qu'une pieuvre de tentacules, car il la dépouillait de ses vêtements à une allure effarante.

— Et si nous nous retrouvons enfermés ici ? demanda-t-elle alors que sa robe tombait sur le sol.

— Je démolirai la porte, répondit-il en tirant sur le lien de sa culotte. Après.

— Si une servante nous surprend, on nous mettra à la porte.

— Crois-moi, elles ont vu pire.

Elle émit encore quelques faibles protestations, jusqu'à ce que, ayant glissé la main entre ses jambes, Simon eût la preuve de son désir, ce qui rendit toute remontrance inutile. Sa bouche s'entrouvrit sous ses baisers, et son corps l'accueillit avec avidité.

Ils se pressèrent l'un contre l'autre, chaque baiser ne faisant qu'accroître le désir d'Annabelle.

Son corset était trop serré, mais elle en tirait un plaisir inattendu, car il semblait que toutes les sensations s'étaient réfugiées dans la partie inférieure de son corps, dans ses chairs gonflées de désir. Simon l'amena à l'extase en quelques coups de reins.

— Bon sang, marmonna-t-il quelques minutes plus tard, quand il eut réussi à reprendre son souffle.

— Qu'y a-t-il? chuchota Annabelle, la tête appuyée contre son torse.

— L'odeur de linge amidonné va m'exciter jusqu'à la fin de mes jours.

— C'est ton problème, répliqua-t-elle avec un sourire languissant, avant d'inspirer brusquement quand elle sentit son corps, encore uni au sien, pousser vers le haut.

— C'est aussi le tien, souffla-t-il, juste avant que sa bouche ne trouve la sienne dans les ténèbres

23

Peu après leur retour en Angleterre, Simon et Annabelle furent confrontés au problème des relations entre deux familles qui n'auraient pu être plus différentes. La mère de Simon, Bertha, les avait invités à dîner afin qu'ils fassent plus ample connaissance, car ils n'en avaient pas eu l'occasion avant le mariage. Même si Simon avait prévenu Annabelle à quoi s'attendre et qu'elle avait, de son côté, entrepris d'y préparer sa mère et son frère, elle ne s'attendait, au mieux, qu'à des résultats mitigés.

Dieu merci, Jeremy avait accepté sans difficulté Simon Hunt comme beau-frère. Il avait beaucoup grandi au cours des derniers mois et, quand il embrassa Annabelle dans le salon de l'appartement familial, elle découvrit qu'il la dépassait. Ses cheveux châtain doré avaient éclairci, et ses yeux bleus étincelaient dans son visage bronzé.

— Je n'en ai pas cru mes yeux, quand j'ai lu la lettre de maman qui m'annonçait ton mariage avec Simon Hunt, avoua-t-il à sa sœur. Après tout ce que tu avais dit sur lui ces deux dernières années…

— Jeremy, tu n'as pas intérêt à répéter une seule de mes paroles ! l'avertit-elle.

Tout en laissant son bras autour de ses épaules, Jeremy tendit la main à Simon en riant.

— Toutes mes félicitations, monsieur. En vérité, ajouta-t-il malicieusement, je n'ai pas été le moins du monde surpris. Ma sœur se plaignait de vous si souvent et si longuement pour ne pas éprouver un sentiment puissant à votre endroit.

Le regard chaleureux de Simon se tourna vers son épouse, qui fronçait les sourcils.

— Je ne vois absolument pas ce qu'elle pouvait me reprocher, commenta-t-il, affable.

— Je crois qu'elle m'a dit… commença Jeremy avant de grimacer exagérément quand Annabelle lui flanqua un coup de coude dans les côtes. D'accord, je me tiens tranquille, ajouta-t-il, les mains levées, en s'écartant d'elle. Je tenais simplement à avoir une petite conversation à bâtons rompus avec mon nouveau beau-frère !

— « Une petite conversation à bâtons rompus » implique de parler du temps ou de s'enquérir de la santé de quelqu'un, lui rappela Annabelle. Et pas de révéler des choses potentiellement embarrassantes que ta sœur t'a dites en confidence.

Glissant le bras autour de la taille d'Annabelle, Simon l'attira contre lui pour lui murmurer à l'oreille :

— J'ai une idée assez précise des propos que tu devais tenir. Après tout, tu ne répugnais pas vraiment à me le dire en face.

En entendant la pointe d'amusement dans sa voix, Annabelle se détendit contre lui.

N'ayant jamais vu sa sœur aussi à l'aise avec un homme, et remarquant les changements qui s'étaient effectués en elle, Jeremy sourit.

— Je dirais que le mariage semble te réussir, Annabelle.

À cet instant, Philippa pénétra dans la pièce et se précipita vers sa fille avec un cri de joie.

— Ma chérie, tu m'as tellement manqué !

Elle embrassa Annabelle avec effusion, puis se tourna vers Simon avec un sourire radieux.

— Cher monsieur Hunt, bienvenue à la maison. Paris vous a plu ?

— Plus que je ne saurais le dire, répondit Simon en se penchant pour déposer un baiser sur la joue qu'elle lui présentait.

Il ne regarda pas Annabelle quand il ajouta :

— J'ai surtout beaucoup apprécié le champagne...

— Oh, certainement... Je suis sûre que tout le monde... Annabelle, ma chérie, que fais-tu ?

— J'ouvre la fenêtre, répondit cette dernière d'une voix étranglée, le visage écarlate tandis qu'elle se rappelait le soir où Simon avait fait montre de beaucoup de créativité. Il fait vraiment très chaud, ici ! Pourquoi diable les fenêtres sont-elles fermées à cette époque de l'année ?

Gardant le visage obstinément détourné, elle batailla contre le loquet de la fenêtre à guillotine.

Tandis que Simon et Philippa bavardaient, Jeremy eut pitié d'elle et vint l'aider. Il releva le panneau vitré, puis sourit jusqu'aux oreilles quand elle offrit son visage en feu à la brise.

— Ç'a dû être quelque chose, cette lune de miel, murmura-t-il, narquois.

— Tu n'es pas censé être au courant de ce genre de choses, répliqua-t-elle à voix basse.

Jeremy laissa échapper un grognement amusé.

— J'ai quatorze ans, pas quatre. Alors... insista-t-il en rapprochant sa tête de la sienne, pourquoi as-tu épousé M. Hunt ? Maman prétend que c'est parce qu'il t'a compromise, mais, te connaissant, j'imagine qu'il n'y a pas que ça. Une chose est certaine : tu ne te laisserais pas compromettre à moins de le vouloir.

L'étincelle amusée disparut de son regard, et il demanda, plus sérieux :

— C'est à cause de son argent ? J'ai vu les comptes de la maison... De toute évidence, nous n'avions plus un sou vaillant.

— Ce n'est pas entièrement à cause de l'argent…

Annabelle avait toujours été franche avec son frère, mais il lui était difficile d'admettre la vérité, même à elle-même.

— Je suis tombée malade à Stony Cross, et Simon s'est montré d'une gentillesse inattendue envers moi. Et puis, j'ai commencé à mieux l'apprécier, et j'ai découvert que nous avions une espèce de… d'affinité.

— Intellectuelle ou physique ? Les deux ? conclut-il, de nouveau souriant, quand il lut la réponse dans ses yeux. C'est bien. Dis-moi, es-tu…

— Qu'est-ce que vous chuchotez, tous les deux ? les tança gentiment Philippa en leur faisant signe de la rejoindre.

— Je suppliais ma sœur de ne pas faire la tête à son nouveau mari, répondit Jeremy, ce qui fit lever les yeux au ciel à Annabelle.

— Merci, dit Simon avec gravité. Comme tu peux l'imaginer, il faut un courage peu commun pour tenir tête à une telle épouse, mais jusqu'à maintenant, j'ai réussi…

Il s'interrompit avec un grand sourire car Annabelle le menaçait du regard.

— Je crois que votre frère et moi ferions mieux de partager nos confidences masculines ailleurs, pendant que vous raconterez votre voyage à Paris à votre mère. Jeremy… Ça te dirait, un tour dans mon phaéton ?

Le jeune garçon ne se fit pas prier

— Le temps de prendre mon chapeau et mon manteau…

— Inutile de t'encombrer d'un chapeau, l'avertit Simon, laconique. Tu ne le garderais pas sur la tête plus d'une minute.

— Monsieur Hunt, cria Annabelle, si jamais il arrive quelque chose à mon frère, vous serez privé de dîner !

Simon marmonna quelques paroles indistinctes par-dessus son épaule avant de disparaître.

— Les phaétons sont trop légers et trop rapides, et ils se renversent aisément, observa Philippa, le front plissé par l'inquiétude. J'espère que M. Hunt est un conducteur expérimenté.

— Il est excessivement prudent, la rassura Annabelle. Il nous a conduits de l'hôtel jusqu'ici à un pas si mesuré que nous nous serions crus dans un vieux barouche familial. Croyez-moi, Jeremy ne pourrait être en de meilleures mains.

Durant l'heure qui suivit, les deux femmes discutèrent devant une tasse de thé des événements de la dernière quinzaine. Comme Annabelle s'y attendait, sa mère ne lui posa aucune question sur les aspects les plus privés de sa lune de miel, s'abstenant de s'immiscer dans l'intimité du couple. Toutefois, n'étant pas familiarisée avec le milieu des riches industriels, elle fut vivement intéressée par ce qu'elle lui raconta au sujet des étrangers qu'ils avaient rencontrés et des fêtes auxquelles ils avaient assisté.

— On voit de plus en plus de femmes issues de ce milieu en Angleterre, fit-elle remarquer. Elles cherchent à épouser des messieurs titrés en échange de leur richesse.

— Comme les Bowman.

— Oui. On dirait qu'à chaque saison un nombre croissant d'Américaines nous envahit. Dieu sait qu'il est déjà assez difficile de conquérir un aristocrate, nous n'avons vraiment pas besoin d'une concurrence supplémentaire. Je serai contente quand toute cette mode des entrepreneurs passera et que les choses redeviendront comme avant.

Annabelle eut un sourire contraint tandis qu'elle se demandait comment expliquer à sa mère que, à en juger par ce qu'elle avait vu et entendu, l'extension industrielle n'en était qu'à ses débuts… Et que les choses ne reviendraient jamais à leur état antérieur. Elle-même commençait tout juste à comprendre quels changements les chemins de fer, les bateaux à hélices et les usines mécanisées allaient entraîner en Angleterre et dans le reste du monde. C'étaient là des sujets dont Simon et ses connaissances s'entretenaient lors des dîners, la chasse et les parties de campagne chères aux aristocrates étant, eux, rarement abordées.

— Dis-moi, tu t'entends bien avec M. Hunt ? Parce que, apparemment, cela semble être le cas.

— Oh, oui. Même si je dois avouer que M. Hunt ne ressemble à aucun homme de notre connaissance. Les gentlemen auxquels nous sommes accoutumés... Son esprit fonctionne différemment du leur. Il est... il est progressiste.

— Mon Dieu, dit Philippa d'un air vaguement dégoûté. Tu veux dire, politiquement ?

— Non...

Annabelle marqua une pause et fit la grimace, car elle ne savait même pas à quel parti son mari adhérait.

— En fait, ayant entendu certaines de ses opinions, je dirais qu'il est sans doute Whig, ou peut-être même libéral...

— Dieu tout-puissant ! Peut-être qu'avec le temps tu parviendras à le persuader de changer d'orientation.

Annabelle se mit à rire.

— J'en doute. Mais cela n'a guère d'importance parce que... Maman, je commence à croire qu'un jour ou l'autre, les opinions de ces entrepreneurs et de ces industriels auront plus de poids que celles de la noblesse. Ne serait-ce qu'à cause de leur influence financière...

— Annabelle, l'interrompit doucement Philippa, je pense que soutenir ton mari comme tu le fais est une chose merveilleuse. Mais un homme d'affaires n'aura jamais plus d'influence qu'un pair du royaume. En tout cas, en Angleterre.

Leur conversation fut brusquement interrompue par l'entrée fracassante d'un Jeremy échevelé.

— Jeremy ? s'exclama Annabelle, inquiète, en bondissant sur ses pieds. Que s'est-il passé ? Où est M. Hunt ?

— Il fait marcher les chevaux autour de la place pour les calmer. Cet homme est fou, continua-t-il, haletant, en secouant la tête. Nous avons failli nous retourner au moins trois fois et tuer une demi-douzaine de personnes. J'ai été tellement secoué que la moitié inférieure de mon corps est couverte de bleus. S'il m'était resté un peu de souffle, je me serais mis à prier, car il était évident que notre dernière heure était venue. Hunt a les chevaux les plus vicieux que j'aie jamais vus, et les jurons dont il les a accablés étaient si grossiers qu'il aurait suffi d'un seul pour que je sois renvoyé de l'école...

— Jeremy, commença Annabelle, horrifiée que Simon ait ainsi maltraité son frère. Je suis vraiment...

— Vous savez quoi ? J'ai passé le plus *fabuleux* après-midi de toute mon existence ! continua Jeremy avec jubilation. J'ai supplié Hunt de m'emmener de nouveau demain, et il le fera s'il a le temps... Oh, il est fantastique, Annabelle ! Je vais boire un verre d'eau... J'ai la gorge tapissée de poussière !

Il sortit en trombe, laissant sa mère et sa sœur bouche bée.

Plus tard, ce jour-là, Simon emmena Annabelle, Jeremy et leur mère chez ses parents, dans l'appartement qu'ils occupaient au-dessus de la boucherie. Ce dernier se composait de trois pièces principales et d'un escalier étroit qui menait à un grenier. Il était petit, mais joliment meublé. Annabelle lut néanmoins sur le visage de Philippa une désapprobation empreinte de perplexité. Elle ne comprenait visiblement pas pourquoi les Hunt n'avaient pas choisi de vivre dans une jolie maison de ville. Annabelle avait tenté de lui expliquer qu'ils n'avaient pas honte de leur métier et ne souhaitaient pas dissimuler leur appartenance à la classe ouvrière, mais Philippa avait paru encore plus déconcertée. La soupçonnant, non sans contrariété, de se montrer délibérément obtuse, Annabelle avait clos le sujet et, en privé, avait enjoint à Jeremy d'empêcher leur mère de tenir des propos dédaigneux devant la famille de Simon.

— J'essaierai, avait promis son frère. Mais tu connais maman, tu sais comme elle a du mal à frayer avec des gens différents de nous.

Annabelle avait laissé échapper un soupir exaspéré.

— Que le ciel nous épargne de passer une soirée avec des gens qui ne nous ressemblent pas totalement ! Nous risquerions d'apprendre quelque chose. Ou, pire, nous pourrions même y trouver du plaisir… Oh, quelle honte !

Jeremy avait esquissé un curieux sourire.

— Ne sois pas trop sévère avec elle, Annabelle. Il n'y a pas si longtemps, tu éprouvais le même dédain pour ceux qui appartenaient à une classe sociale inférieure.

— Pas du tout ! Je…

Elle s'était interrompue abruptement, les sourcils froncés, puis avait murmuré :

— Tu as raison. Encore que, tout à coup, je n'arrive plus à comprendre pourquoi. Travailler n'a rien de déshonorant, non ? C'est certainement plus admirable que l'oisiveté.

Jeremy avait continué à sourire.

— Tu as changé, s'était-il contenté de remarquer.

— Peut-être n'est-ce pas une mauvaise chose, avait-elle répliqué d'un air contrit.

À présent, alors qu'ils gravissaient l'escalier menant à l'appartement des Hunt, Annabelle perçut une retenue subtile dans le comportement de Simon, seul signe de l'incertitude qu'il devait éprouver. Il ne faisait aucun doute qu'il s'inquiétait de la façon dont sa famille et elle s'entendraient. Déterminée à ce que la soirée soit un succès, Annabelle plaqua un sourire confiant sur son visage et ne tressaillit même pas quand elle entendit le bruit qui filtrait de l'appartement. Une cacophonie de voix d'adultes, de piaillements d'enfants et de chocs sourds, comme si l'on renversait des meubles.

— Mon Dieu ! s'exclama Philippa. On dirait... on dirait...

— Une bagarre ? suggéra Simon. Ce n'est pas impossible. Dans ma famille, il n'est pas toujours facile de distinguer une conversation d'un règlement de comptes.

Quand ils pénétrèrent dans la pièce principale, Annabelle essaya de se repérer dans l'océan des visages... Il y avait là la sœur aînée de Simon, Sally, mère d'une demi-douzaine d'enfants qui, pour l'heure, cavalaient à travers l'appartement telle une horde de taurillons, le mari de Sally, les parents de Simon, ses trois frères plus jeunes ainsi que sa sœur cadette, Meredith, dont le sérieux empreint de sérénité contrastait curieusement avec le tumulte environnant. D'après ce qu'il lui avait dit, Simon ressentait une tendresse particulière pour Meredith qui, à la différence des autres, était timide et toujours plongée dans ses livres.

Les enfants se rassemblèrent autour de Simon, et Annabelle découvrit, surprise, qu'il savait fort bien s'y prendre avec eux. Il les jeta dans les airs, inspecta le trou laissé par une dent récemment tombée et sortit son mouchoir pour essuyer un nez qui coulait. Les premières minutes furent assez confuses, entre les présentations hurlées, les enfants qui ne cessaient d'aller et venir, et le feulement indigné du chat, installé devant la cheminée, qu'un chiot venait de mordiller.

Annabelle pensait que les choses finiraient par se calmer mais, en vérité, le tumulte dura toute la soirée. De temps à autre, elle surprenait le sourire figé de sa mère, l'expression ravie de son frère et l'exaspération amusée de Simon, dont les efforts pour mettre de l'ordre dans cet asile de fous n'étaient guère couronnés de succès.

Le père de Simon, Thomas, était un homme imposant, au visage d'une austérité intimidante, mais dont le sourire qui, sans être aussi charismatique que celui de Simon, possédait sa propre séduction, adoucissait les traits. Annabelle réussit à échanger des propos amicaux avec lui, car ils étaient placés côte à côte lors du dîner. Les deux mères, en revanche, eurent quelques difficultés à communiquer. Non pas tant à cause d'une quelconque hostilité, mais parce qu'elles ne trouvèrent aucun terrain d'entente. Leurs vies, leurs expériences, leurs opinions n'auraient pu être plus divergentes.

On leur servit d'épaisses tranches de bœuf bien cuites, accompagnées de pommes de terre et d'une minuscule louche de légumes. Annabelle ne put réprimer un soupir nostalgique en songeant aux mets qu'on leur avait préparés en France. Elle attaqua néanmoins sa viande avec détermination, et répondit volontiers aux questions de Meredith qui l'interrogea sur Paris, lui expliquant que sa mère et elle devaient se rendre sur le Continent une semaine plus tard pour un séjour d'un mois et demi qui devait s'achever à Rome.

La conversation roula sur le voyage jusqu'à la fin du repas, et une bonne vint débarrasser la table tandis que la famille se retirait au salon pour le thé et les douceurs. À la grande joie des enfants, Jeremy s'assit par terre avec eux, à côté de l'âtre, pour jouer aux jonchets et essayer de maîtriser le chiot. Annabelle, installée non loin, observait leurs pitreries tout en conversant avec la sœur aînée de Simon. Elle ne put s'empêcher de remarquer que ce dernier avait disparu avec sa mère, qui avait sans doute de nombreuses questions à lui poser quant à son mariage précipité et l'état de ce dernier.

— Oh, flûte, le chiot s'est oublié ! s'exclama soudain Jeremy,

— Que quelqu'un aille prévenir la bonne, s'il vous plaît, dit Sally, tandis que les enfants éclataient d'un rire bruyant.

Annabelle étant la plus proche de la porte, elle se proposa aussitôt. Quand elle pénétra dans la salle à manger, la bonne était encore occupée à débarrasser la table. Dès qu'elle lui eut fait part de l'incident, la jeune fille se précipita dans le salon. Alors qu'elle s'apprêtait à la suivre, Annabelle perçut le bruit d'une conversation venant de la cuisine toute proche. Elle s'arrêta en reconnaissant la voix assourdie de Bertha qui parlait d'un ton désapprobateur.

— … et est-ce qu'elle t'aime, Simon ?

Annabelle se figea et attendit, crispée, la réponse de Simon.

— Les gens se marient pour un tas d'autres raisons que celle-là.

— Donc, elle ne t'aime pas, commenta laconiquement Bertha. Je ne peux pas dire que je sois surprise. Ce genre de femmes…

— Fais attention, l'avertit Simon. C'est de ma femme que tu parles.

— Ça te fait un joli ornement au bras quand tu vas dans la haute, insista Bertha. Mais est-ce qu'elle t'aurait épousé si tu n'avais pas été riche ? Est-ce qu'elle restera avec toi en cas de problème ou de difficultés financières ? Si seulement tu avais bien voulu t'intéresser à ces filles que j'ai essayé de te présenter, comme Molly Havelock ou Peg Larcher… Celles-là, au moins, c'étaient de bonnes filles, solides, qui auraient été de vraies compagnes…

Annabelle ne supporta pas d'en entendre davantage. Veillant à afficher une expression impassible, elle regagna le salon. Voilà qui lui apprendrait à espionner, songea-t-elle tristement en se demandant si l'opinion que Bertha se faisait d'elle pouvait être pire encore. La critique la blessait… mais elle devait reconnaître qu'il n'y avait pas de raison particulière pour que la famille de Simon ou sa mère l'aiment. En fait, se rendit-elle compte, si elle avait beaucoup réfléchi aux avantages qu'il y avait à épouser Simon, elle ne s'était jamais interrogée sur ce qu'elle pouvait lui apporter en retour.

Troublée, elle se demanda si elle devait avouer à son mari qu'elle avait surpris cette conversation entre sa mère et lui, puis jugea préférable de n'en rien faire. Aborder le sujet ne ferait que l'obliger à la rassurer, ou peut-être à excuser sa mère, et ni l'un ni l'autre n'était nécessaire. Elle savait qu'il lui faudrait du temps pour prouver sa valeur à Simon et à sa famille… et peut-être à elle-même.

Tard, ce soir-là, quand ils eurent regagné le *Rutledge*, Simon posa les mains sur ses épaules et plongea son regard dans le sien.

— Je te remercie, dit-il.

— De quoi ?

— De te montrer aussi agréable avec ma famille.

L'attirant à lui, il déposa un baiser sur le sommet de son crâne.

— Et d'avoir choisi de ne pas tenir compte du fait qu'ils sont si différents de toi.

Annabelle rougit de plaisir et se sentit soudain bien mieux.

— J'ai passé une très bonne soirée, mentit-elle, ce qui le fit sourire.

— Tu n'es pas obligée d'aller si loin.

— Oh, il y a peut-être eu un moment ou deux, quand ton père parlait des tripes d'animaux... ou quand ta sœur a raconté ce qu'avait fait le bébé dans son bain... Mais, l'un dans l'autre, ils ont tous été très, très...

— Bruyants ? suggéra Simon, l'œil pétillant.

— J'allais dire « gentils ».

Il glissa les mains le long de son dos, massa les muscles tendus entre ses omoplates.

— Tu t'adaptes plutôt bien à ce rôle d'épouse de plébéien, tout bien considéré.

— Ce n'est pas si terrible, murmura Annabelle en insinuant la main entre eux et en lui jetant un regard taquin. Je suis prête à passer sur beaucoup de choses en échange de cet impressionnant...

— Compte en banque ?

Elle sourit et glissa les doigts dans la ceinture de son pantalon.

— Non, pas compte en banque, chuchota-t-elle, juste avant qu'il couvre sa bouche de la sienne.

Le lendemain, Annabelle retrouva avec bonheur Lillian et Daisy, dont la suite était dans la même aile que la leur. S'exclamant et riant tout en s'embrassant, elles firent tellement de bruit que Mme Bowman envoya une domestique leur demander de se calmer.

— J'aimerais bien voir Evangeline, se plaignit Annabelle en glissant le bras sous celui de Daisy pour gagner le salon. Comment va-t-elle ?

— Elle a eu de terribles ennuis il y a une quinzaine de jours quand elle a tenté d'aller voir son père, répondit Daisy avec un soupir. Son état de santé s'est aggravé et il est alité, à présent. Mais elle s'est fait surprendre alors qu'elle essayait de se glisser hors de la maison, et maintenant elle est retenue prisonnière par sa tante Florence et le reste de la famille.

— Pour combien de temps ?

— Indéfiniment.

— Quels individus ignobles, marmonna Annabelle. Si seulement nous pouvions lui venir en aide !

— Ce ne serait pas une merveilleuse idée ? répliqua Daisy avec enthousiasme. Nous devrions l'enlever. Nous apporterions une échelle et nous la placerions sous sa fenêtre, et...

— Et tante Florence lâcherait les chiens sur nous, acheva Lillian d'un air sinistre. Ils ont deux énormes dogues qui se baladent en liberté la nuit.

— On mettrait des somnifères dans des boulettes de viande, rétorqua Daisy, et quand ils seraient endormis...

— Oh, que la peste emporte tes plans à la noix ! s'exclama Lillian. Je veux qu'Annabelle nous raconte son voyage de noces.

Deux paires d'yeux sombres se fixèrent sur Annabelle avec un intérêt qui n'avait rien d'innocent.

— Alors ? insista Lillian. C'était comment ? C'est aussi douloureux qu'on le prétend ?

— Avoue tout, Annabelle, la pressa Daisy. Souviens-toi, nous avons promis de tout partager !

Annabelle sourit, savourant la position d'être celle qui sait quelque chose sur ce qui demeure un mystère pour les autres.

— Eh bien, il y a eu des moments un peu inconfortables, admit-elle. Mais Simon s'est montré très gentil et... attentif... Et même si je n'ai pas de moyen de comparaison, je ne peux imaginer qu'un homme puisse être meilleur amant que lui.

— Que veux-tu dire ? demanda Lillian.

Annabelle sentit le rouge lui monter aux joues. Hésitant, elle chercha les mots pour expliquer ce qui, soudain, lui semblait impossible à décrire. On pouvait à la rigueur détailler l'aspect mécanique, mais cela n'aurait pas rendu le moins du monde la tendresse d'une expérience aussi personnelle.

— C'est une intimité qui va bien au-delà de tout ce qu'on peut imaginer... D'abord, on croit mourir d'embarras, mais après, il y a des moments si magnifiques qu'on oublie d'être gênée, et que la seule chose qui compte, c'est d'être tout près de lui.

Il y eut un court silence tandis que les deux sœurs assimilaient ses paroles.

— Ça dure longtemps ? s'aventura à demander Daisy.

La rougeur d'Annabelle s'accentua.

— Parfois, quelques minutes seulement... Et d'autres fois, plusieurs heures.

— *Plusieurs heures ?* répétèrent-elles en chœur, l'air abasourdi.

Lillian plissa le nez de dégoût.

— Mon Dieu, ça a l'air affreux !

— Ça ne l'est pas du tout, assura Annabelle en riant de son expression. C'est même divin.

Lillian secoua la tête.

— Il faut que je réfléchisse à un moyen pour que mon mari en termine vite. Il y a quand même mieux à faire que de passer des heures dans un lit à faire *ça*.

— En parlant du mystérieux gentleman qui sera un jour ton mari, dit Annabelle, nous devrions commencer à élaborer une stratégie pour notre prochaine campagne. La saison ne commencera pas avant janvier, ce qui nous laisse quelques mois pour nous préparer.

— Daisy et moi avons besoin de la protection d'une aristocrate, soupira Lillian. Pour ne rien dire des leçons de savoir-vivre. Malheureusement, Annabelle, comme tu as épousé un homme du commun, tu n'as pas de réelle influence dans la haute société, et nous ne sommes pas plus avancées qu'au début. Sans vouloir t'offenser, bien sûr, se hâta-t-elle d'ajouter.

— Je ne suis pas offensée, assura Annabelle. Mais Simon a quand même quelques amis dans l'aristocratie... Lord Westcliff, en particulier.

— Oh, non ! protesta Lillian avec fermeté. Je ne veux rien avoir à faire avec lui.

— Pourquoi pas ?

Lillian haussa les sourcils, comme surprise d'avoir à s'expliquer.

— Parce que c'est l'homme le plus insupportable que j'aie jamais rencontré !

— Il n'empêche que Westcliff est très haut placé, insista Annabelle. Et c'est le meilleur ami de Simon. Je n'ai pas d'affection particulière pour lui, mais il pourrait se révéler un allié intéressant. Il paraît que son titre est le plus ancien d'Angleterre. Il n'y a pas de sang plus bleu que le sien.

— Et il le sait, rétorqua Lillian avec aigreur. Il a beau caresser le peuple dans le sens du poil, on voit bien qu'au fond de lui il est ravi d'être un lord entouré de laquais qui lui obéissent au doigt et à l'œil.

— Je me demande pourquoi Westcliff n'est pas encore marié, intervint Daisy, songeuse. En dépit de ses défauts, il faut quand même admettre que c'est une prise de choix.

— Je serai enchantée quand quelqu'un l'aura harponné, marmonna Lillian, ce qui fit rire ses compagnes.

Même si les membres de la haute société désertaient en masse Londres durant les mois les plus chauds de l'été, la vie dans la capitale était loin de stagner. Jusqu'à la suspension des séances, mi-août, qui coïncidait avec l'ouverture de la chasse à la grouse, la présence occasionnelle de gentlemen titrés était encore requise au Parlement. Pendant que ces messieurs assistaient aux séances ou se rendaient à leur club, leurs femmes fréquentaient les boutiques, allaient rendre visite à leurs amies et écrivaient leur courrier. Le soir, on se retrouvait dans des dîners, des soirées et des bals qui se prolongeaient d'ordinaire jusqu'à 2 ou 3 heures du matin. Tel était l'emploi du temps des aristocrates, ou de ceux qui exerçaient une profession considérée comme aristocratique : membres du clergé, officiers de marine, médecins, par exemple.

Au grand chagrin d'Annabelle, il devint vite évident que son mari, malgré sa richesse et sa réussite indéniable, n'exerçait pas, et de loin, une profession aristocratique. Il leur arrivait donc d'être exclus d'événements mondains auxquels elle aurait rêvé d'assister. Ce n'était que lorsqu'un lord était financièrement l'obligé de Simon, ou qu'il était un ami proche de lord Westcliff, que les Hunt étaient invités chez lui. Annabelle n'avait que très rarement la visite des jeunes aristocrates mariées dont elle avait été l'amie, et même si on la recevait toujours lorsqu'elle rendait visite à quelqu'un, on ne l'encourageait pas à revenir. Les frontières de classes et de positions sociales étaient impossibles à franchir.

Ainsi, même une vicomtesse, dont l'époux avait dilapidé sa fortune au jeu, et qui vivait dans une maison modeste avec seulement deux domestiques, avait tenu à montrer sa supériorité sur Annabelle. Après tout, son mari, en dépit de ses défauts, appartenait à l'aristocratie, alors que Simon

Hunt avait le mauvais goût d'être un homme d'argent.

Furieuse de la froideur de son accueil, Annabelle alla trouver les sœurs Bowman et se lança dans une longue diatribe sur le thème des rebuffades qu'elle avait essuyées. Ses amies écoutèrent ses plaintes véhémentes avec amusement et compassion.

— Si vous aviez vu son salon ! s'exclama Annabelle en arpentant le salon. Tout était élimé et poussiéreux, il y avait des taches de vin partout sur le tapis, et elle ne faisait que me regarder avec supériorité, et me plaindre de m'être mariée en dessous de ma condition. *En dessous de ma condition*, a-t-elle dit, quand tout le monde sait que son mari est un ivrogne qui dépense leurs derniers shillings aux tables de jeu ! C'est peut-être un vicomte, mais il n'est pas digne de lécher les bottes de Simon, et j'ai dû me retenir très fort pour ne pas le lui jeter à la figure.

— Pourquoi t'es-tu retenue ? s'enquit paresseusement Lillian. Moi, je lui aurais dit ce que je pensais de son snobisme imbécile.

— Parce qu'on ne gagne rien à essayer d'argumenter avec ces gens-là, répliqua Annabelle. Si Simon sauvait une dizaine de personnes de la noyade, on ne le regarderait jamais avec la même admiration qu'un vieux lord bouffi qui se serait contenté de regarder sans lever le petit doigt pour aider.

Daisy arqua légèrement les sourcils.

— Tu regrettes de n'avoir pas épousé un aristocrate ?

— Non, répondit instantanément Annabelle, avant de baisser la tête, en proie à une honte soudaine. Mais je suppose… je suppose qu'il y a des moments où je souhaiterais malgré moi que Simon en soit un.

Lillian l'observa avec une pointe d'inquiétude.

— Si tu pouvais revenir en arrière et changer le cours des choses, choisirais-tu lord Kendall plutôt que M. Hunt ?

— Seigneur, non !

Avec un soupir, Annabelle se laissa tomber sur un tabouret, et les jupes de sa robe de soie verte imprimée de minuscules fleurs se déployèrent autour d'elle.

— Je ne regrette pas mon choix. Mais je regrette de ne pas pouvoir aller au bal des Wymark. Ou à la soirée donnée à Gilbreath House. Ou à n'importe quelle autre manifestation où se retrouvent les gens de la bonne société. À la place, M. Hunt et moi nous rendons à des fêtes fréquentées par des personnes très différentes.

— Quelle sorte de personnes ? voulut savoir Daisy.

Comme Annabelle hésitait, Lillian répondit d'une voix empreinte d'ironie :

— À mon avis, Annabelle fait allusion à ceux qui veulent grimper dans l'échelle sociale. Tous ces nouveaux riches aux goûts et aux manières vulgaires. En d'autres termes, les gens comme nous.

— Non ! protesta Annabelle.

— Si, objecta gentiment Lillian. Tu t'es mariée dans notre monde, ma chérie, et tu n'y es pas à ta place, pas plus que nous ne serons à la nôtre dans l'aristocratie si nous parvenons un jour à décrocher un mari titré. La vérité, c'est que je me moque complètement de fréquenter les Wymark ou les Gilbreath, qui sont mortellement ennuyeux et insupportablement imbus d'eux-mêmes.

Annabelle la contempla, un pli songeur entre les sourcils. Elle voyait soudain sa situation sous un angle nouveau.

— Je ne me suis jamais demandé si je les trouvais ennuyeux, murmura-t-elle. Je suppose que j'ai toujours voulu grimper au sommet de l'échelle sans même savoir si j'aimerais la vue. Mais la question ne se pose plus, évidemment. Et je dois trouver une manière de m'adapter à une vie différente de celle que je croyais vouloir.

Appuyant les coudes sur ses genoux, elle posa le menton sur ses mains croisées et ajouta tristement :

— Je saurai que j'y suis parvenue quand je ne souffrirai plus d'avoir été snobée par l'épouse aux lèvres pincées d'un quelconque vicomte.

Ironiquement, les Hunt furent invités cette même semaine à un bal donné par lord Hardcastle, qui se sentait redevable à Simon depuis que celui-ci l'avait conseillé sur la manière de rééquilibrer les finances familiales en péril.

Il s'agissait d'une grande réception, très courue, et, malgré ses nouvelles résolutions, Annabelle ne put s'empêcher d'être excitée. Vêtue d'une robe de bal en satin jaune pâle, ses cheveux relevés en chignon, elle pénétra dans la salle de bal au bras de Simon. L'immense pièce entourée de colonnes de marbre blanc était baignée par la lumière étincelante de huit lustres. D'énormes compositions de roses et de pivoines parfumaient lourdement l'atmosphère.

Après avoir accepté une coupe de champagne, Annabelle se mêla joyeusement à la foule en savourant l'élégance sereine de la réception. Ces gens étaient ceux qu'elle avait toujours compris et essayé d'imiter – civilisés, dotés de manières irréprochables, connaisseurs en matière de musique, d'art et de littérature. Aucun de ces gentlemen ne se serait avisé de discuter politique ou affaires devant une dame, et tous auraient préféré mourir plutôt que de faire allusion au prix des choses ou de s'interroger ouvertement sur le poids financier d'un des leurs.

Elle dansa souvent, avec Simon et avec d'autres hommes, rieuse et loquace, détournant avec habileté les compliments qui pleuvaient sur elle. Au milieu de la soirée, elle aperçut Simon de l'autre côté de la pièce, en train de converser avec des amis, et elle éprouva le besoin soudain de le rejoindre. S'étant excusée auprès de deux jeunes gens un peu insistants, elle contourna la piste de danse en se glissant derrière les colonnes, qui formaient une espèce de couloir. Entre les colonnes, des canapés et des groupes de chaises permettaient aux invités de se détendre et de discuter. Elle passa derrière un groupe de douairières, puis derrière un groupe de jeunes filles dépitées de faire tapisserie, qui lui arrachèrent un sourire de sympathie. Mais alors qu'elle s'approchait de deux femmes, quelques mots lui parvinrent, qui l'obligèrent à s'arrêter derrière les larges frondes d'un palmier.

— ... sais pas pourquoi ils ont été invités ce soir, disait l'une d'elles avec colère.

Annabelle reconnut la voix d'une ancienne amie, à présent lady Wells-Troughton, avec qui elle s'était entretenue quelques minutes auparavant de la manière la plus affable.

— Avec quelle suffisance elle exhibe ce diamant vulgaire et ce mari mal élevé ! Et sans la moindre trace de honte !

— Elle devra en rabattre, renchérit son interlocutrice. Elle ne semble pas avoir encore compris que seuls les invitaient ceux qui ont des obligations financières envers lui. Ou qui sont amis avec Westcliff, bien sûr.

— Westcliff est un allié incontestable, admit lady Wells-Troughton. Mais sa protection ne les mènera pas très loin. Le fait est qu'ils devraient avoir le bon goût de ne pas s'imposer là où ils ne sont pas à leur place. Elle a épousé un homme du commun, qu'elle fréquente donc des gens du commun. Même si, je suppose, elle se considère comme trop bien pour eux…

Écœurée et déstabilisée, Annabelle recula discrètement et se dirigea vers l'autre extrémité de la salle de bal. Il fallait vraiment qu'elle cesse d'espionner ainsi les gens, se dit-elle, car elle était apparemment vouée à entendre des choses peu flatteuses sur son compte.

Les ragots en soi ne l'avaient pas vraiment surprise ; ce qui l'avait stupéfiée, en revanche, c'était le ton hargneux de ces deux femmes. Elle avait du mal à comprendre l'origine d'une telle antipathie… sinon, peut-être, l'envie. Annabelle avait gagné un mari beau, viril et riche, alors que lady Wells-Troughton avait épousé un noble d'au moins trente ans de plus qu'elle, et à peu près aussi séduisant qu'une tabatière. D'où la propension de lady Wells-Troughton et de ses semblables à protéger avec une détermination féroce la seule supériorité qu'elles possédaient : leur appartenance à l'aristocratie.

Annabelle se souvint de la remarque de sa mère : « Un homme d'affaires ne sera jamais aussi influent qu'un pair du royaume. » Elle avait l'impression, elle, que l'aristocratie prenait peur devant la puissance grandissante d'industriels tels que Simon. Rares étaient les individus aussi clairvoyants que lord Westcliff, qui avait compris qu'il fallait faire bien plus que de s'accrocher à ses anciens privilèges de propriétaire foncier.

S'avançant entre deux colonnes, elle embrassa du regard la foule aristocratique si fière d'elle-même, si attachée à sa façon traditionnelle de penser et de se conduire… si déterminée à ignorer que le monde autour d'elle commençait à changer. Elle trouvait encore leur compagnie infiniment plus apaisante que celle des amis de Simon. Cependant, elle ne les regardait plus avec admiration ou envie. En fait…

Elle fut tirée de ses pensées par un gentleman qui s'était approché avec deux coupes de champagne. Il était chauve, corpulent, et les plis de son cou retombaient par-dessus son col. Annabelle grogna intérieurement en reconnaissant… lord Wells-Troughton justement. À la façon dont il fixa sa poitrine d'un regard avide, il ne partageait pas l'avis de sa femme et se réjouissait de la présence d'Annabelle à ce bal.

Wells-Troughton, dont le penchant pour les liaisons extraconjugales était bien connu, avait approché Annabelle un an plus tôt, et laissé entendre sans beaucoup de tact qu'il était prêt à l'aider financièrement en échange de ses faveurs. Qu'elle l'ait repoussé ne paraissait pas l'avoir refroidi. L'annonce de son mariage non plus. Pour des aristocrates comme Wells-Troughton, le mariage n'empêchait pas d'avoir une liaison – au contraire. « Ne jamais coucher avec une célibataire », telle était la devise de nombre de ces messieurs… et les histoires d'amour étaient un privilège dont jouissaient souvent les lords et les ladies mariés. Rien n'était plus attirant pour un aristocrate que la jeune épouse d'un autre homme.

— Madame Hunt, la salua Wells-Troughton avec jovialité en lui tendant une coupe de champagne, qu'elle accepta avec un sourire distant. Vous êtes aussi belle qu'une rose d'été, ce soir.

— Je vous remercie, milord.

— À quoi devons-nous attribuer cette aura de satisfaction évidente, ma chère ?

— À mon récent mariage, monsieur.

Wells-Troughton s'esclaffa.

— Ah, je me souviens bien des débuts du mariage ! Profitez-en, car le plaisir qu'on y trouve est par trop éphémère.

— Pour certains, peut-être. Pour d'autres, il peut durer toute la vie.

— Vous êtes délicieusement naïve, ma chère, commenta-t-il avec un sourire entendu, tandis que son regard vagabondait de nouveau du côté de ses seins. Je ne vous détromperai pas, cependant, car ces idées romantiques s'évanouiront d'elles-mêmes le moment venu.

— J'en doute, répliqua Annabelle, ce qui le fit glousser.

— Hunt se montre donc un mari satisfaisant ?

— À tous points de vue, assura-t-elle.

— Allons, je serai votre confident, et nous trouverons un endroit favorable pour en parler. J'en connais quelques-uns.

— Je le crois volontiers, répliqua Annabelle, mais je n'ai pas besoin d'un confident, milord.

— J'insiste pour vous enlever quelques instants. Vous ne serez pas assez sotte pour protester, n'est-ce pas ? ajouta-t-il en posant sa main boudinée au creux de ses reins.

Sachant que sa seule défense était de prendre son insistance à la légère, Annabelle sourit et se détourna, tout en buvant une gorgée de champagne avec une insouciance étudiée.

— Je n'ose aller nulle part avec vous, milord. Je crains que mon mari ne soit d'un tempérament plutôt jaloux.

Elle tressaillit en entendant la voix de Simon derrière elle.

— Et avec raison, semble-t-il.

Bien qu'il s'exprimât avec calme, il y avait une pointe mordante dans son ton qui alarma Annabelle. Elle l'implora du regard de ne pas faire de scandale. Lord Wells-Troughton était irritant mais inoffensif, et ils seraient tous ridiculisés si Simon réagissait de manière excessive à la situation.

— Hunt, murmura l'homme avec un sourire dépourvu de honte. Vous êtes un homme chanceux d'avoir gagné un lot aussi délectable.

— C'est vrai, acquiesça Simon en lui décochant un regard assassin. Et si jamais vous vous approchez de nouveau d'elle…

— Mon chéri, interrompit Annabelle avec un sourire capricieux, j'adore ton humeur primitive. Mais réservons-la pour après le bal.

Simon ne répondit pas, se contentant de foudroyer Wells-Troughton du regard, si bien que son attitude menaçante finit par attirer l'attention des gens autour d'eux.

— Vous avez intérêt à rester loin de ma femme, articula-t-il d'une voix si douce que l'autre blêmit.

— Bonsoir, milord, enchaîna vivement Annabelle en terminant son verre et en lui adressant un sourire artificiel. Merci pour le champagne.

— Ce fut un plaisir, madame Hunt, maugréa Wells-Troughton avant de s'éloigner à la hâte.

Rose d'embarras, Annabelle évita les regards curieux des autres invités tandis qu'elle quittait la salle de bal, Simon sur les talons. Parvenue sur la terrasse, elle posa son verre et laissa la brise rafraîchir ses joues brûlantes.

— Que t'a-t-il dit ? demanda Simon d'un ton sec, la dominant de toute sa taille.

— Rien d'important.

— Il t'a fait des avances… Tout le monde a pu s'en rendre compte.

— Ça n'a aucune importance à ses yeux ni à ceux de quiconque, ici. C'est leur manière d'être… tu sais très bien que ces histoires ne sont jamais prises au sérieux. Pour eux, la fidélité est simplement un… un préjugé typique de la classe moyenne. Et si un homme s'intéresse à la femme d'un autre, comme l'a fait lord Wells-Troughton, personne n'y attache la moindre importance…

— J'y attache de l'importance quand c'est à ma femme que l'on s'intéresse.

— Ta réaction agressive nous couvre de ridicule. En outre, tu ne fais pas preuve d'une grande confiance en moi.

— Tu viens juste de dire que les gens de ta sorte ne croyaient pas à la fidélité.

— Ils ne sont *pas* de ma sorte, riposta Annabelle, perdant patience. Pas depuis que je t'ai épousé, en tout cas ! Je ne sais plus où est ma place, à présent… Elle n'est ni avec ces gens ni avec ceux que tu fréquentes.

L'expression de Simon eut beau demeurer la même, elle sentit qu'elle l'avait blessé. Aussitôt contrite, elle soupira et se frotta le front.

— Simon, je ne voulais pas insinuer que…

— Ce n'est pas grave, coupa-t-il. Retournons à l'intérieur.

— Mais je veux expliquer…

— Tu n'as pas besoin de t'expliquer.

— Simon…

Elle se mordit la lèvre et garda le silence tandis qu'il la ramenait dans la salle de bal, souhaitant de tout son cœur n'avoir jamais prononcé ces paroles impulsives.

24

Comme Annabelle le craignait, son accusation irréfléchie au bal des Hardcastle suscita un léger, mais indéniable malaise entre son mari et elle. Elle désirait s'excuser, et lui expliquer qu'elle ne lui reprochait rien. Cependant, toutes ses tentatives pour lui dire qu'elle ne regrettait pas de l'avoir épousé étaient repoussées avec autant de calme que de fermeté. Simon, pourtant toujours prêt à discuter de tout, refusait d'aborder le sujet. Sans le vouloir, elle l'avait frappé avec la précision infaillible d'un stylet, et sa réaction trahissait une certaine culpabilité à l'avoir privée d'une société à laquelle elle avait un jour rêvé d'appartenir.

Au grand soulagement d'Annabelle, leur relation redevint vite comme avant, et leurs échanges continuèrent à être enjoués, pleins de défi, et même affectueux. N'empêche que les choses n'étaient plus tout à fait pareilles, et qu'elle en était ennuyée. Par moments, Simon se montrait un peu sur ses gardes avec elle, car tous deux savaient à présent qu'elle avait le pouvoir de le blesser. Il semblait l'autoriser à ne s'approcher très près de lui que parce qu'il se protégeait en maintenant une distance faible et néanmoins cruciale entre eux. Elle pouvait cependant toujours compter sur son aide et son soutien inconditionnels quand elle en avait besoin. Elle en eut la preuve la nuit où survint un événement auquel personne ne s'attendait.

Simon était rentré beaucoup plus tard qu'à son habitude après avoir passé toute la journée dans l'usine de Consolidated. Quand il pénétra dans leur suite, une forte odeur d'huile, de métal et de fumée de charbon imprégnait toute sa personne, et ses vêtements étaient dans un triste état.

— Mais qu'as-tu fait ? s'exclama Annabelle, à la fois amusée et alarmée par son apparence.

— J'ai traversé la fonderie, répondit-il en se débarrassant de sa veste et de sa chemise à peine franchi le seuil de leur chambre.

Elle lui adressa un regard sceptique.

— Tu as fait plus que la « traverser ». Qu'est-ce que c'est que ces taches sur tes vêtements ? On dirait que tu as essayé de construire la locomotive toi-même !

— Il a fallu que je donne un petit coup de main...

Il paraissait d'excellente humeur. Étant un homme très physique, Simon était toujours prêt à faire de l'exercice, surtout si celui-ci était un peu risqué.

Les sourcils froncés, Annabelle alla dans la salle de bains lui faire couler un bain. Quand elle revint, elle le trouva en sous-vêtements. Il avait un bleu de la grosseur du poing sur la jambe, et une brûlure au poignet.

— Tu es blessé ! s'écria-t-elle, horrifiée. Que s'est-il passé ?

Comme elle se précipitait vers lui, Simon eut l'air un peu interloqué par son inquiétude.

— Ce n'est rien, assura-t-il en la prenant par la taille.

Mais, repoussant ses mains, Annabelle s'agenouilla pour inspecter sa jambe.

— Comment t'es-tu fait cela ? demanda-t-elle en effleurant le bord de l'hématome du bout du doigt.

C'est arrivé dans la fonderie, n'est-ce pas ? Simon Hunt, je veux que tu te tiennes à distance de cet endroit ! Toutes ces chaudières, ces grues, ces cuves… La prochaine fois, tu seras probablement écrasé, ébouillanté ou troué de partout…

— Annabelle… fit-il avec une pointe d'amusement en la prenant par les coudes pour la relever, je ne peux pas discuter quand tu es agenouillée ainsi devant moi. Pas de manière cohérente, en tout cas. Je peux t'expliquer exactement ce qui…

Il s'interrompit, et une curieuse étincelle s'alluma dans ses yeux sombres quand il vit son expression.

— Tu es contrariée ?

— Quelle épouse ne le serait pas quand son mari rentre à la maison dans cet état !

Simon glissa la main sur sa nuque et la lui pinça doucement.

— Ta réaction est peut-être un peu excessive, non ? Il ne s'agit que d'un bleu et une petite brûlure.

Annabelle se renfrogna.

— D'abord, tu me racontes ce qui s'est passé, ensuite, je déciderai comment réagir.

— Quatre hommes essayaient de retirer une plaque métallique d'un fourneau avec de grandes tenailles. Ils devaient ensuite la transporter jusqu'à une presse, mais elle s'est révélée un peu plus lourde qu'ils ne s'y attendaient, et quand il est devenu évident qu'ils allaient lâcher cette maudite plaque, j'ai ramassé une autre paire de tenailles et je suis allé les aider.

— Pourquoi est-ce qu'un autre ouvrier ne s'en est pas chargé ?

— Il se trouve que j'étais le plus proche du fourneau. Je me suis fait le bleu en me cognant contre la presse, dit-il avec un haussement d'épaules destiné à minimiser l'incident. Et la brûlure, c'est parce qu'une tenaille m'a effleuré le bras. Mais ce n'est pas grave. Je cicatrise vite.

— Oh, c'est tout ? Tu te contentais de soulever des centaines de kilos de fer chauffé à blanc en manches de chemise ? Comme je suis sotte de m'inquiéter !

— Tu n'as pas à t'inquiéter pour moi, murmura-t-il en lui effleurant la joue d'un baiser.

— Il faut bien que quelqu'un le fasse.

Annabelle avait une conscience aiguë de la force et de la solidité de son corps, si près du sien. Mais Simon n'était pas invulnérable ou indestructible. Il n'était qu'un être humain, et il y avait quelque chose d'alarmant à mesurer soudain à quel point sa sécurité était devenue importante à ses yeux. S'écartant de lui, Annabelle se dirigea vers la salle de bains, non sans lui jeter par-dessus son épaule :

— Tu sens comme un train.

— Avec une énorme cheminée, répliqua-t-il en lui emboîtant le pas.

Elle ricana.

— Si tu essaies d'être amusant, inutile de te fatiguer. Je suis furieuse contre toi.

— Pourquoi ? voulut savoir Simon en l'attrapant par-derrière. Parce que je me suis blessé ? Crois-moi, toutes les parties que tu préfères sont encore en état de marche...

Il se pencha pour l'embrasser dans le cou. Mais Annabelle se raidit, résistant à sa caresse.

— Je me moque complètement que tu sautes la tête la première dans une cuve pleine de métal en fusion puisque tu es assez idiot pour te rendre dans la fonderie sans vêtements de protection et...

— Bouillon d'enfer, coupa Simon, le visage enfoui dans ses cheveux, en remontant doucement la main vers sa poitrine.

— Quoi ? fit Annabelle en se demandant s'il venait juste de lâcher un juron inédit.

— Bouillon d'enfer... C'est ainsi qu'ils appellent le métal en fusion. Bonté divine ! s'exclama-t-il quand ses doigts se refermèrent sur la coquille rigide qui lui soutenant les seins, que portes-tu sous cette robe ?

— Mon nouveau corset, moulé à la vapeur.

C'était le dernier article à la mode, importé de New York. Après avoir été lourdement amidonné, il était pressé dans un moule métallique, ce qui lui donnait plus de raideur et de maintien que le corset traditionnel.

— Il ne me plaît pas. Je ne peux pas sentir tes seins.

— Tu n'es pas censé les sentir, rétorqua Annabelle avec une patience exagérée, avant de lever les yeux au ciel quand, plaquant les deux mains sur sa poitrine, il essaya de la pincer doucement.

— Simon... ton bain...

— Quel idiot a inventé le corset, d'abord ? grommela-t-il en la libérant.

— Un Anglais, bien sûr.

— Ça ne m'étonne pas, rétorqua-t-il tandis qu'elle coupait les vannes d'arrivée de l'eau.

— Ma couturière m'a dit que, dans les temps anciens, les corsets se portaient à l'extérieur, et qu'ils étaient un signe de servitude.

— Pourquoi es-tu si désireuse d'en porter, dans ce cas ?

— Parce que tout le monde en porte et que, par comparaison, j'aurais l'air d'une vache si je n'en avais pas.

— « Vanité, tu as femme pour nom », cita-t-il en se dépouillant de ses sous-vêtements.

— Je suppose que si les hommes portent des cravates, c'est parce qu'elles sont excessivement confortables ? suggéra Annabelle d'un ton suave.

— Je porte des cravates pour que les gens ne me considèrent pas comme un homme encore moins civilisé qu'ils ne me croient déjà.

Il s'assit avec précaution dans la baignoire – qui n'avait pas été conçue pour un homme de sa stature – et laissa échapper un soupir de bien-être tandis que l'eau chaude le recouvrait.

Annabelle vint se placer à côté de lui et passa la main dans ses cheveux épais.

— Ceux qui pensent cela se trompent du tout au tout, murmura-t-elle. Ne mets pas le bras dans l'eau... je vais t'aider à te laver.

Elle se délecta à savonner le corps musclé de son époux. Lentement, ses mains épousaient les contours de sa chair ferme. Sensuel comme il l'était, Simon ne faisait aucun effort pour dissimuler son plaisir. Les yeux mi-clos, il la regardait paresseusement. Quoique encore régulier, le rythme de sa respiration s'accéléra cependant, et ses muscles durcirent sous la caresse de ses doigts.

Le silence dans la pièce carrelée n'était troublé que par le clapotement de l'eau et le bruit de leurs respirations.

— Simon... chuchota-t-elle.

Il releva les paupières et plongea son regard sombre dans le sien. Refermant sa grande main sur celle d'Annabelle, il la pressa sur le dur relief de sa poitrine.

— Oui ?

— Si jamais il t'arrivait quelque chose, je...

Elle s'interrompit comme on frappait un coup vigoureux à la porte de leur suite.

— Hmm... Qui cela peut-il être ?

— Ne réponds pas, fit Simon, ennuyé par cette interruption.

Annabelle eut un sourire ironique quand on frappa de nouveau, de manière plus insistante encore.

— Je ne crois pas que notre visiteur abandonnera facilement, commenta-t-elle en s'essuyant les mains. Je suppose que je dois aller voir de quoi il s'agit.

Elle quitta la salle de bains, dont elle referma doucement la porte pour permettre à Simon de terminer sa toilette en toute tranquillité.

— Jeremy ! s'exclama-t-elle, ravie, en découvrant son frère sur le seuil.

Mais son plaisir s'évanouit aussitôt. Le visage juvénile de Jeremy était pâle et tendu, ses lèvres crispées. Il ne portait ni manteau ni chapeau, et ses cheveux étaient ébouriffés.

— Quelque chose ne va pas ? demanda-t-elle en s'effaçant pour le laisser entrer.

— On peut le dire, oui.

Une sourde inquiétude saisit Annabelle lorsqu'elle lut dans son regard un affolement à peine contenu.

— Dis-moi ce qui s'est passé.

Jeremy fourragea dans ses cheveux.

— Le fait est…

Il s'interrompit, l'air abasourdi, comme s'il ne pouvait croire ce qu'il s'apprêtait à révéler.

— Le fait est que *quoi* ? le pressa-t-elle.

— Le fait est que… notre mère vient de poignarder quelqu'un.

Annabelle le scruta, confondue. Puis elle fronça les sourcils.

— Jeremy, c'est la plaisanterie la plus mauvaise que tu aies jamais…

— Ce n'est pas une plaisanterie ! Bon sang, si seulement c'était le cas !

Annabelle ne put dissimuler son scepticisme.

— Qui est-elle censée avoir poignardé ?

— Lord Hodgeham. L'un des vieux amis de papa… Tu te rappelles ?

Annabelle se sentit blêmir tandis qu'un frisson d'horreur la secouait.

— Oui, s'entendit-elle murmurer, je me souviens de lui.

— Apparemment, il est venu à la maison ce soir, pendant que j'étais dehors avec des amis. Je suis rentré tôt. J'ai vu du sang dans l'entrée.

Annabelle secoua lentement la tête en s'efforçant de comprendre ce qu'il lui racontait.

— J'ai suivi les traces jusqu'au salon, où la bonne piquait une crise de nerfs pendant que le valet essayait de nettoyer une tache de sang sur le tapis. Maman était là, silencieuse, aussi rigide qu'une statue. Il y avait une paire de ciseaux ensanglantés sur la table – les ciseaux qu'elle utilise pour la broderie. D'après les domestiques, Hodgeham s'est rendu dans le salon avec maman, ils ont entendu un bruit de dispute, et puis Hodgeham est sorti en titubant, les mains plaquées sur sa poitrine.

Au fur et à mesure qu'Annabelle recouvrait ses esprits, les pensées se bousculaient dans sa tête. Philippa et elle avaient toujours caché la vérité à Jeremy, qui était à l'école lors des visites de Hodgeham. Pour autant qu'elle le sache, son frère n'avait jamais deviné quel rôle jouait celui-ci, et il serait effondré s'il apprenait qu'une partie de sa scolarité avait été payée en échange de… Non, il devait rester dans l'ignorance, et elle se faisait fort d'inventer une explication. Plus tard. L'important, pour l'heure, était de protéger leur mère.

— Où est Hodgeham, maintenant ? demanda-t-elle. Est-il grièvement blessé ?

— Je n'en ai aucune idée. Apparemment, il est sorti par-derrière, où sa voiture l'attendait. Son cocher et son valet de pied l'ont emporté. Je ne sais pas où maman l'a frappé, continua-t-il en secouant la tête avec désespoir, ni combien de fois ni même pourquoi. Elle ne m'a rien dit… Elle restait là, à me regarder, comme si elle ne savait même plus comment elle s'appelait.

— Où est-elle, à présent ? Ne me dis pas que tu l'as laissée toute seule à la maison !

— J'ai dit au valet de ne pas la quitter des yeux une seconde et de ne pas…

Jeremy s'interrompit et porta le regard au-delà de sa sœur.

— Bonsoir, monsieur Hunt. Je suis désolé de vous déranger, mais je suis venu parce que…

— J'ai entendu. Ta voix portait jusque dans la pièce voisine.

Simon était en train de rentrer avec calme les pans d'une chemise propre dans son pantalon, les yeux rivés sur Jeremy. Annabelle réprima un frisson à sa vue. Il lui arrivait d'oublier à quel point son mari pouvait être intimidant, mais en cet instant, avec son regard implacable et son absence totale d'expression, il paraissait aussi impitoyable qu'un tueur à gages.

— Pourquoi Hodgeham est-il venu à la maison à une heure pareille ? s'interrogea Jeremy à voix haute, le visage crispé par l'inquiétude. Et pourquoi diable maman l'a-t-elle reçu ? Et qu'est-ce qui a pu la pousser à réagir comme elle l'a fait ? Il a dû lui jouer un tour quelconque, ou dire quelque chose sur papa… Ou peut-être même lui faire des avances, ce salaud.

Dans le silence pesant qui suivit les spéculations innocentes de Jeremy, Annabelle ouvrit la bouche pour répondre, mais Simon lui fit signe de n'en rien faire. Puis il s'adressa à Jeremy d'une voix calme et détachée :

— Jeremy, cours jusqu'aux écuries, à l'arrière de l'hôtel, et demande qu'on attelle ma voiture. Qu'on selle aussi mon cheval. Tu vas rentrer chez toi, ramasser le tapis et les vêtements tachés de sang, et tu vas les porter à la fabrique de locomotive – c'est le premier bâtiment de l'usine. Tu donneras mon nom et le directeur ne te posera pas de questions. Là, il y a un fourneau...

— Oui, fit Jeremy qui comprit immédiatement. Je brûle tout.

Simon acquiesça d'un bref signe de tête, et le jeune garçon sortit sans ajouter un mot.

Annabelle se tourna vers son mari.

— Simon, je... je veux aller voir ma mère...

— Tu peux partir avec Jeremy.

— Je ne sais pas ce qu'il faut faire au sujet de lord Hodgeham...

— Je le retrouverai, assura Simon d'un air résolu. Prions simplement pour que sa blessure soit superficielle. S'il mourait, ce serait sacrément plus difficile de se sortir de ce pétrin.

Annabelle hocha la tête et se mordit la lèvre avant d'avouer :

— Je pensais que nous étions enfin débarrassés de Hodgeham. Je n'aurais jamais imaginé qu'il oserait encore ennuyer ma mère après notre mariage. Il semble que rien ne l'arrête.

Posant les mains sur ses épaules, Simon la regarda droit dans les yeux.

— Je l'arrêterai, déclara-t-il d'une voix si douce qu'elle en était presque effrayante. Tu peux en être certaine.

Annabelle fronça les sourcils avec inquiétude.

— Que comptes-tu...

— Nous parlerons plus tard. Va chercher ton manteau.

— Oui, Simon, souffla-t-elle avant de se précipiter vers l'armoire.

Annabelle et Jeremy trouvèrent leur mère assise dans l'escalier, la tête baissée, les mains crispées autour d'un verre d'alcool. Elle paraissait petite, presque enfantine, et le cœur d'Annabelle se serra à sa vue.

— Maman, murmura-t-elle en s'asseyant à côté d'elle.

Elle passa le bras autour de ses épaules tandis que Jeremy s'activait, ordonnant au valet de pied de l'aider à rouler le tapis du salon et à le transporter jusqu'à la voiture. Bien que soucieuse, Annabelle ne put s'empêcher de noter qu'il faisait face à la situation de manière extraordinaire pour un garçon de quatorze ans.

Philippa releva la tête et posa sur sa fille un regard hanté.

— Je suis tellement désolée.

— Non, ne...

— Juste au moment où je pensais qu'enfin tout allait bien, Hodgeham est venu... Il m'a dit qu'il voulait continuer à me rendre visite et que si je refusais, il raconterait notre arrangement à tout le monde, qu'il ruinerait notre réputation à tous et ferait de moi un objet de mépris. J'ai pleuré, je l'ai supplié, et il a *ri*... Alors, quand il a posé les mains sur moi, j'ai senti quelque chose se rompre en moi... Les ciseaux étaient sur la table et je n'ai pas pu me retenir... Je les ai ramassés et... et j'ai essayé de le tuer. J'espère que je l'ai tué. Je me moque de ce qui peut m'arriver maintenant...

— Chut, maman, murmura Annabelle en lui pressant l'épaule. Personne ne peut vous reprocher ce que vous avez fait. Lord Hodgeham était un monstre et...

— *Était ?* Est-ce que cela signifie qu'il est mort ?

— Je ne sais pas. Mais tout ira bien quand même... Jeremy et moi sommes là, et M. Hunt ne permettra pas qu'il vous arrive quoi que ce soit.

— Maman, appela Jeremy, qui soutenait l'une des extrémités du tapis que le valet et lui emportaient à l'extérieur, savez-vous où sont les ciseaux ?

La question était posée de manière si désinvolte qu'on aurait pu croire qu'il en avait besoin pour couper la ficelle d'un paquet.

— C'est la bonne qui les a, je crois, répondit Philippa. Elle essaie de les nettoyer.

— Très bien, je vais les lui demander. Inspectez soigneusement vos vêtements, voulez-vous ? lança-t-il par-dessus son épaule en s'éloignant. S'il y a la moindre tache de sang, il faut vous en débarrasser.

— Oui, mon chéri.

En écoutant leur échange, Annabelle ne put s'empêcher de se demander comment sa famille et elle pouvaient discuter de manière aussi désinvolte de la manière de se débarrasser des preuves d'un crime. Et dire qu'elle avait ressenti une pointe de supériorité par rapport à la famille de Simon… Elle frémit en y repensant.

Simon et Jeremy revinrent deux heures plus tard, pratiquement en même temps. Ils s'entretinrent brièvement dans l'entrée. Alors qu'elle descendait l'escalier après avoir aidé sa mère à se coucher, Annabelle vit son mari refermer le bras autour des épaules de son frère et lui ébouriffer les cheveux. Ce geste paternel parut rassurer Jeremy, qui esquissa un sourire tremblant.

Annabelle s'immobilisa, stupéfaite de constater que son frère avait accepté aussi facilement Simon, elle qui s'attendait qu'il se rebelle contre son autorité. Visiblement, un lien s'était tissé entre eux, d'autant plus émouvant que Jeremy n'accordait pas aisément sa confiance, elle le savait. Jamais, jusqu'à cet instant, elle n'avait envisagé que son frère puisse être soulagé d'avoir quelqu'un de fort sur qui se reposer, quelqu'un qui soit apte à fournir des solutions à des problèmes qu'il était encore trop jeune pour affronter seul.

Simon leva la tête. Combattant l'émotion déconcertante qui s'était emparée d'elle, Annabelle les rejoignit.

— Tu as trouvé Hodgeham ? lui demanda-t-elle.

— Oui, je l'ai trouvé, répondit Simon Allons-y, ajouta-t-il en attrapant son manteau, posé sur la rampe, pour le draper sur ses épaules, je te raconterai tout durant le trajet.

Annabelle se tourna vers son frère.

— Jeremy, nous pouvons te laisser ?

— J'ai la situation bien en main, assura le garçon avec une mâle assurance.

Une lueur amusée traversa brièvement le regard de Simon, comme il posait la main au creux des reins d'Annabelle pour la guider vers la porte.

Dès qu'ils furent dans leur voiture, elle assaillit son mari de questions, jusqu'à ce qu'il lui plaque la main sur la bouche pour la faire taire.

— Je te répondrai si tu arrives à te tenir tranquille une minute ou deux.

Elle hocha la tête, et il se pencha pour remplacer ses doigts par ses lèvres. Après lui avoir donné un baiser rapide, il s'adossa à la banquette.

— J'ai trouvé Hodgeham chez lui, entre les mains de son médecin de famille, commença-t-il. Je suis arrivé à point nommé, car ils avaient déjà prévenu la police et attendaient son arrivée.

— Comment as-tu réussi à convaincre les domestiques de te laisser entrer ? s'enquit-elle, perplexe.

— Je ne leur ai pas demandé leur avis. Je suis entré de force et j'ai exigé qu'on me mène auprès de Hodgeham sur-le-champ. Il y avait tellement d'agitation que personne n'a osé refuser. Un valet de pied m'a accompagné jusqu'à sa chambre, à l'étage, où le médecin était en train de recoudre sa plaie. Cela dit, commenta-t-il avec un bref sourire narquois, j'aurais pu trouver la chambre tout seul rien qu'en m'orientant aux glapissements de ce salaud.

— Bien, fit Annabelle sans cacher sa satisfaction. Lord Hodgeham ne souffrira jamais assez selon moi. Dans quel état était-il ? Et qu'a-t-il dit quand tu es entré dans sa chambre ?

Simon eut une moue de dégoût.

— Il est blessé à l'épaule, et la plaie est superficielle. Une grande partie des propos qu'il a tenus ne vaut pas la peine d'être répétée. Après l'avoir entendu vociférer tout son soûl, j'ai demandé au médecin de nous laisser quelques minutes en tête à tête. Je lui ai alors dit que j'avais été désolé d'apprendre qu'il souffrait d'une grave indigestion… Un commentaire qui l'a décontenancé, jusqu'à ce que je lui explique qu'il avait tout intérêt à évoquer auprès de sa famille et de ses amis un problème d'estomac plutôt qu'une blessure à l'arme blanche.

— Sinon ? risqua Annabelle avec un pâle sourire.

— Je lui ai fait comprendre que je le découperais comme un jambon du Yorkshire. Et que si la plus infime rumeur concernant ta mère ou ta famille me venait aux oreilles, je l'en tiendrais pour responsable, et qu'il ne subsisterait de lui pas assez de restes pour l'enterrer. Quand j'en ai eu terminé, il osait à peine respirer. Crois-moi, il ne s'approchera plus jamais de ta mère. Quant au médecin, je l'ai dédommagé pour sa visite et persuadé de bannir l'épisode de sa mémoire. Je serais bien reparti tout de suite, mais il fallait que j'attende le policier.

— Que lui as-tu raconté ?

— Qu'il s'agissait d'une erreur, et que sa présence n'était finalement pas nécessaire. Et pour le remercier de s'être dérangé, je lui ai suggéré de se rendre au *Brown Bear* après son service et de commander autant de tournées de bière qu'il le souhaitait sur mon compte.

— Dieu soit loué ! soupira Annabelle, soulagée au-delà de toute expression. Et Jeremy ? murmura-t-elle en se blottissant contre son mari. Qu'allons-nous lui dire ?

— Il n'est pas indispensable qu'il connaisse la vérité – cela ne ferait que le blesser, et le perturber. En ce qui me concerne, Philippa a très mal pris les avances de Hodgeham et, excédée, a perdu la tête l'espace d'un instant. J'ai une suggestion à te faire, continua-t-il en suivant du pouce la ligne de sa joue, à laquelle j'aimerais que tu réfléchisses sérieusement.

Craignant que cette « suggestion » ne se révèle être un ordre à peine voilé, Annabelle lui adressa un regard suspicieux.

— Je t'écoute.

— Je pense qu'il vaudrait mieux que Philippa prenne un peu de distance avec Londres – et Hodgeham – jusqu'à ce que les choses se calment.

— Quelle distance ? Et où irait-elle ?

— Elle pourrait accompagner ma mère et ma sœur dans leur voyage sur le Continent. Elles partent dans quelques jours...

— C'est la plus mauvaise idée que j'aie jamais entendue ! s'exclama Annabelle. Je veux qu'elle reste ici, pour que Jeremy et moi puissions veiller sur elle. En outre, je peux t'assurer que ta mère et ta sœur ne seraient pas ravies...

— Jeremy pourrait les accompagner. Il a le temps avant le début du prochain semestre, et il ferait une excellente escorte pour toutes les trois.

— Pauvre Jeremy... murmura Annabelle en essayant de l'imaginer avec un trio de femmes à travers l'Europe. Je ne souhaiterai pas un tel sort à mon pire ennemi.

Simon accueillit son commentaire d'un grand sourire.

— Il en apprendra probablement beaucoup sur les femmes.

— Mais rien de plaisant, rétorqua-t-elle. Pourquoi penses-tu qu'il faille éloigner ma mère de Londres ? enchaîna-t-elle. Lord Hodgeham constitue encore un danger, selon toi ?

— Non, murmura-t-il. Je te l'ai dit, il n'osera plus jamais s'approcher de Philippa. Toutefois, s'il s'avère qu'il subsiste quelques difficultés du côté de Hodgeham, je préférerais les régler sans qu'elle soit là. De plus, Jeremy a dit qu'elle ne semblait pas elle-même, ce qui est compréhensible vu les circonstances. Quelques semaines à l'étranger devraient lui changer les idées et l'aider à se ressaisir.

Après réflexion, Annabelle dut convenir qu'il avait raison. Cela faisait une éternité que Philippa n'avait pas pris de vacances. Et si Jeremy venait avec elle, peut-être qu'elle tolérerait la compagnie des Hunt. Quant à savoir ce qu'elle-même souhaiterait… Elle semblait trop anéantie pour prendre une quelconque décision. Il était plus que probable qu'elle se rangerait à l'avis de ses enfants.

— Simon… tu me demandes ce que j'en pense ou tu m'informes de ce que tu as d'ores et déjà décidé ?

— Qu'est-ce qui t'inciterait le plus à être d'accord avec moi ? répliqua-t-il en la scrutant.

Il ne put s'empêcher de rire lorsqu'il lut la réponse sur son visage.

— Très bien, reprit-il. Je te le demande.

Avec un sourire ironique, Annabelle se lova de nouveau contre lui.

— Dans ce cas, si Jeremy est d'accord… je le suis aussi.

25

Annabelle n'avait pas demandé à Simon comment sa mère et sa sœur avaient accueilli la nouvelle concernant leurs compagnons de voyage imprévus. Et elle n'était absolument pas pressée de le savoir. Seul importait que Philippa fût loin de Londres et de tout ce qui pouvait lui rappeler Hodgeham. Elle espérait qu'à son retour, sa mère serait reposée, sereine, et prête pour un nouveau départ. Ce voyage procurerait peut-être même quelque plaisir à Jeremy, qui se réjouissait de voir les lieux célèbres dont il avait entendu parler à l'école.

Il restait moins d'une semaine avant leur départ, aussi Annabelle se jeta-t-elle à corps perdu dans la préparation des bagages de sa mère et de son frère, s'efforçant de prévoir au mieux ce dont ils auraient besoin pendant un voyage de six semaines. Amusé par la quantité de provisions qu'elle avait achetées à leur intention, Simon lui fit remarquer que sa famille ne s'aventurait pas dans des contrées sauvages et inexplorées, mais logerait dans des auberges et des pensions de famille.

— Voyager à l'étranger peut être parfois inconfortable, rétorqua Annabelle, qui entassait des boîtes de thé et de biscuits dans une sacoche de cuir.

Des boîtes et des paquets étaient empilés à côté de leur lit, sur lequel elle triait divers articles. Parmi d'autres, elle avait rassemblé des remèdes achetés chez l'apothicaire, deux oreillers de plume et quelques draps, une collection de livres et un assortiment de denrées comestibles.

— La nourriture est différente, sur le Continent, lui rappela-t-elle en examinant un bocal d'un œil critique.

— Certes, acquiesça Simon avec gravité. À la différence de la nôtre, elle est renommée pour son goût.

— Et le climat peut être imprévisible.

— Soleil et ciel bleu ? Oui, ils voudront éviter cela à tout prix.

Elle répondit à sa moquerie d'un regard espiègle.

— Tu as sans doute mieux à faire que de me regarder ouvrir des boîtes.

— Pas quand tu fais ça dans notre chambre.

Annabelle se redressa et croisa les bras sur sa poitrine.

— Je crains fort que vous n'ayez à contrôler vos instincts les plus bas, monsieur Hunt. Au cas où vous ne l'auriez pas remarqué, la lune de miel est finie.

— La lune de miel ne finira que lorsque j'en aurai décidé ainsi, riposta Simon, qui l'attrapa avant qu'elle songe à se dérober.

Il écrasa ses lèvres sous un baiser dominateur et la renversa sur le lit.

— Ce qui signifie qu'il n'y a aucun espoir pour toi.

Pouffant de rire, Annabelle se débattit dans une envolée de jupons, avant de se retrouver clouée sur le matelas, son mari étendu sur elle.

— J'ai encore des choses à emballer, protesta-t-elle comme il s'installait entre ses cuisses. Simon...

— T'ai-je déjà dit que je pouvais défaire des boutons avec les dents ?

Elle laissa échapper un rire haletant, et se tortilla quand il inclina la tête sur son corsage.

— Ce n'est pas très utile, comme talent, non ?

— Ça peut l'être dans certaines situations. Laisse-moi te montrer...

Très peu de bagages furent terminés ce jour-là.

Quelques jours plus tard, Annabelle se retrouva devant la porte de la maison familiale pour assister au départ de sa mère et de son frère. La voiture devait les conduire à Douvres, où ils retrouveraient les Hunt pour la traversée jusqu'à Calais.

Simon se tenait à côté d'elle, le bras passé autour de sa taille. Quand la voiture s'éloigna, elle agita la main, se demandant comment ils allaient se débrouiller sans elle.

— C'est mieux ainsi, affirma Simon quand il eut refermé la porte derrière eux.

— Pour eux ou pour nous ?

— Pour toutes les parties concernées. Je prédis que les semaines à venir vont passer très vite, continua-t-il en ébauchant un sourire. Et, entretemps, vous allez être très occupée, madame Hunt. Pour commencer, nous avons rendez-vous ce matin avec un architecte pour les plans de la maison. Ensuite, il faudra que tu te décides entre deux terrains que notre agent a trouvés dans Mayfair.

Annabelle appuya la tête contre sa poitrine.

— Je remercie le ciel. Je commençais à désespérer de quitter un jour le *Rutledge*. Non pas que j'y sois mal, note bien ! Mais quelle femme ne souhaite avoir une maison bien à elle, et...

Elle s'interrompit comme il jouait avec ses cheveux relevés en chignon.

— Simon, ne retire pas mes épingles, lui intima-t-elle. J'ai trop de mal à me recoiffer et...

Elle soupira et fronça les sourcils quand elle sentit sa coiffure s'affaisser, puis entendit le *bling* des épingles qui touchaient le sol.

— Je ne peux pas m'en empêcher, prétendit-il en enfouissant les doigts dans la masse soyeuse. Ils sont si beaux... ajouta-t-il en portant une boucle à son visage pour la frotter contre sa joue. Et si doux... Et ils embaument les fleurs. Comment diable fais-tu pour qu'ils sentent aussi bon ?

— J'utilise du savon, répondit Annabelle, pragmatique, tout en dissimulant un sourire. Du savon Bowman, pour tout dire. Daisy m'en a donné quelques-uns... Leur père leur en envoie des caisses entières de New York.

— Mmm... Rien d'étonnant à ce qu'il soit millionnaire. Toutes les femmes devraient sentir ainsi.

Lui soulevant les cheveux, il nicha le visage dans son cou.

— Tu l'utilises ailleurs ? chuchota-t-il.

— Je t'inviterais bien à le découvrir, mais nous avons rendez-vous avec l'architecte, tu t'en souviens ?

— Il peut attendre.

— Toi aussi, riposta Annabelle avec une sévérité affectée, en réprimant une furieuse envie de rire. Sapristi, Simon, ce n'est pas comme si tu avais été privé ! Je n'ai pas épargné mes efforts pour satisfaire...

Il la fit taire en s'emparant de sa bouche avec une douceur si persuasive que toute pensée cohérente la déserta. Enroulant ses mains autour de ses poings, il la poussa contre le mur de l'entrée et, d'une langue intrusive, invita la sienne à une danse amoureuse qui la laissa étourdie, pantelante, les doigts agrippés aux revers de sa veste. Délaissant sa bouche, il mordilla doucement la soie délicate de sa gorge. Entre deux baisers, il lui tenait des propos qui la choquaient, car il ne s'exprimait pas en termes fleuris, mais avec la franchise crue d'un homme dont le désir qu'elle lui inspirait ne connaissait aucune limite.

— Je perds tout contrôle, avec toi. Je voudrais être en toi en permanence. Je hais tout ce qui te retient loin de moi.

Annabelle poussa un cri étouffé lorsque, glissant la main dans son dos, il tira durement sur son corsage et en arracha les boutons d'ivoire qui s'éparpillèrent sur le sol. Sans lâcher ses lèvres, il lui dégagea les bras tout en marchant délibérément sur l'ourlet de sa robe, qui tomba à leurs pieds. D'un geste impérieux, il lui attrapa le poignet pour guider sa main vers son bas-ventre. Annabelle inhala brutalement quand ses doigts se pressèrent sur la longue saillie de son érection.

— Je veux te faire crier, je veux que tu te tordes et que tu te pâmes entre mes bras, chuchota-t-il. J'ai besoin de te toucher partout, dehors, dedans, aussi loin que je peux aller…

Il s'interrompit pour lui écraser les lèvres d'un baiser, saisi d'une frénésie soudaine, comme si le fait de la goûter était un stimulant exotique qui le rendait fou. Annabelle eut vaguement conscience qu'il fouillait dans la poche de sa veste, puis qu'il touchait aux nœuds de son corset. Respirant soudain plus librement, elle comprit, stupéfaite, qu'il avait purement et simplement sectionné les lacets avec son couteau.

Devinant qu'elle était sur le point de se faire trousser dans l'entrée de la maison familiale, elle le repoussa, à la fois ravie et parcourue de frissons. Même lorsque son excitation était à son comble, Simon lui avait toujours paru conserver la maîtrise de lui-même. Jamais elle n'avait redouté qu'il se montre brutal avec elle… jusqu'à cet instant. Avec son visage assombri par un afflux de sang inaccoutumé, il avait quelque chose de sauvage. Le cœur battant à grands coups douloureux, elle humecta ses lèvres sèches. Ce geste furtif attira l'attention de Simon, qui attacha sur sa bouche un regard d'une intensité saisissante.

— Ma chambre… réussit-elle à articuler en pivotant vers l'escalier.

Ses jambes la soutenant à peine, elle commença son ascension. Presque aussitôt, elle sentit Simon derrière elle. Sans lui laisser le temps d'émettre une protestation, il la souleva dans ses bras et l'emporta jusqu'en haut des marches avec une aisance presque effrayante.

Il pénétra dans sa chambre à grands pas pressés, sa silhouette virile contrastant dans ce décor de volants pâles, de dentelles défraîchies, de marquoirs encadrés, brodés de ses mains d'enfant.

Sans attendre, il entreprit de la dévêtir, l'allongea sur le lit, puis, ayant littéralement arraché ses propres vêtements, il l'y rejoignit et la couvrit de son corps. Annabelle répondit à son avidité avec une complaisance sans équivoque, l'entourant de ses bras et écartant les jambes à la première sollicitation. Il s'enfonça en elle d'un puissant coup de reins et, réprimant un sursaut, elle s'ouvrit pour l'accueillir. C'était comme si tout en lui avait été conçu pour lui procurer du plaisir, le parfum et le goût enivrants de sa peau, ses muscles durs, le poids de son corps qui écrasait le sien.

Bouleversée par cette intimité dévastatrice, Annabelle sentit les larmes lui monter aux yeux. Simon la réconforta alors de tendres murmures tout en s'enfonçant plus profondément en elle, prenant davantage encore que ce qu'elle se croyait capable de lui donner. Sa bouche butinait la sienne, absorbait son souffle erratique tandis qu'il enchaînait les coups de boutoir. Elle sanglotait contre ses lèvres, le corps tendu comme un arc, le suppliant en silence de mettre un terme à son supplice. Y consentant enfin, il accéléra le rythme, et les amena tous deux à une jouissance dont le paroxysme brutal, dévastateur et jamais égalé les prit de court.

Quelques minutes plus tard, alors qu'elle gisait, repue, contre Simon, la joue calée au creux de son épaule, Annabelle essaya de comprendre ce qui s'était passé. Jamais elle n'avait été à ce point comblée, et pourtant, elle avait eu l'intuition de quelque chose de nouveau pendant qu'ils faisaient l'amour… un sommet inatteignable qui se profilait derrière ce qu'ils venaient juste de vivre… une possibilité demeurée hors d'atteinte… un sentiment… un vœu… une tentation impossible à nommer.

Fermant les yeux, elle savoura la proximité de leurs corps, tandis que l'insaisissable promesse flottait entre eux, tel un esprit bienveillant.

Sa curiosité à l'égard du projet qui accaparait tant son mari allant croissant, Annabelle lui demanda si elle pourrait visiter l'usine de locomotives. En vain. Elle se heurta à toutes sortes de refus, diversions et tactiques variés pour la tenir à l'écart. Quand elle comprit que, pour une raison inexplicable, Simon ne voulait pas l'emmener sur le site, sa détermination à s'y rendre grimpa d'un cran.

— Juste une courte visite, insista-t-elle un soir. Tout ce que je veux, c'est voir à quoi cela ressemble. Je ne toucherai à rien, je te le promets. Pour l'amour du ciel, après t'avoir entendu parler de cette usine tellement souvent, n'ai-je pas le droit d'y jeter un coup d'œil ?

— C'est trop dangereux, répliqua-t-il. Une femme n'a rien à faire dans un endroit plein de grosses machines et de cuves remplies de tonnes de métal en fusion…

— Voilà des semaines que tu m'assures qu'il n'y a pas de danger et que je n'ai absolument aucune raison de m'inquiéter quand tu vas là-bas, et tout à coup, tu me dis que c'est dangereux ?

Se rendant compte qu'il venait de commettre une erreur tactique, Simon se renfrogna.

— Que ce ne soit pas dangereux pour moi ne signifie pas que ça ne l'est pas pour toi.

— Pourquoi ?

— Parce que tu es une femme.

Bouillant comme l'une des cuves auxquelles il venait de faire allusion, Annabelle étrécit les yeux.

— Je répondrai à cela dans un moment, marmonna-t-elle, si je parviens à maîtriser mon envie de te jeter quelque chose à la tête.

Simon se mit à arpenter le salon, l'air ouvertement contrarié. Puis il s'arrêta devant le canapé sur lequel elle était assise.

— Annabelle, commença-t-il d'un ton bourru, visiter la fonderie, c'est comme glisser un œil entre les portes de l'enfer. Nous avons rendu l'endroit aussi sûr que possible, mais il n'empêche que ça reste bruyant, pénible et sale. Un accident n'est jamais à exclure, et tu…

Il s'interrompit et, passant les doigts dans ses cheveux, regarda autour de lui avec impatience, comme s'il avait soudain du mal à soutenir son regard. Prenant visiblement sur lui, il s'obligea à continuer :

— Tu es trop importante pour moi pour que je prenne le risque de t'exposer à un danger. Il est de ma responsabilité de te protéger.

Annabelle ouvrit de grands yeux. Elle était touchée et plus que surprise de l'entendre admettre qu'elle comptait pour lui. Tandis qu'ils se regardaient, elle prit conscience d'une tension particulière... pas déplaisante, mais néanmoins troublante.

— Je te suis reconnaissante de vouloir me protéger, murmura-t-elle en étudiant son visage. Mais je ne veux pas être enfermée dans une tour d'ivoire. Je veux en savoir plus sur ce que tu fais lorsque tu es loin de moi. Je veux voir cet endroit qui est si important pour toi. S'il te plaît.

Simon rumina en silence pendant un moment. Quand il se décida à répondre, ce fut avec une pointe de mauvaise humeur :

— Très bien. Puisqu'il est évident que je n'aurai pas la paix autrement, j'accepte de t'y emmener demain. Mais ne viens pas te plaindre si tu es déçue. Je t'ai prévenue, tu sais à quoi t'attendre.

— Merci, dit Annabelle, satisfaite, en lui adressant un sourire rayonnant, qui se ternit quelque peu quand il ajouta :

— Par chance, Westcliff visitera aussi l'usine demain. Cela vous fournira une excellente occasion de faire plus ample connaissance.

— Quel plaisir, fit Annabelle en s'efforçant de se montrer aimable alors qu'elle était prodigieusement agacée.

Elle n'avait toujours pas pardonné au comte ses remarques blessantes, ni d'avoir prédit qu'en l'épousant, Simon gâcherait sa vie. Toutefois, si Simon croyait que la perspective de se retrouver avec ce prétentieux la dissuaderait de se rendre à l'usine, il se trompait. Un mince sourire plaqué sur le visage, elle passa le reste de la soirée à songer qu'il était bien dommage qu'une épouse ne puisse choisir les amis de son mari à sa place.

En fin de matinée, Simon emmena Annabelle sur le site de Consolidated Locomotive qui s'étendait sur plus de quatre hectares. De vastes bâtiments s'alignaient à l'infini, hérissés d'une forêt de cheminées qui crachaient une épaisse fumée. La taille des ateliers était encore plus démesurée qu'Annabelle ne s'y attendait, et elle demeura presque muette de stupeur à la vue des installations colossales. Ils visitèrent d'abord l'atelier d'assemblage, qui abritait neuf moteurs à des étapes diverses de fabrication. En apprenant que l'investissement nécessaire était, en moyenne, d'un million de livres par semaine, Annabelle regarda son mari, bouche bée.

— Seigneur, souffla-t-elle quand elle eut recouvré l'usage de la parole, mais tu es si riche que ça?

Dans les yeux sombres de Simon une flamme rieuse se mit à danser, et il se pencha pour lui murmurer :

— Je le suis assez, madame, pour vous offrir toutes les bottines que vous souhaitez.

Ils se rendirent ensuite dans l'atelier de modelage, où l'on fabriquait des prototypes en bois. Simon lui expliqua que ceux-ci serviraient plus tard à confectionner les moules dans lesquels la fonte serait versée, puis refroidie. Fascinée, Annabelle l'assaillit de questions sur la fusion des métaux, sur le fonctionnement des presses et autres machines hydrostatiques, et sur les raisons pour lesquelles la fonte était plus solide si elle refroidissait rapidement.

Malgré ses réticences initiales, Simon parut prendre beaucoup de plaisir à lui faire faire le tour des bâtiments, et sourit à plusieurs reprises devant son air absorbé. Quand il la guida avec précaution dans la fonderie, elle découvrit qu'il n'avait pas exagéré en évoquant l'enfer. Cela n'avait rien à voir avec la condition des ouvriers, qui semblaient bien traités, pas plus qu'avec les bâtiments. Non, c'était dans la nature de l'activité elle-même, qui s'apparentait à un chaos organisé où la vapeur, la fumée, le bruit assourdissant, le rougeoiement des fourneaux constituaient l'arrière-plan infernal devant lequel évoluaient les ouvriers en tenue protectrice, brandissant des fers et des marteaux. Se faufilant dans ce labyrinthe de feu et de métal, les hommes de la fonderie disparaissaient derrière des grues énormes ou ralentissaient calmement le pas pour laisser passer de gigantesques plaques de métaux.

Annabelle fut consciente de quelques regards curieux jetés dans sa direction mais, dans l'ensemble, les fondeurs étaient trop absorbés par leur tâche pour se laisser distraire.

Des grues mobiles traversant le bâtiment en son centre transportaient des bennes remplies de ferraille, de fonte, de castine et de coke jusqu'aux cubilots – des fours verticaux de plus de six mètres de haut. Les matières étaient introduites dans les cubilots par des portes de chargement – les gueulards – qui s'ouvraient non loin de leur sommet. Une fois fondu, le métal s'écoulait dans des espèces de louches gigantesques avant d'être reversé dans les moules. L'air était saturé d'odeurs de charbon, de métal et de sueur humaine. Alors qu'elle observait le transfert de la fonte dans les moules, Annabelle se rapprocha instinctivement de Simon.

Étourdie par les grincements incessants des treuils en action, les sifflements perçants des machines à vapeur et les coups assourdissants d'un énorme marteau manipulé par six hommes, elle sursautait à chaque nouvelle agression sonore. Simon glissa spontanément le bras autour de sa taille tandis qu'il s'engageait dans une conversation amicale, à moitié hurlée, avec le contremaître, M. Mawer.

— Avez-vous vu lord Westcliff, aujourd'hui ? s'enquit-il. Il devait se trouver à la fonderie à midi et, pour autant que je sache, il n'est jamais en retard.

Le fondeur passa un mouchoir sur son visage en sueur avant de répondre :

— Je crois que le comte est à l'assemblage, monsieur Hunt. Il y avait un problème avec les dimensions des pièces du nouveau cylindre, et il voulait les inspecter avant qu'elles soient boulonnées.

— Nous allons ressortir, Annabelle, décréta Simon. Cet endroit est bien trop chaud et bruyant pour y attendre Westcliff.

Soulagée à la perspective d'échapper au fracas incessant de la fonderie, elle acquiesça immédiatement. Maintenant qu'elle avait vu l'endroit en détail et que sa curiosité était enfin satisfaite, elle était prête à partir – même si cela impliquait de passer du temps en compagnie de lord Westcliff. Pendant que Simon échangeait encore quelques mots avec Mawer, elle observa l'énorme ventilateur à vapeur utilisé pour injecter de l'air dans le plus gros des cubilots. Le souffle repoussait le métal en fusion dans les louches soigneusement préparées, d'une contenance de cinq tonnes chacune.

Une quantité particulièrement imposante de ferraille se déversait justement dans le gueulard, au sommet du four… Trop imposante, apparemment, car l'un des fondeurs invectiva l'ouvrier qui avait chargé la benne. Plissant les yeux, Annabelle les étudia avec attention. Quelques cris d'avertissement, lancés par les hommes qui manœuvraient le ventilateur depuis une galerie, annoncèrent un nouvel envoi d'air soufflé. C'est alors que le désastre survint. Le métal en fusion déborda des louches et s'écoula du cubilot en grosses flaques bouillonnantes. Simon s'arrêta au milieu d'une phrase, et les deux hommes levèrent les yeux au même moment.

— Nom de Dieu ! entendit-elle Simon s'exclamer.

Elle n'eut que le temps d'entrapercevoir son visage avant qu'il ne la renverse sur le sol et ne la couvre de son corps. Au même instant, deux énormes coulées de métal en fusion tombèrent dans les bacs de refroidissement, provoquant une série d'explosions instantanées.

Annabelle ressentit l'impact de leur souffle comme autant de coups violents. Incapable même de crier, elle n'avait plus conscience que de Simon courbé sur elle, lui protégeant la tête de ses épaules. Et puis…

Ce fut le silence.

Tout d'abord, ce fut comme si la rotation de la terre elle-même s'était brutalement arrêtée. Désorientée, Annabelle cligna des yeux, et fut aussitôt assaillie par l'éclat intolérable du feu sur lequel se détachaient les silhouettes menaçantes des machines, comme autant de monstres infernaux figurant dans un livre ancien. Des jets d'air brûlant la fouettaient avec une telle force qu'elle avait l'impression que sa peau allait se détacher, et de la limaille volait dans les airs, comme projetée par un pistolet. Le chaos faisait rage autour d'elle, et pourtant aucun son ne l'accompagnait. Soudain, elle eut l'impression qu'on lui ôtait un bouchon des oreilles, et elle entendit un faible sifflement, très aigu.

On l'arrachait au sol. Simon la tira par les bras pour la remettre debout. Déséquilibrée par la violente traction, elle s'abattit contre sa poitrine. Il lui parlait… Elle parvenait presque à entendre le son de sa voix, puis elle commença à percevoir de petites explosions et le rugissement continu du feu qui s'attaquait avidement aux machines. Les yeux fixés sur le visage dur de Simon, elle essayait de comprendre ses mots, mais elle était distraite par les piqûres incessantes de la limaille qui tombait en pluie sur sa figure et son cou telle une nuée d'insectes. Poussée par l'instinct plus que par la raison, elle ne cessait, malgré elle, de battre sottement l'air de la main.

Tout en s'efforçant de lui faire un rempart de son corps, Simon la poussa et la traîna à travers le chaos. La citerne gigantesque d'une chaudière roulait doucement devant eux, écrasant placidement tout sur son passage. Avec un juron, Simon tira Annabelle en arrière pour la laisser passer. Des hommes affluaient de partout, se poussant, criant, les yeux fous, déterminés à gagner coûte que coûte l'une des deux sorties. Une nouvelle série d'explosions ébranla la fonderie, accompagnées de hurlements déchirants. La chaleur l'empêchait de respirer, et elle se demanda vaguement s'ils seraient rôtis vivants avant d'avoir atteint la porte.

— Simon ! cria-t-elle, accrochée à sa taille. Finalement… je reconnais que tu avais raison.

— À quel sujet ? demanda-t-il, les yeux fixés sur l'entrée de la fonderie.

— Cet endroit est effectivement trop dangereux pour moi !

Simon se pencha et la hissa sur son épaule. La maintenant solidement d'un bras passé autour des genoux, il l'emporta entre les grues effondrées. Annabelle aperçut alors les trous sanguinolents qui constellaient sa veste, et elle comprit que l'explosion initiale lui avait criblé le dos d'éclats métalliques quand il la protégeait de son corps. Après avoir franchi quantité d'obstacles, Simon atteignit enfin la triple porte et la reposa sur ses pieds. À sa grande surprise, il la poussa d'un geste ferme vers quelqu'un – qui se révéla être M. Mawer, le contremaître – et ordonna d'une voix éraillée :

— Emmenez-la dehors. Ne vous arrêtez pas avant qu'elle soit très loin du bâtiment.

— Bien, monsieur, cria le contremaître en saisissant le bras d'Annabelle.

Comme il l'entraînait de force à sa suite, elle jeta un regard affolé à Simon par-dessus son épaule.

— Que vas-tu faire ?

— Je dois veiller à ce que tout le monde sorte.

Un frisson d'horreur la parcourut.

— Non ! Simon, viens avec moi...

— Je serai de retour dans cinq minutes.

Annabelle sentit des larmes de terreur autant que de colère lui monter aux yeux.

— Dans cinq minutes, le bâtiment sera réduit en cendres !

— Allez-y, intima-t-il à Mawer avant de pivoter.

— Simon ! hurla-t-elle en le regardant disparaître dans la fonderie.

Une lueur bleue se reflétait sur le plafond, audessus des machines que la chaleur intense tordait à grand bruit. La fumée se déversait par les portes en grosses volutes noires qui contrastaient étrangement avec les nuages blancs dans le ciel. Annabelle ne tarda pas à découvrir que résister à Mawer ne servait à rien. Une fois dehors, elle aspira à grandes goulées et se mit à tousser tandis que ses poumons irrités essayaient de se débarrasser des émanations toxiques. Mawer ne s'arrêta pas avant de l'avoir conduite jusqu'à une allée gravillonnée. Il lui ordonna alors d'un ton ferme de rester là où elle était.

— Il sortira, assura-t-il. Vous allez l'attendre ici. Promettez-moi de ne pas bouger, madame Hunt. Je dois faire le compte de mes hommes, je n'ai pas besoin d'un souci supplémentaire.

— Je ne bougerai pas, répondit machinalement Annabelle, les yeux rivés sur l'entrée de la fonderie. Allez-y.

Elle resta immobile, hébétée, tandis qu'une activité fiévreuse se déployait autour d'elle. Des hommes la dépassaient en courant, d'autres s'agenouillaient auprès des blessés, quelques-uns, comme elle, étaient figés telles des statues et contemplaient l'incendie d'un regard vide. Le feu rugissait si fort que le sol en vibrait. Une pompe à main fut roulée par une vingtaine d'hommes jusqu'au bâtiment – sans doute restait-elle en permanence sur le site, car les pompiers n'avaient pas eu le temps d'arriver. Avec des gestes frénétiques, les hommes s'efforcèrent de brancher un tuyau de cuir sur une citerne d'eau souterraine. Puis ils commencèrent à pomper en cadence et, finalement, un jet d'eau s'éleva à plusieurs dizaines de mètres dans les airs. Mais le résultat de leurs efforts semblait dérisoire comparé à l'amplitude de l'incendie.

Chaque minute qui s'écoulait paraissait durer une année. Annabelle sentait ses lèvres bouger, formant des mots silencieux... « Simon, reviens... Simon, reviens... »

Une demi-douzaine de silhouettes titubantes s'encadrèrent soudain dans l'ouverture, les visages et les vêtements noircis par la fumée. Quand elle se rendit compte qu'aucun de ces hommes n'était son mari, elle reporta son attention sur la pompe à eau. Les hommes dirigeaient à présent le tuyau vers le bâtiment voisin pour tenter d'empêcher le feu de se propager. Comprenant qu'ils considéraient la fonderie comme perdue, elle secoua la tête, incrédule. Ils abandonnaient tout ce qu'elle contenait... y compris ceux qui en étaient peut-être prisonniers. Incapable de demeurer là sans rien faire, elle courut vers la fonderie en scrutant désespérément la foule dans l'espoir d'apercevoir Simon.

Un des contremaîtres faisait le compte des hommes évacués. Elle se précipita vers lui.

— Où est M. Hunt ?

Elle dut répéter deux fois sa question avant qu'il ne lui prête attention. Lui accordant à peine un regard, il lui répondit avec une impatience distraite :

— Il y a eu un autre effondrement à l'intérieur.

M. Hunt aidait à libérer un fondeur prisonnier des débris. On ne l'a pas revu depuis.

En dépit de la chaleur infernale qui émanait du bâtiment, Annabelle sentit un grand froid l'envahir. Sa bouche se mit à trembler.

— S'il avait pu sortir, ce serait fait à l'heure qu'il est, dit-elle. Il a besoin d'aide. Est-ce que quelqu'un pourrait aller à sa recherche ?

Le contremaître la regarda comme si elle avait perdu l'esprit.

— *Là-dedans ?* Ce serait du suicide !

Se détournant, il rejoignit un homme qui s'était effondré sur le sol et se pencha pour glisser un manteau sous sa tête. Quand il jeta un coup d'œil à l'endroit où Annabelle s'était tenue, il n'y avait plus personne.

26

Si quelqu'un remarqua la femme qui se ruait dans le bâtiment, personne ne tenta de l'arrêter. Un mouchoir plaqué sur la bouche et le nez, Annabelle se fraya un chemin dans les tourbillons de fumée acide qui lui arrachaient des torrents de larmes. Le feu, qui avait pris à l'autre extrémité de la fonderie, se propageait dans les chevrons qu'il dévorait à toute allure. Le bruit était plus effrayant encore que la fournaise : grondement des flammes, gémissements et grincements du métal tordu, fracas des lourdes machines qui s'effondraient en projetant du métal en fusion ou de la mitraille.

Empoignant ses jupes, Annabelle trébucha sur les débris fumants qui lui arrivaient presque aux genoux. Elle ne cessait d'appeler Simon d'une voix que le vacarme assourdissait. À l'instant où le désespoir menaçait de la submerger, elle crut percevoir un mouvement dans les décombres.

Avec un hurlement, elle se précipita vers la longue silhouette étendue sur le sol. C'était Simon, vivant et conscient, la jambe coincée sous la flèche métallique d'une grue. Quand il la vit, son visage noirci de suie se crispa d'horreur et il essaya de se redresser.

— Annabelle ! s'écria-t-il d'une voix enrouée, avant d'être pris d'une quinte de toux. Bon sang, *non* ! Sors de là ! Que diable fais-tu ?

Peu désireuse de gaspiller son souffle en vaines querelles, elle secoua la tête. La flèche était trop lourde pour qu'ils puissent la déplacer… il fallait trouver quelque chose… un levier improvisé pour la soulever. Tout en essuyant ses yeux brûlants, elle se mit à errer parmi les pièces en fonte, les moules brisés, les blocs qui avaient servi de contrepoids, ne cessant de glisser, car tout était couvert d'huile et de suie. Plusieurs roues étaient alignées le long d'un mur, dont certaines plus hautes qu'elle. Comme elle essayait de les atteindre, elle aperçut une pile d'essieux et de bielles aussi épais que son poing. Saisissant l'une des lourdes bielles couvertes de graisse, elle la tira tant bien que mal jusqu'à l'endroit où était Simon.

Elle risqua un regard de son côté et devina qu'il l'aurait tuée sur place s'il l'avait pu.

— Annabelle, rugit-il entre deux quintes de toux, sors d'ici *immédiatement* !

— Pas sans toi, répliqua-t-elle en s'acharnant sur un bloc de bois qu'elle s'efforça de pousser contre la grue.

Tout en se tortillant et en essayant de tirer sur sa jambe prisonnière, Simon l'accablait de menaces et de jurons.

— C'est trop lourd ! cria-t-il alors qu'elle tentait de soulever la bielle. Tu ne pourras pas la déplacer ! Sors d'ici. Nom de Dieu, Annabelle…

Au prix d'un effort qui lui arracha un gémissement, elle réussit à poser la bielle sur le bloc de bois et à insérer l'une de ses extrémités sous la grue. De tout son poids, elle appuya sur l'autre extrémité. Mais la grue refusa obstinément de bouger. De nouveau, elle essaya de faire levier. En vain.

Un craquement violent se fit entendre et une pluie de mitraille de fer fut projetée dans les airs, l'obligeant à se pencher en avant en se protégeant la tête. Un coup violent au bras la projeta sur le sol. Un éclat de métal s'était planté dans sa chair, découvrit-elle en sentant une brûlure douloureuse. Alors qu'elle rampait vers Simon, elle se rendit compte qu'il l'attirait contre sa poitrine pour la protéger du mieux qu'il pouvait.

— Simon, dit-elle d'une voix haletante dès qu'elle put relever la tête, tu as toujours un couteau sur toi. Où est-il ?

Il fixa sur elle ses yeux rougis par la fumée. L'espace d'une seconde, elle le vit peser le pour et le contre, puis il secoua la tête.

— Non. Même si tu parvenais à me couper la jambe, tu ne pourrais pas me traîner à l'extérieur. Il n'y a pas de temps à perdre, décréta-t-il en la repoussant. Tu dois sortir de cette maudite fonderie.

Quand il lut sur son visage qu'elle ne céderait pas, ses traits se contractèrent sous l'effet d'une peur abominable, non pour lui-même, mais pour elle.

— Mon Dieu, Annabelle, ne fais pas ça, coassa-t-il, finalement acculé à la supplier. Je t'en prie. Si tu tiens un tant soit peu à moi…

Une toux violente le secoua.

— Va-t'en, ordonna-t-il. *Va-t'en !*

Pendant un instant, presque submergée par un désir farouche d'échapper à ce cauchemar, Annabelle voulut lui obéir. Mais, quand elle se redressa en chancelant et qu'elle baissa les yeux sur lui, si fort et pourtant sans défense, elle ne put se résoudre à l'abandonner. Au lieu de cela, elle ramassa de nouveau la bielle et, au prix d'une douleur fulgurante dans son épaule blessée, la replaça sur le bloc de bois. Le sang lui vrombissait aux oreilles et elle ne distinguait plus les imprécations de Simon du fracas de l'incendie autour d'eux. Ce qui n'était pas plus mal, car il paraissait fou furieux. Elle poussa sur le levier, se suspendit à lui, suffocante, ses poumons en feu cherchant l'oxygène. Sa vue commença à se brouiller, mais elle continua à s'arc-bouter sur la barre de fer en faisant appel à ses dernières forces.

Soudain, elle sentit quelque chose agripper le dos de sa robe. Elle aurait hurlé s'il lui était resté suffisamment de souffle. Pétrifiée, elle ne réagit pas quand on la tira en arrière, l'obligeant à lâcher la bielle. Toussant et sanglotant, elle fixa ses yeux brûlants de larmes sur la silhouette sombre derrière elle. Une voix froide lui résonna à l'oreille :

— Je vais soulever la grue. Tirez sur sa jambe quand je vous l'ordonnerai.

Elle reconnut son ton autoritaire avant même d'avoir distingué son visage. *Westcliff!* Elle était positivement abasourdie.

C'était bel et bien le comte qui, malgré ses traits encrassés de suie et sa chemise blanche sale et déchirée, apparaissait calme et efficace pendant qu'il la poussait vers Simon. Après avoir soulevé la bielle sans difficulté, il l'ajusta adroitement sous la flèche de la grue. Il avait beau n'être que de taille moyenne, son corps mince, forgé par des années d'exercice physique, était solide et magnifiquement découplé. Comme il exerçait une poussée puissante sur le levier improvisé, Annabelle entendit le grincement du métal tordu. La grue massive se souleva des quelques centimètres cruciaux. Le comte aboya, et elle tira frénétiquement sur la jambe de Simon, qui roula sur le côté avec un grognement de douleur.

La grue retomba avec un choc sourd, et Westcliff se précipita pour aider Simon à se mettre debout. Il glissa une épaule solide sous son bras, du côté blessé, tandis qu'Annabelle le soutenait de l'autre côté. La fumée et la chaleur l'empêchaient de voir, de respirer ou de penser, une toux incessante lui déchirait les poumons et, eût-elle été seule, elle ne serait jamais parvenue à sortir de la fonderie. Elle était tour à tour tirée, poussée en avant et même parfois soulevée de terre par la poigne impitoyable de Simon. Leur progression effroyable, dans ce bâtiment qui tremblait et rugissait comme un animal guettant sa proie blessée, lui semblait devoir ne jamais finir. La tête lui tournait. Elle luttait pour rester consciente, mais il n'y avait plus devant elle, prêt à l'engloutir, qu'un gouffre obscur pailleté d'étincelles.

Elle ne garda aucun souvenir du moment où ils émergèrent de la fonderie, les vêtements fumants, les cheveux roussis, le visage parcheminé. Tout ce dont elle se souvint plus tard, ce fut que d'innombrables paires de mains se tendirent vers elle et que ses jambes douloureuses furent soudain délivrées du fardeau de son propre poids. S'effondrant dans les bras de quelqu'un, elle sentit qu'on la soulevait tandis que ses poumons essayaient goulûment d'inspirer de l'air pur. On lui passa un chiffon mouillé, malodorant, sur le visage, des mains inconnues se glissèrent sous sa robe pour desserrer son corset. Elle ne parvint pas à s'en offusquer. En proie à une stupeur due à l'épuisement, elle s'abandonna à ces soins rudes et avala le contenu d'un gobelet en métal qu'on pressait contre ses lèvres.

Quand elle revint finalement à elle, elle dut cligner plusieurs fois des paupières avant d'être capable d'ouvrir les yeux.

— Simon… ? marmonna-t-elle en essayant de se redresser.

Doucement, on l'empêcha de bouger.

— Restez tranquille une minute encore, fit une voix rocailleuse. Votre mari va bien. Un peu cabossé et écorché, mais hors de danger. Je ne crois même pas que sa maudite jambe soit cassée.

Comme elle reprenait complètement ses esprits, Annabelle se rendit compte, ébahie, qu'elle était à demi allongée sur les genoux de Westcliff, à même le sol, sa robe en partie défaite. Elle leva la tête pour le regarder. Son visage hâlé aux méplats accusés était couvert de suie, ses cheveux sales et en bataille. Le comte d'ordinaire si impeccable apparaissait soudain si sympathique et débraillé, presque humain, qu'Annabelle le reconnut à peine.

— Simon… murmura-t-elle.

— En ce moment même, on est en train de l'installer dans ma voiture. Inutile de vous dire qu'il est plutôt impatient que vous le rejoigniez. Je vous emmène tous les deux chez moi, à Marsden Terrace. J'ai déjà fait prévenir le médecin, qui nous y retrouvera.

Westcliff la remonta légèrement entre ses bras.

— Pourquoi êtes-vous partie à sa recherche ? Vous auriez pu être une très riche veuve.

Il n'y avait pas de raillerie dans son ton, juste un intérêt sincère qui la déconcerta.

Au lieu de répondre, Annabelle reporta son attention sur une tache de sang qu'il avait à l'épaule.

— Ne bougez pas, souffla-t-elle en saisissant entre ses doigts aux ongles cassés un éclat de métal aussi fin qu'une aiguille qui pointait hors de sa chemise.

Elle le tira d'un geste vif, et le visage de Westcliff se crispa de douleur.

— Seigneur, je ne l'avais pas vu, celui-là, avoua-t-il quand elle le lui montra.

À son tour, Annabelle demanda, non sans circonspection :

— Pourquoi y êtes-vous allé, *vous,* monsieur ?

— On m'avait informé que vous vous étiez précipitée dans un bâtiment en feu pour aller chercher votre mari. J'ai pensé à vous proposer mes services… ouvrir une porte, peut-être… ou repousser un obstacle sur votre chemin… ce genre de choses.

— Vous vous êtes montré plutôt utile, répliqua-t-elle, usant délibérément du même ton neutre.

Il sourit, ses dents blanches étincelant dans son visage noirci.

Avec précaution, il l'aida à s'asseoir. Puis il rattacha sa robe dans son dos avec une efficacité toute impersonnelle, avant de contempler le squelette calciné et fumant de la fonderie.

— Il n'y a que deux morts, et un disparu pour le moment, murmura-t-il. C'est miraculeux, étant donné l'étendue du désastre.

— Est-ce que c'est la fin de la fabrication de locomotives ?

— Non, j'espère que nous rebâtirons l'usine dès que possible. Plus tard, vous me raconterez ce qui s'est passé, ajouta-t-il en la dévisageant avec compassion. Pour l'heure, permettez-moi de vous conduire jusqu'à la voiture.

Annabelle laissa échapper un cri étouffé quand, après qu'ils se furent levés, il la souleva dans ses bras.

— Oh… Ce n'est pas la peine de…

— C'est le moins que je puisse faire, coupa Westcliff en lui adressant un autre de ses rares sourires avant de se mettre en marche. Je dois faire amende honorable, en ce qui vous concerne.

— Parce que vous êtes convaincu, à présent, que je tiens vraiment à Simon, et que je ne l'ai pas épousé uniquement pour son argent ?

— Quelque chose comme ça. Il semblerait que je me sois trompé sur votre compte, madame Hunt. Je vous prie d'accepter mes plus humbles excuses.

Soupçonnant que le comte n'était guère porté sur les excuses d'aucune sorte, surtout humbles, Annabelle noua les bras autour de son cou.

— Je suppose que je n'ai pas le choix, vu que vous nous avez sauvé la vie.

— Nous signons la paix, dans ce cas ?

— Entendu, acquiesça-t-elle, avant de se mettre à tousser contre son épaule.

Pendant que le médecin s'occupait de Simon dans la suite du maître, à Marsden Terrace, Westcliff en personne soigna la blessure qu'Annabelle avait au bras. Après avoir extrait avec une pince le morceau de métal fiché dans sa chair, il aspergea la plaie d'alcool, ce qui lui arracha un hurlement. Il appliqua ensuite un baume sur la plaie, lui banda le bras avec adresse et lui offrit un verre de cognac pour la réconforter.

Y avait-il ajouté quelque chose, ou l'épuisement d'Annabelle décupla-t-il l'effet de la boisson ? Toujours est-il qu'après avoir bu deux doigts du liquide ambré, elle se sentit étourdie et somnolente. D'une langue pâteuse, elle déclara à Westcliff qu'il était heureux qu'il n'ait pas embrassé la profession médicale, ce à quoi il acquiesça avec gravité. Elle sortit en titubant pour aller retrouver Simon, et en fut fermement dissuadée par une gouvernante et deux femmes de chambre qui semblaient fort désireuses de la laver.

Avant même qu'elle comprenne ce qui lui arrivait, elle fut baignée, vêtue d'une chemise de nuit empruntée à la vieille comtesse et bordée entre des draps frais. À peine eut-elle fermé les yeux qu'elle sombra dans un sommeil de plomb.

À sa grande honte, la matinée était bien avancée lorsqu'elle se réveilla le lendemain. Dès qu'elle eut compris où elle se trouvait, la pensée de Simon la fit jaillir du lit et se précipiter, pieds nus, dans le couloir. Elle croisa une femme de chambre qui eut l'air un peu surpris par l'apparition de cette femme aux cheveux emmêlés, au visage rouge et égratigné, et qui, malgré un récurage en règle la veille, dégageait encore une puissante odeur de fumée.

— Où est-il? demanda Annabelle sans préambule.

À son crédit, la jeune femme comprit sa question abrupte et lui indiqua la chambre du maître, à l'autre extrémité du couloir.

En s'approchant de la porte ouverte, Annabelle aperçut lord Westcliff debout à côté du gigantesque lit dans lequel Simon était assis, adossé à une pile d'oreillers. Il était torse nu, et ses épaules tannées contrastaient avec la blancheur des draps. Annabelle frémit à la vue des innombrables morceaux de taffetas gommé qui constellaient ses bras et sa poitrine. Elle n'imaginait que trop bien ce qu'il avait dû endurer quand on avait extrait les éclats de métal de sa chair.

Les deux hommes cessèrent de parler dès qu'ils eurent conscience de sa présence. Simon fixa son visage d'un regard si intense qu'elle en fut perturbée. Une émotion invisible emplit la pièce, suscitant une tension extrême entre eux. Devant le visage de marbre de son mari, Annabelle ne sut que dire. Aucune parole ne semblait appropriée. Si elle s'adressait à lui en cet instant, ce serait avec une emphase puérile ou, au contraire, une retenue inepte. Absurdement reconnaissante à Westcliff d'être présent pour jouer temporairement les tampons, elle s'adressa d'abord à lui.

— Monsieur, fit-elle en inspectant les coupures et les brûlures sur son visage, on dirait que vous êtes sorti perdant d'une rixe dans une taverne.

S'avançant vers elle, Westcliff lui prit la main et exécuta un salut impeccable. Puis il la surprit en déposant un baiser chevaleresque sur son poignet.

— Si j'avais participé à une rixe dans une taverne, madame, je peux vous assurer que je n'aurais pas perdu.

Annabelle ne put réprimer un sourire, non sans se rappeler que, seulement vingt-quatre heures plus tôt, elle méprisait cet aplomb arrogant qu'elle trouvait à présent presque charmant.

Westcliff lui lâcha la main après la lui avoir pressée d'un geste rassurant.

— Avec votre permission, madame Hunt, je vais me retirer. Je ne doute pas que vous ayez matière à vous entretenir avec votre mari.

— Je vous remercie, monsieur.

Quand il eut refermé la porte, Annabelle s'approcha du lit. Simon détourna alors la tête en fronçant les sourcils.

— Est-ce que ta jambe est cassée ? demanda Annabelle, hésitante.

Il secoua la tête, les yeux rivés sur le papier peint à fleurs.

— Elle se remettra vite, dit-il d'une voix éraillée par la fumée.

Les yeux d'Annabelle s'attardèrent sur la musculature puissante de ses bras et de son torse, sur la mèche de cheveux qui retombait sur son front, sur son profil que soulignaient les rayons du soleil.

— Simon, dit-elle doucement, tu ne veux pas me regarder ?

Les yeux étrécis, il lui décocha un regard ouvertement hostile.

— J'aimerais faire plus que te regarder. Je voudrais t'étrangler.

Annabelle n'eut pas l'ingénuité de lui en demander la raison. Elle se força à attendre avec patience, jusqu'à ce que Simon finisse par marmonner :

— Ce que tu as fait hier était impardonnable.

— Quoi ?

— Alors que je gisais dans cet enfer, je t'ai fait ce que je pensais être la dernière requête de mon existence. Et tu as refusé.

— Vu la manière dont les choses ont tourné, dit-elle avec circonspection, ce n'était pas ta dernière requête. Tu as survécu, moi aussi, et à présent, tout va bien…

— Tout ne va pas bien ! aboya Simon, le visage assombri par une colère grandissante. Jusqu'à la fin de mes jours je me souviendrai de ce que j'ai ressenti en sachant que tu allais mourir avec moi et que je ne pouvais rien faire pour t'en empêcher !

En proie à une émotion inopportune, il détourna le visage, le souffle court.

Annabelle tendit la main vers lui puis, se ravisant, la laissa suspendue entre eux.

— Comment pouvais-tu me demander de t'abandonner là, blessé ? J'en étais incapable.

— Tu aurais dû faire ce que je te disais !

Annabelle ne broncha pas, car elle comprenait la peur qui sous-tendait sa colère.

— *Toi*, tu ne m'aurais pas laissée sur le sol de la fonderie, se contenta-t-elle de lui faire remarquer.

— Je savais que tu allais dire ça, répliqua-t-il avec véhémence. Évidemment, que je ne t'aurais pas laissée ! Je suis un homme. Un homme est censé protéger sa femme.

— Et une femme est censée aider son mari, riposta Annabelle.

— Tu ne m'as pas aidé, tu m'as mis au supplice ! Bon sang, Annabelle, pourquoi ne m'as-tu pas obéi ?

Elle prit une profonde inspiration avant de répondre :

— Parce que je t'aime.

Bien que Simon gardât le visage détourné, ces mots le prirent visiblement de court. Sa grande main se crispa sur le couvre-lit tandis que ses défenses se fissuraient.

— Je mourrais mille fois pour t'épargner la moindre douleur, dit-il d'une voix tremblante. Et le fait que tu étais prête à sacrifier ta vie sans aucune nécessité est plus que je ne peux en supporter.

Les yeux d'Annabelle la picotèrent tandis qu'elle le contemplait, en proie à une bouffée de tendresse et de désir si puissante qu'elle en était presque douloureuse.

— J'ai compris quelque chose, déclara-t-elle d'une voix rauque, alors que j'étais à l'extérieur de la fonderie, à la regarder brûler en sachant que tu étais à l'intérieur…

Elle déglutit avec peine, puis reprit :

— Je préférerais mourir dans tes bras, Simon, plutôt que d'affronter la vie sans toi. Toutes ces années interminables… Tous ces hivers, ces étés… Cent saisons à te vouloir et à ne jamais t'avoir. Devenir vieille alors que tu resterais éternellement jeune dans mon souvenir…

Elle se mordit les lèvres en secouant la tête, les yeux brillants de larmes.

— Je me suis trompée quand je t'ai dit que je ne savais pas où était ma place. Je le sais. Elle est auprès de toi, Simon. Rien ne compte à part être avec toi. Tu m'as sur les bras pour toujours, et jamais – *jamais*, tu m'entends ? – je ne t'écouterai quand tu m'ordonneras de m'en aller. Alors, conclut-elle avec un sourire tremblant, autant te résigner et cesser de te plaindre.

Avec une soudaineté qui la surprit, Simon se tourna pour l'attirer brusquement contre lui. Il enfouit le visage dans ses cheveux emmêlés, et d'une voix sourde, étranglée par l'anxiété, il murmura :

— Mon Dieu, je ne peux le supporter ! Je ne peux pas te laisser sortir jour après jour en redoutant à chaque minute qu'il t'arrive quelque chose, en sachant que ce qui me reste de raison repose entièrement sur ton bien-être. Je ne peux pas ressentir cela… C'est trop insupportable. Bon sang ! Je vais tourner au fou furieux. Je ne servirai plus à rien ni à personne. Si seulement c'était un peu moins fort... Si je pouvais t'aimer seulement à moitié... je pourrais peut-être réussir à vivre avec.

Cet aveu brutal emplit Annabelle d'une joie sauvage, et c'est avec un petit rire chevrotant qu'elle répondit :

— Mais je veux ton amour tout entier.

Quand Simon releva la tête pour la regarder, son expression lui coupa le souffle. Il lui fallut plusieurs secondes pour se remettre.

— Ton cœur et ton esprit tout entier, continua-t-elle, avant d'ajouter d'une voix basse, provocante : Et tout ton corps, aussi.

Simon frémit. Il la dévorait du regard, semblait incapable de détacher les yeux de son visage.

— Voilà qui est rassurant, vu que tu paraissais plus que désireuse de me couper la jambe avec un couteau de poche, hier.

Annabelle sourit et lui caressa le torse d'une main légère.

— Mon intention était de préserver la plus grande partie possible de ton corps, et de te faire sortir de là.

— Au point où on en était, j'aurais été prêt à te laisser faire, si j'avais pensé que ça pouvait marcher.

Simon lui prit la main et en pressa la paume éraflée contre sa joue.

— Tu es une forte femme, Annabelle. Bien plus forte que je ne l'aurais cru.

— Non, c'est mon amour pour toi qui est fort.

Elle lui glissa un regard malicieux entre ses paupières mi-closes.

— Je n'aurais pas été capable de couper la jambe de quelqu'un d'autre, tu sais.

— Si tu risques une nouvelle fois ta vie, pour quelque raison que ce soit, je t'étrangle. Viens ici, ajouta-t-il en refermant la main sur sa nuque.

La regardant au fond des yeux, il prit une profonde inspiration et déclara :

— Je t'aime, bon sang.

— Jusqu'à quel point ? souffla-t-elle en effleurant ses lèvres des siennes.

Il laissa échapper un son étouffé, comme si cette caresse légère l'émouvait profondément.

— Sans limites. Au-delà d'éternellement.

— Je t'aime encore plus.

Lorsqu'elle posa sa bouche sur la sienne, un plaisir exquis déferla en elle, accompagné d'une sensation de plénitude encore jamais atteinte. Une chaleur bienheureuse l'enveloppait, comme si son âme baignait dans la lumière. S'écartant légèrement, elle sut, à l'éclat du regard de Simon, qu'il ressentait la même chose.

Il y avait une nuance nouvelle d'émerveillement dans sa voix quand il murmura :

— Embrasse-moi encore.

— Non, je vais te faire mal. J'appuie sur ta jambe.

— Ce n'est pas ma jambe, répliqua-t-il, goguenard.

— Tu n'es qu'un pervers, gloussa-t-elle.

— Tu es si belle, chuchota-t-il. À l'intérieur comme à l'extérieur. Annabelle, ma femme, mon doux amour… embrasse-moi encore. Et ne t'arrête pas avant que je te le dise.

— Oui, Simon, murmura-t-elle, avant d'obtempérer avec joie.

Épilogue

— … Non, ce n'est pas la partie la plus intéressante, dit Annabelle avec animation, en brandissant sa liasse de feuillets pour imposer silence aux Bowman.

Toutes trois paressaient dans la suite d'Annabelle, en bas, un verre de vin doux à la main.

— Laissez-moi continuer…

Alors que nous nous étions arrêtés dans le Val de Loire pour voir un château du XVIe siècle en cours de restauration, Mlle Hunt a fait la connaissance d'un jeune Anglais célibataire, qui accompagnait ses deux jeunes cousins dans leur tour d'Europe. Apparemment, M. David Keir est historien d'art et est en train d'écrire un ouvrage sur un sujet ou un autre, et Mlle Hunt et lui ont trouvé plein de choses à se dire. Selon les mères – à partir de maintenant, c'est ainsi que je ferai allusion à maman et à Mme Hunt, car elles sont toujours ensemble et paraissent avoir divisé un unique cerveau entre elles deux…

— Sapristi ! s'exclama Lillian en riant, ton frère est-il vraiment obligé d'écrire des phrases aussi longues ?

— Chut ! protesta Daisy. Jeremy allait nous dire ce que les mères pensent de M. Keir. Continue, Annabelle.

— *… M. Keir est un gentleman avenant et bien de sa personne…*

— Ça signifie qu'il est beau ? s'enquit Daisy.

— Sans le moindre doute, assura Annabelle avec un sourire. Jeremy ajoute que M. Keir a demandé l'autorisation d'écrire à Meredith, et qu'il a l'intention de lui rendre visite quand elle sera de retour à Londres.

— Que c'est charmant ! s'exclama Daisy en tendant son verre à sa sœur. Sers-moi de nouveau, très chère, je veux boire au bonheur futur de Meredith.

Les deux autres ne se firent pas prier pour l'accompagner, et Annabelle reposa la lettre avec un soupir satisfait.

— Je regrette qu'Evangeline n'ait pas entendu cela.

— Elle me manque, avoua Lillian avec une tristesse surprenante. Peut-être que ses geôliers – pardon, sa famille – nous permettront bientôt de lui rendre visite.

— J'ai une idée, intervint Daisy. Quand père arrivera de New York, le mois prochain, nous devrons l'accompagner à Stony Cross. Évidemment, Annabelle et M. Hunt seront invités, puisqu'ils sont amis avec lord Westcliff. Peut-être pourrions-nous demander qu'Evangeline et sa tante soient conviées, elles aussi. Ainsi, nous pourrions organiser une réunion officielle des laissées-pour-compte – pour ne rien dire d'une nouvelle partie de Rounders.

Annabelle poussa un soupir théâtral avant de finir son vin d'un trait.

— Que Dieu m'en préserve ! Ce qui me fait penser… enchaîna-t-elle en fouillant dans sa poche pour en sortir un morceau de papier qui entourait un minuscule objet. Daisy, puis-je te demander une faveur ?

— Bien sûr, répondit aussitôt son amie en s'emparant du papier qu'elle lui tendait.

Elle le déplia, et son visage se plissa de curiosité quand elle découvrit ce qui ressemblait à une aiguille grossière.

— Au nom du ciel, qu'est-ce que c'est que ça ?

— Je l'ai retiré de l'épaule de lord Westcliff le jour de l'incendie de la fonderie, expliqua Annabelle.

L'expression consternée des deux sœurs lui arracha un éclat de rire.

— Si cela ne t'ennuie pas, reprit-elle, emporte-le à Stony Cross et jette-le dans le puits aux souhaits.

— Et quel souhait dois-je faire ?

Annabelle gloussa.

— Fais le même souhait pour ce pauvre vieux Westcliff que celui que tu as fait pour moi.

— Ce pauvre vieux Westcliff ? répéta Lillian, avant de les regarder d'un air soupçonneux. Quel vœu avais-tu fait pour Annabelle, au fait ? demanda-t-elle à sa cadette. Tu ne me l'as jamais dit.

— À Annabelle non plus, murmura Daisy en adressant à cette dernière un curieux sourire. Comment le connais-tu ?

Annabelle lui retourna son sourire.

— Je l'ai deviné.

Repliant les jambes sous elle, elle se pencha en avant pour murmurer :

— À propos, pour trouver un mari à Lillian… j'ai une idée plutôt intéressante…

Découvrez les prochaines nouveautés des différentes collections J'ai lu pour elle

AVENTURES & PASSIONS

Le 6 février

Inédit **_Il était une fois - 2 -_**

La belle et la bête **Eloisa James**

Reclus dans son château, le comte de Marchant, serait, dit-on, victime d'une profonde blessure : nulle femme ne saurait éveiller son amour… Et si Linnet Thynne le pouvait ? La ravissante lady décide de rompre le charme. Or elle n'a pas idée du danger auquel elle s'expose à vouloir apprivoiser un tel homme…

La ronde des saisons - 2 -

Parfum d'automne **Lisa Kleypas**

Malgré sa fortune, Lillian Bowman n'est toujours pas mariée. Sa famille étant invitée à séjourner chez le célibataire le plus en vue d'Angleterre, la belle Américaine est bien obligée de suivre. En réalité, le comte de Westcliff est un individu méprisant, qui l'accuse bientôt d'être insolente. Dans ce cas, pourquoi lui vole-t-il un baiser ?

Le 20 février

Inédit

***Les McCabe* - 1 -**

***Dans le lit du Highlander* ☙ Maya Banks**

Fille illégitime du roi d'Écosse, Mairin a longtemps vécu dans l'anonymat, cachée dans un couvent. Quand elle est faite captive, elle comprend qu'elle est l'enjeu de nombreux complots. Secourue par le ténébreux Ewan McCabe, la voilà désormais prisonnière de l'impétueux Highlander.

Inédit

***Le bel été de Lauren* ☙ Mary Balogh**

Abandonnée aux pieds de l'autel un an plus tôt, Lauren Edgeworth n'aspire plus qu'à s'établir à Bath et à rester célibataire. Encore faut-il éviter tout mariage. La solution ? Passer pour fiancée et compromise, en s'acoquinant avec le plus perfide débauché. En somme, accepter le temps d'un été la proposition de lord Ravensburg…

Inédit

***L'inaccessible* ☙ Anna Campbell**

Prise par erreur pour une fille de joie, Grace Paget est enlevée et emportée dans une demeure isolée. Menée face à un gentleman, elle comprend à son regard qu'il la désire avec ardeur. Plutôt mourir que de tomber aux mains de son ravisseur ! Grace ignore toutefois que Matthew est loin d'être le bourreau qu'elle imagine…

Le 6 février

PROMESSES

Inédit *Destiny - 1 - Un été de folie* ☙ **Toni Blake**

Enfant adorable, reine du lycée, épouse idéale… Jenny Tolliver a toujours fait le bonheur des autres. Méritait-elle alors que son mariage tombe à l'eau, trahie par son menteur de mari ? Il est grand temps pour elle de rejoindre Destiny, sa ville d'enfance. Histoire de découvrir ce que lui réserve la vie…

Inédit *Au péril d'un rendez-vous* ☙ **Julie James**

Ce soir-là, si Rylann se retrouve seule avec Kyle Rhodes, ce n'est pas le fruit du hasard mais d'un coup arrangé. Plus d'une fille tomberait dans les bras du beau millionnaire, sauf Rylann, qui résiste à la tentation. Neuf ans plus tard, c'est par le plus grand des hasards, cette fois, qu'ils se retrouvent l'un en face de l'autre...

Le 20 février

Passion intense

Des romans légers et coquins

Secrètes voluptés ☙ **Jade Lee**

Sans argent, Lynette Jameson arrive à Londres désemparée. Il lui faut un riche époux qui la laisserait veuve rapidement ! Or, pour appâter les vieux aristocrates débauchés, elle doit entreprendre une « éducation » au plaisir des sens... Qu'Adrian Grant, célèbre vicomte, se propose de lui dispenser.

Les amants des Highlands ☙ **Nicole Jordan**

Résolue à assurer l'avenir de son clan, Sabrina Duncan va épouser Niall McLaren, le plus grand des don juan. Sabrina sait que même marié, le bel Écossais ne changera pas. Tant pis, leur union ne sera que pure convenance. Mais rester insensible aux charmes d'un tel homme serait un supplice bien pire encore...

9055

Composition
CHESTEROC LTD

Achevé d'imprimer en Italie
par GRAFICA VENETA
le 2 décembre 2012

Dépôt légal : décembre 2012
EAN 9782290059708
L21EPSN001006N001
1er dépôt légal dans la collection : août 2009

ÉDITIONS J'AI LU
87, quai Panhard-et-Levassor, 75013 Paris

Diffusion France et étranger : Flammarion